創元ライブラリ

サラゴサ手稿 中

ヤン・ポトツキ

工藤幸雄◆訳

東京創元社

MANUSCRIT TROUVÉ À SARAGOSSE

by

Jan Potocki

主たる底本

Manuscrit trouvé à Saragosse de Jean Potocki,

première édition intégrale établiée par René Radrizzani,

José Corti, 1989

目次

第二十日――10

ヒターノの親方の物語――承前　12

第二十一日――22

〈さまよえるユダヤ人〉の物語　23

第二十二日――35

〈さまよえるユダヤ人〉の物語――承前　35

第二十三日――51

ベラスケスの物語――承前　51

第二十四日――61

ベラスケスの物語――承前　61

第二十五日——77
ベラスケスの物語——承前　78
第二十六日——92
ヒターノの親方の物語——承前　92
第二十七日——119
ヒターノの親方の物語——承前　119
メディナ・シドニア公爵夫人の物語　124
第二十八日——134
ヒターノの親方の物語——承前　134
メディナ・シドニア公爵夫人の物語——承前　134
バル・フロリダ侯爵の物語　138
第二十九日——156
ヒターノの親方の物語——承前　156
メディナ・シドニア公爵夫人の物語——承前　157
エルモシトの物語　167

第三十日——193

第三十一日——197

〈さまよえるユダヤ人〉の物語——承前 198

ヒターノの親方の物語——承前 204

第三十二日——216

〈さまよえるユダヤ人」の物語——承前 216

ヒターノの親方の物語——承前 222

ロペス・ソワレスの物語 226

ソワレス家の由緒 229

第三十三日——236

〈さまよえるユダヤ人の物語〉——承前 236

ヒターノの親方の物語——承前 242

ロペス・ソワレスの物語——承前 242

第三十四日——254

〈さまよえるユダヤ人〉の物語——承前 254

ヒターノの親方の物語――承前 260
ロペス・ソワレスの物語――承前 260
第三十五日―――― 269
〈さまよえるユダヤ人〉の物語――承前 269
ヒターノの親方の物語――承前 276
ロペス・ソワレスの物語――承前 277
ドン・ロック・ブスケロスの物語 281
フラスケータ・サレルノの物語 289
第三十六日―――― 305
〈さまよえるユダヤ人〉の物語――承前 305
ヒターノの親方の物語――承前 310
ロペス・ソワレスの物語――承前 310
第三十七日―――― 317
ベラスケスの宗教観 318
第三十八日―――― 329

〈さまよえるユダヤ人〉の物語――承前　329
ベラスケスの体系談義　334
第三十九日――339
〈さまよえるユダヤ人〉の物語――承前　339
ベラスケスの体系談義――承前　344
第四十日――355
第四十一日――361
トレス・ロベリャス侯爵の物語　366
ヤン・ポトツキ年譜（訳者による）――375
ヤン・ポトツキ著作一覧（文学作品を除く）

――見開き奇数ページ末の註は、訳者による。

サラゴサ手稿　中

第二十日

　その朝じゅう、われわれはベラスケスの書類探しのため親方の指図でベンタに寄った連中を待ち受けた。人間だれしもそんなときには、相手の戻るはずの道のほうへ目を向けるのが自然だが、ベラスケスだけは違った。岩の坂道に雨水で磨かれたスレート板を見つけ出し、持ち込んだその板にxyzなどの記号を一心に書き散らしている。計算の合間に彼はこちらを振り返り、皆のいらいらしているわけを尋ねた。彼の書類がまだ届かないためだ、との返事を耳にすると、それはご親切にと礼を言い、計算がすっかり片付いたら、そのうえで心配に加わろうと言った。やっと方程式の答えが出ると、出発を前に何を待機しているのか、とまた尋ねた。

「困りますなあ、数学大家のドン・ペドロ・デ・ベラスケス先生」カバリストが言った。「自分のためにいらいらすることはないにせよ、他人がそうなっているのは何度も見たでしょうが」

「むろんだよ」ベラスケスが答えた。「それは始終だが、つらつら思うに、これは一種の病的な感情だ。この感情は刻一刻、増大するが、その増大の法則が本人には突き止められない。ところで、一般的にいえば、この感情は惰性の力に反比例する。したがって、もし感情を動かされるのに、ぼくがあなたより二倍だけ難しいとすれば、一時間後の〈いらいら度〉はぼくの一に対して、あなたは四となる。人間を動かす原動力と考えられる一切の情念についても同様のことが言える」

「お話を伺っていると」とレベッカが言った。「人の心を動かす陰の力に通じておいでのようですね。それに数学こそ幸福に達する一番に確かな道とご存じのご様子で」

「マダム」ベラスケスが引き取った。「今、言われた幸福の探求は、どうやら高次方程式の解を求めるのに喩えられると思う。最終項はわかっていて、それがあらゆる根《こん》の積《せき》だともわかっている。しかるに、除数が出尽くす前に、一連の虚数の根にぶつかる。そうこうするうちに、一日が過ぎ去るが、計算は楽しめる。人生もそれと似る。実際の価値と思い過ごしてきたものが、空想上の量にすぎなかったと知るのが人生だ。とは言い条、その間《かん》、人は生き、しかも行動する。行動こそ自然の普遍的な法則だ。自然界にあるもので、休みっぱなしは何もない。この岩にしても見かけは地面にじっとしているようだが、実は岩の圧力に対して地面がそれに勝る反作用で対抗している。ところが、岩の下に足を入れると、岩の動きに気づく」

「でも、どうでしょうか」レベッカが訊いた。「恋愛と呼ばれる行動も計算で弾き出せますか。例えば、よく言われるじゃないですか、親密度が進行すれば、それに応じて男の愛は冷め、女の愛は深まると。この理由は説明できますか」

「その問題はこうですよ」ベラスケスが言った。「この場合、一方の愛が上昇し、他方が下降すると仮定するわけだが、だとすれば、恋人同士が同等に愛し合う、すなわち、愛の強度において正確に拮抗する瞬間が存する。こうなると、最大と最小の概念に関わってくる。つまり、男女間の愛情問題は曲線で表し得る。この種の問題一切に適用できる極めてエレガントな証明法をぼくは編み出したのです。いいですか、例えばもしxを……」

ベラスケスが微積分の問題に取りかかったそのとき、ベンタ行きの一行が姿を見せた。持ってこられた数枚の紙をためつすがめつしていたベラスケスは、ようやく顔を上げて言った。

「全部が戻ったと言いたいが、一枚だけ足りない。ぜひとも必要なものとは言えない。しかし、絞首台の下に運び込まれたあの晩、最も気に懸っていた一枚で。かまいません、足止めはさせませんよ」

そのとおり、われわれは出発した。行程は半日ほどだった。足を休めると、一同は親方の天幕に集まった。夕方の食事が済んだあと、親方は物語のつづきを求められた。彼はこう話を始めた。

ヒターノの親方の物語——承前

エルビーレに化けたわしに向かって恐ろしい副王が財産の内訳を明かすところで打ち切りとなったのが前回だったな。

「よく覚えていますよ」ベラスケスが言った。「財産の総額は〆て六千とんで二万五千百六十一ピアストル」

「ご名算」親方は言い、物語の糸を次のように紡ぎ出した。


副王の顔を見るなりわしは怖《お》じ気を振るったが、体の周りにぐるぐるっと十六回転して左足の親指まで届く蛇の彫り物をさせたと聞かされると、ますます恐ろしくなった。それと気づいた副王は跪《ひざまず》き、わしの手に接吻した。そんな心遣いすら何の効き目もない。怖くてたまらない。大蛇、インディアンの首、何よりも笞打ちの刑……ぐんぐんつのる恐怖に危うく意識を失いそうになる。だから、財産の話などいっかな頭に入らない。ところが、デ・トレス夫人の場合、そうはいかない。満身《まんしん》の勇気を奮い起こして彼女は副王に尋ねた。「たいそうな財産をお持ちのことはよくわかります。伺いたいのですが、亡くなったロベリャス伯爵の遺産はどうなりましたでしょうか、もしご存じなら明かしてくださいませんか。この子の受け取り分はございましょうか」

「申しましょう」副王は応じた。「ロベリャス伯爵はあのような浪費家だから、相当に財産を食い込んでいたのです。訴訟手続きの費用全額はわたしの負担となったが、わたしが取り上げたのはサン・ドミンゴの農場十六か所、株券が銀山の二十二株、フィリピナス会社の十二株、アシエントのが五十六株、これにほかの有価証券類、合わせて総額約二千七百万ピアストル強です」

そう言って秘書官を呼び、西インドの貴重な木の小筥《こばこ》を運ばせた。それから、またも跪き、エルビーレ役のわしに言った。「わたしが心から熱愛する女性を母に生まれた美しい娘よ、十三年間の努力の成果をお受け取りください。それほどの年月を費やして、あなたの強欲な傍系親族らの手からこれだけの遺産を取り上げることができました」

優しく淑《しと》やかに小筥を受け取ろう、と初めは心に決めたが、目の前の男が何十人ものインディオの頭を打ち割った豪の者だと思うと、異性の役を演ずることの気恥ずかしさ、それに正体不明の気づまりとが重なって、その瞬間、気が遠くなった。これに反して、デ・トレス奥方のほうは、二千七百万と聞いて奇妙に勇気づいているから、わしの体をぐいと抱き留めたあと、些か貪欲とも見える手つきで小筥を引っつかみ、副王に申し上げた。「失礼を申し上げました。この子は殿方の跪くのを見るのが初めてでして。どうぞ、お部屋へ引き取るのをお許しくださいませ」

副王はわしの手にキスをして、自分の手を差し出し、セニョラふたり共ども部屋へ送り届けた。部屋に戻ってドアに二重鍵をかけてしまうと、デ・トレスの奥方は生き返ったように嬉しさに顔を輝かせ、百回も小筥に接吻してから、エルビーレに保証された幸運とその光に満ちた未来に対して天に感謝するのだった。

するとと、にわかにドアをノックする音がした。入ってきたのは副王の秘書官と裁判所の役人で、小筥のなかの書類の目録作成を済ませると、デ・トレスの奥方に受領書の署名を求めた。お子さんは未成年だから、署名は無効なので、と秘書官は言い添えた。

それから、ダラノサ叔母とわしら三人は再び部屋に閉じこもった。「叔母さまたち」とわしは言った。「これでエルビーレの未来は万全ですね。けれども、偽のロベリャス嬢はどうやってテアティノ修道院送りになるんだろうか。それに、本物のほうはどこに消えたんだろう。ロンセトもだけど」

言い終わらぬうちに、溜息とともに叔母たちの口から「かわいそうにね！」の叫びが洩れた。ダラノサ叔母は笞打ち執行人らの手に取り押さえられるわしを早くも胸に描き、デ・トレスの奥方は道案内も頼る者もなく、あらゆる危険に曝《さら》されている不憫《ふびん》な姪と息子の身を案じてのことであった。悲しみのうちに三人は寝所に赴いた。

どうして苦境を逃れようか、わしはいつまでも思い悩んだ。自分にしても逃げ出せないことはない、といっても副王は八方、手配して捜すに違いない。何一つ思いつかぬまま、わしは眠り込んだ。ブルゴスまであと半日の行程しかない。

翌朝も、この先の演技を思うとますます気が滅入ったが、いやが応でも輿《こし》に乗らぬわけにはいかない。副王はきょうも身の回りの世話を見てくれた。いつもの顔つきのきびしさに、何とも言いようのない優しさが混じって、それがこちらをいたたまれない気持ちにさせた。

やがて一行は緑陰の濃い水飼い場に着いた。そこではブルゴスの街の人々の用意した食事が出された。

輿から降りるとき、手を差し出してくれた副王は、食事の席へ導く代わりに少し離れた日蔭まで行くと、そこの椅子に着かせてから自分もそのそばにかけて言った。

「美しいエルビーレよ、こうしてお近くにいられる幸せを持てば持つほど、わが国家とわが国王に捧げた嵐のような生涯の晩年に色を添える運命は、天によってあなたに授けられたとの確信が深まります。顧《かえり》みれば、わたしはフィリピナス諸島の領有をエスパーニャのために確保し、ヌエボ・メヒコの半ばを発見し、インカのまつろわぬ種族を法に服さしめ、大洋の荒波に、赤道の炎熱に、わたしが開いた鉱山の悪臭に、絶えずこの命を曝してきた。それほどの歳月、わが人生の最高に美しい年月を、だれが埋め合わせてくれるでしょうか。わたしとしては、休息に、楽しい暇つぶしに、友達づき合いに、最も甘美な情感に、それを捧げることもできたはずなのに。エスパーニャと西インド諸島の王たる国王が、いかに強大であろうとも、わたしに償いはできません。それができるのは、愛するエルビーレよ、ただあなただけです。あなたの運命とわたしの運命とが結ばれさえすれば、ほかに何を望もう。あなたの美しい魂の動きに見とれること以外に何もせず日々が送れるなら、あなたの微笑一つでわたしは幸福になれるし、あなたが示すわずかな愛情の徴《しるし》に夢中となれるでしょう。波瀾《はらん》に満ちた半生の後に続く穏やかな未来を思い描くと、心急《せ》くばかりで、一刻も早くあなたをわたしのものにしようと昨夜、決心したところです。美しいエルビーレよ、ここでお別れするのは一足先にブルゴスへと急ぐためで、わたしの急ぎの結果は、あちらに着けばおわかりです」

そう言い切るなり、副王は地面に跪き、手にキスをすると、馬に跨《また》が》り大ギャロップで走り去った。

歓喜の副王とは打って変わり、わしの沈痛な心底はお話しするまでもない。身の毛もよだつやり切れぬ光景の数々を覚悟したのだが、その絶望の見通しの果てにテアティノ派の法廷での絶体絶命のお仕置きが待ち受けていた。わしは食事中の叔母たちの席に加わった。副王から聞いたばかりのことを打ち明けたいと思うが、それはできなかった。輿に乗るように容赦なく家令に急き立てられたからだ。おとなしく従うほかない。

ブルゴスの市門を潜ると、司教館でお待ちです、と待ちかまえた小姓が告げた。額に滲む冷や汗が、まだわしは生きていると知らせた。恐怖はわしを一種の放心状態に突き落とし、大司教に面と向かうときまでは、その状態を脱しなかった。大司教は副王と向き合う肘掛椅子に着座しておられ、その傍らに助祭がひとり立っていた。副王の横にはブルゴスの主だった人々がずらりと並んで腰かけていた。広間の反対側に儀式のために設けられた祭壇がある。大司教が立ち上がり、祝福を与えて、それからわしの額に接吻した。

こころ千々に乱れたわしはいたたまれず、大司教の足下に身を投げると、どういう気持ちの動きとも知れず、こう申し上げた。「大司教さま、わたしをお憐れみくださいませ！　わたしは尼になりとうございます。さようです。ぜひとも尼僧にしてください」

この告白の声が広間いっぱい響き渡るのを聞き終わった瞬間、今こそ気絶の好機と思い定めた。倒れかかるその体を支えてくれたのは、叔母たちの腕だった。彼女ら自身、崩れ落ちんばかりの衝撃にようやく耐えていたのだったが……。薄目を開けたわしの目に、副王の前に恭《うやうや》しく立ち、その決心を待ち受ける大司教の様子が映った。

大司教にお席へ戻られるように勧めた副王は、考える時間を貸してほしいと懇願した。大司教が席に着くと、やんごとなきわが讃仰者の顔がしかと見えた。それは、ふだんよりもさらに厳《いか》めしく勇者さえ縮み上がらせる物凄い形相だった。副王はしばらく沈思黙考するふうに見えた。それから、誇らしげに着帽して言った。「隠していた身分を明かしましょう。わたしはメヒコの副王なのです。大司教、どうぞ、そのまま、お立ちにならずに」

大司教を除く全会衆が恭しく起立した。

「皆さん！」副王が口を切った。「十四年前のことです。わたしは不名誉な中傷を受けました。ここにいる若い女性の父親がわたしだとの非難を浴びたのです。中傷者どもの口をふさぐためには、その年齢に達した暁に彼女と結婚すると約束する以外、手段がありませんでした。彼女が美しさと美徳を増す一方で、わたしの功績を愛でて国王陛下は、わたしを次々に昇進させ、ついには玉座にも匹敵する栄誉ある地位を賜りました。そうするうちにも、わたしの約束を果たすべき時がやって来ましたので、エスパーニャに帰国し、こちらで挙式のお許しを陛下に求めました。帰国は差し支えない、しかし、副王の栄位を保つには結婚の放棄が条件となる、という政府からの回答を受けました。この回答にはまた、エスパーニャ滞在中、首都マドリードの五十里以内に近づくのは固く禁ずるともあった。それを知って、わたしはその意味を結婚あるいは陛下の恩恵のいずれかを放棄することだと容易に理解しました。しかし、結婚を約束した以上は、思い迷うことはありません。麗しきエルビーレに会ったとき、名誉ある道を選び、退位して平和な逸楽のなかで新たな幸福を見出すのが天の思し召しであると考えました。けれども、この世は生きるに値しないとの思いを、嫉妬深い天が彼女のなかに呼び込んだからには、彼女を天に委ねます。エルビーレ嬢を〈受胎告知〉尼僧院に連れ、修練に就かせてください。わたしは国王陛下に親書を送り、マドリード入りの許可をお願いするつもりです」

こう話したのち、恐ろしい副王は会衆の一同に頭を垂れ、いちだんと険しい目つきを隠すように深々と帽子を被り直してから、豪華な馬車のほうへと足を運んだ。大司教、要職者たち、助祭、彼らの随伴者らが見送りに立った。祭壇を片付ける聖具係を除けば、広間に残ったのはわれわればかりであった。それを見届けた叔母ふたりとわしの三人は、隣の部屋に飛び込んだ。修道院をすっぽかして、うまく逃げ出す方法はないかと、わしは窓際に駆け寄った。

窓は中庭に面しており、眼下には噴水があった。見ていると、ぼろを着てくたびれきった様子の少年がふたり、渇きを癒そうと急ぎ足に来る。ひとりの着ているものに見覚えがあった。エルビーレと取り替えたあの服。よく見ればエルビーレに間違いなかった。もうひとりのぼろ着姿はロンセトだ。わしは喜びの叫びをあげた。そこの部屋にはドアが四つあった。わしが開けたドアは中庭へ降りる階段に通じていた。わしはふたりを呼びに走った。子どもたちを抱きしめるデ・トレスの奥方は死なんばかりに喜んだ。

そのとき、副王を送り出して、わしを〈受胎告知〉修道院へ連れに戻ってくる大司教の足音が聞こえた。やっとのことでわしは駆け戻りドアを閉めた。あいにくまた卒倒しまして、どなたにもお会いできません、とダラノサ叔母が大声でドア越しに言い訳した。子どもらは大慌てで着替えをした。エルビーレの頭には倒れた弾みに怪我したと見せて繃帯が巻かれ、おまけに顔の一部が見えないように工夫した。そのため着替えはなおさら手間取った。

すっかり用意が整い、わしとロンセトが脱け出すと、表の扉が開かれた。大司教はもういなかったが、副司教が残っていて、デ・トレスの奥方に付き添われたエルビーレは修道院に連れていかれた。ダラノサ叔母はラス・ロサスの旅籠へ行き、そこでわしと落ち合う手筈になっていた。われわれはそこに大部屋を取り、今回の大冒険とその打ち続いた苦心惨憺が早く片付いて、大団円の時を皆で喜び合えるようにと夢見ながら一週間を過ごした。ロンセトはもう騾馬《らば》の係ではなしに、デ・トレスの奥方の息子に戻ってわれわれと一緒に住んだ。

ダラノサ叔母は〈受胎告知〉修道院を何度となく訪れた。申し合わせでは、始めのうちエルビーレはどうしても尼になると言い張り、それからその意志が次第に薄れて、とうとうそこから追い出されるようにする、成功の末には、従兄と結婚したいのだが、と奥の手を出し、ローマ教皇庁への許可申請の件まで織り込んであった。

副王はマドリード入りして大いに歓待された、という評判が間もなく伝わった。称号と資産の相続人については、甥と定めることで勅許を得たという。いつかビリャカに連れてきた妹から生まれた長男である。やがて副王はアメリカ大陸に向けて船出した。

わしについていえば、もともと軽佻浮薄かつは放浪癖があった気質に、奇妙な旅の興奮が強烈な痕をとどめぬはずもなく、あの当時、テアティノ修道院入りと思うだに虫酸《むしず》が走ったものだった。ところが大伯父が勝手に決め込んでしまい、できる限りぐずぐずと先延ばしはしたものの、ついにそうする破目《はめ》に陥ったのだった。

第二十一日

われわれは歩き始めたが、〈さまよえるユダヤ人〉[1]にきょう会えると約束していたカバリストは、本人が一向に姿を見せぬのに苛立ちを抑え切れずにいた。ようやく、遠い山の頂に道なき道を猛烈な早足で行く男の姿が見えた。「ほら！　見えるかい？」ウセダが言った。「ぐず！　のろま！　アフリカ奥地から一週間がかりとは！」

一瞬後、〈さまよえるユダヤ人〉はすぐ近くまで来た。声の届く距離になると、カバリストが大声で言った。「どうなんだ、ソロモンの娘らの話は。まだおれに脈があるのか」

「だめ、だめ」ユダヤ人が叫び返した。「その権利はもうない。おまけに第二十二階級以上の精霊に対する支配権さえ失ったよ。今におれのことまで気ままにできなくなると助かるね」

ややしばし、カバリストは考え込むふうだったが、やっと言った。「それは結構だ。妹を見習うことにするさ。その話は別のときだ。おいおい、言っておくが、おまえが歩くのはこちらの若い人の騾馬ともう一頭のあいだだ。そっちは数学者先生だがね。おふたりに君の生涯の話をお聞かせしろよ。ただし、正確かつ明瞭にな」

〈さまよえるユダヤ人〉は、気乗りしない様子と見えたが、二言三言、カバリストから小声で言われると、この薄倖の漂泊者は次のように話し始めた。

〈さまよえるユダヤ人〉の物語

それがしの家柄は、かの大祭司オニアスに従い、プトレマイオス（六世）・フィロメトル（前一八一—一四五）の勅許を得て、低エジプト地方に神殿を建立した[2]多数の家族の一つです。祖父の名をヒゼキアといった。聞こえも高きクレオパトラ[3]が弟のプトレマイオス・ディオニスと結婚した当時、祖父はクレオパトラの宝石細工師として宮廷入りした。ただし、祖父はほかにも織物、装

1 〈さまよえるユダヤ人〉伝説については「第九日」に詳しい註記がある。

2 エジプトに移住した大祭司オニアス四世 *OniasIV* は前一四七年、エルサレムの神殿を手本に、ヘリオポリスに近いレオントポリスに新たな神殿を設けた。

3 *KleopatraVII*（前六九—前三〇） マケドニアのギリシア人。プトレマイオス朝末代の女王。才色兼美で知られる。正しくはクレオパトラ七世。プトレマイオス十二世アウレテスの次女、父の死後、弟プトレマイオス十三世と結婚し、十八歳で〈共同統治者〉となる。のち遥かに年下の末弟同十四世と結婚するが、前四四年、愛人カエサルの暗殺後、夫を殺し、カエサルとの愛児を〈共同統治者〉とした。その後、アントニウスと知り、結婚し、出産した。華美で激烈な生涯はローマ人から〝ナイルの魔女〟と呪われ、詩人らを含めプルタルコスも好意的でなく、後世のシェイクスピアに影響した。兄弟との結婚は「王家の義務」であったとククルスキ教授は解説する。純血保持の意図の発達した慣例か。クレオパトラの奔放不羈な生き方は、旧制度にまつわるそのような因習への反抗と見たい。

身具類の購入を任され、のちには祭礼を取り仕切る任務にも就いた。約《つづ》めて申せば、祖父はアレクサンドリア宮廷において極めて重きをなした人物だった。自慢ではありませんよ。今さら何の得になりますか。なにせ祖父の死去したのが千七百年の昔、いや、正確にはもう少し以前、ローマ初代皇帝オクタウィアヌス・アウグストゥス（在位は前二七―後一四）の治世四十一年が没年ですから。幼いころとて殆ど覚えがありませんが、デリウスとかいう名前の男から当時の出来事についていろいろ話を聞かされたものです。

ここでベラスケスが口を挟んで尋ねた。「そのデリウスとはクレオパトラの楽士ですね。ヨセフス・フラウィウス[1]とかプルタルコス[2]が著作で問題にしている」

「そのとおり。その人です」とユダヤ人は答え、さらに身の上話の言葉を継いだ。

プトレマイオスは姉クレオパトラと結ばれたが、夫婦に子どもができないため、姉を石女《うまずめ》と決め込み、三年後に離縁した。クレオパトラは紅海の港町に引きこもった。祖父は彼女の隠遁生活に随伴し、その地で女主人のために二つの真珠を買った。その一つは饗宴の席で溶かされてアントニウス[3]が呑みくだした珠《たま》[4]である。

折しもローマ帝国は各地で内戦がしきりであった。ポンペイウス[5]はプトレマイオス・ディオニスを頼って一時はアレクサンドリアに匿《かくま》われたが、のち彼に首を刎《は》ねられるに終わった。こ

1　*Josephus Flavius*（三七か三八―一〇〇頃）　ローマの歴史家。エルサレムで名門の祭司の家に産まれ、捕虜となり、七一年以降、ローマに住み、ギリシア語で著述した。『ユダヤ戦記』、『ユダヤ古代誌』で知られる。『ユダヤ古代誌』の中のデリウスはアントニウスの使節としてヘロデ王に遣わされた（前四〇年）などが記されている。著作はいずれも筑摩文庫から邦訳（秦剛平訳）がある。

2　*Plutarchos*（四六?―一二〇）　ローマの著述家。ギリシア、ローマの四十六の偉人の伝記『対比列伝』、いわゆる『英雄伝』は有名。これによると、デリウスは毒舌のためクレオパトラの憎しみを買った。ただし、デリウスが楽士だったとの記述は、当時の著作のどこにもない、とククルスキ教授は書く。

3　*Marcus Antonius*（前八二―前三〇）　ローマの将軍、政治家。カエサル暗殺後、オクタウィアヌス、レピドゥスとの三頭政治（第二回）を成立させた翌前四二年、暗殺の下手人ブルトゥスらの軍を破る。その翌年、小アジアのタルソスでクレオパトラと会見し、エジプトの後ろ楯となる。オクタウィアヌスと妥協のため、その姉オクタウィアを妻とするが、のち離婚。三年ぶりの再会の前三七年に正式にクレオパトラと結婚した。前三一年、クレオパトラとの連合艦隊を率いて海戦でオクタウィアヌス軍と戦って敗北、翌年、クレオパトラ死去の〈誤報〉を聞き、アレクサンドリアで自殺し、彼女もあとを追った。〈誤報〉は、夫を不幸にしたと嘆く女王自身が人を介して伝えさせたもの。夫妻に生まれた双子の男女と、男の子も殺された。二百七十年あまり続いたプトレマイオス王家はここに断絶して、ギリシア支配下のエジプトは滅び、ローマの属州となる。

4　実際には真珠を酢で溶かして呑んだのはクレオパトラ。アントニウスが贅を尽くした歓迎の大饗宴に感じ入ったと伝えると、女主人は即座に首飾りからはずした高価な真珠玉を酢に投じ、アントニウスの健康を祝って、これで乾杯した。

5　*Gnaeus Pompeius Magnus*（前一〇六―前四八）　ローマの将軍、政治家。エスパーニャを治めていたセルトリウスを討ち、海賊討伐などエジプトを除くオリエント平定に功を挙げ、前六〇年、カエサル、クラッススと〈三頭政治〉を行うが、カエサルと対立、敗戦してエジプトに逃れ、同地で王のため暗殺された。ローマの将軍たちのうち、最初にクレオパトラと恋愛したのは彼である。

の裏切りはカエサル[1]に取り入るためであったが、あに図らんや、結果は裏目と出た。カエサルは却ってクレオパトラを王位に就けようと願った。アレクサンドリア市民の支持は挙《こぞ》ってディオニス王に集まり、史上、稀に見る人気であったのに、王は思いがけず溺死した。かくてクレオパトラの野心を妨げるものはもはやなく、彼女はカエサルに対し無限の感謝を抱いた。
エジプトを去るに当たってカエサルは、クレオパトラを彼女の幼い弟プトレマイオスと妻合《めあ》わせた。この人はクレオパトラの最初の夫の弟だから、彼女にとって実弟でもあると同時に小《こ》舅《じゅうと》にも当たる。時に齢わずかに十一歳[2]である。当時、クレオパトラは懐妊の身で、男子が誕生すると、その名をカエサリオン（前四七―前三〇）と名づけた。血統に疑問なきを期するためである。

　祖父はそのころ二十五歳となり結婚を考えた。ユダヤ人としてはこの年齢では晩婚である。というのも、祖父はかねてよりアレクサンドリア育ちの女には嫌悪の情を持ったがためである。必ずしも、それはアレクサンドリアの人々がエルサレムから分派と見なされていたせいではない。さりとて、われわれユダヤ教徒の信条では、地上の神殿は、ただ一つエルサレムにあるものと限られる。それゆえオニアスが建てさせたエジプトの神殿は、分派発生の危険があると一般には考えられた。その前例には、サマリア人の場合[3]があり、彼らはユダヤ人から〈不信冒瀆の極み〉とされた。

敬虔か否か、それは廷臣の絶えざる関心事であったから、祖父としては聖地エルサレムに身を退《ひ》き、そこで嫁を迎えたいと念願した。ところが、折よく、ヒレルという名のユダヤ人が商用で家族共どもエルサレムからアレクサンドリアへやって来た。その長女メレアが祖父のめがねに適った。婚礼は格別、盛大に催され、クレオパトラとその夫君もお出ましになられた。

　数日して女王は祖父をお召しになり、こう仰せられた。「親しいヒゼキアよ。カエサルを〈終身独裁執政〉[4]に指名との知らせが先ほど届きました。数ある世界征服者中の大立者《おおだてもの》たるこの方の運命は、かつてなんぴとも到達し得なかった高みに置いたのです。かの英雄たち、ベルス[5]もセゾトリス[6]も、はたまたキロス[7]もアレクサンドロス[8]も遠く及びませぬ。幼きカエサリオン

1　ポンペイウスを追って彼を滅ぼすためエジプトに来たユリウス・カエサルの滞在は前四八年十月から翌年六月ごろまで。カエサルとクレオパトラはアレクサンドリアの城塞に立てこもり、包囲軍と長期戦を展開、ついに勝利した。敗走の途中、プトレマイオス王はナイル川で溺死した。

2　普通には、初めの夫となった実弟は当年九歳、次は五歳とある。

3　「バビロンの捕囚」（前五九七—前五三八）を免れたサマリア人は、その間に地元の住民のあいだに溶け合い混血したため、捕囚より戻ったユダヤ人から「半ユダヤ人」と見なされ、やむなくエルサレムと対抗する神殿をガリジムの山頂に建てた。

4　元老院がカエサルを独裁執政に任じたのは前四八年の十一月、ただし、ここでは第四次の執政期間（前四五年五月—前四四年一月）を指す、とククルスキ教授は註釈する。

5　*Belus*　アッシリアの伝説的創造者。トロイア戦争の三百数十年前に生きたとされる。ミレトス出身の史家タロス *Tallos* の『年代記』の冒頭に登場する。

6　*Sezostris*　伝説上のエジプトのファラオ。リビアからインドに及ぶ領土を支配したとされる。

7　*Kyros*　キロス大王（前六〇〇—前五二九）ペルシア帝国の建設者。メディア、リディア、バビロニアを征服、捕囚のユダヤ人を解放した。

の父たるお方への愛によって、わらわは最高の栄誉に輝く存在となりました。わが子は間もなく四歳、カエサルのお目にかけ、接吻してもらいたいもの。二か月後、わらわはローマへ出発の心づもりです。ついては、むろんのこと、女王の格式を見せねばなりませぬ。つまり、たとい奴隷たりとも、ひとり余さず金の衣をまとわせ、道具・調度の類はつまらぬ品々に至るまで金の金具を用い、宝石を鏤《ちりば》めた堅牢なものとしたい。わらわ自身についてなら、飾りは真珠のみとし、服地はリネンの薄物に限ります。あらん限りのわらわの宝石箱と、宮中のあらゆる黄金を携えなさい。それに加えて、金庫係から十万タラント[1]の金《きん》を預けさせましょう。わが国の二州をアラビア人に売却した売上金を手つかずにそっくり。ローマより帰還の砌《みぎり》には、二州とも必ずや取り戻してみせよう。行ってくるがよい、二か月後にはすべてを取り揃えるように」

クレオパトラは当年とって二十五歳であった。四年前に結婚した実弟は十五になっていたが、彼女を熱愛していた。旅立ちの予定を知ると、その落胆ぶりは目に余った。だから、女王に別れを告げ、彼女を乗せた船が遠ざかるのを見送る彼の痛ましさは、余命幾何《いくばく》と危ぶまれたほどである。

クレオパトラが帆船に揺られ、オスチエの港に乗り入れるのは、それから三週間足らずののちだった。港には数隻の壮麗なゴンドラ[2]が待ち受けていて、女王のお召し船を曳いてティベリス川を遡り、あたかもローマ凱旋の風情を見せた。常づね王たちは将軍らの乗る二輪の戦車に同乗して凱旋したものであるが……。

偉大さもさることながら、愛想のよさも決して人後に落ちぬカエサルは、無限の寵愛を込めてクレオパトラを迎えたのだが、女王にしてみればその優しさは予期に反して些か物足りなかった。多感と言わんよりは、むしろ勝ち気なクレオパトラは、さしてそれには気を留めず、却ってローマ見物への期待に胸を燃やした。先見の明に恵まれたクレオパトラは、執権の身に迫る危険をいち早く見抜き、カエサルに耳打ちした。だが、弱気と見えるすべてを勇者は撥《は》ねつけるものだ。カエサルが聞かないと見ると、クレオパトラは情勢を観望して得失を判断することにした。カエサルは何らかの陰謀で血祭りに上げられる。すると、ローマ世界は二つの党派に分裂する、これは確かと思われた。

党派の一方は自由に味方する一派で、老キケロ[3]を目立つ総帥に戴《いただ》く。この男は虚栄心が強く、大演説をいくつかやっただけなのに、すでに大事を成し遂げたかのように自惚れ上がり、トゥ

8 （二七頁） *Alexandros* アレクサンドロス大王（前三五六—前三二三）在位前三三六—前三二三。マケドニアの人。ギリシアからペルシア、フェニキア、インド（パンジャブ地方）を征服、エジプトにアレクサンドリアを建設した。ヘレニズム文化をオリエントにもたらした。

1 *talent* タラントまたはタレント。重さないし貨幣の単位。二十六・二キログラムの純金が一タラントとククルスキは註する。この単位はバビロニアに始まり、アッシリアを経てギリシアに伝わった。国によって貨幣制度が異なるため重さは二十—二十七キロ相当とまちまちだが、六十進法は不変。

2 凱旋式は元老院の決議に基づいて行う国家的行事だった。ローマ入りする将軍のあとから被征服民族の権力者らが続き、見せしめとするのが恒例。敗戦のクレオパトラは死によってその屈辱を拒否したのだ。

スクルムの別荘で暇つぶしの勉強に専念することを好み、反面、献身する政治家並みの尊敬も一身に集めたいとの山気《やまけ》を捨てない。一派の人々は善を望んではいる、しかし、どうすればよいのか見当がつかない。人間とは何か、それをまるで弁《わきま》えぬ連中だからだ。これと対抗する別の党派はカエサルの仲間たちから成る。勇猛果敢な戦士たち、選りすぐりの酒豪たち、情熱に溺れやすいが、他人を見抜く才がある。クレオパトラの選択はたちまちにくだった。アントニウスに大甘の点をつけ、キケロには一顧だにせぬに等しい。キケロのほうでも彼女には容赦がなかったことは、彼のアッティクス宛[1]の数通の書簡に見るとおりである。

クレオパトラは難局打開に加担したが、ドラマの大詰めを見届けることは望まず、アレクサンドリアへ向け帰途に就いた。幼い夫君は驚喜して彼女を迎えた。アレクサンドリアの人々もまた歓喜に酔った。クレオパトラは自らが掻き立てた熱狂を分かち合うかと見えたから、人心を捉えた。しかしながら、彼女を知る人士は彼女の発言には政治色と、誠実に代わる見せかけが、共に濃くなったと容易に見透かした。

事実、アレクサンドリアの民心を確保したと見計らうと、女王はメンフィスへと赴き、女神イシスに模した衣裳を着け、髪を牝牛の角で飾ってみせ、エジプト人の心情を勝ち得た。同様にして、クレオパトラはナバテ人、エチオピア人、リビア人などエジプトと境を接するすべての異境人から愛された。[2]

やがて女王はアレクサンドリアに帰還した。カエサルはすでに弑逆《しいぎゃく》され、内戦はローマ帝国の全州に広がった。[3] クレオパトラは暗く、物思いに沈みがちとなり、お側近く見《まみ》える者らは、目敏く女王の本心を洞察した。アントニウスと結婚して、ローマを統治しようというのである。

ある朝、それがしの祖父は女王の御前に参内《さんだい》して、最近インドより到来の宝石の数々を献上した。それを受けると、女王は甚だ御機嫌麗しく、祖父の目利きのほどをお褒めになり、その熱心を嘉《よみ》し給い、そのあと次のように仰せられた。

「親しいヒゼキアよ、ここに最上等の砂糖漬けのバナナがある。おそらくは、おまえの宝石の仕入先と同じセレンディブ（セイロン）の商人たちが運んできたものだろうよ。ご苦労だがこれを幼い夫の許へ持っていって、わらわの愛のために食べておくれと伝えて」

3（二九頁） ***Marcus Tullius Cicero***（前一〇六―前四三） ローマの政治家、文人、雄弁家。ポンペイウスを支持、カエサル、のちアントニウスと対立、彼に殺された。前四八年以降、トゥスクルムで著述に没頭した。その名文はラテン散文の範とされる。

1 ***Titus Pomponius Atticus***（前一〇九―前三二） アテネに長年、住んだローマ人。彼宛のキケロの書簡三九六通が残された。クレオパトラの不評が反映した内容は「十四巻の八および二十」、「十五巻の十五および十七」とククルスキの教示は細かく、ラテン語の一行を引用するが割愛。

2 クレオパトラはマケドニアのギリシア人だったが、「多くの外国語を話し……一級の教育を受けた教養女性だった」（弓削達）。その言葉の才、甘美な音声、説得力はプルタルコスも認めている。平凡社大百科事典参照のこと。なお、イシスに扮したクレオパトラ像は、エジプトの神殿に浅浮き彫りに刻まれた。

3 前四四年三月十五日、カエサル暗殺。下手人ブルトゥス、カッシウスらの共和派と、これに対するオクタウィアヌス、アントニウスらとが戦火を交えた。共和派の敗北が決まるのは前四二年。

祖父が仰せどおりにすると、若い王は言われた。「女王が彼女の愛のために、これを食べてほしいと言うのであれば、そなたに見ていてほしい、朕が何一つ残さなかったことを」

ところが、三本のバナナを食べ切らぬうちに、王の顔は歪み、両の目が飛び出さんばかりに見えた。王は苦しげな呻きをあげ、事切れて寄せ木の床に崩おれた。たちまち、祖父は最も卑劣な罪に手を汚したと見て取った。祖父は身を退き、衣服を引き裂き、袋をまとい、頭《こうべ》には灰を被った。

六週間ののち、クレオパトラは祖父の所在を尋ね当てさせ、彼に告げた。「親しいヒゼキアよ、オクタウィアヌス、アントニウス、レピドゥスの三人がローマ帝国の分割政治を始めたことは、おまえも知ってのはず。[1] オリエントの地は親しいアントニウスに与えられましたから、わらわはキリキア[2]へ赴き、合流する決心です。そこでヒゼキアよ、おまえにお願いしたい。船を一隻、建造してはくれまいか。形は帆立貝に似て、色は内側も外側も同じ真珠色に仕立ててほしい。ぜひともかなえてほしい注文は、船の甲板の上全体に細糸で網のような金の透かし織りを張り巡らせること。こうすれば、網の目を通して、さぞかしわらわは美神と愛の神にかしずかれたアフロディテのように映るでしょうね。さあ、いつもの才覚を使ってわらわの望みを果たしておくれ」

祖父は女王の足下に身を投げ出し、こう言った。「女王陛下、なにとぞわたしがヘブライ人であることをお忘れなきよう。ギリシアの神々に関わっては、瀆聖に通じかねません。このお仕事だけは遠慮させてほしうございます」
「わかりましたよ」女王は言われた。「年端《としは》も行かぬ王のことで遺恨をお持ちだね。おまえが苦しむのも無理はない、わらわとて思いも寄らず苦しんでおる。ヒゼキア、おまえは宮廷勤めには不向きな人間、二度と参内には及ばぬぞ」

それだけ聞けば祖父には十分であった。隠れ家に戻ると、荷物をまとめ、マレオティスの湖の畔にあった持ち家に祖父は隠居した。そこにこもったっきり、彼はもっぱら身辺の整理に専念した。以前からの計画をできる限り早く実行に移すためで、それはエルサレムに居を定めることだった。祖父の隠居暮らしは厳重で、宮廷の知り合いのだれの訪問も受け付けなかったが、ただひとり、楽士のデリウスばかりは例外であった。それほどまで、昔からつき合いが深かったのである。

翻《ひるがえ》ってクレオパトラは、ほぼ注文に適う船の完成を待って、キリキアへ向けて船出した。キリキアの人々は、彼女の思わくどおりに、女王のことをアフロディテと疑わなかった。一方、アントニウスとしては、現地の人がそう思い込むのも真実からさほど遠からずと考え、クレオ

1　前四三年、これらの三人で第二回〈三頭政治〉を成立させたが、レピドゥス ***Lepidus***（前八九―前一二または一三）は次第に実権を失い、七年後に政界を去る。

2　***Cilicia***　小アジアの南東に位置し、現トルコ領。古代にはヒッタイト、アッシリア、ペルシア、ローマ、ビザンチンの領有を経た。その後はアラブ人、アルメニア人の繁栄した時代がある。

パトラとともにエジプトへ渡り（前四一年末）、かの地で婚礼を挙げた。その絢爛豪華はまことに筆舌に尽くしがたいものであったと聞く。

〈さまよえるユダヤ人〉の話がそこまで来たとき、カバリストが声をかけて言った。

「きょうのところは、そこまでだ。そろそろ宿が近い。今夜、君はこの山の周囲をぐるぐる回ることにして、あしたまた街道で一緒になろう。聞いてもらいたい話のほうは、別の日にする」

〈さまよえるユダヤ人〉は不快げな視線をちらとカバリストに向け、それから谷間の低地へ消えた。

第二十二日

かなり早めに出立《しゅったつ》したわれわれが、二、三里も進んだころ、列に加わった〈さまよえるユダヤ人〉は改めて指示されるまでもなく、おれの騾馬とベラスケスのとのあいだに収まり、こんな言葉で話を続けた。

〈さまよえるユダヤ人〉の物語――承前

アントニウスの妻となったクレオパトラは、愛を引き留めるための自分の役どころとして、貞女アルテミシア[1]よりも、むしろ遊女フリネ[2]を演ずるがよいと判断した。抜け目のないクレオパトラは、ひとりの王女から一介の遊女へやすやすと切り替え、同時に

1 ***Artemisia*** 小アジアのカリアの総督マウソロスの妻にして妹。総督が死没（前三五三）すると、壮麗な墓廟をハリカルナッソスに建てて祀《まつ》ったと言われる。彼女は夫の「生ける墳墓」を志し、毎日、「食べ終わった食事に一つまみの遺灰を振りかけた」とククルスキは記す。東洋の「節婦」の見本か。廟の巨大な規模は古代世界の「七つの奇蹟」（七不思議）の一つとされ、夫を祀る ***mausoleum*** はついに普通名詞となり、「レーニン廟」にも用いられるほど。

優しく貞節な人妻をも、ものの見事に演じられたのだ。クレオパトラはアントニウスが人並みはずれて多情好色と知っていたから、彼を虜にしておくには、誘惑術の洗練こそが何よりと心がけた。宮廷は主君に倣《なら》う。街は宮廷に倣う。国は首都に見倣う。上《かみ》の為すところ、下《しも》、これに見倣うの諺《ことわざ》どおり、たちまちのうちにエジプト全土は淫風に染まり、遊び女《め》の芝居小屋と成り果てた。この弊風は同地のユダヤ人社会にも及んだ。

それがしの祖父は、とっくに隠居先のエルサレムに移っていてよいはずだが、そうはいかない。あいにく街はパルテア人[1]に占領され、アンティパトロスの子で、のちにアントニウスによってユダヤの王位に就くヘロデ[2]までが追放されたばかりだからだ。いやでもエジプト滞在を引き延ばす破目となった祖父は、引っ込む先が見つからず苦労した。マレオティス湖の湖上には、昼となく夜となく何艘ものゴンドラが漕ぎ出され、けしからぬ光景を日夜、繰り広げるありさまとなっていたからだ。とうとう、祖父は意を決して湖に面する窓という窓を壁で塗りつぶし、蟄居《ちっきょ》することにした。共に暮らすのは妻のメレアとマルドカイという名の独り息子である。そして開門は旧友デリウスの訪問時に限られた。こうして過ごすこと数年、ヘロデがユダヤの王となると、祖父はエルサレム定住の計画に再び乗り気となった。

ある日、デリウスが家にやって来て祖父に言った。「親愛なるヒゼキアよ、アントニウスとクレオパトラの命によりエルサレムへ派遣されるので、ご用があればと伺った。義父のヒレル殿へはお便りをお届けしよう。向こうでは宮廷に留めおかれ、私人宅には宿泊を禁じられようが、ぜひともあちらのお宅にも一泊と願っている」

祖父は間もなくエルサレムへ発つという人間を前にしてはらはらと涙を落とした。義父のヒレル宛の書簡を委ねたのはもちろんだが、それに添えて祖父は三万ダレイコス[3]の貨幣をば、エルサレム第一の美邸を買うための金額と謝礼金だがと説明して渡した。

三週間すると、デリウスは旅から戻った。その旨すぐさま連絡があり、宮廷の用事のため、お会いできるのは四日後と断りが付いていた。当日、やって来るとデリウスは言った。

「親愛なるヒゼキアよ、まずここにあるのがエルサレム一の豪邸買い受けの契約書。このお邸というのがヒレル殿のご自宅なのです。契約書には判事全員の署名をして、保証付きですから

2（三五頁）*Phryne*　紀元四世紀のギリシアの遊女。その美貌が〈不道徳〉として裁判沙汰になったが、めでたく無罪放免を勝ち得た。彫刻の名匠、プラクシテレスがモデルに彼女を使った。「第十三日」の註にも登場する。後世の美女の話だから、これをクレオパトラが範としたとは、長生きの〈さまよえるユダヤ人〉の見方である。そう解せば、時代錯誤の非難をポトツキに浴びせる必要はない。
1　*Parthea*　前三世紀から紀元三世紀に独立の王国パルテアはイランの戦闘的な種族の国家。小アジアのローマ領を侵したため、戦闘が絶えなかった。エルサレム占拠は前四〇年。
2　*Herode*（前七四―前四）　ユダヤの王。前四〇年、ローマに逃れ、アントニウスが元老院を説得、前三七―前四年王位にあった。エルサレム神殿の再建に着手した一方、メシア＝救世主の誕生を恐れて、ベツレヘムの幼児虐殺を命じたとされる。
3　*dareikos, darique*（仏）　ペルシアのダリウス一世（在位、前五二二―前四八六）の発行した金貨。目方は八・四グラム。極めて純度が高いとの定評がある。

ご安心を。こちらはヒレル殿のお手紙、あなたの到来まではそのまま住まわせてもらうが、その分の家賃は必ず支払うとあります。

旅の土産話ですか、いや、いろいろと面白いことがありましたよ。わたしが着いたとき、ヘロデ王はエルサレムには不在で、義理の母親アレクサンドラが夕食に招いてくれた。ヘロデに嫁いだばかりのマリアムネ（一世）、それにその弟の若いアリストブロス（三世）も同席でした。弟というのは、大祭司にされるはずが、下層出身の男に取って代わられたいきさつがある。この姉弟《きょうだい》ふたりながら美貌ぞろいでして、わたしはすっかり参った。ことにアリストブロスときたら、これは神さまが地上に降り立ったかと思うほど。紛れもない美女の面立ちが美青年の肩の上に付いている。帰国以来その話しかしないものだから、ふたりに来てもらおうかとアントニウスが言いだした。

するとクレオパトラが言った。『言わせてもらいますよ。姉さんのユダヤ王妃のほうをお呼びなさいな。すぐにも、パルテア人がローマ諸州に攻めてきますから』

『滅相もない』アントニウスが言った。『じゃ、せめて美青年のほうにするか。宴席に侍らせて酌をする最高の役に就けよう。わしは身辺に美しい奴隷を置く趣味はない。小姓《こしょう》にはローマの一流の家庭でなければ、せめて異教の王族の出身がよい』

『結構ですとも』クレオパトラが言った。『アリストブロスをお呼びなさい』」

「イスラエルとヤコブの神よ！」ここまで聞くと、それがしの祖父が叫んだ。「耳を疑うね。

マカベア家中でも最も純血なハスモン家[1]の人、アーロンの後継者が、よもやアントニウスの小姓とは、あらん限りの淫行に塗《まみ》れた男に仕えようとは！　長生きしすぎたよ、デリウス。わしは世捨て人になる」

　祖父は再び服を裂き、袋をまとい、頭に灰を被った。家にこもり切りになった祖父は、来る日も来る日もシオン[2]の不幸を嘆く涙に明け暮れ、数週間、食事も一切摂らなかった。そのまま嘆き死にするかと危ぶまれたとき、デリウスが戸口で大声に言った。「もう大丈夫だ。アリストブロスはアントニウスの小姓にはならんぞ。ヘロデが大祭司に任命したから（前三五年）。もう大丈夫だぞ」祖父はドアを開け、いくぶんか胸を撫で下ろし、昔どおりの暮らしに戻った。

　ややあってのち、アントニウスはクレオパトラ共どもアルメニアへ向けて旅立った[3]。〈岩場

1　マカベア家とも書かれ、前二世紀、ユダヤ独立回復を指導した一族。ハスモンのギリシア語表記はアサモイナス。ヘレニズム化を進め、神殿にゼウスを祀り、ユダヤ教を禁じたセレウコス朝シリアのパレスチナ支配に抗して戦ったマカベア党の中核が彼らだった。その名は初代のユダ・マカバイオスに因む。独立のためこの「マカベア戦争」（前一六六―前一四二）後、ハスモン王朝が発足した。同朝最後の王アンチゴノスは前六五年、ローマの圧力で追われ、前四〇年、パルテア人によって復位するが、三年後に殺害された。続いてローマの宗主権のもとでヘロデが王位に就くと、伝統におもねってハスモン家から妻を迎えるが、他方、王位継承の請求者の出現を恐れ、同家の根絶に努めた。

2　エルサレムの古い別称また雅名。ダビデ王の墓があり、以前には神殿のあった南東の要害の山名シオンから、シオニストの呼称が生まれた。

のアラビア〉[1]とユダヤ国をわがものにせんというのが彼女の意図であった。デリウスはこれにも随行してその一部始終を祖父に明かしている。

　ヘロデ王の命により宮殿に軟禁された王の義母アレクサンドラは、脱出して息子を伴い、クレオパトラに会いに行きたいとのかねてからの念願を果たしたかった。実はクレオパトラ自身、美青年の大祭司に会いたくてうずうずとしていたのだ。この計画はガビオンなる男に暴露され、ヘロデ王は手下に命じて、川で水浴中の義弟アリストブロスを溺死させた（前三五年十月）[2]。報復をと迫るクレオパトラに、国王とは一国の主人なのだからと諭したアントニウスだが、ヘロデ王の所領である数市を贈ってクレオパトラを宥めた。[3]

「それからも、結構、いろんな場面がありましたな」デリウスはさらに話した。「ヘロデはさすがにユダヤ人、クレオパトラに奪われた諸州を断乎、取り返した。われわれのエルサレム訪問はこの一件を片付けるためだった。話し合いの席でクレオパトラは派手な出方を試みたのだが、なんと言っても三十五歳のお年には勝てない。片やヘロデが夢中の愛妻マリアムネは二十《はた》歳《ち》ですもの。クレオパトラの色仕掛けに乗るどころか、王室会議を召集し、クレオパトラの縛り首まで提案する始末。しかも、アントニウスはクレオパトラにうんざりしているから、却って恩義にさえ思うはずと言って退《の》けた。幸いなことに、会議のほうでは、なるほどアントニウスは厄介払いを喜ぶにせよ、報復の挙に出ないとは限らない、と王に反論した。全く、そのとおりだ。

こちらに戻ってみると、別の知らせが待ち受けていた。ローマではアントニウス誘惑の罪でクレオパトラが告発されたという。[4] 裁判はまだ始まってはいないが、もう間もなかろう。あれやこれや、どうお考えかな、ヒゼキアさん。それでもエルサレムに引退なさるおつもりか」

「その気はないね、今のところは」祖父が答えた。「わしはマカベア贔屓《びいき》を隠さない。わしの睨むところだと、次から次にハスモン一族の皆殺し、これがヘロデの魂胆に違いない」

「あなたがこちらにお残りなら、ひとつお願いがある」デリウスが言った。「引退先をこのお宅にさせてもらえまいか。きのう、宮廷を辞めてきましたよ。ここでご一緒にこもりましょう。

3 （三九頁）　前三六年夏、パルテア人討伐に向かうのに従ったクレオパトラはエウフラテスにとどまり、帰途、エルサレムに寄った。パレスチナをエジプト領に加える狙いから、彼女はマカベア（ハスモン）家の姉弟を使嗾《しそう》してヘロデとの対立を謀る。

1 ***Arabie Petre***（仏）　アラビア半島の砂漠地帯をこう呼ぶ。

2 ヨセフス著『ユダヤ古代誌』XVIII―18によれば、この男の名はトリフォン ***Tryphon*** である。

3 前三四年、アラビアとエリコを与えた。

4 この告発の空気がアントニウス失脚へと繋がり、元老院は前三二年、彼を三頭政治からはずし、対エジプト戦争に踏み切る。ククルスキによれば、アントニウスの弱みを利して、自国をローマと対等におかせるのがクレオパトラの狙いだった。彼がアジア、アラビアのローマ領の大部分をエジプトに譲ったため、ローマは東西に二分される危険をはらんでいた。これを防止しようと、肚を決めたのがオクタウィアヌスである。ウエスタの神殿に納めたアントニウスの遺言を開く命が下った。そこには自分の権力をクレオパトラとのあいだの息子に譲ること、ローマの東部諸州をエジプトに併合することが記されていた。彼の運命はここに定まった。

エルサレムへ立つのは、この国がローマの州になってからのこととして。そう遠い先じゃありません。わたしの財産はすっかりヒレルさんにお預けしてきました。三万ダレイコスになりますがね。あちらの家賃を立て替えておいてほしいとお義父《とう》さんから頼まれました」

祖父はこの申し出を喜んで受け入れ、以前にも増して引きこもりがちの暮らしをした。デリウスは時折、外出しては、街からニュースを持ち帰った。あとの時間はマルドカイ相手にギリシア文学を講じた。その子がゆくゆくはわたしの父親となる。またデリウスはしきりに旧約聖書を読んでいた。祖父はデリウスのユダヤ教改宗に一心だったからだ。

アントニウスとクレオパトラの末路は、あなたがたもご存じだ。デリウスの予言は当たり、エジプトはローマの属州となった。ただし、隠棲《いんせい》に徹しきっているわが家では、政治上の事件もまるっきり暮らし方に響かなかった。

パレスティナからのニュースは次から次へと途切れようもなかった。保護者アントニウスの没落で共倒れかと思われたヘロデは、オクタウィアヌス・アウグストゥスの愛顧を得た。旧領土の回復、新領土の獲得、軍隊の創設、財宝の蓄積、無尽蔵の小麦の貯蔵と、その功績は枚挙に暇がない。お蔭で、早くも〈大王〉と呼ばれだした[1]。実際のところは、「大」というよりも「幸運」の名がふさわしい。もっとも、家庭の内輪揉めがなかったなら、という条件が付く。輝かしい業績に曇りの生じたのはこのためであった。

こうしてパレスティナに平穏が戻ると、祖父の移住計画は再燃した。帯同する最愛の息子マルドカイは十三歳となっている。デリウスにしても教え子に愛着があるから、離ればなれになる気は毛頭ない。そんなある日、エルサレムからあるユダヤ人が到来して一通の手紙をもたらした。

ヒレルの息子、哀れなる罪人《つみびと》、パリサイ人《びと》[2]の聖サンヘドリンの最後のひとり、余ラビ・セデキアは、姉メレアの伴侶たるヒゼキアに挨拶を送る。

イスラエルの罪人どもがエルサレムの地に呼び招きたる疫病は余が父ならびに兄たちを連れ去りぬ。父および兄らは今やアブラハムの膝に抱かれ、その永遠の栄光に加はるなり。おお、サドカイ人[3]またすべて復活を信ぜざる人々を、天が悉《ことごと》く滅ぼさんことを!

もしもパリサイ人たる余が、他人の財産乗つ取りに敢へて手を汚すならば、その名に値せざるべし。ゆゑに、余は相手を問はず、父の借財の有無を念入りに調査せり。現在、わ

1 美貌の大祭司、義弟アリストブロスを殺させたヘロデ王は、前二九年から前二八年にかけて、まず嫉妬に逆上して王妃マリアムネを、次いで義母アレクサンドラを処刑した。

2 政治・宗教結社の一つ。狂信的と同時に保守的、しかも偽善者揃いであったというのが従来の見方。実際には「福音書では偽善者扱いだが、時代の流れを読む進歩派であった」(秦剛平)。いわゆる「大サンヘドリン(議会)」のメンバーは大部分これに属した。

3 同様の結社だが、貴族および金貸しなどの富裕階級を代表する。モーセ五書のみを信じ、肉体の復活を否認した。いわゆる「小サンヘドリン(議会)」はこの派が多数を占めた。両派とも前二世紀から西暦一世紀後半まで存在した。共にイエズスの攻撃の的となる。

れらの居住するエルサレムの家屋がかつてある時期において、汝に属したことありきと聞き、余は判事各位のもとに参上せるも、右の憶測を裏付ける何ものも発見あたはざりし。したがつて、本住宅が当方の財産たることは毛頭、疑ひを置かざるところなり。おお、天が邪悪なる人々を滅ぼさんことを！　余は絶対にサドカイ人にあらず。

余はまた異教徒デリウスなる者が往時、三万ダレイコスを父に預けたることを発見せり。偶然、やや褪色せる一片の紙を見出したるが、余はこれを返金の際の前記のデリウスの受領証と判断す。按ずるに、同人はマリアムネ並びにその弟アリストブロスの一派なれば、われらが大王の敵にほかならざるなり。おお、天が邪悪の人々とサドカイ人のすべてを呪はんことを！

さらば、わが兄よ。親しき姉メレアをわがために抱擁あれ。姉を娶《めと》りたる折、余は幼少なりしが、その思い出は常にわが胸中に存す。姉がその際に貴家にもたらせし持参金の額は、姉の現在までの持ち分を多少、上回るもののごとし。この件につきては、またいづれ申し述べん。おお、天が汝を真のパリサイ人たらしめんことを！

祖父とデリウスはただもう驚き呆れ、長いこと顔を見合わせるばかりであった。ようやくにして、デリウスが沈黙を破って言った。「これこそわれわれの隠遁暮らしの帰結ですね。安穏を願うわれわれに運命は別の決断をくだす。あんたのことを人は枯れた一本の木並みに扱う、面白がって枝を折ったり、根こそぎにしたり。一匹の蚯蚓《みみず》扱いだから、踏み潰しもする。つまり、彼らの目には無用の長物なのだ。世の中は、人間、金槌になるか、金床になるか、ぶん殴るか、折れ曲がるか、そのどちらかです。わたしはローマ人の長官の何人かとつき合いがあった。みんなオクタウィアヌス派の人たちだったが……。あの人たちを軽く見なければ、今どき、こんな不正に遭わずとも済んだかもしらん。ところが、世の中に疲れたわたしは、世を捨てて高潔な人物とこうして生きてきた。そこへエルサレムのパリサイ人が不意にしゃしゃり出て、わたしの財産をむしり取り、黄ばんだ受領証があるなどと抜かす。あんたの損害はたいしたもんじゃない、あの邸はたかだか全財産の四分の一だが、わたしは一気にすっからかん、素寒貧《すかんぴん》に成り下がった。だから、何があろうと、パレスティナへ出かけてくる」

メレアが話に加わった。父親とふたりの兄の死が伝えられ、弟セデキアの法外なやり方が聞かされた。孤独のうちに受ける衝撃は極めて強烈である。悲嘆に暮れる不幸な女は奇病に取り憑かれ、半年後には泉下《せんか》の人となった。

すでに旅の準備を進めていたデリウスは、ある晩、ラコテの郊外を回って帰宅の途中、何者かに短刀で胸を刺された。目を凝らして見ると、それはセデキアの手紙を届けに来たあのユダヤ人なのだった。刀傷の癒えるまで長くかかり、ようやく本復したときには、デリウスはもうパレスティナ行きの気力が失せていた。それでも、万が一、いやでも出かける場合に備えて、彼は現地にいる有力者のあと押しを確保しようとしたのだが、ひと昔前の保護者らにどう自己紹介を持ち出せばよいのか、なかなか知恵がまとまらずにいた。そもそもアウグストゥス自身が、それぞれの国の王に主権を委ねる方針を取っていた。そこで、まずセデキアに対するヘロデ王の態度を探り出す必要が生じた。その調べがつくように、信頼できる経験豊かな男を派遣したのは、こんな事情からである。

使者は二月《ふたつき》して帰着した。彼の報告によると、ヘロデ株は日を追って上昇を続けている、その政策は巧妙を極め、ユダヤ人にもローマ人にも好評である。すなわち、アウグストゥスのための記念碑を各地に建てると発表した際、同時にエルサレムの神殿造営について、旧神殿を超える壮大なものとする意向を公にした。この結果、民心は大いにこれを歓迎し、一部の阿諛《あゆ》の徒のなかにはヘロデを讃美して、預言者が予告したメシアの到来である、と言いそやす慌て者も現れている、以上が報告の主旨であった。

「この賛辞は宮廷では大うけでして」使者は言った。「早手回しに教派が一つ結成されたほどです。連中のことは〈ヘロデ党〉と呼ばれていますが、お尋ねのセデキアはその党主なのです」

おわかりでしょうが、それがしの祖父もデリウスも、そう聞いて一切の調べを放棄しました。ですが、この話を続ける前に、われわれの預言者がメシアについてどのように語ったか、ぜひともその話をしなければ。

とつぜん、〈さまよえるユダヤ人〉はそこで口を閉ざした。そして軽蔑のこもる一瞥をカバリストにくれてから言った。「アル・マムゥン[1]の汚《けが》れた息子よ、貴様よりずっと強力なある教徒がおれさまを呼んでいる。アトラス山脈[2]の頂でな、あばよ」

「嘘つけ」カバリストが言った。「おれの力はタルダント[3]のシェイクの百倍もあるぞ」

「あんたの威力は、ベンタ・ケマダで台無しになったのさ」〈さまよえるユダヤ人〉は背を向けざまに言い捨て、ぐんぐん遠ざかり、たちまちわれわれの視界から消えた。

カバリストは少し面食らったふうだったが、すぐに気を取り直して言った。「あのろくでなし、おれの弁えてる方術の半分も知りやしない、きっと今に恥をかく。断言しておきますよ。でも、話題を変えましょう。ベラスケスさん、やつの物語に蹤《つ》いていけましたか」

「むろんです、身を入れて聞きました。話はすべて史実に適ってますよ。〈ヘロデ党〉のことはテルトゥリアヌスがふれている」

「歴史のほうも数学並みに詳しいんですね、セニョル」カバリストが声をあげた。

「そうでもないが」ベラスケスが言った。「しかし、前にも言ったように、ぼくの父親は、す

1　*Al-Mamun*（七八六―八三四）　アッバース王朝のアラビアのカリフ。黄金時代を築いた第五代ハルーン・アッラシードの息子。芸術・学問のメセナとして知られる。

2　*Atlas*　モロッコ、アルジェリア、チュニジアに跨る山脈。全長二千キロ。最高峰ジャバル・トゥブカル *Djabal Tubkal*（海抜四一六五メートル）。

3　*Taroudant*　モロッコの地名。

べての推論に数学の公式を適用した人だが、彼の持論では、数学は歴史研究にも同じく役立つ。つまり、実際に起こったことと、かくあり得たかもしれないこと、この両者間の可能性の関係は数学で決定づけ得るというのです。この持論を父はさらに進めて、人間の行動また情念のすべては、数学の図形によって示すことが可能である、と考えた。

実例を挙げれば、それがどういうものか、いっそう明確になると思うので、父の言いぐさをそのまま引用します。父はこう言いました。

『一例としてエジプトにおけるアントニウスの場合を見よう。アントニウスは彼《か》の地で二つの情念の餌じきとなる。ローマ帝国の支配という野心、および、その妨げをする恋情の二つである。この二つの方向を直線 *AB* と直線 *AC* で表し、ある角度を成すものとする。直線 *AB* がアントニウスのクレオパトラに対する愛情、直線 *AC* は政治欲だとすると、直線 *AB* は直線 *AC* より短い。アントニウスの抱く野心は愛情を上回る。ここでその野心は愛情の三倍とする。直線 *AC* の長さが直線 *AB* の三倍になるような平行四辺形を描き、対角線 *AD* を引けば、*B* および *C* を目ざす衝動の生む新たな方向が極めて正確に表示できる。愛情が強まると、この直線 *AD* は絶えず直線 *AB* に接近するが、逆に野心が強くなると、絶えず直線 *AC* に接近する。これに対して、オクタウィアヌス・アウグストゥスの例で見れば、愛情のかけらもない男だから、点 *C* に向かう障碍がゼロ、したがって、たとえ与えられたエネルギーが少なくとも、目標到達ははるかに早い』

しかしです、情念とは、連続的増大ないし連続的減少が常だから、平行四辺形はそれに伴って変形する。その場合、対角線の先端は円運動をする。その円運動の計算に父は微分を使った。ニュートンの時代にはフラクション法と呼ばれた計算法だ。かてて加えて、賢明な父はこのような歴史上の諸問題をひっくるめて〈痛烈なる愚行〉という観点からだけ眺め、ふだん父のやる無味乾燥な研究の陽気な味つけに役立てた。それでも、史実の正確さが解答の正確さを左右するというので、父は呆れるほど丹念に、ありとあらゆる資料の蒐集に精出した。数学の書物と同様、ぼくはこの家宝の蔵書から長いこと閉め出されていた。なにしろ、サラバンドだ、メヌエットだ、等々くだらぬものを仕込みたがった父だからだ。幸い、ぼくはやっと書斎に入り込み、初めて歴史に没頭できた」

「口幅《くちはば》ったいが」カバリストが言った。「もう一度、言わせてもらうけど、歴史と数学の両方に、それだけ造詣が深いのにはつくづく感服だ。だって、歴史は記憶力、数学は考察力が前提で、二つの機能は正反対じゃないですか」

「その意見には賛成しかねますね」数学者が言った。「考察力は記憶力が集積した材料を秩序立てることによって記憶力の身方をする。こうして一個の体系《システム》に整理された一つの記憶のなかでは、各概念は、そこから引き出される一切の結論の数々を習性として従えるようになるのです。もっとも、若干の概念に対しては記憶力も考察力も役に立たぬことは否定しません。例えば、このぼくですが、数学、歴史、博物に関して学び取った事柄はちゃんと忘れない。それが他のことだと周囲の事物と自分との瞬間的な関わり合いを忘れることがよく起こる。もっとはっきり言うと、目に入る物が見えていないし、耳に響く言葉が聞こえていない。そのせいなんですよ、ぼくがぼんやり者だと言われるのは」

「それでわかった」カバリストは言った。「あなたが川へ落ちたわけが」

「ぼくにはわかりません」ベラスケスは言った。「油断して川に落ち込むなんて。しかし、あれはよかった。ぼくが人命救助のチャンスに恵まれたんだから。ワロン人近衛隊長のやんごとなき士官その人を。ただし、こういう人助けはあまり頻繁では困る。空きっ腹に水のがぶ飲み、あれには参った」

そんなやりとりのうち野営地に着くと、食事が待っていた。食欲は旺盛《おうせい》だった。だが、会話が弾まなかったのは、カバリストの浮かぬ表情のせいである。夕食後、彼はレベッカと話し込んでいた。兄妹の邪魔にならぬように、わしは寝床の用意された小さな洞窟に入った。

第二十三日

すばらしい天気の日であった。日の出とともに起き出した一行は、軽く食事を済ませると、さっそく出発した。昼近く、足を止めてから、われわれは食卓に着いた。というより、地面に敷いた革の周りを囲んだのだ。カバラの修験者は、天上世界のことで、どうも気に食わないことがある、という話をしてぼやき続けた。昼食が終わっても、カバリストのぼやきは止まらないため、皆のうんざりした顔を見かねた妹が、ベラスケスに身の上話のつづきをせがむと、数学者はこう話し始めた。

ベラスケスの物語——承前

ぼくの生まれた次第、そして父が赤子のぼくを抱き上げて数学的なお祈りを捧げ、おしまいにこの子には数学を教えないと誓った話はもう前に申し上げました。

ぼくが生まれて六週間のころ、父が港を眺めていると、乗り入れた小型の三檣帆船《シエベック》が錨《いかり》を下ろし、一艘の短艇《シャルップ》が陸地へ差し向けられた。やがて、そのシャルップから降り立ったひとりの老人は、寄る年波のため腰こそ曲がっていたが、故ベラスケス公爵家のお仕着せを身にまとっていた。緑色のジュストコルに金と緋色の飾り紐を垂らし、袖は余るほどに長く、腰にはガリシアのベルトを巻き、肩帯から剣を吊っている。望遠鏡を取って父が確かめると、老人はアルバレスらしかった。いや、アルバレスに間違いない。その歩く足元が危なげだった。そう見て取ると、父は港まで老家令を迎えるために駆けつけた。手に手を取り合い、ふたりながらあわやその場で昇天せんばかりの感激の対面となった。そのあと、アルバルは今回はブランカ公爵令嬢の使いで来たこと、ブランカはウルスラ会修道院にいることを父に伝え、一通の次のような手紙を手渡した。

セニョル・ドン・エンリケ

わが父上の死の原因を作り、あなたさまの不幸せな暮らしの元となつた不運な女として、敢へてあなたさまのご記憶を新たにするのは、はばかられる思ひでございます。

悔恨の余り、贖罪の苦行にわが身を捧げたわたくしでございますが、そのきびしさにそろそろ終はりの時が近づくことと相成りました。アルバルの話によりますと、わたくしが死去した場合、公爵は自由の身となり、どなたかと再婚して跡継ぎができることとなるが、逆に生き長らへる限りは、相続権をあなたさまに残せるとのこと。そう考へると、生きる決心がつきました。厳重な断食はやめ、苦行衣も脱ぎ、わたくしの償ひは隠遁と祈禱に限ることと改めました。

相も変はらず放蕩に明け暮れる公爵は、ほとんど毎年、あれやこれや重病を患ひ、これでわが家の称号も財産も兄上のあなたさまに行くと思つたことは、いくどかございました。でも、どうやら天の思し召しは、あなたさまの才能に不似合な落魄《らくはく》の境涯に置きたいことのやうです。

ご令息がおありとか伺つてをります。当方の過ちゆゑにあなたさまから奪はれた特典を、せめてご令息のために残すことが、わたくしとして、たぶん、できやうかと存じてをります。わたくしはこちらにゐて、自分の利益ばかりか、あなた方の利益を守ってまゐりました。当家代々の自由地については、分家の所有とするのが従来の決まりでした。ところが、あなたさまよりの請求申し立てのないまま、当座、わたくしの維持に委ねられた自由地に繰り入れてあります。しかしながら、法律上はあなたさまに帰属するものです。自由地からの年収十五年分をアルバルに預けましたので、お受け取りください。また、将来はいかが致すべきか、アルバルと相談のうへ、ご都合よろしきやうにお取り決めくださいませ。

ベラスケス公爵があのやうな性格のため、邪魔立てされ、返済が斯様《かやう》に遅れました。さやうなら、セニョル・ドン・エンリケ。たとひ一日たりとも、悔恨の声をあげつつも、あなたさま及びお幸せな奥方さまのため、神の祝福を願はぬ日とてはございません。わたくしのためにお祈りくださいませ。何とぞこの手紙にはご返事なさらぬやう。かしこ過去の追憶が父の精神にとり、いかに重圧であったかはすでに申し上げたから、この手紙でまたもや思い出にさいなまれたことはご想像のとおり。その後、父は一年以上も好きな仕事に戻れなかったほどである。それでも、妻の心遣い、ぼくに対する父の愛情、そして何よりも数学者たちが取り組みだした各種方程式の一般的な解法……そんなこんなが相俟《あいま》って父は精神的に立ち直り、心の平穏を取り戻せた。土地からの収入《あがり》だけ年収の増えたお蔭で、蔵書を増やしたり、物理学の書斎を広げたりする余裕もできた。父は天体観測所まで建て、そこに器具万端を揃えるに至った。

以前から、父は慈善方面に傾きがちであったが、この機会にそれが解き放たれたのは言うまでもない。セウタの町を歩いていて、事実、哀れっぽい人とだれひとり擦れ違わずに済んだことは、ぼくからも確言できる。そのわけは、父がその天才的資質を動員して、だれもが正直に暮らせるように、人のために骨折ったからである。その苦労のほどを詳しく話せば、興味を抱かれること請け合いだ。ですが、お話しする約束はあくまでもぼくの物語なのだから、そこまで脱線は許されません。

振り返ってみれば、好奇心こそが幼いぼくのなかに芽生えた最初の情熱だった。セウタの通りには馬一匹、馬車一台も見かけない。だから、通りを駆け回る子どもには何の危険もない。ぼくも好き勝手に駆け回るに任されていた。港へ下りてはまた街へと上る、こうして一日に百回は下りては上り、好奇心を満足させた。住宅、兵器庫、商店、作業場……ぼくはところ嫌わずどこへでも入り込み、働いている人を眺め、担ぎ人夫のあとを蹤《つ》け、通りがかりの人に質問をした。どこでもぼくの好奇心は面白がられ、だれもがそれを満足させてくれた。ところが、父のいるわが家ばかりは、これが通用しなかった。

父は家の中庭に別棟を建てさせ、そこに書庫、書斎、観測所を設けた。そうした建物への出入りはぼくにはご法度《はっと》だった。初め、それをたいして気にも留めなかったぼくだが、そのうち、その立ち入り禁止に好奇心を刺激され、今から思えば、それが科学の領域へ踏み入るきっかけとなった。ぼくがまず取り組んだのは、博物のなかで貝類学と呼ばれる分野だった。父は始終、海岸に出かけた。それは岩続きになった場所で、穏やかな天気の日、海は鏡のように透明だった。父はそこで海洋生物の生態を調べ、美しい貝殻を見つけると書斎に持ち帰った。子どもは人真似が好きだ。そこで、ぼくは貝類学者になった。ところが、蟹《かに》に挟まれ、いそぎんちゃくに爛《ただ》れ、海胆《うに》に刺されたりで、ぼくは博物に嫌けがさし、物理のほうへ切り替えた。

イギリスから取り寄せた各種器具の改造・修理・模造を引き受ける職人が、父には必要となった。鉄砲を専門に手がけ、なかなか才能に恵まれたある工匠を見つけ、父はこの男に技術を仕込んだ。この機械工のところでぼくは殆どの時間をべったりと過ごし、仕事の手伝いをした。こうして実際的な知識は身に付けたものの、ぼくにはそもそもの基本が欠けていた。読み書きができなかったのだ。

もう八歳になっていたぼくだが、父の口癖は、名前が書けてサラバンドが踊れればそれで十分、ほかは何も要らない、というのだった。セウタの街には、何やらの陰謀で僧院を追われた年寄りの司祭が住んでいた。司祭は皆の尊敬を集めていて、わが家にもよく顔を出した。ぼくがこうして放任されているのを見て、この子は宗教の手ほどきを受けていない、ひとつ教えて差し上げようと、父に話を持ち込んだのが、その好人物の聖職者だった。父は同意してくれた。宗教は口実にすぎず、パードレ・アンセルモはぼくに読み書きと算術を教えた。ぼくの会得は早く、特に算数方面ではたちまちに師を出し抜くようになった。

そうこうするうち、ぼくは十二歳となり、年の割には広い知識が身に付いたが、かといって、父の前でそれをひけらかすのは用心深く控えた。うっかりそんなことがあると、父はきびしい眼差しをぼくに投げ、決まってこう言うのだった。「サラバンドを勉強するんだ、勉強はサラバンドに限る。いいか、ほかのことに手を出すんじゃない。不幸になるばかりだからな」すると、母親はこっそりぼくに、黙っていなさいよ、と合図を送り、すぐさま話題を変えるのだった。

ある日、食事の席で、舞踊の女神テルプシコラへの献身が大切という父のお説教をまたもや聞かされていると、ひとりの男が入ってきた。年のころは三十ぐらい、身なりはフランス風である。男はわれわれに向かって恭《うやうや》しいお辞儀を続けざまに一ダースも繰り返し、そのあと、なにやら片足立ちで回転《ピルエット》をしようとし、そのはずみに召使の男にぶつかり、運んでいたスープが容器ごと床に落ちた。エスパーニャ人の召使はどぎまぎして謝りを口にしたが、客のほうは何も言わない。その代わり、わっはっはと爆笑を繰り返すこと、先ほどのお辞儀の回数に及んだ。笑いが静まると、男はひどく拙《つたな》いエスパーニャ語で、自分はフォランクール侯爵 ***le marquis de Folencour*** と名乗り、決闘で相手を殺《あや》めたため国外追放処分となったこと、できれば一件落着までわが家に匿ってもらいたいこと……を話した。

フォランクールが挨拶を終えるか終えぬうちに、父は勢いよく立ち上がって言った。

「フォランクール侯爵、あなたこそまさしくわたしが久しくお待ち申したお方です。どうか、わが家はお宅だとお考えいただきたい。ただ、うちの息子の教育の世話だけを多少、見てくだされればよろしい。あなたのようなお方に息子があやかるなら、親としてこんな幸せはございません」

父の言葉の言外の意味を察したならば、とても手放しでは聞けないところだが、すっかりまともに受け取ったフォランクールはたいそう嬉しげに見えた。図に乗った彼は厚かましさに輪をかけて、しきりに母の美貌と、それにそぐわぬ父の年齢のことを遠回しに口にしたが、父はそれにはかまわず新来の客を褒めそやし、ぼくにまでそうするように命じた。

正餐の終わるころ、父は侯爵に質問して、サラバンドを息子に教えてもらえるかどうか尋ねた。答える代わりに、わが家庭教師はそれまでよりいちだんと大きな声で笑いだした。ひとしきり爆笑し終わって、人心地がつくと、サラバンドなどはとっくに廃《すた》れ、もう踊らなくなって何千年にもなる、近ごろの人気はメヌエットかガヴォットだ、と断言した。そう話しながら、彼はポケットから楽器を取り出し、それぞれの踊りの曲を演奏して聞かせた。楽器はダンスの教師たちが使うポシェットと呼ぶ小型のヴァイオリンだった。

それが済むと、父はひどく改まった態度で侯爵に言った。「侯爵、心得のある人でもめったに弾けぬ楽器をおこなしですな。して見れば、あなたはダンス教師をなさったことがおありに相違ない。まあ、それは別として、わたしの希望にますます適うあなたということになる。さっそく、明日から息子を仕込んでいただきましょう。フランス宮廷の青年貴族そのままにしてやってください」

フォランクールは、種々、不運が重なって一時はダンス教師の境遇に甘んじる破目になったと打ち明け、かといって、もともと家柄は悪くない身だから、貴族の子弟の養育にはいっそう向いているはず、と自信のほどを見せ、明日にはダンスと礼儀作法のレッスンをしようと決めた。

その巡り合わせの悪い一日の終わる話に入る前に、この同じ日の夕方、母の父であるドン・カダンサとぼくの父のあいだに交わされた会話について語らねばならない。あのやりとりのことは、以来、全く考えなかったが、今、この瞬間にふと頭に浮かんだのです。おそらくは、皆さんも興味を覚えることでしょう。

あの日、ぼくの好奇心は明日から始まる新しい先生との勉強のことに集中していて、街の通りを駆け回ろうなど思うどころでなく、父の書斎の脇で時間を過ごしていると、興奮した父の声が高まってドン・カダンサに言うのが聞こえてきた。

「お義父《とう》さん、最後にもう一度だけ警告しますよ、もしもおとうさんがアフリカ奥地にご自分の使節を今後も送り続けるなら、わたしは大臣に通告しますよ」

「息子よ」ドン・カダンサが答えた。「われわれの秘密に立ち入りたければ、難しいことではない。わしの母親はゴメレス家の人だったし、わしの血はあんたの息子の血管にも流れておるのだ」

「ドン・カダンサ」父が応じた。「わたしがこちらで総指揮を執っているのは国王のためです。ゴメレス家とかその秘密とかはわたしに何の関係もない。この会話は明日《みようにち》間違いなく大臣に報告しますよ、いいですね」

「それなら言うが」ドン・カダンサが言った。「今後、ゴメレス家に関する報告は一切するなと大臣から禁令が来ることも間違いないのだ。覚えておきたまえ」

ふたりのやりとりはそこで打ち切られた。その夜、遅くまでぼくはゴメレス家の秘密のことが頭に浮かんで寝つけなかった。それでも、一夜、明けた翌日、呪われたフォランクールのダンスの授業が行われ、万事は彼の意図とは別の展開に終わり、その結果、ぼくの頭脳は数学へと転ずることとなった。

ベラスケスがそこまで話したとき、これから妹と相談することがある、重要な問題がいくつもあって、というカバリストの声に中断された。われわれは解散して、思い思いに出ていった。

第二十四日

アルプハラスの山中を横切る当てどないわれわれの旅は続いた。ようやく野営の場所に辿り着き、食事で元気を取り戻した一同が、冒険物語のつづきをベラスケスに求めると、彼は次のように語りだした。

ベラスケスの物語——承前

その日、最初の授業には父親の希望で、父ばかりか母までが同席した。ぼくの両親に見守られてのぼせ上がったフォランクールは、自ら名門の生まれと名乗ったことをすっかり忘れ、まず長々と講釈を垂れ、舞踊——それを自分の本職と彼は呼んだ——礼讃の弁を披露した。

その次に、彼はぼくの足元を見て、ひどい内股なのに気づき、これは恥ずかしい癖であり、貴族にあるまじきことと思わなくては、となじった。そこでぼくは足先を外へ向け、そのままで歩いて見せた。元来、こういう歩き方は平衡《バランス》の法則に反する。

フォランクールはこれにも不満で、爪先を低くしなさい、と要求した。あげく、彼はじれったさにかっとなり、ぼくの背中を邪険に押しやった。ぼくはつんのめってしたたか鼻っつらをぶつけ、ひどく痛い思いをした。フォランクールは（謝って当然とぼくは思うのだが）謝りもせず、むしろ逆に、ぼくに対して猛然と怒りを発し、下品きわまる悪口雑言の限りを並べ立てた。それは、もう少しエスパーニャ語に通じていれば、とても口に出せぬと自覚できたはずの表現なのだ。

ぼくはセウタの街の人たちの行儀のよさに慣れている人間だった。だから、フォランクールの粗雑な口のききようは、勘弁ならぬ侮辱と響いた。ぼくは胸を張ってつかつかと彼に歩み寄ると、相手のポケットから例のポシェットを取り出し、床目がけて叩きつけてやってから、啖《たん》呵《か》を切った……ダンスなんか、金輪際《こんりんざい》、教わるもんか、なんだ、この下司《げす》野郎めが。

父は一言もぼくを叱らなかった。厳めしく立ち上がった父は、ぼくの片手をぐいとつかみ、中庭の片隅にある天井の低い部屋まで引っ張っていくと、ぼくを押し込め、外から鍵をおろしてこう言った。「よろしいか、絶対に出さんよ。ダンスを勉強すると言わん限りは」

したい放題に慣れていたぼくにとって、座敷牢は初めのうち、耐えきれないものであった。ぼくは長いこと大泣きに泣いた。べそを掻きながら、天井の低いこの部屋に一枚だけ嵌まる大窓に目を向け、この窓が細かくいくつに仕切られているか、ぼくは勘定に取りかかった。小間割りは縦が二十六、横も同じ二十六あった。ぼくはパードレ・アンセルモの授業を思い出した。算数は掛け算までで、その先には進んでいなかった。

縦の小間の数に横の小間の数を掛け合わせると、それだけで全体の仕切の正確な数が答えに出るのにぼくは驚いた。ぼくのめそめそ泣きは次第に減り、つらい思いも収まってきた。ぼくは縦にしろ横にしろ、一列あるいは二列を減らしたりして、何度も勘定をやってみた。それでわかったのは、掛け算とは足し算をいくどか繰り返したものであること、長さばかりでなくて面積までが計算できることであった。部屋の床にはタイルが敷かれていたので、こんどはそれを使って、同じ実験を試みた。やはりうまくいった。もうぼくは泣かなかった。心臓が喜びに高鳴った。今、こうして話しながらも、ある種の感動を禁じ得ないほどだ。

昼近く、母が黒パン一個と一杯の水を差し入れに来た。母は、目に涙を溜めながら、父の願いどおりおとなしくフォランクールの手ほどきを受けるよう心の準備をなさい、と懇願した。母の諭《さと》しを聞き終わると、ぼくは優しさを込めてその手にキスした。それから、ぼくは紙と鉛筆の差し入れを頼み、ぼくのことはもう心配ない、ここに閉じ込められても気分は上々なのだから、と母に言った。母は不審そうな様子で戻っていき、頼んだ物を持ってきてくれた。そのあと、ぼくは一心不乱に計算しながらも、そのあいだじゅう、大発見だ、大発見だぞ、と自分に言い聞かせていた。実際、数というものの持つ特性は、それについて無知だったぼくには意外な発見であった。

そうこうするうちに、ぼくは空腹に気づいた。黒パンを割ってみて気がついた……ローストチキンとハムがなかに隠してあるではないか。母の気遣いの徴《しるし》がぼくの満足感をいっそう満たしてくれ、食べ終わると、新たな喜びとともにまたも計算のつづきに取り組んだ。暗くなる前に明かりが運び込まれたから、夜も更けるまでぼくは勉強に没頭した。

その翌日、ぼくはタイルを各辺$\frac{1}{2}$で分割してみた。正方形の$\frac{1}{2}$の$\frac{1}{2}$は$\frac{1}{4}$だと知った。次に各辺を$\frac{1}{3}$で分割すると、全体で$\frac{1}{9}$が９できた。これでぼくは分数の性質がはっきりと呑み込めた。それがいっそう確かめられたのは、２・５×２・５を計算したときである。こうすると、２・５の値を持つ長方形が二個と、それとは別に１・２５の値を持つもう一個の長方形が得られるとわかった。

数の実験は先へ先へと進んだ。例えば、ある数に同じその数を掛け、その積をさらに二乗する。それはその数を四回掛け合わせたのと同じ答えとなる。こういう美しい発見のどれ一つとして数学の用語を使って説明できたわけではない、ぼくはそんな用語を知らなかったから。計算に使う特殊な記号法も、窓の小間との関連で工夫した自己流だが、曲がりなりにも明白で品格があった。

座敷牢入りしてから十六日目、昼食を運んできた母が言った。「親しいわが子よ、耳寄りなニュースですよ。フォランクールが実は脱走兵だと発覚したのです。お父さまは、たいそうなお怒りようで、船に乗せて本国へ送還させました。だから、きっと早く出られます」

せっかくの釈放の知らせを聞いても、ぼくが平然としているので、母は怪訝《けげん》な様子だった。母のあと、間もなく父が姿を見せ、母の予告を確認した。それから、ロンドンやパリで最新流行のダンスの譜面と図解を載せた書物があれば送ってほしいと、手紙で頼んであると話した。依頼先は友人のカッシーニ[1]とホイヘンス[2]という人だとも言った。なにしろ、父の執念の一つは、弟のカルロスが部屋へ入るたびに片足でくるりと旋回した姿で、父がぼくに習得させたがったのは何よりもこのピルエットなのだ。

そう話すうちに、ぼくのポケットから突き出たノートに父が気づいて、つまみ出した。数字がいっぱい並び、意味不明の珍妙な記号まであるのに父はまずびっくりした。ぼくは記号の意

1 *Cassini* 十八—十九世紀に天文学の学者を輩出したフランスの家系。スイスの数学者の家系ベルヌーイ家と双璧を成すか。「物語の舞台は一七二〇年ごろと考えられるので、パリの天文台長の*Jean Dominique*（一六七七—一七一二）または天文学と物理学で知られた*Jacques*（一六七七—一七五六）が適当となる」とは、原本の校閲者ラドリザニの指摘である。ククルスキ教授はジャックのみを挙げる。平凡社の大百科によれば、初代のパリ天文台長を務めたジャン・ドミニックはジョヴァンニ・ドメニコの名もある元イタリア人。当時はボローニャ大学教授、教皇の天文学顧問。生年は一六二五年が正しく、六九年にフランス市民となった。したがって軍配はククルスキに挙がる。ジャックはこのジャン・ドミニックの子で子午線の観測、パリの経度の決定などに携わった。「幼少から父に天文学を学び」と記されている。

2 *Huygens, Christiaan*（一六二九—九九）ハーグの名家に生まれたオランダの物理、天文、数学の学者。十六歳までの教育は兄とともに祖父から受け、六六年以降はパリに住んだ。微積分、確率論に貢献したほか、衝突の研究、振子《ふりこ》時計、レンズの改良や光学にも力を注ぎ、ついに土星の衛星を発見した。ニュートンと同時代で面識もあったが、後世への影響で一歩を譲ったのは体系的な理論に劣ったためとされる（河村豊氏による）。ただし、一七二〇年にはホイヘンス死後となるから、現実にはベラスケスの父の手紙は「宛先不明」で舞い戻ってしまう。

味を明かし、計算のいちいちを説明した。父の驚きはいちだんと増し、そこに満足の色さえ混じるのをぼくは見逃さなかった。父は丹念にぼくの発見の筋道を辿っていたが、すっかり目を通してしまうと、こんな問題を出した。

「ここの窓には縦も横も小間の数が二十六あるね、それでだ、縦横に小間を二列ずつ増やして、出来上がる窓の形を正方形にしたい。そのために必要な小間は合わせていくつになるか。さあ、答えて」

ぼくはすぐさま答えを出した。「今の窓の下のほう、それにどっちか片側に、それぞれ二列ずつ足せばそれぞれが二十六小間×二、だから五十二小間×二でしょ。でも、そうすると四小間分の小さな正方形が増やした二列ずつの隅に残る。で、その穴埋めに二小間×二。すると、全部なら、えーと、百八小間」

その答えに父は内心、大いにご満悦だったが、極力、それをひた隠しにして、次の出題に移った。「では、次の問題。この底辺に加えるのを無限に細い直線とすれば、どうか」

ぼくは一瞬、考えてから言った。「窓のどっちか片側に同じ長さの線が必要になるけど、それは無限に細い線です。ですから、隅にできる正方形は、これも考えられないほど無限に小さい」

そこまで聞くと、父は椅子の背にのけぞり、両手の指を組み、天に向かって目を上げて言った。「おお、神よ、この子は二項定理を言い当てました。このままだと微分計算も当ててしまうでしょう！」

その父の様子を見てぼくは愕然とした。ぼくは父の襟飾り《クラヴアット》の紐を緩め、助けを呼んだ。父は意識を取り戻し、ぼくを腕に抱きしめ、そして言った。「わが子よ、親しいわが子よ！　計算は捨てることだ。サラバンドを勉強しなさい、サラバンドを、サラバンドを！」

もはや、座敷牢は論外となった。その夜、ぼくはセウタの城壁の周りを一巡し、その散歩のあいだじゅう胸のなかで繰り返した。「この子は二項定理を言い当てました、この子は二項定理を言い当てました」と。

そのときから、ぼくの毎日は数学の分野における何かしらの進歩によって徴づけられた、と言える。数学の勉強は父から固い禁制が出ていたのだが、ある日、ふと気づくと足元に一冊の本が転がっている。手に取って見れば、アイザック・ニュートンその人の著『普遍代数学』の一巻ではないか。どうやら、これは父がわざと企んだことだとぼくは今も思わざるを得ない。書庫にしても、ときどき開いていることがあり、密かに利用できた。

かといって、以前と変わらず、父はぼくを世間向きに育てる考えを捨てたわけではなかった。常づね部屋に入るたび、父はぼくにピルエットをさせた。そして自分でも歌を口ずさんでみせたり、低劣な意見の持ち主のようなふりをしたりした。そんなあとで、父は涙に暮れ、こう言って嘆くのだった。「わが子よ、おまえは厚顔無恥に創られていないね。おまえの一生もわしを上回って幸福とはいかんじゃろう」

ぼくの入牢事件から五年後、母が身籠った。母は女の子を産み落とし、ブランカという名がついた。美貌で軽はずみなベラスケス公爵夫人に尊敬を込め、それに因む名前である。公爵夫人からは文通を禁じられていたが、父は娘の誕生をぜひ彼女に知らせねばと考えた。やがて、あちらからお祝いの返事があり、これが昔の悲しみを新たにすることとなったが、かつての激情に浸るためには、父はもう老境に近づいていた。

それからの十年、わが家の暮らしは無事太平のうちに過ぎた。もっとも、父とぼくにとっては大きな変化があった。それは毎日、お互いを新しく知り合う間柄になったという意味である。昔はぼくに対して隔たりを置いていた父の態度が、がらりと改まった。父が数学をぼくに教えるようになったというのではない。その逆で、ぼくがサラバンドだけを身につけるように今も万全を尽くしていた。という次第だから、父は公明正大で何も疚《やま》しいことがない。こうして父は数学に関係ある事柄ならどんなことでも、悔恨の情を抱くことなしに、ぼくとのおしゃべりに打ち込めたのである。父との話し合いは、いつでもぼくの熱意を掻き立て、ぼくの勤勉を倍加させる効果を持った。しかし、同時にそうした会話は、ぼくの完全な傾聴を引き寄せた半面、前にも話したようなぼくの注意散漫、うっかりぼんやりの傾向を助長した。この病弊はしばしばたいへん高くついた。その話はあと回しにするとして、例えば、ある日のこと、ぼくはセウタの街をあとにして、どうやってか自分でも知らぬまま、忽然としてアラビア人たちのあいだに立ち交じっていたのだった。

ここで妹の話をすれば、彼女は年を追うごとに気品と美貌を増して、わが家の幸せに欠けるところは何一つとしてないはずだった……もしも母さえ長生きしていれば。しかし一年前、にわかな病《やまい》で母はわれわれの前から奪われた。

そこで父が家に入れたのは、亡くなった母の妹である。それがアントニア・デ・ポネラスという名前の二十歳の女で、夫に先立たれてまだ半年の身だった。この妹は母とは腹違いに当たる。父親のドン・カダンサは、独り娘（ぼくの母）を嫁がせたあと、単身の寂しさに堪えず、再婚したのだが、六年後にまたも妻を亡くす。残されたその娘がドン・デ・ポネラスに嫁入りして、一年も経たずに寡婦《やもめ》となる。そんな事情が背景にあった。

若くて美人のこの叔母は、母の居室を引き継いで、家の采配を揮い、てきぱきと事を運んだ。ぼくには特別に気を使ってくれて、日に二十回もぼくの部屋に顔を出しては用を尋ねた——いかがですか、ココアとか、レモネードとか、何か別に。

こうした来訪は計算の妨げとなるので、常づねぼくは不愉快千万に思っていた。たまたま、ドニャ・アントニアが来ないときには、彼女の小間使が代わりを務めた。叔母と同い年で気立てもよく似ていた。名前はマリカという。やがてぼくは妹のブランカが、このふたりをひどく嫌っていることに気づき、間もなくぼくも共感するようになった。もっとも、ぼくの場合は、邪魔がうるさいだけの理由なのだが。といっても、ぼくのほうがばかにされていたばかりではない。ふたりのうちどちらかが入ってくると、ぼくは貴重品を置き換えるのが習慣となり、出ていったあとで、また計算を再開した。

ある日、対数を求める計算の最中に、アントニアが部屋に来ると、ぼくの机の横の肘掛椅子に腰かけた。それから、暑さの不平を並べ、胸元に掛けたハンカチをはずして畳んでから、それをぼくの椅子の背に置いた。そんなしぐさから見て、どうやら長居する気だと思えたので、ぼくは計算を中断してノートを閉じ、しばらくのあいだ思索することにした——対数の性質について、また対数表作成の功労者である有名なネーピア[1]の苦労について。

すると、邪魔したい一心のアントニアは、ぼくの椅子の背後に回って、両手でぼくに目隠しして言った。「さあ、計算なさい、数学の先生！」

叔母の提案は純然たる挑発を含んでいるとぼくには思えた。ぼくはそれまでせっせと対数表を使っていたから、たいていの対数なら記憶にとどまっていて、難なく思い出せた。とっさにぼくは対数を求めていた元の数字を三つの因数に分解することを思いついた。対数のわかっている因数が三つ見つかった。その三つの対数を暗算で加算した。そのとたん、アントニアの両手がはずされたから、ぼくは答えに出た対数をただ一つの小数も洩れなく正確に紙に書き留めた。アントニアは機嫌を損ねた。むっとした彼女は無礼に近い捨て台詞を残して部屋を出ていった。「間抜けさんね、数学の先生って！」

おそらく、彼女がなじりたかったのは、ぼくの方法が素数には適応できない、ということであろう。素数だとその数ないしは一でしか割れないからだ。その点で彼女は正しいのだが、にもかかわらず、ぼくがしたことは、計算の通例なのだし、ぼくに向かって「間抜け」などとはたしかにお門違いである。しばらくして、やって来た小間使のマリカは、ぼくのことを抓《つね》ったり、くすぐったりした。けれども、叔母の捨て台詞の余韻が耳に残るぼくは、些か乱暴に彼女を追い出した。

さて、ここから話はぼくの生涯の特別な時期にさしかかる。それは、ぼくの雑多な着想を単一の目的へ向けてまとめ上げるという新しい仕事に取りかかった時期なのだ。皆さんもご存じのとおり、どんな学者でも一生のある時点に、何らかの原理《プリンシプル》に圧倒され、それが閃《ひらめ》きとなって、その原理を敷衍《ふえん》拡張してさまざまな結果や応用を引き出し、一個のいわゆる体系《システム》に取り込む。それこそ学者が勇気と力量を倍加させる時期だ。そのとき、学者は既知の事柄に立ち戻り、他方、これまで欠けていたものを完全にわがものとする。そして彼はいちいちの概念を、あらゆる側面から検討・統合・分類する。もしかしたら、学者は体系の確立にも、ないしは、その正しさの確信にも、到達できないかもしれない。しかし、それを放棄するときには、着想を得た当時と比べれば学識が深まっているし、以前には目にも留めなかったいくつかの真実も取り出している。こうして、ある体系を作り出す瞬間が、ぼくにもやって来た、というわけなのだ。最初の着想がどのように生まれたか、そのチャンスのことを話せば、こんなことになる。

1　***Sir John Napier***（一五五〇―一六一七）　スコットランドの数学者。対数表の発表はその没年に当たる。

ある晩、夕食後、勉強部屋に引きこもり、ひどくやっかいな微分問題に取り組み、やっとその解を得てほっと一息ついていると、叔母のアントニアが入ってきた。見ると、殆ど下着だけのしどけない姿だ。彼女はぼくに言った。「親しい甥御さん、あたし寝つけないの……あなたのお部屋の明かりを見ていると。あなたの数学ってすごく美しいものですってね。なら、あたしに教えていただけないかしら」

別段、これという予定もなかったので、ぼくは叔母の頼みを受け入れた。ぼくは石板を取り出し、エウクリデス（ユークリッド）の公理の最初の二つをそこに図示した。三つ目の公理に移ろうとすると、叔母はぼくの石板を横取りして、言った。「とんまな甥だわ、数学じゃどうやって子どもを作るか、教わらなかった？」

叔母の言は、初め無意味なこととぼくは気にしなかったが、よくよく考えれば、いや、そうではあるまい、彼女の求めたのは、自然界における繁殖の諸相を明かす一般的表現なのかもしれぬと理解した。すなわち、ヒマラヤ杉から地衣類、鯨から顕微鏡的な微生物に至るまでを含めた普遍的な生殖の質問なのであろう、と。

同時にぼくは、以前に動物理念のプラスおよびマイナスに関して行った考察を想起した。動物理念におけるプラス、マイナスの第一原因は、個々の動物の生殖、受精、さらには学習に遡り、それらの違いに根ざすというのが、ぼくの発見なのであった。さらに、このプラス、マイナスには、増大と減少の問題を内包していたから、いきおい数学の分野にぼくを引き込んだ。

研究の行き着くところ、ぼくが逢着《ほうちゃく》したのは、同一のタイプでありながら価値の相異なる行動を、全動物界にとって指示する独自な記号体系という考え方である。

ぼくの想像力は急速に燃え上がった。ぼくは、軌跡測定の可能性と、またわれわれの考え、その結果としての行動のそれぞれの限界とを垣間《かいま》見たように思った。一言で言えば、それは自然の全体系に計算が応用できる可能性のことだ。次々と湧き出る思考の群れに息の詰まる思いがして、ぼくは自由な外気を呼吸する必要を切実に感じた。戸外に出たぼくは城壁の上を走り、そこを三周もしたのだが、自分では何をしているのか、殆ど自覚しなかった。

ようやくぼくの頭は平静を取り戻した。白みだした朝空を見ると、ぼくの原理のいくつかを書き留めて置かねばと思い立った。手帳を取り出して、鉛筆を走らせながら、ぼくはわが家へと戻る道を――あるいは戻るはずと思える道を――歩いていった。ところが、〈環状外堡〉から右に折れる代わりに左へと曲がってしまい、隠し扉を抜けてぼくは濠《ほり》にきていた。朝は明けきらず、手帳の文字が読み取れないほどだった。早く自宅に帰りたいと気持ちが焦った。ぼくは足を早めた。家に向かっているつもりに変わりはない。だが、あにはからんや、道の先に現れたのは斜堤で、要塞から大砲を牽き出す場合に備えて築かれたものだった。こうしてぼくは斜堤に出た。

それでも家に戻れる気で、ぼくは相変わらず一心に手帳に書き込みながら、急げるだけ急いだ。走ってもみたが、空しく着けない、街とは逆の方角に向かっていたのだ。ぼくは道ばたに腰をおろし、ノートを取り続けた。

どのくらい経ったか、ふと目を上げると、ぼくの周りをアラビア人が取り巻いていた。ぼくは彼らの言葉ができる。セウタでは日常、聞かれるからだ。ぼくは自分の名前を告げ、父のところへ連れていったら、父から謝礼がもらえるはずだ、と話した。

謝礼という言葉は、いつもアラビア人の耳には何やら快く響く。ぼくを取り巻いていた遊牧の人々は、親切そうな様子の長老《シェイク》のほうに顔を向け、彼の返答——金になる良い返事を待ち受けているらしかった。シェイクは深刻な思案顔で長いこと顎ひげを撫でていたが、やがてぼくに向かって言った。

「聞きなされ、お若いナザレ人よ。われわれはあんたの父親を知っておる。あれは神を畏れる方じゃ。あんたのこともわれわれは聞いておる。父親同様のいい人間だというが、神はあんたの理性の一部を奪われたとの噂も耳にしておる。そんなことで悩んではいけない。神は偉大である《アッラー・アクバル》。神は理性を与え、その意志により理性を奪いなさる。気の触れた人々は、神のお力と人知の虚《むな》しさの生きた証《あかし》じゃ。気の触れた人々は、善も悪も弁えず、無垢の太古の状態の見本のようなものである。彼らは聖性の初等段階を有しておる。われわれイスラーム教徒は、気の触れた人々に対してマラブー *marabout* の名を与えておるが、これは聖者と同じ扱いなのじゃ。このことはわれわれの宗教の大原則に属することじゃぞ。したがって、あんたのことで、わずかでも謝礼を受け取れば、それは罪を犯すことになる。われわれはあんたをエスパーニャ部隊の最寄りの哨所まで送り届けて、直ちに退散する」
　正直申して、シェイクのご託宣は、ぼくを茫然自失に突き落とした。〈なんてことを言う〉ぼくは胸うちで独白した。〈ロックやニュートンの足跡を追って、人知の最終の限界ぎりぎりにまで到達しようというぼくだぞ。あれこれの計算の大原則に則って、形而上学の深淵に何歩か確かな足を踏み入れようともしている。それが何だと？　狂人の仲間に入れられ、もはや人間界に属さない畜生並みに貶《おとし》められようとは。ああ、ぼくの栄光を懸けた微分も積分も滅びるがいい！〉
　そう呪うと、ぼくは手にした手帳をびりびりと引き裂き、細切れにした。そして、声には出さず、父に呼びかけた。〈おお、わが父よ、サラバンドを習わせ、上辺《うわべ》ばかりの連中の快楽を学ばせようとした、あなたは正しかった〉
　そのあと、思わず知らず、ぼくの体が動きだし、サラバンドのステップを踏み始めた……それは不運の昔を思い出すたびにいつも父がやることなのだ。
　あれほど書き込みに熱中していたぼくが、手帳をちりぢりに破り捨てたあと、踊りだすのを見て、アラビア人たちは憐憫と敬虔を込めて口々に言った。「神は偉大なり《アッラー・アクバル》！　神の御加護《アルハムドゥリッラー》を！　神は寛大なり《アッラー・カリム》！」
　そう唱え終わると、一同は大事そうにぼくの手をとり、最寄りのエスパーニャ部隊の哨所まで送ってくれた。

物語がそこまで来たとき、ベラスケスは悲しげな、または、放心した表情となり、続く話の糸口に迷うふうだった。そう見て取ったわれわれは、明日またこのつづきをと彼に頼んだ。

第二十五日

　われわれは行進を再開して、景色の美しい、だが荒れ果てた一帯を通り抜けた。ある山裾を巡るうちおれはキャラバンから多少の後れを取った。とつぜん、呻き声を耳にしたように思えた。道沿いに続く、鬱蒼と樹木の茂る谷間から、その呻きは聞こえるらしい。おれは騾馬を降り、木に繋ぐと、抜き身の剣を手に下生えのあいだに乗り込んだ。進めば進むほど、呻きは遠ざかるふうだ。そのうちに、おれは見通しのよい場所へ出た。とたんに、おれを取り囲んだのは八、九人の男どもだった。めいめいマスケット銃をこちらに向けている。

　なかのひとりが、剣を渡せと命じた。要求に応ずると見せ、一刺しにしてくれようと、おれは男に躍りかかった。その瞬間、相手は助命を乞うかのように、銃を地面に置いて、降参しろ、ある約束をするなら許す、と言った。降参も、約束も断る、とおれは申し出を蹴った。

　そのとき、おれの名を叫ぶ仲間の声がした。すると、隊長と覚しいその男が言った。

「士官殿、あなたを呼んでいるな。話を急ごう。きょうから四日後に連中の幕営地を離れて西を目ざすように。うちの仲間と落ち合ったら、重要な秘密をあなたに告げる手筈だ。さっきの呻き声はあなたをこちらへおびき寄せる囮《おとり》だ。では、きっと四日後に」そう話すと、男は軽く一礼して、口笛を鳴らし、同志らと引き揚げていった。

キャラバンと合流できたのちも、谷間での出逢いについては要らぬこととおれは心に決め、口を閉ざした。間もなく、一行は予定の塒《ねぐら》に着いた。食事のあと、われわれが物語のつづきをベラスケスに乞うと、彼はこう話の糸口を切った。

ベラスケスの物語——承前

これまでのところは、世界を支配する秩序の考察を思い立ったぼくが、前人未到の計算応用の発見に小躍りする話だった。そのあと、ぼくのばらばらな考えがいわば一つの焦点に集中する動機となったのは叔母アントニアのお門違いで不謹慎な発言だということも言った。おしまいに、狂人扱いを知ったおれが極度の落胆のうちにも極端な興奮状態に陥ったことも話した。正直な話、あのときの気落ちは激しく長く続いた。ぼくはだれの前にも目を伏せた。他人同士が結束し、いっせいにぼくを拒否し見下げていると思われた。それまでは喜びだった書物という書物が、死ぬほど吐き気を催させた。開いてみても、そこにはごたごたと無用の饒舌ばかりが目に映じた。ぼくは二度と石板に手を触れず、もはや計算もしなかった。ぼくの脳髄の繊維は弛緩し、だらりと弾力を失ったままだった。

ぼくの不調に気づき、父は原因を明かすように促した。ぼくは長く抵抗した。その末にようやくやく、ぼくはアラビア人シェイクから言われた言葉を父に伝え、気違いと見られるつらさを話した。

父は目にいっぱいの涙を浮かべ、深々と頭《こうべ》を垂れた。長い沈黙ののち、父は同情に満ちた目をぼくに向けて言った。話は長々と続いた。

「息子よ、おまえの場合は狂人と見られる程度だが、わしは三年のあいだ、本物の狂人だった。おまえの放心、わしのブランカへの愛、そんなものがわれわれ親子の苦しみの〈第一原因〉じゃない。われわれの災いはもっと遠くから来ている。

自然は無限に豊かなものだし、その富においても千差万別だ。これが自然の持つ不変の法則だが、自然自身がその法則を破る。自然は個人の利益を人間のすべての行動の動機として作り出した。しかし、大勢の人間のなかで、自然は奇妙な少数派もこしらえた。エゴイズムの殆ど認められない人たち、自分自身の外部に動機を求める人たちのことだ。ある人は学問に傾倒し、別の人は公共の善に尽くす。彼らは他人の発見を自分の発見のように喜び、国家の福祉施設を自分が得したように歓迎する。無私無欲のこの習性が、彼らの運命全体に影響する。彼らは自分の利益になるように人々を操ることを知らない。運命が向こうからやって来る、しかし、彼らはそれを押しとどめようとは思わない。

大部分の人間では、利己に発する行動が片時も中断されない。他人に助言する場合にも、利己が働く。他人への奉仕にも、利己がある。人との関係や交際においてもそうだ。ほかの一切には無関心でも、自分の利益となるとどんなに遠くかけ離れたものにでも彼らは熱中する。だから、個人の利益にまるで無欲な人間が、彼らには理解できない。そこで、彼らは隠れた動機を疑い、痩せ我慢か、気違いかと怪しむ。彼らはそういう男のことを、敬遠し、見下げ、アフリカの岩山へと遠ざける。

ああ、息子よ、われわれはお互い、そんな追放される種族なのだ。だが、われわれにもそれなりの楽しみがある。おまえにもその楽しみを教えるのがわしの義務だ。わしはおまえを駄目なやつ、間抜けな男に仕立てようと試みた。天はわしの努力に報いなかった。だから、こうして多感な魂、精神の開けたおまえができた。わしがおまえに知ってほしいのは、われわれにも快楽はあるということだ。その快楽は知られぬままひっそりとしているが、甘美で清らかなものだよ。

例えば、アイザック・ニュートン[1]がわしの匿名論文を評価して、書いた人に会いたがっているると聞いたときは、密かに満足を覚えた。わしは名乗り出なかった。しかし、研究に励みがついて、次々に新たな着想が湧き、知恵を深めた。わしは新しいアイディアでいっぱいになり、せき止めようもないほどだった。わしはセウタの岩に向かってアイディアを明かそうと出かけ、全自然界にそれを打ち明け、わが創造主にそれを捧げた。苦しみの記憶が、溜息と涙との昂揚した感情に交じり合い、無上の喜びを味わった。自分を取り巻く災いは、自分の力で和らげ得るものだ……その喜びにそう教えられた。わしは摂理の眼差し、創造の業《わざ》、人間精神の進歩と自分自身とを心のなかで一体化させた。わしの精神、わしの人格、わしの運命は、個人という形のもとにあるのではなく、一つの偉大な全体の一部を成すものなのだ。

こうして情熱の年ごろは去った。わしが自我を見出したのは、その後のことだ。おまえの母親の弛《たゆ》まぬ心遣いがわしに一日に何度となく知らせた……彼女の優しさの唯一の対象たるこのわし、すなわち自我とは何かを。自閉していたわしの魂は、感謝の心、相思相愛の気持ちに向かって開かれた。おまえやおまえの妹の幼かった当時の些細な出来事どもが、わしに親心の優しさを教えた。

今ではおまえの母親はわしの胸のうちだけに生きている。そして歳月によって弱まったわしの精神は、もはや人間精神に何も加える力がない。しかし、人間精神というこの宝は日に日に広がり、増大する。わしはそれを喜びとともに眺めている。そのことに寄せる関心がわしの無力を忘れさせ、倦怠がわしに忍び寄ることはまだない。

だから、わが息子よ、われわれにも喜びはあるのだ。わしがいつもそう願ったように、おまえがたとえ愚か者になっていたとしても、人生の苦しみから逃れることはなかったはずだ。先日、アルバレスがここへ来たとき、弟カルロスのことを話してくれたが、その語り口はわしに

1　イギリスの物理・数学者である ***Isaac Newton***（一六四二—一七二七）が「自然科学とは〈第一原因〉、すなわち神に到達すること」と明言したことについて「その合理主義は宗教的情熱と無関係ではなかった」とする評価（平凡社大百科事典）は、ベラスケス父の考えと合致する。

羨望よりも同情を催させた。アルバレスはカルロスについてこんな話をした。
〈公爵は宮廷に通じているので、陰謀があればたちまちに決着をつける。しかし、野心の高みを目指せば、高くに飛びすぎたと間もなく後悔する。公爵は大使となり、あらゆる威厳を保って主君たる国王の代表を務めた。ところが、最初の難題に直面すると、無理にも召還された。大臣職にも任命された。次々と空いた職責を人並みに満たすだけは満たしたが、次官級ができる限り仕事の後押しをしたものの、不適格が目に余り、ついに辞任へと追い込まれた。今や全く信望を失ったが、たいして重要でもない用件を作り出す術《すべ》は心得ていて、それを口実として国王に謁見し、お気に入りのように見せびらかす。しかし、死ぬほど退屈しているのが実態で、何とかそこから逃げようとするのだが、決まって怪物の手の下に嵌まり込んで、その重みに潰される。退屈にあがいては、自分かわいさで始終、あれこれに手を出す。ところが、ちょっとしたことにも極端なエゴイズムが顔を出し、お蔭で生きることが責め苦となった。とはいうものの、あの病気、この病気と病みがちだから、かわいさ余るご自身の身も、そのうちに儚《はかな》くなると警告され続けているわけでして、そう思う本人は、どんな楽しみにも暗い影が射す〉と。

アルバレスの口から聞いたのは、ざっとこんなところだ。なるほど、とわしは思った。落魄のわが身とはいえ、ひょっとすれば、わしのほうがカルロスよりは幸せかもしれない、わしのものを横取りして栄耀《えいよう》栄華のただなかにあるあいつよりも、と。

ところで、話をおまえに戻そう。おまえのことを少し頭のおかしな男とセウタの住民が思い込んでいるとすれば、それは連中が単純すぎるせいだ。しかし、今におまえも世の中へ出る日が来る。そうなったら、必ず不正にぶつかる。こいつには用心が肝要だ。侮辱には侮辱で、中傷には中傷で、不正には自分の武器で、対抗するのが最良には違いない。だが、汚辱に打ち勝つ技はわれわれの手に余る。重荷に押し潰されたと知ったら身を引くことだ、屈んで蹲《うずくま》ることだ。自分の本質をおまえの魂の養いとしなさい、そうすれば幸福の何たるかが知れる」

この父の諭《さと》しはぼくの身に沁みた。ぼくは勇気を取り戻し、ぼくの体系に再び取り組んだ。そうすると、ぼくはますます放心の度合いが強まった。人から何か言われても、おしまいの数語しか耳に入らず、それだけが記憶にとどまる。しかも、ぼくが返事するのは、話を聞いてから一、二時間後なのだ。行く先もわからずに歩いていることも折々、起こった。そこで、盲人のように付き添いが必要だった。もっとも、この種の放心状態が起きたのは、ぼくの体系を秩序立てるのに要した時間に限っている。そちらへ気を取られることが少なくなるに連れて、放心の機会は減り、現在では、殆ど改まった。

「口出しするけど」とカバラの修験者が言った。「先生の放心状態なら、これまで何度か見たと思いますよ。でも、自分から改まったと言うんだから、おめでとうと申しましょう」

「ありがとう、嬉しいですね」ベラスケスは言った。「治ったわけは、ぼくの体系が完成しないうちに、ぼくの運命に意外な事件が舞い込んだせいで、こういう事態の変化では、とても困難になった……いや、体系との取り組みではなくて……残念ながら一つの計算に十時間も十二時間も没頭することがです。実を言うと、天の思し召しで、ぼくはベラスケス公爵兼エスパーニャ大公爵となり、大資産を持つ身となるのですよ」

「おやまあ、公爵さま」とレベッカが言った。「そのお話は物語の特別付録ですね。たいていの人なら、まずそれを物語の冒頭篇とするでしょうに」

「たしかに、こういう〈係数〉が付くと、個人の価値が何倍かになる。しかし、ぼくは、事実の順序どおりに話さないうちは言い出しかねて……。では、話し残しの分をまとめて致しましょう」

例のアルバレスの息子でディエゴ・アルバレスという者が、四週間ほど前にセウタにやって来て、公爵夫人ブランカから父宛の信書を持参したのです。それはこんな手紙でした。

セニョル・ドン・エンリケ

弟君ベラスケス公爵が神のみもとに召される日の近きことをお知らせ申し上げるため、筆を執りました。

当家の世襲財産に関する規程によれば、長兄には弟の財産を相続することを認めておらず、大公爵の称号を含め、貴下のご子息のものとなります。

罪障消滅の償ひの四十年を終へ、わたくしの無思慮ゆゑ貴下より奪ひました財産をご子息にお返しできますことは、この上なき幸せに存じます。貴下の才能が導いたに相違ない栄光だけは、これをあなたさまにお返しできません。けれども、わたくしたちふたりは、共に永遠の栄光に入る戸口に来てをり、この世の栄光は無縁のものと拝します。

天よりあなたさまに恵まれましたご子息をこちらへお遣わしなさいますよう、また罪深いブランカをこれが最後ながらどうぞお赦しくださいますよう、伏してお願い申し上げます。二か月来、わたくしが看病してをります公爵は、ぜひ相続人にお目にかかりたいと望んでをります。

ブランカ・デ・ベラスケス

セウタの人々は街を挙げて、この知らせに大喜びし、お祝いの言葉をぼくに寄せた。しかし、ぼくはその歓喜を共にする気になれなかった。それはぼくにとってセウタこそが世界だったからだ。それまで、ぼくは空想に浸るときだけ、心のなかでセウタから離れたことはあった。城壁の彼方、モーロ人の住む広い国に遠く目を投げはしたが、それは頭に描く風景を夢見るためだ。そこを自分で散策できない以上、田園は目を遊ばせる風景のために作られたように思えた。セウタの外へ出て、ぼくは何をしようというのだ。あの街の防壁でぼくが方程式を炭で落書きしなかった壁はどこにもなかったし、足を止めるどこの休憩所も満足な結果の出た瞑想の記憶と結びつかないところはない。

たしかにぼくは叔母のアントニアや彼女の召使のマリカからいくどか嫌がらせを受けた。しかし、長くぼくの苦しんできた放心に比べれば、それも重大な妨害とは言えない。長時間の瞑想も、計算も、これで終わる、計算を奪われるのは、幸福を奪われるにも等しい。ぼくはそこまで思いつめた。それでも、やはりセウタを去って出発しなくてはならない。

父は港までぼくを送ってくれた。父はぼくの頭の上に両手を置き、ぼくに祝福を与えて言った。

「息子よ、間もなくおまえはブランカに会える。あの人は、もうあの魅惑する美しさではない……わしの栄光と幸福の源となるはずの美人であったが。おまえの前に現れるのは、老いによって消え果て、改悛によって変わり果てた色香だろう。しかし、彼女の父親さえ赦したしくじりに、なぜあの人はいつまでもこだわって泣くのか。わしの場合は、一度だってあの人を怨みはしなかった。栄誉ある要職に就いて国王のお役に立つことこそなかったが、わしはこちらの岩山で大勢の人のために良かれと四十年も働いた。セウタの人々の恩人はブランカなのだ。彼女の美徳の話をすべての人々は耳にし、ひとり残らず彼女を祝福している」

父の言葉はそこでとぎれた……こみ上げる嗚咽に喉を詰まらせたのだ。セウタの住民が挙げてぼくの門出に立ち会った。人々の目にはぼくを失う悲しみと同時に、ぼくの運命の転機へ寄せる喜びの色が光った。

帆船は滑り出し、翌日にはアルヘシラスの港に着き、下船したぼくはコルドバへと向かい、その次にアンドゥハルに一泊した。アンドゥハルの宿屋のあるじはぼくに向かってしきりに何やらとんとわからぬ幽霊の話を聞かせてくれたが、ぼくには一言も通じなかった。そこで一晩、寝てから、翌朝は早立ちした。ぼくは従者ふたりを伴った。ひとりが前を歩き、もうひとりは後ろから蹤《つ》いて歩く。そのうち、ぼくはマドリード入りしたら、勉強の時間がなくなることにはっと気づき、手帳を取り出して計算に取りかかった。ぼくの体系のなかに概算だけ示しておいたものだ。ぼくが乗ったのは騾馬で、歩度が緩く平均していたから、この種の作業には好都合だった。

こうしてどのくらいの時間を費やしたか知らない。とつぜん、ぼくの騾馬が立ち竦《すく》んで脚を止めた。見回すと、そこは絞首台の真下で、上にはふたりの男がぶら下がっているではないか。気のせいか苦しさに歪んで見える両人の形相が、不気味にぼくに迫った。辺りを窺うが、お伴は影も形もない。呼べど叫べど戻ってこない。肚《はら》を決めてぼくは目の前にある道に騾馬を進めた。とっぷりと夜の暮れかかるころ、着いた先は一軒の宿屋である。立派な造りで広々としているのだが、荒れ果てて人の気配がない。

厩《うまや》に騾馬を繋いでから宿へ上がり、一部屋に足を踏み入れたぼくの目は、夕食の残りがあるのを認めた。山鶉《やまうずら》のパテとパン、それに一本のぶどう酒はアリカンテの産である。アンドゥハルを出てから何も食べていなかったから、その空腹がパテに手を出す権利を与えているとぼくは決めた。だいいち、注文する相手の姿はないのだし。そのうえ、喉もひどく渇いていたので、さっそく渇きを癒したのだが、どうやら慌てて飲んだとみえる。アリカンテ産ぶどう酒の酔いにのぼせたと気づいたときは、もう手遅れであった。

部屋には、こぎれいな寝台が一つあった。ぼくは服を脱ぎ、横になると、眠りに落ちた。ところが、しばらくして、ぼくは何やらの気配にはっと目を覚ました。夜半を知らせる鐘の音が響いていた。この近くに僧院があるのかな、朝になったら行ってみよう、とぼくは思った。

その後すぐ、中庭に物音がした。ぼくのお伴が着いたのだ、とぼくは察した。それこそ腰を抜かすほど驚きであったのは、部屋に立ち現れたのが、なんと叔母のアントニアとお伴のマリカなのだ。マリカは二本の蠟燭を立てたカンテラをかざし、叔母は片手に封筒を持っていた。

「親しい甥よ」と彼女は言った。「あなたのお父さまがこの書類をお届けするようにとあたしどもを遣わしました。とても大切な書類とか仰って」

ぼくはそれを受け取り、上書きの文字を見た。〈円積問題の証明[1]〉と書かれている。父ならこういう無駄な問題には絶対にかかずらわない、とぼくは知っていた。

ぼくはどきどきしながら封筒を開けた。だが、目を走らせるうちに、すぐさま腹立たしさとともに見抜いたのだ……〈求積法〉と謳《うた》っているが、これは実際にはディオストラテス[2]のよく知られた理論にすぎず、証明は見慣れた父の字ではあっても、父の頭からひねり出されたものではなかった。〈最新の証明〉なるものは偽推理《パラロギズム》以外の何ものでもない、とぼくは断定した。

一方、叔母のアントニアは、これが宿に一つきりの寝台よ、とぼくに言い、半分わけにしなくちゃ、と言いだした。父がこんな間違いをしたかと思うと落ち着けないぼくは、相手の真意を解さぬまま、反射的に彼女のために場所を空けた。すると、マリカは裾《すそ》のほうに横になり、ぼくの膝を枕にした。

ぼくはもう一度、証明を手に取って読みだした。アリカンテの酔いが回ったのか、目に魔法がかかったのか、その原因《わけ》は知れぬが、初めに一見して見つけた欠陥が視界から消えて無くなり、三度目に読み直したときには、証明の正しさを完全に確信した。

ぼくは三枚目を開いた。そこには創意に富む一連の命題が並んでいた。いずれの命題も曲線を四角にまた直線にするためのもので、かくて円積問題はついに初等幾何学によって解決できたのだ。喜悦、驚愕、茫然——どうやら、それはアリカンテの効き目なのだが——ぼくは絶叫した。

「よし。おやじの大発見だ！」

「ほんとなの？」叔母のアントニアが言った。「だったら、あたしにキスしてちょうだい、だ

1 *Demonstration de la quadrature du cercle* が原語。〈証明〉に続く後半を掲げて、その訳語を〈円積問題〉と訳した仏和辞書の説明には「所与の円と等しい面積を持つ正方形の作図問題。十九世紀にその不可能性が証明された」とある（旺文社『ロワイヤル仏和中辞典』）。

2 *Diostrates* 前四世紀のギリシアの数学者。線の歪んだ円に類似のものを提示して正方形に近いとした。プラトンのアカデミアに所属した。

って苦労して海を渡って書類を届けたのはあたしよ」

ぼくはアントニアにキスした。

「あたしにも」マリカが言った。「あたしも海を越えてきたじゃない?」

マリカにもキスせざるを得なかった。

ぼくは問題を再検討したくなったが、寝台のふたりの女性が両の腕《かいな》でぼくをきつく抱きしめているので、体の自由が利かず、その気をなくした。ぼくは自分のなかに名状しがたい感覚の波が生まれ出るのを感じた。初めて知るある一つの感触がぼくの肉体の全表面に広がってきた。それは体がふたりに接している部位で特にそうだった。その感触はぼくに〈接触曲線〉の属性を思い出させた。ぼくは今しも経験している事態の説明を自分につけようとしたが、ぼくの頭はもはやどのような考えの糸も辿る能力がない。ついにぼくの感覚は盛り上がって無限に上昇する一つづきとなった。そのあとに眠りが襲い、そしてそれから、絞首台の下のあの気味悪い目覚めがあったのです。吊り下げられたふたりの男の苦しげな表情を見たあの場所で……。

これがぼくの半生の物語のすべてです。ただし、ぼくの体系の理論、つまり、世界の全般的秩序に数学を応用するという部分だけはお預けですが、そのうちいつか、その話もしましょう。精密科学に関心の深いこちらの美しい女性にはなおさらですね。なにしろ、女性でそんな興味を持つのは例外ですから。

その挨拶にレベッカは、ありがとうを言い、ところで叔母とやらの持参した書類がどうなったか尋ねた。

「どこに行ったでしょうね」数学者は答えた。「ヒターノスの人が見つけてくれた紙には混じっていなかった。とても残念、惜しいことです。あの書類が取り戻せたら、いわゆる〈証明〉の誤りを即座に見破ってやるんだが。言ったように、あの晩、ぼくはのぼせていた。アリカンテ産ぶどう酒、ふたりの女、恐ろしい睡け、それやこれやで大失敗というわけだ。でも、いまだに腑に落ちないのは、あれが明らかに父の筆跡だという点です。記号の書き方に父独特の癖があった」

ベラスケスの話におれは衝撃を受けた。特に睡さに負けたという箇所がそうだ。彼が飲んだワインは、ベンタでのおれの最初の媾曳《あいびき》の際、ふたりの従妹に飲まされたものと同類なのだし、地下の洞窟で飲めと命じられたあの毒物（実は催眠薬にすぎなかったが）とも似たような薬だろう、とおれは睨んだ。

集まりは散った。眠り込む直前、おれの冒険の謎をごく自然に説明できそうな考え方が次々に浮かんだ。とつおいつ、考えを進めるうちにおれは眠った。

第二十六日

その日は一日じゅう休息に充てられた。ヒターノスや密輪団の暮らしは、その生業《なりわい》の性質上、転々として居所を変えるため、疲れがはなはだしい。だから、前夜、寝たのと同じ場所で今日という日の一日が過ごせると思うと、おれも心が弾んだ。皆はめいめいに私用にかまけていた。レベッカは装いに飾りをいくつか増やした。若さまの気を惹きたい一心と見える。若さまとは、きのうから数学者に付けた〈称号〉なのだ。

われわれの居場所は美しい芝原で、数本の栗の巨木がそこに日蔭を広げていた。いつもと少し変わった朝食を摂ったあと、ふだんほど多忙ではないので、親方に冒険物語のつづきをお願いした、とレベッカから披露された。ヒターノの親方パンデソウナは、所望の暇《いとま》もとらせず、こう話を切り出した。

ヒターノの親方の物語――承前

以前にも話したと思うが、わしが学校に上がったのは、入学引き延ばしの手段も口実もすっかり尽きたあげくのことだ。初めのうち、同じ年ごろの級友と一緒にいられるのは楽しい限りだった。しかし、その半面、教師の締めつけのきびしさは、依存心を強要するようで我慢ならなかった。

わしは叔母に甘やかされ、気ままに育ち、おまえは心根《こころね》の優しい子だよ、と日に何度でもおだてられ、いい気持ちになっていた。ところが、学校では、心根の優しさなど役にも立たない。始終、気を張っていなければ、教師の鞭が振り下ろされる。どの教師を取っても憎たらしさに大差はない。その結果、黒い服の人間を見るだけで、嫌なやつと感じるようになった。わしは思いつく限りのいたずらをしては、そんな嫌悪感を教師連にいやというほど見せつけてやった。

学校には、見張りの才能が心根の優しさを上回る生徒たちがいた。級友のことを言いつけるのが無上の楽しみという連中のことだ。わしはやつらに対抗する仲間を組織して、いたずらをしでかすたびに嫌疑が彼らに向けられるように仕組んでやった。工作のかいあって、とうとう黒服の教師たちは、言いつけられる側にも、言いつける側にも、締めつけの手を緩めた。

少年時代の失敗談を細々《こまごま》とやって、退屈させるつもりはない。あの四年間、いたずらに次ぐいたずらで工夫の限りを尽くした末、わしらの冗談が次第にただならぬものとなっていったと言えば十分だろう。増長の果て、それ自体はいちおう無邪気でも、手段の悪辣ぶりでは呆れた行為に走るに至った。この事件でわしは何年もの入牢か、下手をすれば終身禁固の刑となるところを、すんでのところで免れた。どういう事件なのか、その話をお聞かせしよう。

わしら生徒を最も手荒く扱ったテアティノ修道会の教師のなかでも、融通の利かぬ厳格さでわしらをさんざんな目に遭わせたのが、一年生担当のパードレ・サヌード[1] *Padre Sanudo* だった。ただ、そのきびしさは本心から出たものではなく、この教師は同じ修道会員のうちでも、生得《しょうとく》、あまりにも感じやすい人だった。表に出さないこの性向は、絶えず本人の務めと対立した。三十歳の年齢になっても、義務と良心との戦いに勝つこともあれば、負けることもあったのだ。

　自分自身に対して容赦ないサヌードは、他人にもきびしかった。良俗のために彼が捧げた犠牲は称讃に値するものだった。神への誓いに対立する自然の願望を、自分の内部以外には、決して見ようとしなかったことを思えばなおさらである。それというのも、サヌードは想像の限度を超える好男子であり、彼を見かける女性のなかで、思わず何かしらの絶讃の意を彼に示さない者は例外だったからだ。ところが、本人は目を伏せ、眉を顰《ひそ》め、全く気づかぬかのように通りすぎる。そういうのが、パードレ・サヌードであった。いや、長らくそれで済ましてきた。しかし、打ち続く克己の勝利は霊魂を消耗させ、かつてのエネルギーを失わせた。女を恐れるように強制されてきたサヌードは、ついには寝ても覚めても、女のことばかり思うようになった。久しく敵として戦ってきた相手が、彼の想像力に住みついたのだ。

　そうするうちに、サヌードは重い病気を患った。恢復期の療養もぐずぐずと長引き、その置き土産のように強度の癇癪《かんしゃく》が残り、いつも神経を立てた。生徒の些細な手落ちにもいらいらし、言い逃れを聞かされると泣きだした。

半面、サヌードは夢見がちにもなり、ぼんやりと気を取られているあいだ、どこか一点を見つめる目つきは、優しげな表情を作った。もう一つ言えば、うっとりしている最中にだれかの邪魔が入ると、きびしさではなしに、悲しげな目になる。

そんな様変わりで、こちらが助かるようになったのは、いったいどうしてか、わしらはじっくりと様子を窺っていたが、なかなか原因が突き止められぬうちに、やっと手がかりを見つけた。

そこのところをよくわかってもらうためには、多少、過去に遡る必要がある。ブルゴスには二つの名門がある。片やリリアス伯爵家 *les comtes de Lirias*、もう一方がフエン・カスティーリャ侯爵家 *les marquis de Fuen Castilla* という。リリアス家はエスパーニャ流にはアグラビアドス *agraviados*、つまり屈辱を受けた一家で、〈大公〉の称号を持ってしかるべきであるのに、そうならなかったという意味なのだ。

リリアス家の当主はその当時七十歳のご老人で、高貴かつ慈愛に満ちた気性の人であった。ふたりの息子に死なれたため、長男の一粒種として残された若い娘が遺産と称号を継いだ。直系の男子の相続人が絶えたので、老伯爵としては、この孫娘をもう一方の名門フエン・カスティーリャ家の総領に嫁がせようと決め、花婿にはフエン・デ・リリアス・イ・カスティーリャ

1　*Padre* は英語でいう *father* に当たる。また、*sanudo* には残酷、残忍の意がある。

伯爵を名乗らせることになっていた。打ってつけの縁組みで、ご両人の年齢・容姿・性格から見ても、なおさら輪をかけてめでたかった。のみならず、ふたりは相思相愛の仲であり、老リリアス伯も青春の思い出のようすがとして、それを好ましいものと目を細めておられた。

未来のフエン・デ・リリアス伯爵夫人は、〈受胎告知〉修道院に起居する身であったが、老伯爵の許へと一日も欠かさず午餐に通い、未来の夫とともに夕方までそこで過ごした。そんなとき、いつもお伴する女中頭 *dueña mayor* で侍女を務めるのが、クララ・メンドサという名の、極めて実直だが、決して陰気でない、年のころ三十歳前後の女だった。なにしろ、老伯爵は陰気な性格がお嫌いなのだ。

リリアスのお嬢さまはお伴連れで、毎日、わしらの学校の前を通りがかる。老伯爵の家への通り道に当たるせいだ。それはちょうど学校のお昼休みの時間だから、わしらは窓際にいることが多かったが、そうでないときは、馬車の蹄の音を聞きつけて窓に駆け寄った。

真っ先に窓際へ走った子どもらは、お嬢さまに向かって「見えますよ、〈好男子のテアティノ会員〉が」とメンドサの言う言葉をたいてい耳にしたものだ。

それがご婦人方のパードレ・サヌードに奉《たてまつ》った綽名《あだな》であった。事実、メンドサはサヌードにしか目がなかった。お嬢さまのほうは、将来の夫となる恋人と似た年ごろのせいか、わしらのほうに目を向けたり、同じ学校にいるふたりの従弟を見つけようとしたりした。

サヌードはといえば、彼も必ず窓際に駆け寄るのだったが、馬車の上の両人がサヌードを見たなと思う瞬間に暗い表情を浮かべ、急に冷淡な様子になって引き下がった。この矛盾した行動がわしらには不思議であった。

「どういうわけだ」わしらは言い合った。「女が怖ければ、なんでまた窓に来るんだろうな。見たいのなら、目を背けちゃ変だよ」

以前と違って、サヌードは女を敵とは見ていない、そういう自分を確かめたくて、ああやっている……そうわしに話したのは、ベイラスという名の生徒で、わしの最大の親友だった。最大の親友とは、常づね、わしのいたずらの共謀を相務め、彼の入れ知恵を借りることが多かったという意味である。

そのころ、『恋のフェルナンド』なる題名の物語が出回っていた。作者は男女の恋愛を派手派手しく描写して、なかなか危険な読み物だったから、学校ではもちろん厳重に禁書となった。何としてかその一冊を手に入れたベイラスは、ポケットに本を突っ込んで、これ見よがしにその一部分をはみ出さしておいた。案の定、これがサヌードの見咎《とが》めるところとなり、本は没収された。二度とこんな不心得をしたら、ただではおかない、とサヌードはベイラスに警告した。その日、サヌードはどこやら体の具合が思わしくないと言い訳して、夕刻の授業に現れなかった。

わしらもわしらで、先生のことが心配でたまらないとの言い訳のもとに、不意討ちでサヌードの部屋へ飛び込んだ。サヌードは危険な小説『フェルナンド』を読み耽っている最中で、目を潤《うるま》せているのが、この読み物の魅力に取り憑かれた何よりの証拠だった。

サヌードは当惑の面持ちに見えた。わしらは何も気づかぬふうに振舞った。不運な宗教者の心境の大いなる変化の新たな証拠をわしらが摑むのは、その後、間もなくのことである。

エスパーニャの婦人方は信仰上の務めを果たすのに熱心で、告解には毎度、同じ司祭にお願いする風習がある。これをこちらの言葉では *buscar el su padre*[1] という。教会で赤ん坊を見かけたとき、悪ふざけにこの言葉を発するのは、どちらとも取れる二重の意味を踏まえてのことである。

さて、ブルゴスの貴婦人たちは、告解の相手としてサヌード司祭に狙いを定めていた。しかし、臆病な司祭のほうでは、ご婦人方の良心の導きは自分の役目ではない、とそれまでのところは公言していた。ところがである、非運の読書の翌日、告解に訪れたブルゴスじゅうの選り抜きの美女のひとりがサヌード司祭を指名すると、司祭は一も二もなく告解聴聞室に入ったのだ。

この一件については、賛否両論が街に流れたが、本人からは戦いの相手としてきた敵を恐れなくなったまでだ、とまじめそのものの返事が聞かれた。同僚の司祭らは、それで納得したらしい。だが、証拠を握ったわしら生徒は、そんな生やさしいことでは引っ込まなかった。

サヌード司祭は、女性たちが改悛の秘蹟の場で打ち明ける秘密に、日を追うごとにますます深入りするように見えた。告解室の司祭の時間の割りふりは正確無比であった。というのは老齢の貴婦人はさっさと片付け、妙齢の年ごろの女性となると長々とお相手する、そして美女のリリアス伯爵令嬢とそのお伴の優しいメンドサが通りかかるときには、欠かさず窓に駆け寄る。そのくせ、馬車が通ると、冷たく目を背けるのである。

ある日、授業をいい加減に聞き流し、サヌードにさんざん絞られたあとで、ベイラスが脇へわしを引っ張っていき、秘密めかして言った。「そろそろ呪われたあの気取り屋に仕返ししてやってもいい潮時だと思わないか。やつときたら、おれたちの最良の日々を改悛の秘蹟でずたずたにし、おれたちを罰するのが楽しみと見える。いたずらの名案があるんだ。それにはまず令嬢リリアスと似た体つきの若い娘《こ》を見つけることだ。庭師の娘のファニタもいいが、あれでは機転が頼りない」

「ベイラス君ね」わしが応じた。「体つきがリリアスにそっくりだとしても、あれほどチャーミングな顔までは望めないぞ。どうする気だ」

「その点は心配無用さ」ベイラスが言った。「四旬節[2]が始まって、女の人はベールを被っている。カタファルコス ***catafalcos*** とここらで呼ぶやつね。あれさえ被れば仮装舞踏会以上に、だれがだれやら見分けがつかない。だから、ファニタで結構だよ、なり代わるのは無理でも、偽

1　編纂のラドリザニ教授によると、正しい表記は ***busacar a su padre*** で「自分のパードレを探す」の意味になる。パードレは〈司祭〉〈父親〉のどちらとも取れる。この場合の〈父親〉とは情人の意。

2　〈灰の水曜日〉から復活祭までの四十六日間。

リリアスは十分こなせる。あとは女中頭役が必要だが」その日の話は、そこで打ち切りである。

ある日曜日のこと、パードレ・サヌードが告解室に収まっていると、マントの上にベールを被ったふたりの女が入ってきた。ひとりはエスパーニャの風習どおり床に敷かれた編みござに坐り、もうひとりはその傍らの改悛の席に着いた。うら若いと思われるこの女は、涙に暮れ、しくしくと喉を詰まらせるばかり。

サヌードは一心に宥めるのだが、女はただ「パードレ、わたくしの罪は死に値します」と繰り返す。

きょうは心を開くことができない状態ですね、とサヌードはしかたなく言い、あしたまたお出でなさい、と命じた。若い罪人《つみびと》は遠ざかり、祭壇の前に跪いて、ながながと熱心に祈ってから、おつきの女と教会をあとにした。

「これは自慢話じゃない」親方が話を中断して言った。「若気の過ちどころか、首を括《くく》られてもよいほどの大いたずらだ。思い出すと、つい後悔の念が先に立つ。そんな話を聞く耳は持たぬと言われるなら、これでおしまいにしてもよいが」

やめては困る、ぜひその先を、と皆に言われて、親方は物語を再開した。

その翌日、ふたり連れの女は同じ刻限に現れた。サヌードは朝からふたりを待ちかねていた。

若いほうの女が告解室の席に腰をおろした。彼女はきのうよりいくらか自分を取り戻した様子に見えた。それでも、涙とすすり泣きに変わりはない。その果てに、銀のような音色の声で細細とこう言った。

「パードレ、ついこのあいだまで、わたくしは美徳の道を踏みしめる女でした。わたくしの心と責務とは寄り添っておりました。優しく若い夫に嫁入りが決まり、わたくしもその人を愛しているつもりでした」

ここで再びしゃくりあげ始めた女は、心に沁みるサヌードの慰めの言葉に気を取り直し、告白を続けた。「ところが、ある不躾《ぶしつけ》な侍女が褒めそやすのに誘われて、とある殿方のことが忘れられなくなりました。わたくしなど足元にも及ばぬ、夢にも見てはならないお方なのです。それでも、この聖なるお人に穢《けが》れをもたらす情愛、この瀆聖がわたくしには諦めきれません」

この〈瀆聖〉という言葉を聞くと、サヌードは恋焦がれる対象が司祭の仲間であること、ひょっとして自分のことかもしれない、と知った。

「お嬢さま《セニョリタ》」彼は震える声で言った。「ご両親の選んだお相手に愛情を捧げておいででしょうに」

「ああ！　パードレ」若い女は言った。「わたくしの愛する方とその男の人とは似ても似つかない。わたくしの愛する方の優しくきびしい眼差し、上品で美しいお顔、そんな魅力をその人は持ち合わせません」

「セニョリタ」サヌードは言った。「その言い方は告解ではありません」

「告解などではございませんとも」若い女は言った。「これは愛の告白です」

そう言うと、羞《はじら》いの面持ちで女は立ち上がり、侍女に付き添われて教会を出た。サヌードは目でふたりを追った。その日、終日を彼は物思わしげに送った。翌日、彼は殆ど一日じゅう告解室にこもっていた。しかし、その日も次の日もふたりは現れなかった。

三日目、侍女とともにやって来た若い女は、告解室へ入るとサヌードに言った。

「パードレ、ゆうべ一つの転機がわたくしに訪れたようでございます。わたくしは羞恥と絶望に圧倒されるのを感じました。悪天使に唆《そそのか》されて、靴下留めを首につけろと言われ、そのとおりにしましたら息ができなくなりました。するととつぜん、手が摑まれ、強烈な光に目が眩み、見ると、わたくしの守護神の聖テレサが寝台の前に立っておいででした。聖テレサが仰るには『わが娘よ、あしたになったら、パードレ・サヌードに告解なさい、そしてお願いして髪の毛を一房、パードレからいただくのです。それを胸に留めれば、恩寵がそこに入ってきます』と」

「お引きとりなさい、セニョリタ」サヌードが言った。「祭壇の足元まで行ってあなたの迷いを嘆くのです。わたしはあなたのために、神の御慈悲をお願いしましょう」

サヌードは立ち、告解室を出ると、礼拝堂にこもった。格別、熱心に祈りながら、夕刻まで過ごした。

翌日、侍女がひとりでやって来た。彼女は告解室の席に着くと、こう言った。

「パードレ！　わたくしが伺いましたのは、あなたさまの寛容をお願いするためです。ある若い女人の罪人が、魂の破滅の危険に瀕しているのです。昨日、あなたのむごい扱いに、彼女は絶望に突き落とされました。あなたの聖なる品をいただきたいというのをお断りになったとか。彼女は迷って、命を断つ手段を探しております。パードレ、お部屋に戻って、そのお品をお持ちくださいさい。このような思いを拒否なさってはなりません」

サヌードはハンカチで顔を隠し、教会をあとにすると、間もなく戻った。彼は小さな聖遺物筐を手にしていた。それを侍女に渡して、司祭は言った。「これは当教会を創設なさった聖者の頭骨のかけらです。この聖遺物の持つ免罪の力については、教皇さまの勅書にも書かれたほどです。これほど尊いものはほかにありません。これを胸の上にお祀りするように伝えてください。天の助けが彼女にありますように」

聖なる品を手に入れたわれわれは、頭髪が入れてあるのではないかと期待して、蓋を開けてみた。そんなものはなかった。サヌードは気弱で信じやすいばかりか、たぶん少し自惚れが強く、それでいて高潔でもあり、自分の原則に忠実な男なのだ。

夕方の授業後、ベイラスがサヌードに質問した。「パードレ、司祭に結婚が許されないわけは、なぜですか」

「この世における彼らの不幸のため、加えて、おそらくは、あの世での劫罰のためです」とサヌードは答え、それから、もっと厳格な表情になって言い足した。「ベイラス、そういう質問はよしなさい」

翌日、サヌードは告解室には現れなかった。侍女が彼の名を告げたのに、別人が代わりに出た。意地悪は失敗に終わったか、とわしらは殆ど絶望しかけたが、そのとき思わぬ偶然が舞い込んできた。

リリアス伯爵令嬢が、フエン・カスティーリャとの結婚を目前にして重い病気となったのだ。彼女は高熱を発し、脳炎を起こしたというか、一種の譫妄《せんもう》状態に陥った。二つの名家に関わることだけに、リリアス嬢重病の知らせが伝わると、ブルゴスは街を挙げて嘆き悲しんだ。知らせはテアティノ会の司祭たちにも届き、その晩、サヌードは次のような一通の手紙を受け取った。

パードレ

聖テレサがお怒りです。わたくしがあなたさまに欺かれた、と仰せになり、またメンドサのことも、なぜテアティノ会修道院の教会前をわたくしに通らせたのか、と責めてをられます。聖テレサはわたくしを大切にしてくださいます。あなたさまとは違つて……。頭が痛くて痛くて……死にさうです。

震える字で書かれたこの手紙は、読み取りにくいものだった。そのあとに、別の書体でこう書き足されていた。

パードレ、このやうなお手紙を日に二十通も書いては消し書いては消し、しておいでです。もう書く気力も彼女にはございません。わたくしたちのためにお祈りくださいこれだけを申し添へます。

哀れなサヌードの頭ではもはや抱え切れない。それほど悩みが大きすぎた。サヌードは往ったり来たりし、部屋を出たり自問したりした。それよりもわしらにとって痛快なのは、サヌードの授業が休みになるとか、うんざりしないで済む程度に早じまいになることだった。リリアスは幸いに薬石、効あって命を取りとめ、恢復期に入ったと公にされた。サヌードの手元にこんな手紙が舞い込んだ。

パードレ
やつと危険を脱しました。しかし、正気はまだ戻りません。お若いお方は、さつぱりわたくしを寄せつけません。わたくしどもを司祭さまの個室にお迎へいただけないでせうか。僧院の閉門時間は十一時ですから、日が暮れてからお伺ひできます。司祭さまのお諭《さと》しなら、きつと聖遺物よりも効果があらうかと存じます。このまま続けば、わたくしまでが発狂しさうでございます。神の御名において、ぜひとも両名家の名誉をお守りくださいませ。

効果は覿面《てきめん》、個室へ辿り着くまでサヌードは、その足元さえ心もとなかった。彼はそこに閉じこもった。わしらはそのドアに張りつき、なかの様子を窺った。まず泣きじゃくる声がしたかと思うと、次いで熱心な祈りが続いた。それから僧院の門番を呼びつけ、「ふたり連れのご婦人が来ても、絶対にお通ししないように」と言い含めた。

サヌードは夕食には出なかった。その夕方をひたすら祈禱に過ごすうち、十一時近く、彼は扉を叩く音を聞いた。開けると、若い女人が部屋に転がり込み、勢い余って明かりを倒した。たちまち灯が消えた。その瞬間、サヌードの名を呼ぶ学監の声が響いた。

そこまで話したとき、部下のひとりが親方に報告に入ってきた。レベッカが大声で言った。

「そこでやめないでください。サヌードがどう事件を切り抜けたか、きょうのうちに話してくれなくては」

「悪いが」親方は言った。「しばらくこちらの報告に時間を貸してくれ。すぐに続けるから」

われわれもレベッカと同じ気持ちだった。用談を済ませた親方は席に戻り、物語を続けた。

サヌードの名を呼ぶ学監の声の響くところで邪魔が入ったが、サヌードは二重に回す鍵もろくろくかけ切る暇もなく、呼び声の主《ぬし》へと急いだ。ここまで聞いて十分にお察しがついたと思うが、メンドサに成り代わったのがベイラスなら、偽のリリアスのほうはメヒコの副王が恋焦がれた相手、つまり、このわしじゃ。

という次第で、わしは鍵のかかったサヌードの個室にぽつねんと取り残された。真っ暗な闇のなかだ。さあ、この大芝居の幕切れはどうなるのか。筋書きとはだいぶ違う展開となったが。ここまででわかったのは、サヌードが人を信じやすいという弱みはあるが、決して気弱でも偽善者でもないことだ。この芝居は大団円なしに幕を下ろしたい、わしらは、そう考えて精一杯、芝居を進めてきた。数日後にはリリアス嬢が挙式の運びとなる。新婚のふたりの幸せは、不可解な謎として、生涯、サヌードを苦しめるだろう。そういう混乱に彼を突き落とす、それこそわしらの本懐だ。この幕切れを一同爆笑の大笑いとするか、それとも寸鉄人を刺す鋭いアイロニーとするか、そこがまだ決まらない。今後のいじめの画策中に、ドアの開く音がした。

サヌードが現れた。その姿の厳《いか》めしさは、わしの予期を大いに超えていた。頸垂帯《ストラ》と白衣《スルプリ》の祭服も厳《おごそ》かに、司祭は片手に燭台、もう一方に黒檀の十字架を持っていた。燭台を机に置き、十字架を両手に持ち直してから、彼は言った。

「セニョリタ、ご覧のように祭服を装ってまいったのは、聖職者たるわたくしの立場を忘れてほしくないからです。救世主にお仕えする身として、わたくしの聖なる役目を果たすには、深い淵に臨むあなたを引き留めるほかありません。悪徳の急坂にあなたを引き入れるため、悪魔はあなたの理性を乱したのです。引き返しなさい、セニョリタ。

美徳の道に立ち戻るのです。その道にはあなたのために花々が敷き詰められ、若い花婿があなたを待っています。その方に引き合わせたのは、あなたと同じ血の流れるあの高潔なご老人です。その息子があなたの父親でした。お父さまはあなた方おふたりに先立って清らかな魂の地に旅立たれ、そこから道をお示しです。目を上げて天の光に向けなさい。虚言の悪霊を恐れなさい。悪霊はあなたの目を惑わせ、その敵、われわれ神の奉仕者のあいだに、あなたの目を迷わせる……」

サヌードは、その先にも美辞麗句を連ねた。彼に夢中のリリアス嬢を前にして説き聞かせる一心から出た言葉だった。それを聞くのはスカートとマントで彼女に化けた餓鬼大将のわしだ。事の行方にわしははらはらし続けた。

サヌードは息を継いで言った。

「おいでなさい、セニョリタ、僧院から出られる手筈ができています。庭師のおかみのところに案内しましょう。迎えにメンドサをよこすよう連絡させるといい」

そう言いながら、サヌードはドアを開けた。いち早く外へ出たが、わしはそのまま一目散に逃げ出せばよかったのだ。それが最善の手に違いなかった。ところがである。何を血迷ったか、わしはベールを剝ぎ取るなり、教師の首にしがみついて言った。「残酷な人！　恋に狂うリリアスを死なせる気とは」

サヌードはリリアスの正体を目にするや、初めはあっけに取られていたが、やがてはらはらと落涙し、悲痛の色も露わに言った。「ああ、神よ、神よ！　お憐れみを！　わが疑いを解きたまえ。ああ、神よ、どうすればよいのでしょう」

そのさまは見る目に痛ましかった。教師の膝を抱いて、わしは赦しを請い、ベイラスを含めたわれわれの秘密は、よそに洩らさないと誓ってみせた。

サヌードはわしを立たせ、涙をわしに注《そそ》ぎ、そして言った。「不幸な生徒よ。笑いものになるのが怖さにわたしが泣くと思うのか。おまえのために泣いているのだ。おまえは恐れもなく、キリストの教えのうち最大の瀆聖を冒した。改悛の場を弄んだのだから。おまえを異端審問所に訴え出るのがわたしの義務だ。苦難の責め苦がおまえを待つ」

それから、悲痛の面持ちでわしを抱きしめて言った。「わが子よ、絶望してはならない。わたしの力で、刑罰は容赦されるかもしれない。刑罰は酷《むご》いが、この先の一生にその影響は残るまい」

そう言い終わると、サヌードは二度、鍵を回して出ていき、わしは部屋に残された。そのときの気も遠くなる思いはご想像に任せて、細かく言わずにおこう。ただ、これが罪だとの考えは全くわしには浮かばなかった。あくまで悪意のないいたずらにすぎず、わしの目には瀆聖とは映らなかったのだ。降りかかる刑罰を思うと、身が縮み、泣く気力さえ消えた。思い悩んでどれほどの時間が経ったか、ようやくドアが開かれた。先頭に学監、続いて特別聴罪師。その後ろから来た助修士のふたりがわしの左右の腕を取り、長い廊下を渡り、僧院の建物のはずれの隔離室まで来た。自分では足を踏み入れぬまま、ふたりはわしをそこへ押し入れ、それからいくつもの錠のかけられる音が耳に響いた。

　わしは溜息をつき、獄房を見回した。窓の鉄格子から月の光がいっぱいに射し込んでいた。その月明かりを頼りに見えるのは、落書きに真っ黒にされた壁と片隅の藁だけだった。

　窓は墓地に面していた。白布に包まれた三体の遺体が、それぞれ担架に寝かされて、柱廊の下に並べられていた。それを見て震え上がったわしは、房のなかにも外にも目を向けるのが恐ろしくなった。

　やがて墓地に物音がして、こわごわ覗くと、カプチン会の修道士ひとりと、彼に連れられてきた墓掘りの四人が見えた。墓掘りが柱廊のほうへ歩み寄ると、修道士が言った。「これがバロルネス侯爵のご遺体だ。芳香薫《た》き込め用の小部屋にこちらを納めるように。それからこちらのふたりはきのう掘った新しい墓穴に降ろして」

　修道士がそう命じたとたんに、呻き声が長々とわしの耳に聞こえた。すると墓地の塀の高みに不気味な三つの亡霊の姿が浮かび上がった。

　そのとき、先ほどの男がまた現れ、話が中断された。何か親方に伝えることがあるらしい。

すると、先刻の成功に勇気づいたレベッカが大まじめに抗議した。「親方、その三つの亡霊の話は、きょうじゅうに済ましてくださいね。そうでないと、今夜、あたし眠られませんから」

親方はその希望を容れ、実際にたいして手間取らずに戻ると、さっそく物語を続けた。


では、不気味な三つの亡霊の話に戻ろう。亡霊も呻き声もわしの幻覚ではなかった。その証拠に墓掘りの四人も修道士も、腰を抜かさんばかりに慌てふためき、めいめいが大声を発して逃げ出した。怖さでは劣らなかったが、わしはただもう、凍りついたように窓に釘付けされたまま、声も出せずに啞然としていた。

見ると、二つの亡霊がまず塀の上から墓地に舞い降り、降りあぐんでいる三番目に手を貸した。そうすると、まだほかの亡霊が次々に現れ、墓地の上を飛び回りだした。その数が十か十二ほど。こんどは、手を借りて降りた三番目の幽霊が柱廊の下まで来て、三人の死体を検《あらた》めだした。それを済ますと、亡霊は他の亡霊たちに向かい、医術の成果について長たらしい演説を始めた。

「諸君、これがバロルネス侯爵の遺骸である。無能なる医者仲間によって、わたしがいかにあしらわれたかは、諸君の知るとおりだ。侯爵の死因について、あの藪医者どもはひとり残らず肺水腫と診断しおった。しかるに、真因を突き止め、これを医学の諸先輩のつとに記述する囊胞性狭心症と診立《みた》てたのは、わたし、サングレ・モレノ博士[1]あるのみである。

しかるに、わたしがそう指摘するや否や、ぼんくら医者仲間は肩をすくめ、わたしに背を向け、医学界の面汚し扱いとなった。よろしい！　サングレ・モレノ博士のためには、彼らの一員と呼ばれることこそ、とりもなおさず、面目丸つぶれなのだ。ガリシアの驢馬《ろば》曳き、エストレマドゥラの騾馬曳き、こういう馬方連こそが、彼ら藪医者を導き、教え込むにふさわしい。だが、天は公明正大である。昨年、家畜類の死亡率の増大をみた。本年に入っても獣類に蔓延する疫病はなお顕著であるが、彼らへっぽこ医者のうちこれに斃《たお》れる者の続出することは火を見るよりも明らかである。なんとなれば、彼らの愚かなること、驢馬にほかならないからだ。悪疫と戦う戦場に生き残る大立者はひとりサングレ・モレノ博士となる。わが親愛なる弟子諸君、そのとき諸君は化学医療の旗を掲げて、その戦場に馳せ参ずるであろう。若きリリアス嬢の治療に当たり、硫黄とアンチモンとの調合によって、初めてわたしが彼女の一命を救ったことは、諸君の見たところである。万病克服のため有効適切なる薬剤は、今や半金属ならびにそれらの合理的な調剤に限る。木皮草根の類ではない。そんなものは、わが栄えある同業者、ろくでなしの驢馬どもにかじらせるがよろしい。

親愛なる弟子諸君、諸君はまたバロルネス侯爵夫人に対するわたしの懇願に立ち会った。すなわち、侯爵の外科手術の許可を求め、わたしが執刀して動脈に小刀《メス》を入れる予定になっていた。しかるに、わが敵どもの誘いに乗せられ、侯爵本人はついに同意なさらなかった。幸いにして、わたしの証拠を提示すべき好機が今や到来した。かの侯爵ご自身に、せめてご自分の遺体の解剖に立ち会いをいただければ、これに過ぎる喜びはほかにない。そうなったら、これが囊胞《のうほう》、これは……と次々に侯爵にお目にかけ、それらの根を取り出し、喉頭にまでも引き出しもしてやろうものを。

だが、わたしの言わんとするのは、それよりも、吝嗇《りんしょく》なカスティーリャ人であるこのバロルネス侯爵が、医術の進歩に無関心であり、その結果、本人にはもはや無用の長物をわれわれに譲ってくださらなかった一事である。もし侯爵をして医学に寄せる興味の片鱗なりとも持たしむれば、彼の肺臓、肝臓をはじめとする無用となった五臓六腑のすべてをわれわれに委ねたであろう。しかし、そうはならなかった。かくなるうえは、吾人の生活の危機にあって、吾人は死者の安住の地を乱し、墓所の平穏を破らざるを得ないのである。

かまうことはない、わが親愛なる弟子諸君、障碍が増えれば増えるほど、吾人はそれを乗り越え、ますます栄光を勝ち取るであろう。乾坤一擲《けんこんいってき》、この偉大なる事業に有終の美を飾ろうではないか。

手筈を決めておこう。口笛が三度、鳴ったら、塀の向こう側に控えた諸君は、塀に梯子《はしご》をかけ、直ちに侯爵の遺体を担ぎ出す。かくも稀な奇病のため世を去ったことをご当人は喜びとすべきである。ましてその遺体が、病気の正体を見抜き、その病名を的確に言い当てた名医らの

1（一一一頁）*Sangre Moreno* の名に訳を施せば、*Sangre* は〈血液〉、*Moreno* は〈黒色の〉であるから、〈黒血〉博士といういかにも亡霊めく、不吉かつグロテスクな名前となる。

手に落ちるとなれば、喜びもまた一入《ひとしお》であるべきだ。

数日後、再びわれわれはこちらに集まる。さる有名な人士を拾い上げに来るのだ。その方の死因は……。シーッ、全部は言うまい」

博士の演説が終わると、弟子のひとりが三度、口笛を鳴らし、塀には梯子が渡された。それから、侯爵の遺体に縄が掛けられ、向こう側へと運び出された。亡霊たちがそのあとに従うと、梯子が消えた。だれも見えなくなったあと、さっきはなぜあんなに怖がったのか、とわしは心から笑った。


さて、ここで説明せねばならないのは、死体の埋葬のやり方について、エスパーニャやシチリアの若干の修道院では変わった風習のあることだ。そういうところでは遺体を収容する唐櫃《かろうと》を小さめにして通風孔を設け、なかは暗いながら風通しをよくする。これは腐敗を避け保存目的の死体専用の置き場となる。暗黒が虫類を防ぎ、通風が乾燥を促す。六か月後、唐櫃を開く。保存に成功すると、修道僧らが練り歩き、遺族を訪れ、その旨を報告する。そのあと、彼らは亡骸にカプチン会の衣服を着せ、聖者ないしは福者に列せられた方々のための唐櫃に安置する。

こういう僧院では、葬列は墓地の入口までしか遺体を送らない。助修士がそこへ迎えに出て、目上の指示どおり埋葬する。ただし、通常、野辺送りは夕刻に行われ、主だった人々は、その後に協議するので、埋葬の作業は夜間となる。保存用に向く遺体はめったにない。

バロルネス侯爵の遺骸は別格で、乾燥に回そうというのが、カプチン会の意向だった。そこへ埋葬に赴く途中に亡霊が現れて、墓掘り人らは逃げ出した。明けやらぬ早朝、仕事に出てきた墓掘りは、おっかなびっくり身を寄せ合い、爪先立ちで歩いてきた。ところが、たまげたことには、侯爵の遺体は消えているではないか。これはてっきり悪魔の仕業と彼らは思った。すると間もなく、手に手に灌水器を持った一群の修道士がやって来て、聖水を撒くわ、悪魔祓いをするわ、声を限りに喚き立てるわの騒ぎとなった。わしはといえば、眠くてたまらず、敷き藁にごろりとなると、たちまちに寝込んだ。

夜が明け、目が覚めてまず思ったのは、わが身に降りかかる刑罰の恐ろしさだった。次に考えたのは、いかにして逃げ出すか、その方法である。ベイラスもわしも食料庫荒らしで鍛えているから、よじ登ることにかけてはお手のものだった。窓の鉄格子をはずし、それが露見しないように嵌まっていると見せかけるのにも手慣れていた。わしはポケットに秘めた小刀を使って、窓枠から釘を一本、抜き出した。その釘で鉄格子の嵌まった穴を掘った。正午の鐘が鳴るまで、わしは休まず掘り続けた。

正午になると、ドアの小窓が開き、寄宿寮で顔馴染みの助修士がパンと水の差し入れに来て、ついでに必要なものがあるかと尋ねた。わしは敷布と毛布の差し入れをパードレ・サヌードにお願いしてほしいと頼んだ。罰は甘んじて受けるが、不潔には耐えられないと、わしは代理人に言い添えた。この理屈は功を奏し、頼みどおりの品が届いた。体力を保つように多少の食料も添えられた。わしは遠回しながらベイラスの消息も摑んだ。何ごともない、要するに共犯者にまで手が届いていないのだ。もう一つ、体罰はいつからか、とわしは尋ねてみた。助修士はわからないと答え、しかし、ふつうなら、審議に三日かかると言った。それだけ聞けば十分だし、すっかり安心もした。

わしは差し入れの水を使って嵌め込みの壁に湿気を含ませ、お蔭で仕事はどんどん捗《はかど》った。二日目の朝には、まんまと鉄格子をはずす用意ができた。そこでこんどは、敷布と毛布を引き裂きに取りかかった。そして、ついに縄梯子めいたものが出来上がった。脱出行は夜と定め、暗夜を待ち受けた。急がねばならなかった。明日にはテアティノ会幹部と異端審問所との合同会議で判決が下りる、と助修士に聞かされていたからだ。

夕刻、墓地に一体の遺骸が運び込まれた。黒い布で包まれ、布には銀の房飾りが豪勢に付けてあった。サングレ・モレノが話していた有名人とはこれだ、とわしは判断した。

人の寝静まった夜の闇が深まるのを見計らって、わしは鉄格子をはずし、梯子をかけ、そろそろと梯子を下ろし始めた。そのとき、塀の高みに亡霊たちがまたも現れ出た。おわかりのように、博士の教え子たちである。亡霊はまっすぐに名士の遺骸まで行き、さっさとそれを持ち去った。ただし、銀の房飾りのある黒布は置き去りにされた。

亡霊が立ち去ってから、わしは窓を開き、降り始めた……世界一の果報者と感じながら。地上に降り立つと、わしは担架を塀に立てかけて、梯子代わりにしようと心に決めた。

その作業に取りかかろうとしたとき、墓地の門が開かれる音をわしは聞いた。わしは柱廊に隠れようと走った。わしはとっさに担架の上に横たわり、置き去りにされた房飾り付きの黒布を被って、隙間から様子を窺った。

先頭に立つのは黒ずくめの装束の侍臣で、片手に松明、片手に剣を持っていた。喪服姿の従僕たちがあとに続いた。最後からしずしずと来るのは、頭から爪先まで黒のケープを被った貴婦人で、わしは絶世の美女を思い描いた。

涙に暮れる美女はわしの横たわる担架に寄り添って跪くと、声高に嘆きの言葉を口にした。

「最愛の夫の霊よ！　アルテミシアのように、あなたの遺灰を飲み物に混ぜて飲むことが、わたくしにできたなら。そうすれば、それはわたくしの血とともに巡り、あなたのためにだけ高鳴ったわたくしの心臓を蘇生させるでしょう。けれども、〈生ける墳墓〉となるのを、わたくしの宗教が許さぬ以上、せめて死者たちの亡骸のなかからあなたを奪い返そうと願うわたくしは、あなたの墓の上に生まれ咲く草花に来る日も来る日もわたくしの涙を注ぎたく思うのです。遠からず、わたくしの最期の溜息によって墓のなかであなたと合体致します」

そう言い終わると、貴婦人は侍臣のほうに向き直って言った。「ドン・ディエゴ、主人の遺体を運ばせなさい。わが家の庭の礼拝堂に埋葬しましょう」

即座に四人の屈強な従僕が担架を持ち上げた。死人を運んでいると彼らが考えていたとすれば、それはそのとおりだった。わしは恐怖のあまり死人同然であったのだから。

親方がそこまで話したとき、使いの者が来て同席を要する用件ができた、と伝えた。親方はその場をあとにし、その日は二度と顔を見せなかった。

第二十七日

次の日もそのまま同じ場所に滞留した。ヒターノの親方が手持ち無沙汰なのを見て、レベッカは冒険談のつづきをねだった。親方は気楽に応じて次のように話し始めた。

ヒターノの親方の物語──承前

担架に乗って運ばれる途中、わしは被った黒布の縫い目をほどき、覗き穴を拵《こしら》えた。そこから覗くと、奥方は黒い幕を掛けた馬上の轎《かご》に収まり、侍臣は別の馬に跨り、わしを運ぶ従僕たちは、ときどき交替して、後れを取らぬよう急いだ。行列は、ブルゴスの市境をはずれたが、それがどこの市門なのか、わしには見当がつかなかった。一時間も進んでから、一行はある庭の前で止まり、そこへ入った。わしが置かれた小さな建物の広間は、黒い布を張り巡らし、明かりがいくつか灯るだけで、薄暗かった。

「ドン・ディエゴ」奥方が言った。「わたくしは遺体のそばに残りますよ。泣かせてほしいの。やがて寄り添えると思うけれど」

ひとり残った奥方は、わしの前に坐り、それから言った。「野蛮人め、癇癪持ちの成れの果てさ。わたしらに耳を貸さず、さんざんにわたしらを罵《ののし》った報いじゃないか。恐ろしい永遠のお裁きの場で、どう返事する気だね」

そのとき、もうひとりの女が来た。彼女は匕首《あいくち》を片手に握り、怒り狂った様子で叫んだ。「どこだい、人間の形をした化け物の抜け殻は。内臓がほんとに揃っているかどうか、確かめてみたいよ。この体を引き裂いてやる。残忍無情なその心臓を抜き出して、ひねり潰してくれる。少しは気が晴れるだろうさ」

今こそ正体を現す潮時とわしは悟った。自分で黒布を取り払うなり、匕首を握った女の膝に抱きついて、わしは言った。「ごめんなさい、笞打ち刑が怖さに、逃げ出した生徒です。許してください」

女ふたりは悲鳴をあげて仰天したが、気を取り直すと、この女がわしに言った。「おやまあ、それじゃ、シドニア公爵の遺体はどこに」

「サングレ・モレノ博士のところです。弟子の人たちが運び出しましたから」

「毒を盛ったと勘づかれたか。ああ、もう駄目、身の破滅」

「心配は無用ですよ」わしは言った。「博士は絶対に口外しないし、カプチン会の人たちは悪魔の仕業と信じ込んでいる。僧院の構内でサタンが猛威を振るったなんて、あの連中は洩らしやしない」

匕首の女は、きびしい目でわしを睨みながら、詰め寄った。「あんたが秘密を明かさない保証は？」

「ぼくの判決はきょう出ます。異端審問所の代表が主宰するテアティノ会の評議会で。きっと笞打ち千回の笞刑《ちけい》に違いない。秘密を洩らさない最良の手段は、このぼくを匿うことです」

女は何も言わずに、広間の隅に設けられた上げ蓋を開け、そこから下りるように指図した。下りると、頭上で蓋が閉じられた。

ひどく暗い階段を下りていくと、やはり暗い地下室に出た。わしは一本の柱に鉢合わせした。鎖が手先に触れた。次に足がさわったのは墓石で、金属の十字架がその上に立っていた。こんな縁起でもない場所では眠くなるどころではない。だが、わしはところを選ばず眠れる幸福な年ごろだった。大理石の墓石に体を伸ばすと、わしは間もなくぐっすりと寝込んだ。

翌日、目が覚めると、鉄柵で仕切られたもう一つの小部屋に灯した明かりで〈牢屋〉には微光が洩れていた。やがて匕首の女が柵の向こうに現れ、簡便な寝道具一式入りの編み籠をそこに置いた。彼女は話しかけようとしたが、涙のためそれどころではなかった。この場所に来ると思い出すことがあって泣かずにいられない、と彼女は手真似でわしに説明した。籠には食べ物がたっぷりあり、数冊の書物も入れてあった。笞刑は免れたし、テアティノ会の関係者に会う恐れもない。そう思えば気楽な一日となった。

その翌日、食べ物を差し入れに来たのは、若い未亡人のほうだった。彼女も何か言いたげであったが、一言も交わさずに立ち去った。

次の日にも、また未亡人が来た。腕に下げた小さな籠は柵越しに手渡された。彼女のいる墓室には大きな十字架が立っていた。彼女はその前に跪き、こう口に出して祈った。「おお、神よ！　この大理石の下にはひとりの優しい存在の遺骸が安らっております。その方はこの世で天使のようなお人でしたから、今も天使とともにいるに違いありません。しかも、残忍な殺人者に対するお情けをその方はお願いしているはずです。そして彼の死の仇を討った人のために、また心にもなく共犯となり、あの恐怖を味わった不幸な女性のためにも、寛恕《かんじょ》をお願いしているに相違ございません」

そのあと、奥方は声を落として、だがいちだんと熱意を込めてお祈りを続けた。やがて、彼女は立ち上がり、柵に近づき、物静かにわしに言った。「足りない物とか、してほしいことがあったら、言ってください」

「奥さま」わしは答えた。「ぼくには叔母がいます。ダラノサという名で住所はテアティノ会通りです。ぼくが安全な場所にいることを知らせてほしいのです」

「そんなことをすれば」奥方が言った。「わたくしたちの身が危険です。でも、安心させるように何とかしましょう」

「ありがとうございます」わしは言った。「それはそうと、奥さまを不幸にしたご主人は、たぶんひどい人だったのでしょうね」

「滅相もない！」奥方は言った。「それは大間違いです。立派な優しい人でしたよ」

その次の日、食べ物を運んでくれたのは、匕首の女のほうだった。彼女はいつもに比べて気取りがなく、少なくとも落ち着いて見えた。

「叔母さんへの知らせには、わたくしが行きました」彼女は言った。「あなたに対して、実の母親のような気持ちの方ですね。ご両親はもう亡くなったの？」

それに答えて、母親が死んだこと、父親のインキの甕に落ちたために自分は家を追われたこと……をわしは話した。

女は立ち入った事情を聞きたがった。追放の一件について身の上話をすると、彼女の顔に微笑が浮かんだ。彼女は言った。

「ねえ、わたくし、笑ったみたいですね。こんなこと久しぶりです。わたくしにも息子があったの。あなたの腰かけてる大理石の下に眠ってますよ。あなたを見ると息子を思い出してしまう。わたくしは未亡人となったシドニア公爵夫人の乳母でした。平民の出身なんです、わたくしは。でも、愛と憎しみの心だけはちゃんと持ち合わせています。こういう性格の人間は決して人から蔑《さげす》まれることはありません」

わしは感謝の言葉を言い、いつまでも彼女に対して息子のような気持ちを忘れないだろう、と告げた。

そんな具合の日々を送って、何週間もが過ぎた。日が経つに連れ、ふたりの女はわしに馴染んでいった。乳母を務めた女はわが子のようにわしを扱い、公爵夫人は殊のほか親切を尽くしてくれた。彼女は地下の部屋で何時間も過ごすことが珍しくなかった。

ある日、彼女がいつもほど沈みがちに見えないのに励まされて、わしは彼女の不幸な身の上話を聞かせてもらえないか、と頼んだ。長いこと断り続けたが、彼女はとうとうわしの頼みを聞き入れ、次のように話した。

メディナ・シドニア公爵夫人の物語

わたくしというのは、ドン・エマヌエル・デ・バル・フロリダの独り娘に生まれた女です。父の最後の肩書は首席国務次官で、つい最近に亡くなりましたが、国王陛下から惜しまれ、聞くところによると、強大なるエスパーニャ王国の友邦各王家でも惜しい人だ、とされているとの話です。立派な人だったのでしょうが、娘のわたくしはその晩年の数年しか知らないのです。母親は結婚から二、三年で父と別れ、実父のアストルガス侯爵の家にわたくしを連れ戻ったので、幼いころからわたくしは、ずうっとアストゥリアス *Asturias* 住まいでした。母は同家唯一の跡継ぎだったのです。

どの程度まで父に愛想づかしされたのか、その間《かん》の事情は知りません。わたくしにわかるのは、重大な過ちの償いに終生、母が苦しんでいたことです。その悲しみは母の身に沁みついていたようです。目には涙が絶えず、微笑にも悲痛がありましたから。夜の眠りにも悲しみがついて回り、溜息や啜り泣きが平穏を乱しました。

別居ではあっても、離婚したわけでなく、父から定期的に便りが届き、母も返事を出していたのです。母はマドリードに二度、会いに行ったのに、父の心は閉ざされたままでした。侯爵夫人、つまり、母親は心根の優しい愛情深い人でしたので、実の父親にすべての愛情を注《そそ》ぎ、溢れるほどのその感情が、永年の悲哀の苦さにいくらかの甘さを添えました。

わたくしの場合を言えば、娘に抱く母の気持ちをどう定義したらよいのやら。たしかに母は娘のわたくしを愛してはいたが、娘の運命に関わり合いを持つのに尻込みしていました。躾や勉強はおろか、子どもに対して助言もしない。言ってしまえば、躓《つまず》きを犯した身だから娘の教育者としては失格と考えたのです。そんなわけで、幼年時代のわたくしは一種の放任状態にあって、およそ良質な教育の恵みなど受けないままで済ますところへ、側《そば》に来てくれたのが、初めは乳母、のちには家庭教師となったヒロナ *Girona*、あなたもご存じのあの人です。あのとおり気丈で、同時に教養のある女で、わたくしを幸せな女性に仕立て上げるため、精魂尽くしてくれました。

ところが、彼女の心遣いのすべてを台無しにする避けられない運命が襲ったのです。乳母の夫のペドロ・ヒロンというのは、男らしい性格で知られたが、危なっかしい人でした。エスパーニャから強制追放を受け、アメリカへ向けて船出したっきり、何の音沙汰もない。ヒロナには独り息子があり、これがわたくしと同い年の乳兄弟でした。その子はとびきり顔立ちの整った男の子で、〈美男子《エルモシト１》〉という綽名で死ぬまで呼ばれました……短い一生でしたがね。

わたくしたちは同じ乳で育てられ、よく同じ揺籃に休み、ふたりは仲良く暮らしたのです……七歳の年までは。そのときになって、ヒロナは、位や身分の違い、その子とわたくしの未来を隔てる大きな距離について、息子に諭《さと》す時期が来たと考えたのです。

ある日のこと、ふたりが何やら子どもの喧嘩をやったあと、ヒロナが息子を呼びつけて、きびしく言い渡したのです。「忘れるんじゃないよ、バル・フロリダのお嬢さまは、わたしのお仕えする方で、おまえのご主人なのだからね。わたしらはせいぜいこちらのお邸の一等の使用人だよ」

そう言われたエルモシトは、お嬢さまの考えは自分の考えだ、と賢く答えたのです。そして、わたくしが何を考えているか、先回りして当てる練習まで彼はするようになりました。そんな成行きは彼にとって、えも言われぬ魅力のように見えました。そして、何を言われても従順に従う坊やを見て、わたくしは大得意でした。

そういう新しい関係の危険をさっそく見抜いたヒロナは、ふたりが十三歳になったら引き離そうと心に決めたのです。そう決めたあと、彼女はそれ以外のことに気を向けました。

ヒロナは、さっきも言ったように、教養のある女ですから、早い時期にエスパーニャ作家の本の何冊かをわたくしたちに与え、歴史というものの通念を植えつけました。さらには判断力を養うようにと、読んだ内容について考えるようにしむけ、また、どうすれば本の主題から有益な反省が得られるかを示した。子どもにありがちのことだけれど、歴史の勉強を始めた当初は偉人や賢人に夢中になるもの。わたくしが選んだ英雄はエルモシトにとっても英雄でなくてはならなかった。わたくしが気を変えると、すぐさま向こうも新しい人に熱中した。

エルモシトの服従に慣れっこになったわたくしは、ちょっとした抵抗にもどぎまぎした。でも、それは大げさに気にするほどのことでなく、却ってわたくしのほうで偉ぶるのを控えめにしたり、気をつけたりすれば済んだ。ある日、わたくしは透き通った深い水底《みなそこ》に光って見える貝殻を見つけ、それがほしくなった。エルモシトは即座に水に飛び込み、危うく溺れかけた。別のとき、小鳥の巣をほしがると、登った枝が折れ、エルモシトはしたたかに痛い思いをした。そんなことが続いて、わたくしはほしいものを言い出すのに慎重になった。わたくしにわかったことは、向こうは何の権限も持たず、権限を使うこともないということだった。思えば、わたくしの自尊心の芽生えは、こんなところにあったのです。その後も、いくどか経験したことではあるけれど……。

こうして、わたくしたちの十二歳の一年は過ぎました。十三歳になった日、母親に呼ばれたエルモシトは、こう申し渡されました。「息子や、きょうはおまえの十三歳の誕生日をみんなでお祝いする日だね。おまえはもう子どもじゃない、だから、これまでのようにお嬢さまに近づくことは、もうできないのだよ。あした、おまえはお祖父《じい》さまのいるナバラ ***Navarra*** へ行

1　***Hermosito***　「美しい」 ***hermoso*** の指小形（愛称形）。

くのです」

ヒロナがそう言い終わるより早く、エルモシトは激しい絶望を露にした。泣きだしたかと見ると、次には気を失い、意識を取り戻しては、またもや泣いた。わたくしは同じ嘆きに沈みはしたものの、どちらかといえば、彼を慰めるほうに回った。その彼は、わたくしに依存しきって、わたくしの許可がなければ、呼吸もできない存在とわたくしの目に映った。エルモシトの絶望はごく自然と思えたが、かといって、同じ気持ちになる義理はないと感じた。彼の並はずれた美貌に何かを感得するためには、わたくしはまだ幼く、またあまりにも見慣れすぎていた。

ヒロナは人の涙に動かされる女ではない。エルモシトの涙も無駄で、彼はやむなく旅立った。しかし、その二日後、騾馬曳きの男がしおしおと戻ってきた。話を聞けば、森にさしかかって、ほんの一瞬、騾馬を離れた隙に、エルモシトは姿を消し、呼べど答えず、森じゅうを捜したが見当たらず、どうやら狼に食われたのではないか、と言うのだった。ヒロナは悲しみもせず、驚きも見せず、全く動じなかった。

「今にわかります」ヒロナは言った。「あの強情者、きっと帰ってくるから」

そのとおりだった。間もなく逃亡者はちゃんと舞い戻った。エルモシトは母親の膝に抱きついて言った。「ぼくはバル・フロリダのお嬢さまにお仕えするように生まれついているんだ。ここを追い出されたら、ぼくは生きていられない」

数日後、ヒロナは久しく便りのなかった夫から手紙を受け取った。便りはメヒコの港ベラクルスの発信で、一財産築いたので息子をよこしてくれないか、とあった。どうにかしてエルモシトを遠くへ出したかったヒロナは、さっそくこの申し出に乗った。

旅から逃げ帰ったあと、邸を出たエルモシトは、海辺にあったわが家の農園に寝起きしていた。ある朝、ヒロナは息子に会いに出かけ、漁師の小舟に無理矢理乗せ、アメリカ行きの船に連れていくように話をつけた。エルモシトは夜陰に乗じて海へ飛び込み、岸に泳ぎ着いた。ヒロナはまたまた強制的に息子を舟に乗せた。それはたいへんな骨折りようだったが、そのためにどれほど心を鬼にしたかは、容易に察しがつくことだった。

こうした話はどれも身近に起こったことばかりですが、そのあと続けざまに不幸がありました。祖父のアストルガス侯爵が病気となり、その祖父と長らく憂鬱病だった母親とが、相次いで亡くなったのです。

アストゥリアスではきょうか明日かと父の帰省が待たれましたが、国務に多忙で手が離されず、国王さまのお許しも出なかった。父のバル・フロリダ侯爵はヒロナ宛にたいそう感動的な手紙を書き、至急にわたくしを連れてマドリードに来てほしいと命じたのです。わたくしはアストルガス家唯一の相続人でしたが、父は同家の召使をひとり残らず引き取りました。わたくしを先立てての召使総勢の旅は、それはそれは華やかなものでした。国の顕職にある者の娘として、エスパーニャの津々浦々、どこでも鄭重に迎えられます。この旅のあいだに受けた栄誉が思い上がった野心をわたくしに植えつけ、それ以後のわたくしの運命を左右したように思います。

マドリードに近づくと、わたくしは別の種類の誇りを感じました。以前に会ったころ、父バル・フロリダ侯爵は、自分の父親を偶像のように愛し、父親のために呼吸し、存在して、逆に娘のわたくしには冷たいあしらいでした。これからは父を独占できる、全霊を挙げて父を愛そう、できれば、父の幸せに役立ちたい……わたくしは、そこまで意気込んでいました。先を夢見るわたくしは、誇らしく、ひとかどの人物になった気分でした。まだ十四歳を迎えてもいないのに。

そんな考えにわくわくするわたくしを乗せて、馬車は宿舎の中庭へ乗り入れました。車の扉近くに迎え出た父は、いくどもいくども優しくわたくしを抱きました。でも、国王さまの御用で宮廷に召された父はそそくさと出ていき、わたくしは大きな部屋へ引き退りました。気持ちが昂っていたわたくしは、その晩、一睡もしませんでした。

翌朝、わたくしは父に呼び出されました。ココアを飲んでいた父と朝食を共にしたあと、父が申しました。「親しいエレオノーレよ、このところ、わしは内心、悲しくて、実は多少ふさぎがちでもある。しかし、そなたという娘が、こうしてわしのもとに戻った以上は、これからは平穏な日々が迎えられるじゃろう。わしの官房には好きなときに出入りするがよい。編み物でも何でも女の手仕事を持ち込みなさい。官房は離れた部屋を選んだ……打ち合わせとか、機密の仕事とかに向くように。執務の合間を見つけて、そなたと話がしたいものだ。長く忘れていた家庭の幸せを、そんなおしゃべりのあいだにまた見つけられれば、と思うのだよ」

そう話し終えた侯爵が振鈴《ベル》を鳴らすと、秘書が持ち込んだのは二つの書類籠でした。一つにはけさ着いたばかりの郵便物、もう一つには返事の遅れている郵便物が入れてあった。

わたくしはそのとき官房でしばらく過ごして、また午餐の時間に行きました。お部屋には父と親しい友人らがいて、やはり最重要な国務の処理に当たっていて、わたくしの前でも、どなたも気兼ねなく話していました。そのお話に、わたくしがあどけない言葉を挟むと、面白がっておられます。父もそれを耳にして喜んでいるのに気づき、わたくしは気を強くしました。

翌日、父が官房入りしたと知ると、わたくしはすぐにそこへ行きました。ココアを飲んでいた父は、満足げにわたくしに言った。「きょうは金曜日だから、リスボンから郵便が届くんだよ」

振鈴を鳴らすと、秘書が二つの籠を持ち込みました。父は一方の籠をせかせかと探し、一通を取り出すと、なかには二枚の便箋があり、暗号で認《したた》めた一枚は秘書に渡し、もう一枚のほうを読み始めました。その様子はいかにも嬉しげに、また慈《いつく》しむように見えました。

父が読んでいる暇に、わたくしは手紙の封筒を取り上げ、封印を検《あらた》めました。そこには金羊毛勲章[1]の模様があり、その上に押されたのは公爵家の封印です。なんということでしょう、そ

1 ***la Toison d'or*** オーストリア・エスパーニャ王政時代の勲章。同名の騎士団がハプスブルク家に継承された一四七七年に創設された。ギリシア神話にちなむ命名。

の華麗な紋章が、その後、わたくしの紋章になろうとは！　翌くる日にはフランスからの郵便が届き、次の日、次の日とほかの国々の書面が順番に着きましたが、リスボン発信のポルトガルの郵便にしか父は気を向けないのです。

一週間が過ぎ、ココアを飲んでいる父にわたくしは言いました。「きょうは金曜日だから、リスボンの郵便の日ですね」

金曜日が来るごとに、わたくしは同じ文句を言い、それを何週間か繰り返したあと、ポルトガルからの手紙に限って大切にするのはどういうわけか、わたくしは思い切って父に尋ねました。

「この手紙はね」父は言った。「リスボンのわが大使からのものだ。メディナ・シドニア公爵といって、わしの親友、恩人、いや、それ以上の人だ。わしはこの方のお蔭でわしの今日《こんにち》がある、と本気でそう思っておる」

「だったら」とわたくしは言った。「その親切な公爵は、わたくしに関心を持たれる権利があるわ。ぜひお目にかからなくちゃ。暗号のお手紙はともかく、平文の手紙をわたくしに読んで聞かせて」

この申し出に父は激怒し、わがまま、身勝手、幼稚すぎる、となじり、さらにもっと烈しい言葉までわたくしにぶつけました。しかし、そのうちに軟化してくると、シドニア公爵のその手紙を読んでくれたばかりか、大事にそれを取っておくようにわたくしに言いました。その手紙は上にありますから、次に来るときに持ってきてお見せしましょうね」

そこまで話したとき、一統の用事で親方に顔出しを頼みに来る者があった。彼は席をはずし、その日は二度と現れなかった。

第二十八日

早朝、われわれは食事に集まった。親方を手持ち無沙汰と見てレベッカが、話のつづきを求めると、親方はこう切り出した。

ヒターノの親方の物語――承前

約束どおり、公爵夫人は前の日に話した例の手紙をわしのところに持ってきた。

メディナ・シドニア公爵夫人の物語――承前

手紙の文面はこうでした。

メディナ・シドニア公爵よりバル・フロリダ侯爵宛

両国交渉のその後については同封の暗号文による別紙を参照ください。ここでは敬虔にして淫蕩なる当宮廷につき、またもや書きます。小生はこんなところで生きるべく呪はれているのです。本状は部下のひとりが国境まで持参するので、安心して詳記できます。

国王陛下ペドロ・デ・ブラガンサ[1]は相変はらず修道院を御乱行《らんぎやう》の舞台としてをります。国王はウルスラ会女子修道院長を免職し、〈聖母訪問〉会の院長を新任しました。陛下は恋の巡礼行に小生の随行をお望みで、両国関係のためを思ひ、小生としても応じざるを得ません。御執着の国王は、新院長と御歓談の折には、恐ろしげな鉄柵が両人を隔ててをるものの、噂によれば、この柵はある秘密の仕掛けにより、やんごとなき御方の手一つで動かせるとのこと。

随行のわれわれがそれぞれ別々の面会室に散らばると、うら若い修道女がお相手をする。ポルトガル人らは尼僧との会話に喜悦を見出す。その語りは籠の鳥そのままに禁域に暮らす世間知らずの彼女たちのあどけない囀《さへづ》りにすぎないのだが。聖《きよ》らかな処女の、心を惹く青白さ、敬虔な溜息、信心の言葉での優しげな語り口、彼女らの半分だけのあどけなさ、そして形をなさぬ欲望……それがポルトガルの紳士たちをしかと魅了する、リスボンの女《によ》性《しやう》にはないものゆゑに。

世を避けるかかる場所の一切が、魂と官能の陶酔をもたらす。呼吸する空気には香が薫《た》き込まれ、聖者たちの図像の前には花々が山を成す。面会室の彼方、目に映る共同の寝所も、同じく飾られ、香を薫かれ、人待ち顔に見える。瀆神のギターの楽音は神聖なオルガ

1 *Pedro II de Bragança*　初め摂政、のちポルトガル国王（在位一六八三―一七〇六）。

ンの響きと混ざり合ひ、鉄柵の向かふとこちらに貼りつく若い男女の甘やかな囁きに覆ひかぶさる。これがポルトガルの修道院の慣はしなのです。

小生について言へば、その心蕩《こころとろ》かす狂気に、しばらくのあひだはわたしも没入できるのですが、そのあと、熱情と情愛のこもる愛撫の話題が必ず思ひ出させるのは、犯罪と殺人の恐ろしさです。もつともわたしの犯罪はたつたの一度きりです。わたしは貴殿とわたし自身を救つたひとりの友人を殺害したのでした。美しい世界の美しいしきたりが、わたしの生涯の汚点となるこの出来事を招き寄せた。わたしはその当時、幸福と美徳へ向かつて魂の開く開花の年齢にありました。わたしの魂は恋愛に向けて開いていたに違ひない。しかし、あのやうに残酷な印象のさなかでは、そんな感情の生まれるわけはありませんでした。恋の話を聞くたびにわたしは血に塗れた自分の手に目を向けざるを得なかつた。

にもかかはらず、わたしは愛の必要を感じてゐた。わたしの心中で愛となつたその感情は、万人に尽くす善意へと置き換はり、その対象を身近に求めた。わたしは国を愛した。信仰と国王と国語に忠実なエスパーニャの国民を愛した。エスパーニャの人々は愛に対して愛で応へ、宮廷はわたしがあまりにも人々から愛されすぎると見なした。

以来、名誉ある亡命の暮らしに入つたわたしは、国のために奉仕することができた。遠くからであるにせよ、わが諸侯に何らかの貢献もできた。国家と人類への愛はわたしの生活を甘美な思ひで満たした。

わが青春を飾つたあのもう一つの愛の場合、今となつては何が期待できるでせうか。シドニア家最後の末裔とならう、わたしはさう決心しました。

大家《たいけ》の令嬢たちが、わたしと結ばれたくて野心を燃やしてゐることは存じてをります。しかし、彼女たちはわたしとの縁組みが危険な贈り物となることを知らない。わたしの気質は時代の良俗に合致できないからです。われわれの父祖たちは配偶者を目して彼らの幸福、彼らの名誉の受託者であるとした。匕首と毒薬は、昔のカスティーリャにおいては罰であり、不信仰を意味するものでした。祖先を非難する考へはわたしから遠い。彼らの二の舞ひを踏みたくないだけです。ですから、今、言つたやうに、わが一家は小生を最後として絶えたはうがよろしいのです。

そこまで読み上げたとき、父は口ごもり、先を続けたくない様子でしたが、わたくしに急かされて、次を読んだのでした。

かはいらしいエレオノーレとご一緒になられ、お幸せなご様子を伺ふにつけ、わがことのやうに喜んでをります。そのお年ごろでは、仰ることも魅惑的に違ひありません。お便りから幸福なお姿が偲ばれ、わたしまで浮き浮きします……。

その先は聞かずとも十分であった。わたくしは父の膝に抱きついた。父を幸福にできた、そのことが無性に嬉しかった。

歓喜の潮が引くと、わたくしはシドニア公爵の年齢を尋ねた。

「年かね」父は言った。「わしより五つ下だから、三十五歳だ」それから、付け加えた。「いつまでも若く見える質《たち》の人だよ」

少女にはおとなの男性の年齢などまるで考えない年ごろというのがある。同じ十四歳の男の子がほんの子どもに思われ、目もくれない。わたくしはそんな年齢だった。父のこともさほど年上とは感じなかった。だから、公爵がもっと年下ならずっと若い人だとわたくしは思った。この感じ方がのちに運命を決めることになる。

わたくしからの次の質問は手紙にあった殺人とは何かであった。

そう訊くと、父の顔色が変わった。ややしばし考え込んでから父は言った。「エレオノーレ、これはそなたのお母さんとわしの別居と深い関係がある。このことは、たぶん、話すべきではないかもしれない。だが、早晩、好奇心からいろいろと思い描くに決まっている。微妙で悲しい問題に思い悩むよりは、わしの口から話したほうがよかろう」

そう前置きして、父は次のように半生の物語を語りだした。

そなたも知ってのとおり、アストルガス家の家系はそなたの母親で絶えてしまった。アストルガス家はバル・フロリダ家と並ぶアストゥリアス最古の旧家だった。わしがアストルガス家令嬢と結ばれること、それが州を挙げての願いなのだった。早くからそういう考えに慣れていたからこそ、わしらがお互いに抱く気持ちは幸せな結婚の実現を約束していた。種々の事情が重なって、わしらの縁組みの成立は延び延びとなり、二十五歳の年に挙式に漕ぎつけた。

婚礼から六週間が経ったとき、わしは新妻に話を持ちかけて言った。わが家は代々、軍人を職業としてきた家系だ、それを手本とするのが名誉というものだと考える、アストゥリアス暮らしより楽しい時の過ごせる守備隊生活の場がエスパーニャにはごまんとある。あなたが名誉に関わることで選ぶことなら、いつでも賛成しますよ、とマダム・デ・バル・フロリダ[1]は二つ返事だった。こうしてわしの軍務入りが決まった。担当大臣に願書を提出すると、メディナ・シドニアの連隊に所属する騎兵中隊に配属された。連隊はバルセロナにあり、そこでそなたが生まれた。

戦争[2]が勃発して、われわれはポルトガルへ派遣され、ドン・サンチョ・デ・サアベドラ将軍

1　もちろん、自分の奥方のこと。こうしてもっぱら正式な称号で呼んでいるのは、故人への礼儀上か、冷たい仲か。作中ではまた、直接に奥方《マダム》と呼びかけもする。娘に対しても公爵は ***vous*** で話しかけている。夫婦親子が他人行儀に ***vous*** を用いるのは長らくヨーロッパ貴族の習慣であったようだ。ルノワールの名作映画『大いなる幻影』に貴族出のフランス将校が、くだけたやりとりを部下から求められ、家内に対しても ***vous*** だと告白する場面がある。第一次世界大戦中のことだ。

の指揮下に合流した。この人は名高いビラ・マルガ *Vila Marga* の戦闘で開戦のきっかけを作った将軍だ。当時、全軍中で最強を誇ったわが連隊は、敵の左翼を形成するイギリス人諸部隊を殲滅《せんめつ》せよ、との命を受けた。わが連隊は再度攻撃を敢行したが失敗に終わり、これより三度目の出撃というところに、初対面の上官が現れた。見るからに輝くばかりの武器に身を固め、青春、花盛りのこの将校が声を励まして言った。「われに続け！　われは連隊長、シドニア公爵である」

今度こそイギリス軍部隊は敗走して、その日の勝利はわが連隊に帰した。公爵に次ぐ戦功を挙げたのは、敢えて言えばこのわしだった。何はともあれ、これを機に連隊長、シドニア大佐ご自身のほうからご親交を願えないか、とのお誘いを得るありがたい光栄に恵まれた。

それは口先だけの挨拶ではなかった。ふたりは真の親友となった。しかも、公爵のほうにわしを庇《かば》う気分もなければ、わしのほうも下の者として遠慮があるわけでもない。保護者感情と劣等感のどちらもない。エスパーニャの人間は一種の厳めしさがあり、物腰態度についそれが出る、と非難されがちだ。しかし、これは自負心と傲慢、尊敬心と高貴を取り違えず、両者の混同を避ける意味なのだ。

ビラ・マルガで勝利が確定したのち、昇進人事が発表され、公爵は将官に任ぜられ、わしは中佐として、シドニア将軍の第一副官となった。

続いて敵軍のドゥロ川 *le Douro* 渡河作戦の阻止という危険な使命がわれわれに下った。公爵は有利な地点を占拠し、かなり長期にわたり、ここを維持した。しかし、ついにイギリス軍の総兵力がわれわれに向け進撃してきた。敵の圧倒的な優勢にもかかわらず、わが軍は踏みとどまった。そのまま行けば、大被害は免れず、あわや当方の壊滅必至の情勢だった。その危急を救ったのがワロン人部隊の総指揮官ヴァン・ベルグという男で、敵の隙を衝き、手兵三千を率いて援軍に駆けつけたのだ。勇猛果敢、彼は激突の危険を打開したうえ、わが軍の優勢を立て直した。ただし、われわれは二日後、同陣地を撤退して本隊に合流した。

ワロン人部隊とともに撤退するに当たり、公爵はわしのところに来て言った。「友情とは、ふたりのあいだのもので、二という数字が最もふさわしい。その数を超えては、神聖な掟が破られる。しかし、例外を認めるとすれば、ヴァン・ベルグの勲功がそれに値するとわたしは思う。彼を三人目としてわれわれの輪に入れ、あなたやわたしの友情を受けるようにすべきではないか」

わしも同意見だったので、公爵はヴァン・ベルグのもとへ行き、その話を伝えた。むろん、この提案の際、公爵は、親友という重みにふさわしい厳粛さを忘れなかった。

2（一三九頁）どの「戦争」かには触れていないが、当時、エスパーニャはフランスと結び、イギリス・オーストリア・オランダと敵対する「王位継承戦争」（一七〇一―一四）を戦って敗れ、植民地など多くの権益を戦勝国に譲った。戦後、エスパーニャの統一がなるが、内戦は第二次世界大戦の直前まで断続的に（平凡社大百科事典のエスパーニャ名前の執筆者によれば「やむことなく」）続いた。

「公爵閣下」ヴァン・ベルグが言った。「お申し入れの件は光栄の至りです。しかし、おれというやつは殆ど連日の飲んだくれ、たまに酔ってなければ、身代《しんだい》に余る大博打《ばくち》に夢中という体《てい》たらく。閣下にも同様の弱みがあれば別の話だが、そうでもない限り、われわれの仲は長続きできるとは思えません」

この返事に公爵は面食らったが、次には破顔大笑した。公爵は彼を大いに高く評価していると請け合い、王宮に取り立てて人も羨む厚遇で報いよう、と約束した。ヴァン・ベルグはそれに対して、財産による報酬を望んだ。そこで公爵はマドリードへ戻ると、彼のためにマリネス *Malines* 県にあるデウレン *Deulen* の男爵領を国王から賜った。ところが、当のヴァン・ベルグは、賜ったその日のうちに領地を売り飛ばした。買い手はアントウェルペンの市民で軍の御用商人、ワルテル・ヴァン・ディックなる男であった。

親友仲間の三人は寄りより相談して、冬のあいだをポルトガルの枢要な都会の一つ、コインブラ *Coimbra* で過ごすことにした。マダム・デ・バル・フロリダもやって来て、一緒に住んだ。彼女は社交が大好きな女性だった。そこでわしも上級将校のために住居を公開する楽しみを味わった。けれども、公爵もわしも、社交の群れに立ち交じることは少なかった。

生《き》まじめな関心事が両人のすべての時間を満たしていた。美徳がシドニア青年にとっての偶像であった。そして、国家の大計、公共の利益が彼の夢なのだ。われわれはエスパーニャの憲法について特に検討を深め、将来の国家繁栄のための計画に余念なかった。エスパーニャ人を幸福にするためには、まず彼らが美徳を愛するようにしむけ、利益追求から彼らを引き離すことが望ましい。それはごく容易なことだとわれわれには思えた。古い騎士道精神の復活も望ましかった。エスパーニャの男子は国王を愛すると同時に妻を愛することを義務と心がけ、ひとりの戦友を持つべきである。

戦友というなら、わしはもう公爵の戦友であった。社交界もそのうちにはわれわれの友情に注目し、話題とするだろう、とふたりは殆ど信じていた。そうすれば、誠実な人士は必ずやわれわれを見習って、同様の結びつきを形成し、ゆくゆくは美徳への道をより容易で確実なものと見出すだろう、と。

エレオノーレ、こんな間の抜けた行為の話をするのは恥ずかしいことだ。けれども、以前からずっと観察してきての結論だが、偉大で役に立つ人間になる連中というのは、若いころ夢中で何かに没頭したことのある人たちなのだよ。逆に言えば、ローマの大カトー[1]を自任する連中は、若いうちから冷めた頭を持ち、利益計算の枠に縛られて、それを超える高みに登れない。彼らの魂はその精神を狭め、国の政治家とか同胞の役に立つ人間とかの抱く構想の大きさには及びようもない。この法則には例外が殆どない。そんなふうに、わしらふたりの想像力は美徳

1 *Marcus Porcius Cato Censoris*（前二三四―前一四九）将軍・政治家にして文人、古ローマの質実剛健への復帰を標榜した。曾孫に当たる同名の〈小カトー〉と区別するため、〈大カトー〉と呼称される。ポーランド語では ***katon*** と普通名詞化して、「自他に対してきびしい男」の意となった。

の領域へと踏みはずし、サトゥルヌスとレア[1]の治下、エスパーニャに〈黄金時代〉の再現を夢見た。

　そのころこの世でひとり、早くも〈黄金時代〉を謳歌した者がある。ヴァン・ベルグだ。デウレン在の男爵領が金貨八十万リーヴルで売れたからだ。ヴァン・ベルグは誓いのもとに大見得を切った。冬営期間の二か月間にこの金を全額、使い果たしてみせる、ほかに十万フランの借金を背負う、というのである。この誓いを守るためには、毎日、使うべき金貨の額は千四百ピアストルに上る、と浪費家フラマン人はあとから知った。コインブラのような街で、これは容易ならぬことだ。彼は軽々しく先走った大法螺《おおぼら》を吹いたかと弱気になった。貧民救済に金の一部をばらまいて、幸せにしてやったら、との声も出たが、ヴァン・ベルグはこの案を退けた。おれが言ったのは、使い果たすことで、くれてやることじゃない、鐚《びた》一文たりと慈善に出すのはおれの繊細な心情に反する、賭ごとも勘定には入れない、儲かることもあるし、すった金は使ったことにならない……というのが、彼の言い分だった。

　ヴァン・ベルグは苦境にあるかに見えた。数日間、思案投げ首の様子であったが、その果て、彼はどうやら名誉維持の切り抜け策を発見した。料理人、楽士、役者などなど、娯楽と関わる芸人の総勢に召集をかけ、朝っぱらから大朝食会、夜にはダンス、芝居を催し、宿泊先のホテルの正面玄関前では終日、賭博ゲームの開帳に及んだ。これだけ張り込んでも、連日、千四百ピアストルの蕩尽は到底おぼつかない。やむなくヴァン・ベルグは余った金貨を窓から外にばら撒いた。これでも散財違反にはならない、とは本人の負け惜しみの弁である。

このようにして良心の満足を果たすと、ヴァン・ベルグは本来の陽気さを取り戻した。もともと彼には天真爛漫なところがあり、あちこちで顰蹙《ひんしゅく》を買った彼の奇矯ぶりも、みごとにそれで言い抜けていた。頻々として行使するこの自己弁護は、彼の会話にある種の光彩を添え、引っ込み思案で生まじめすぎるわれわれエスパーニャ人と比べてとりわけ彼を際立たせた。

高級将校の例に洩れず、ヴァン・ベルグはよくわが家へ顔を見せた。ただし、わしが不在のときにも彼は訪問に来ていた。わしはそれを承知していたが、不審と思わずにいた。相手を信頼しすぎるせいで、どこの宅でもどんな時間にも歓迎される、と甘えているのだ……そうわしは解していた。

世間は千里眼が利く。やがてわしの名誉を汚《けが》す風評が広まった。わしの耳には何も入ってこなかったのだが、シドニア公爵はご存じで、妻に惹かれるわしの気持ちをよく知る公爵は、友情からわしを思って苦しんでいた。

ある朝、公爵はバル・フロリダ侯爵夫人のところへ来ると、いきなり彼女の前に跪き、人妻の心がけを忘れぬよう、ひとりきりでいる時間には決してヴァン・ベルグを部屋へ迎えないよ

1　*Saturnus* はローマ神話の農耕神。未開の民に農業を教え、太古の〈黄金時代〉を現出させたとされる。その祭り *Saturnalia*（十二月十七日からの一週間）がクリスマスに受け継がれた。贈り物として蠟燭や小さい人形を交換し、奴隷も自由を与えられ、陽気に祝われた（平凡社大百科事典・水谷智洋）。*Rea* はギリシア神話のクロノスの妻で、サトゥルヌスと同一視された。

うに懇願した。返事がどうだったのか、わしは知らない。わかっているのは、その午前にもヴァン・ベルグがわが家へ来たことだ。バル・フロリダ侯爵夫人に対して、そういう諫《いさ》めのあったことは、さっそく彼に知らされたに違いない。

公爵はその足でヴァン・ベルグの部屋へと赴いた。同じような調子で諭し、美徳に適うよう彼を改心させるつもりだった。不在のため、改めて正餐のあとに出直すと、部屋は来客でいっぱいだった。ただし、ヴァン・ベルグは気難しい顔でいくらか酔っているらしく、ひとりでゲームの机に向かい、ダイスカップを手に骰子を振っていた。

シドニア公爵は平生と変わらぬ打ち解けた様子でヴァン・ベルグに近づき、出費の進行状況はどうかね、と笑いながら尋ねた。

ヴァン・ベルグは憤怒に燃える目つきを公爵に向けて言った。「おれの出費は友人たちを迎えるためだ。関係もないことに口出しする無礼者どもはお断りだぞ」

居合わせた何人かがその応酬を聞いていた。

「では伺うが」公爵が言った。「無礼者とは、わしのことかね。その発言は撤回してもらおう」

「撤回しない」ヴァン・ベルグが言った。

公爵は片膝を突いて言った。「ヴァン・ベルグ、君はわしのために格段の功績を上げた。そういうわしの名誉を今となって汚そうとするのはなぜだ。お願いだから、わしのことを名誉ある人間と認めてくれたまえ」

ヴァン・ベルグの口から卑怯者という雑言が出た。

おもむろに立ち上がった公爵は、ベルトに下げた短剣を抜き放ち、ゲームテーブルの上にそれを寝かせると言った。「これは通常の決闘で片付く問題ではない。どちらかが死ぬべきだ。早ければ早いほど良い。骰子で決めよう。数が多く出たほうが短剣を手に取り、相手の心臓を一刺しにする。どうだ」

「よし！」ヴァン・ベルグが叫んだ。「これこそ本物の賭だ。断っておくが、おれが勝っても容赦はせんぞ、いいかね、閣下」

見守る人々は慄然とした。

ヴァン・ベルグがまずカップを取り、振り出した骰子には二の目が二つ並んだ。「悪魔《ディアブロ》め！」ヴァン・ベルグが声をあげた。「万事、休すか」

次にシドニア公爵がカップを振り、目は五と六と出た。公爵は短剣を握り、刃はヴァン・ベルグの胸を貫いた。彼はその場に立ち会った人々に向き直り、冷ややかに言った。「諸君、勇者たる武勲の誉れ高いこの若者に対して、最後のお別れを告げたまえ。わしは、このまま法務総監に自首して、国王陛下の裁きに服する」

事件の反響の大きさは想像に任せる。公爵に寄せる絶讃はエスパーニャ軍人のみならず、敵軍たるポルトガルの将兵からも聞かれた。この知らせがリスボンに届くと、インド国の総大司教を兼ねるこの街の大司教は、公爵が借りていた家はリスボン大聖堂参事会の所属であり、以前から〈不可触〉の避難所とされてきたものであるから、公爵は一般裁判権の立ち入りを恐れることなく滞在が可能である、と保証した。公爵はこの配慮に深く感動しながらも、そのような特権を用いる考えはないと声明した。

法務総監は起訴の方針を固めた。一方、カスティーリャの評議会は何かあれば介入することを決定した。ほかにも、軍隊が解消されたばかりのアラゴンでは大審院長[1]が、同地方は公爵の生地であり、公爵は旧大貴族[2]の一員であるとして、裁判権は当方にありと主張した。いわば、公爵を救い出す権利の奪い合いである。

そうした騒ぎのさなか、わしはシドニア公爵とヴァン・ベルグの諍《いさか》いの真相を探ろうと、ほうぼう尋ね回った。やっとわしに同情的な人が見つかり、バル・フロリダ侯爵夫人を巡る一切を聞くことができた。妻が愛せる者はわしを措いていない……どういう根拠からともなく、わしはそう信じ込んでいた。そうではないのだ、と納得するまでに何日もかかった。さらに新事実を摑んでから、わしはバル・フロリダ侯爵夫人にこう告げた。

「お父上がご病気だとの便りが届いた。お側に付いていたほうが、何かと便利だろう。そなたの娘はまだ母親の世話が必要な年ごろだ。この先はアストゥリアスに母娘《おやこ》で暮らすべきだと思うのだが……」

バル・フロリダ侯爵夫人は目を伏せ、その申し入れを諦めの風情で受けた。その後の別居生活のことはそなたも知ってのとおりだ。そなたの母親という人は、感心な長所を無数に持つ人だった。それどころか、数々の美徳さえ具わっていて、わしはいつも感服したものだよ。

とかくするうち、公爵に対する審理公判は奇妙な展開を見せた。ワロン人出身の将校たちが、これを民族問題に拡大したのだ。彼らの主張は、フラマン人殺害をエスパーニャの大公爵らが大目に見る以上、ワロン人もエスパーニャで軍務に服する義務を放棄せざるを得ない、というものだった。

エスパーニャ側は、これはあくまで決闘であり、殺人事件ではない、と反論した。そのあげく、エスパーニャ人、フラマン人の双方十二名からなる軍事評議会を国王陛下の名で招集するところまで発展した。ただ、これは公爵の裁判が目的ではなく、ヴァン・ベルグ殺害は決闘による死か、それとも殺人による死か、その決着をつけるためであった。

エスパーニャ側の将校は、当然ながら前者、すなわち決闘説に賛成票を投じ、殺人説にはフラマン側の十一票が集まった。フラマン側はその意見を理路整然と述べることをせず、やたら

1　*justicia mayor*　エスパーニャ合併前のアラゴン王国だけにあった制度で、司法上の拒否権を持ち、王権と民権の調停役となった。その権限の幅は一五一六年、同国のエスパーニャ〈編入〉ののち不適当として一五九一年に廃止された。編入に先立つ〈合併〉はアラゴンのフェルナンド二世とカスティーリャのイサベル一世との結婚後、フェルナンド即位の一四七九年に実現した。したがって、十八世紀に大審院長の存在は時代錯誤となる。

2　*ricos hombres*　「裕福な人々」の意で、アラゴンの大貴族の旧称。カルロス一世時代にカスティーリャの大公爵に足並みを揃えた。現代では続けて書き、単一の単語となった。

にどなり立てた。

十二人目で最年少の士官が最後に投票した。名誉の問題、すなわち決闘にかけてはすでに専門家として名高いこの人物の名をドン・フアン・バン・ウォルデン[1] *Juan Van Worden* という。

ここで、おれが親方の話を遮って、一言差し挟んだ。「そのバン・ウォルデンの息子がこのわたしですよ。この先、父の名誉に難癖《なんくせ》のつくような話には、まさかならないのでしょうね」

「まあまあ」親方が言った。「バル・フロリダ侯爵が娘に語ったことの、忠実な報告なんだから」

投票の順番が来たとき、ドン・フアン・バン・ウォルデンはそれに先立って発言を求め、次のように論述した。

「諸君。本官の考えによれば、決闘の要素の定義づけには、二つの見地が存在します。第一は決闘の申し込みであり、あるいは、衝突それ自体です。他方、第二は武器の平等です。武器のない場合には、敵を殺害するチャンスの平等、と言ってもよろしい。したがいまして、例を挙げますと、マスケット銃を持つ男がピストルしかない男と対決する場合、一方は百歩先から、他方は四歩だけ離れて発射するのが条件となり、いずれが先に射撃を行うかについて予め打ち合わせしておく必要もあります。

本件の場合、同一の武器が両人双方に供せられており、これ以上の平等は要求できません。使用された骰子については、いかさまの細工がなかった以上、相手方を殺害する機会は平等と申せます。異議申し立ては不可能です。さらに、決闘の申し込みは明瞭に発言され、双方に受諾されました。

惟《おも》みるに、戦闘のうちでも最も崇高なる一騎討ちの決闘が、賭博のごとく蔑まれ、紳士たる者の極度に慎むべきゲームの一つと目されている現況は誠に嘆かわしいと申さねばならない。それはともかくとして、上述の原則により、本事件が決闘にほかならず、殺人を構成しないことは議論の余地なしと断定致します。

かく申し述べるのは、本官の信条に基づくものとは申せ、同僚十一人の諸兄の意見と対立するのを遺憾と存じます。諸兄よりのご好意という幸せを喪失することのほぼ確実なるを思い、かつは諸兄の不満の表明手段の最も穏やかならんことを念願しつつ、本官は十一人の各位全員に対し、本官と決闘において相見《あいまみ》える栄誉を与えられるよう懇願する次第であります。予定時刻は明朝六時より一名ずつ、夕刻五時までと致します。以上」

この論考は評議の席上に広く囁き声の小波《さざなみ》を立てたが、挑戦には応えねば礼儀にもとる。バン・ウォルデン氏は午前中に出頭の最初の六人の全員に傷を負わせたのち、残る五人とは共に仲良く昼食のテーブルを囲んだ。昼食の二時間を挟んで、再び武器を手にすると、初めの三名

1　ドンが付いたので、名はエスパーニャ風にしてある。ファンの元の名はジャンか。

はバン・ウォルデンからかすり傷を負わされ、十人目は逆に彼の肩を傷つけ、立ち向かった最後の十一番目の男は剣で相手を一刺しにして、現場に置き去った。

腕利きの外科医のお蔭でバン・ウォルデンは命を取り留めた。だが、これを区切りに、評議会のことも、裁判のことも、それっきり二度と話題に上らなくなった。畏《かしこ》くも国王陛下はシドニア公爵に特赦をお授けになったのである。

春になると戦争は再開された。われわれは名誉ある戦士として戦ったが、もはやかつてのような戦意には欠けていた。わが軍は不幸の連続に襲われ始めた。公爵はヴァン・ベルグの勇気と軍事的才能に敬服していた。その一方、わしら夫婦の不祥事の解決に、ご自身もつらい思いをしながら骨折ってくれた公爵は、行きすぎた勇み足に自責の念を禁じ得なかったのだ。善を施すだけでは足りない、その施し方を知らねばならない、そのことを公爵はこの事件から学んだ。わしについて言えば、世の亭主どもと同様、悲痛の思いに沈み込み、切々と嘆きを新たにしていた。ふたりは、以前と異なり、エスパーニャ繁栄の計画に没頭することをばったりやめていた。

ようやくにして、ピレネー条約がドン・ルイス・デ・アロ[1]によって成立し、ついにフランスとのあいだで和議は成った。戦争から解放された公爵は外国旅行を思い立ち、わしも同行した。この旅でわれわれはイタリア、フランス、イギリスを訪れた。帰国すると、公爵はカスティーリャで入閣され、わしも同じ内閣の調査役を仰せつかった。

度重なる国外視察、これに加えて数年間の閣僚経験の結果、公爵の精神は円熟の度を増した。青年時代の正義感に発する行きすぎを脱したにとどまらず、思慮深い人間となった。公共の利益は彼の夢というよりは情熱として残っていた。ただ、彼の理解によれば、何もかもいちどきにとは行かず、それに備える精神の涵養《かんよう》が必要であり、その手段と目的は大切に秘匿するのが賢明とされた。彼の深謀遠慮は内閣においても、外見では自分の意見を持たず、他人に追随するかのような印象を与えた。しかし、実際にその他人を動かしているのは彼のほうなのだった。公爵は自分の才能を表に出さず、知識をひけらかしもしないよう努めたが、それが却って才知を際立たせた。エスパーニャの人々は公爵の真価を見抜き、彼の信望は高まった。そういう公爵を宮廷では嫉視し、国外に追うため、リスボン大使の役職に任じた。拒否は許されない、と見た公爵は引き受け、わしを国務次官とするとの条件を付けた。

その後、わしらは会わないままだが、ふたりの心はしっかりと結ばれている。

親方の物語は用談を知らせに来た男のため中断した。親方が立っていくと、待ちかねたよう

1　*Luis Méndez de Haro*（一五九八?—一六六一）　エスパーニャ外相として一六五九年、フランスとのあいだに和平条約を結んだ。作者は時代錯誤の攻撃を避けるためか、条約成立の年に触れていない。ラドリザニはその註記で次のように書く。「一七二九年にアルフォンス・バン・ウォルデンは十八歳、父親はなお存命で、史実と日付が合わない。別本『アバドロ』が決闘に軍事評議会の介入を省いたのはこのためと思われる」

にベラスケスが発言して言った。「ぼく、親方の話は一心不乱に聞いているが、駄目でしてね。話の辻褄がどうも合わない。だれが話して、だれが聞いてるのか、混乱しますよ。バル・フロリダ侯爵が娘相手に身の上話をするかと思うと、その同じ娘が少年時代の親方に打ち明け話をする、その内容を今度は親方がわれわれに伝え聞かせる。あっちに飛んだり、こっちに戻ったり。これじゃまるで迷路だ。ぼくの持論だけど、長篇小説とか、この種の作品は、きちんと段落分けし、行アキを作って書いてほしい、年表みたいに」

「そのとおりね」レベッカが言った。「例えば、ある段にはバル・フロリダ侯爵夫人の密通のことを詳しく書いて、その次の段に来ると、妻の浮気に悩む侯爵の煩悶《はんもん》の話となる。そのほうがずっとわかりやすいと思うの」

「ぼくの言いたいのは、そうじゃない」ベラスケスが応じた。「シドニア公爵を例に取ってみましょう。いいですか、もう死んで横になって担架だかに乗せられているのを見せられたあと、次にはこの人の性格のことを探る破目になる。ここの物語はポルトガル戦争から説き起こすのが一番じゃないかな。その次の段では医学について考察するサングレ・モレノ博士を登場させる。そうすれば、この医者の奇妙な暗躍にも、何だこれは、おかしいぞ、と思わないで済むだろうし」

「たしかにそうよ」レベッカが割って入った。「これは何、いったい何なの……そんな驚きばかりの連続だと、物語への興味の支えにならないわ。次にはどんなことが起こるのか、まるっおれも父のことで一言口を出し、ポルトガル戦争当時、父がほんの若年であったこと、それにしてはメディナ・シドニア公爵事件で示した力量は見るべきものがあること、を話した。

「それは立派よ」レベッカが言った。「お父さまが、もしも十一人の士官全員と決闘なさっていなければ、喧嘩さわぎになったでしょうね。見上げた行動ね、そういう成行きを避けたわけですもの」

レベッカは皆を見くびっているようにおれには思えた。レベッカの性格には、何と言ったらよいか、ひやかし半分で懐疑的なものがあるのに、おれは気づいた。おれは自分に言い聞かせた、レベッカの口から天上の双子とは全く違った話を引き出せそうだ、そのうち必ず聞き出してやろう、と。気がつくともう解散の時刻となっており、一同はばらばらに散った。

第二十九日

その朝も、われわれはかなり早くから集まり、暇を持て余した親方は、冒険談のつづきを次のような言葉で始めた。

ヒターノの親方の物語——承前

父親の物語を話してくれたシドニア公爵夫人は、その後、現れないまま何日かが過ぎた。代わって籠を提げてくるのはヒロナのほうだった。事件が話し合いのついたこと、それはテアティノ会修道士で母方の大伯父《おお》ロニモ・サンテスの斡旋によること、を彼女は教えてくれた。実を言うと、わしがうまく逃げ了せたのでテアティノ会は胸を撫で下ろしていた。異端審問所の判決文は、軽率な言動を云々して、二か年の処罰と断じ、わしの名前は頭文字しか書いていないという。ヒロナはまたダラノサ叔母からの伝言として、この二年間は潜伏《せんぷく》するように、そのあいだ叔母自身はマドリードへ移り、〈キンタ〉*quinta* の管理に努めるとのことだった。〈キンタ〉というのは、わしが相続した土地付きの別荘のことだ。

今いるこの地下でその二年間を過ごすべきかどうか、わしはヒロナに尋ねた。それがいちばん安全だろうが、そのためには彼女としても気をつけねばならないことが数々ある、と彼女は言った。

翌日、現れたのは公爵夫人だった。高慢な感じのするヒロナと比べ、奥方のほうが好きだったわしは、この日の彼女の美しさにうっとりした。物語のつづきをわしは知りたかった。そう言ってわしが頼むと、奥方はこう話しだした。

メディナ・シドニア公爵夫人の物語——承前

打ち明け話、それも華々しい事件のことをいろいろと聞かせてくれて嬉しかった、ありがとう、とわたくしは父に礼を言いました。その次の金曜日、シドニア公爵からの手紙が届いたので父に渡したのに、こんどは読んで聞かせてはくれませんでした。その後の便りも、すべてそうでした。でも、公爵のことはよく話題に出し、他の話題には興味を示さないと見える父でした。

その後、しばらく経ち、わたくしはある士官の寡婦と名乗るお年寄りの訪問を受けました。そのとき、父はたまたま不在でした。この士官の父親というのは代々、シドニア公爵家の臣下だった人で、彼女の相談ごととは義父に対する俸禄の未払い分があるのだが、それを公爵に請求できないものか、というのでした。他人から世話焼きを持ちかけられるのは初めてのことで、そんな立場に置かれると、小娘のわたくしは得意な気分でした。そこで、わたくしは事情説明の文書を書き上げ、詳細かつ明瞭に寡婦としての権利を申し立てました。できた書類を父に見てもらうと、よく書けていると満足で、そのまま公爵宛に発送したのは、わたくしの期待どおりでした。寡婦の申し立ては認められ、公爵から届いた便りには、年に似合わずしっかりしたお嬢さまだとの褒め言葉が記されていたのです。

そのあと、もう一度、こんどは私信で公爵宛に手紙を書く機会があり、このときも、精神《エスプリ》の行き届いた内容に感心した、とのご返事を頂戴しました。そういえば、エスプリと理性《レゾン》の涵養については、わたくしはいつも心を砕いていましたが、それにはヒロナの底深い英知に助けられました。この二通目の便りを出したのは、ちょうど十六歳になったときでした。

その年のある日、父の書斎にいると、表の通りがにわかに賑わい、群衆の歓呼の声が沸き立ちました。小走りに窓際へ行ったわたくしの目に映ったのは、押しかけた人込みに挟まれて、凱旋将軍のように意気揚々と駆けていく一台の四輪の華麗な箱馬車《カローサ》、そこには覚え知ったシドニア公爵家の紋章が輝いているではありませんか。

馬車が停止するや、一塊りの郷士《イダルゴ》[1]や侍童がどっと扉口へ押し寄せ、やおら車から降り立ったのは威風堂々の偉丈夫と見届けました。装いはカスティーリャ風、そのころ宮廷で廃止された正装で、首もとの襞襟、丈の短いマント、礼帽の羽飾りと、その雅《みやび》やかな出立ちにひときわ色を添えるのが燦然と胸に光るダイヤモンドを鏤《ちりば》めた金羊毛勲章でした。

「おお、あの方だ」父が声をあげた。「お見えになるのはわかっていたが」

そのまま、わたくしは居室に戻り、公爵にお会いしたのは翌日でしたが、その後は連日お目にかかった、というのも、終日、わが家からめったに外出なさらなかったからです。

公爵の召還は緊要な用務のためでした。新税制の実施に反対の気勢がアラゴン全土に騒然と広がり、それを平静化する役割を仰せつかったのです。アラゴン王国の制度は一種独特で、その一つの大貴族 ***ricos hombres*** はかつてカスティーリャの大公爵 ***grandes*** に相当したものです。シドニア家はアラゴンの大貴族《リコス・オンブレス》のなかの旧家中の旧家で、それだけでも公爵は絶大な信頼に値するが、彼に寄せられる敬愛はその個人の品格に発します。アラゴンへと乗り込んだ公爵は、宮廷の利益と民衆の願望との妥協に手並みを発揮しました。大任を果たしたご褒美を、と問われた公爵は、故郷《ふるさと》アラゴンの空気を呼吸する時間がしばらくほしい、と要請しました。

率直な人柄の方なので、公爵はわたくしと対話する楽しみを人前から隠そうとはしません。わたくしたちが殆ど始終、一緒にいるあいだ、ほかの父の友人たちは国務に勤《いそ》しむ毎日でした。シドニア公爵はわたくしに打ち明けて、嫉妬深いばかりか乱暴な気質が自分にはある、と言いました。およそ、あちらの話すことといえば、殆どいつもご自分のことか、わたくしのことば

1　***hidalgos***　中世および近世初頭のエスパーニャにおいて貴族と平民の中間に位置した階級。かのドン・キホーテ ***Don Quijote*** もこれで、「才知溢れる郷士」とされる。***hijodalgo***（複数）、***hijosdalgo*** とも綴られる。

かりでした。そして、そんなお話が男と女のあいだの事柄に絞られるようになると、ふたりの仲は急速に深まったのです。ですから、ある日、書斎に呼ばれ、公爵から結婚の申し込みがあった、と父に言われても、わたくしは別段、驚きませんでした。

わたくしは父に答えて、ご返事は手間取らせないこと、親友の娘として、そういう可能性もあろうかと、前もって公爵の性格やふたりの年の違いなど、思案もしてきたことを申しました。そのうえで、こう付け加えたのです。「でも、エスパーニャの大公爵は、同格の家柄同士の婚姻がふつうではありませんか？　世間はわたくしたちの結婚をどんな目で見るでしょうか。世間の人々は公爵に向かって打ち解けた話し方をするのをやめてしまわないでしょうか。そういうことが悪意の最初の表明なのだと思います」

「年の差については」と父が言いました。「わしも反対理由に持ち出したんだが、伺いたいのは娘さんの承諾だけで、あとは自分に任せてほしい、とのことだった」

シドニア公爵は近くの部屋にいて、父の書斎に現れたそのご様子は、生来の堂々たる態度とは裏腹に、いかにも臆するふうでした。その姿にわたくしは胸が詰まり、承知の返事を長くは待たせられませんでした。こうして、わたくしは同時にふたりの人を幸福にできたのです。父の喜びようは口に言えないほどでしたから。ヒロナはといえば、狂喜のさまでした。

その翌日、公爵はマドリードにいる限りの大公爵を残らず正餐に招きました。全員が一同に参集すると、公爵は着席を求めてから、一場の挨拶をなさいました。

「アルバ公爵、君にまず声をおかけするのは、われわれのなかの第一人者と見るからであります。それは貴家がわたしの家より名高いからではなく、君と同じ名を持つ英雄[1]に対する敬意からです。

われわれの誇る偏見によれば、婚姻の相手に選ぶべきは大公爵の令嬢であります。事実、われわれのうち、万が一、恋に狂い、あるいは色香に溺れて、身分違いの結婚に走る者があれば、わたしとてこれを軽蔑するでありましょう。

わたしの場合は、このいずれとも異なります。アストゥリアスの人々[2]の言い回しに『国王よりも少し上の家柄』というのがあるのはご存じのことでしょう。この表現に多少の誇張はあれ、彼らの称号の大多数はモーロ人のエスパーニャ侵入より古く、ヨーロッパ第一の由緒ある紳士と彼らが自称するのも当然です。

さて、エレオノーレ・デ・バル・フロリダの血脈にはアストゥリアスの純血が流れております！　彼女はその血管に最も類まれな数々の美徳を有しているのです。かような結びつきこそ、偉大なるエスパーニャという一家の誇りにほかなりません。反対意見をお持ちの方は、この手袋の片方をお集まりの皆さんのなかほどに投げ込みますので、取り上げていただきたい」

「わたしがそれを取り上げる」と言ったのはアルバ公爵だった。「ただし、かくも美しきご結

1　アルバ・デ・トレド公 ***Fernand Aivarez Alba de Toledo***（一五〇七—八二）はオランダの蜂起の鎮圧（六七年。残酷を極めたが、失敗に終わる）、ポルトガル占領（八〇年）に戦功を挙げた。

婚を祝して」

そう言うと、彼は公爵を抱いた。すると、大公爵たちがひとり残らず、それに倣った。その光景をあとでわたくしに話しながら、父は悲しげに言った。

「騎士道狂いの昔のシドニアの癖が出た。エレオノーレ、気をつけるんだよ、怒らせないように」

自負心や誇りやら、わたくしの気質のなかにそれが強かったことは、以前にも話したとおりです。でも、そういう高慢さは、偉い方たちに接して満たされると、早々に消えました。シドニア公爵夫人という身分になったのですもの、いい気分で言うことなしです。家庭人としてのシドニア公爵は濃《こま》やかな愛情の持ち主で、ほんとうに愛すべき人でした。いつも親切で、目配りが行き届き、いちいち優しい。そういう天使のような魂はそのお顔に表れている。ほんのたまに、何かで急に人が変わり、怖さが剝き出しになるときがあると、わたくしは震え上がり、ああ、やはり、ヴァン・ベルグを殺した人なんだ、と思い知らされました。

とはいっても、公爵をかっとさせるような事柄はまずなく、ふだんはわたくしのすべてに公爵は幸せを感じていました。わたくしの体の動きを眺め、わたくしの話し声を聞くのが好きで、ほんのちょっとしたわたくしの気持ちまで見抜く人でした。あれ以上の愛はないと思ったほどです。それが、娘の誕生で公爵の愛はいっそう深まり、わたくしたちの幸福の絶頂が来ました。お産のあと、床離れの日、ヒロナがわたくしに言いました。「エレオノーレさま、あなたは幸福な女、幸福な母親、わたしの世話などもう不必要な方です。義理があって、わたしはアメリカへ参ります」

わたくしは引き留めました。

2（一六一頁）アストゥリアスの人々は、西ゴート人 *visigodos* の指揮官らの子孫であると自負し、「世に聞こえたゴート」*ilustres Godos* と自らを呼び、ハプスブルク王家より家系が古いと誇る。アストゥリアスは一〇三七年以降、南に隣接するカスティーリャに属し、エスパーニャ皇太子を「アストゥリアスのプリンス」*el Príncipe de Asturias* と呼ぶ伝統は一三八八年に生まれた。歴史を繙けば、ローマ帝国領だったこの地に「西ゴート王国」（フランスのロワール川以南からイベリア半島の大部分を含む）の樹立が四一八年、四七五年ごろ制定の「エウリック王法典」は最古のゲルマン法典として有名。王国は豪族の台頭で弱体化し、六世紀、フランク族に南フランスを奪われ、サラセン（アラビア）人のイスラーム勢力に滅ぼされるのが七一一年である。峻険の山間にあったアストゥリアスは住民の武勇の気風にも助けられて、イスラーム勢力の征服を免れ、その後に展開される「国土回復」（レコンキスタ *reconquista*）運動の拠点となった。「アンダルス」（語源は *Vandals*、〈夷狄（いてき）の地〉のニュアンスがある）と呼ばれるイベリアのイスラーム化領域は、八百年近い興亡消長を経たのち、レコンキスタが勝ちを占め、一四九二年、女王イサベル一世の時代、グラナダ奪回により消え去る。地方名のアンダルシアはアンダルスの名残りである。十字軍の支援も得たキリスト教の勝利は、イスラーム、ユダヤ両教徒の追放に直結し、「アンダルス」の寛容の精神はたちまち失われ、農業の衰退、モーロ人の大虐殺（一五九六）とあとを引いた。寛容のもとに花ひらいた「アンダルス」文化の中心地、学都グラナダで精力的に行われたアラビア語文献の翻訳は中世ヨーロッパに活を入れ、科学・技術・医学・神学等に大きく貢献し、近代の礎を築いた。ギリシア・ローマ古典の一部はアラビアを経て、こうしてヨーロッパで復活できた。「アンダルス」が果たしたこの歴史的役割は過小評価の観がある。なお、アストゥリアスの地名は、同地を源とするエスラ *Esla* 川のラテン名 *Astura* に遡り、オーストリア（「東の王国」の意）とは無関係。

「困ります」彼女は言いました。「向こうでわたしが必要なので」

ヒロナは出発し、それまでのわたくしの幸せの一切を持ち去りました。ここまでの話は、天上のような幸福の短い期間のことで、もともとこの世の生活にあり得ないことですから、長続きするはずもないのです。どんな不幸がその後に始まったのか、きょうはそこまで話す元気はとてもありません。あしたのことにしましょう。ではまた、アディオス。

若い公爵夫人の物語におれはのめり込んだ。その先をおれは聞きたかった。それほどの幸福がどうやって恐ろしい不運へと転ずるものか知りたい。話のつづきを夢想しながらも、他方ではこの地下室に二年間、じっとしていなさい、というヒロナの提案についても考えずにいられなかった。それはおれの思わくのほかだった。そうなるとしたら、逃げ出す手段を用意しなくては。

約束どおり、翌日、差し入れに来たのは公爵夫人だった。彼女の目は赤く、泣き明かしたかと見えた。それでも公爵夫人は、不幸の物語をおれに聞かせる元気はあるから、と、けなげにも言い、先を続けた。

ヒロナがわたくしに侍女のように仕えていたことは前に申したとおりです。彼女がいなくなって、代わりに来たのがドニャ・メンシアという三十歳の女で、まだなかなかの美人ではあるし、多少の教養もないではなく、わたくしたちの社交界に出すことがあっても恥ずかしくない人でした。そのころ、彼女はわたくしの夫、つまり、公爵に惚れ込んでいるかのように振舞っていました。わたくしはただ笑うだけ、夫も気に留めずにおりました。ところで、メンシアはわたくしの気に入るように、何よりもわたくしと昵懇《じっこん》になるよう一心でした。よく彼女はきわどい話とか、街の噂話とかへ話題を持っていき、わたくしから、およしなさい、と窘《たしな》められることが一度や二度ではありませんでした。

生まれた娘をわたくしは母乳で育てましたが、乳離《ちばな》れの直後に、これから話す出来事が次々と起こったのです。最初の不幸はわたくしの父の死でした。烈しい急病に襲われ、父はわたくしの腕のなかで事切れました。わたくしたちの将来を予見することもなしに、わたくしを祝福しながら……。

折からビスカヤ[1]で暴動が発生、公爵は現地に派遣され、わたくしはブルゴスまで同行しました。公爵家はエスパーニャ全国の各県に地所があり、殆どの都会には家作をいくつも持っています。ですが、ブルゴスには街から一里離れたところに別荘一軒があるきりでした。それが今いるこの家です。公爵はわたくしや従者を残して、目的地に向かわれました。ある日、外出か

1 *Vizcaya* 現在はバスク自治州 *Pais Vasco*（首都ビルバオ）中の三県の一つ。ビスケー湾に面する。一三七九年以降、カスティーリャに所属したが、原住のバスク人は税金、兵役等で特別な免除を得ていた。これらの特権を制限しようと王権が働きかけるたびに、反乱が繰り返された。県都はビルバオ *Bilbao*。

ら家に戻ると、中庭が騒がしい。聞けば、泥棒がいたので石で頭を殴打したらのびてしまった、見たこともないようないい男だ、という話です。

従僕たちに言いつけて運び込ませると、なんとそれはエルモシトではありませんか。

「なんということ！」わたくしは叫びました。「泥棒どころじゃない、アストルガスの若者ですよ」

そして、わたくしの祖父のところで育てられた人です」女中頭に向かい、部屋に引き取ってよく世話を見るように言いました。ヒロナの息子だ、ということも言ったかと思うのですが、その記憶は曖昧です。

次の日、ドニャ・メンシアから、怪我人がゆうべは高い熱を出し、譫言《うわごと》に、熱い恋ごころを込めてわたくしのことを口にした、と聞きました。

わたくしはメンシアへの返答に、いやらしい話をこれからもするなら、家には置けませんよ、と言い渡しました。

「さぁ、どうでしょうか」と口答えした彼女に、もう顔を見せないで、とわたくしは命じました。

そのまた次の日、わたくしの足元に取り縋《すが》って彼女が赦しを乞うものですから、勘弁してやりました。

一週間が経ち、わたくしがひとりでおりますと、すっかり衰弱している様子のエルモシトの体を支えながら、メンシアが入ってきました。

「お召しになられましたので伺いました」エルモシトの声は消えんばかりでした。

わたくしはメンシアに怪訝の目を向けましたが、エルモシトに気まずい思いをさせるのは気の毒でしたから、メンシアを促《うなが》して、椅子をわたくしから二、三歩のところへ運ばせました。「親愛なるエルモシト」わたくしは彼に言いました。「お母さんは、わたくしの前ではこの名前を決して呼びませんでしたね。それはそうと、一別以来どんなことがあったのかしら、ぜひ知りたいと思って……」

エルモシトは話すのも苦しげでしたが、とぎれとぎれに、こう話しました。

エルモシトの物語

帆を張って出帆を待つ大船を目にしたとたん、二度ともう祖国の岸を踏むことはあるまい、と絶望したぼくは母を怨みました。なぜ、このぼくを追い出すような薄情なことをするのか、母の動機が全く理解できなかった。あなたに仕える身だと諭され、一心不乱にそうしてきたし、言うままに従わなかったことは一度もなかったというのに……。最大の過ちを犯したとでもいうように、ぼくを追いやるのは、いったいなぜなのか、とぼくは自問しました。考えれば考えるほど、ますます納得できないのです。

大海《おおうみ》へ乗り出して五日目、われわれの船はドン・フェルナンド・アルデスの艦隊の列に紛れ込んでしまい、艦隊のほうから声がかかり、旗艦後方を走るよう指示されました。満艦飾の旗艦の金に光るデッキの上に見えたドン・フェルナンドの胸には、数個の勲章と飾り紐が輝いていました。その周りには士官らが尊敬の面持ちで控えています。提督《ていとく》はメガフォンを手にして、われわれが海上ですれ違った船についてあれこれ質問し、終えると、航海を続けるよう命じました。両方の舷側がすれすれに並んだとき、こちらの船長がぼくに告げました。「あれは侯爵になられた方だが、元はと言えば、甲板掃除の見習い水夫さ」

そこまで話すあいだ、エルモシトは迷惑そうな目をいくどもメンシアへ向けるので、話しづらいのだ、と悟ったわたくしは、遠慮するよう彼女に言いました。そうしたのは、ヒロナに対する友情を慮《おもんぱか》っただけで、人から怪しまれるなどと、わたくしは夢にも思いませんでした。メンシアが座を立つと、エルモシトは次のように続けました。

奥さま、あなたとはその昔、同じ乳を飲んで育った仲ですから、自然、ぼくのなかに一つの心構えができました。それはあなたのことしか、また、あなたを通してしか、考えられず、あなたに関わることすべてが心にかかる、そんな心構えです。見習いから侯爵にまでなったドン・フェルナンド、と船長から聞かされて、とたんに思い浮かべたのは侯爵令嬢であるあなたのことでした。そうだ、侯爵になるのが一番だ、と思ったぼくが、ドン・フェルナンドの出世の工夫について尋ねると、輝かしい手柄を次々と立て、一つ一つ段階を踏んで上り詰めたのさ、と船長は話しました。その瞬間から、ぼくは船乗りになろうと決心して、マスト登りの訓練から始めました。

指導に立ち会ってくれた船長は極力反対したが、それには屈せず、ベラクルスに入港するころには、一人前の乗組員に近づきました。

父親の持ち家は海岸に面した場所にあり、小舟でそこへ送り込まれました。ぼくを迎えた父は、いずれも混血《ムラート》の若い女の一団に取り巻かれ、父の命じるまま、ぼくはそのひとりひとりに抱擁の挨拶をしました。女たちは踊り回り、あらゆる媚態を見せてぼくに甘えかかり、さまざまにふざけ戯れて夜が過ぎました。

翌くる日、ベラクルスの知事《コレヒドール》から父親に伝言があり、こういう家に子息を住まわせるのは好ましくないから、テアティノ会の寄宿学校に入れたらいかが、と言われ、父はしぶしぶそれに従ったのです。

その学校の校長が、ぼくらの勉強の励みに、何度となく聞かせたのは、当時、メヒコの副大臣カンポ・サレス *Campo Salez* 侯爵は貧乏学生から身を起こし、財を築いたのはもっぱら力《りっ》行努力《こうどりょく》の賜物である、という教訓でした。そういう方法でも侯爵になれると知ったぼくは、在学の二年間、しゃにむに勉学に励んだものです。

そうするうちに、ベラクルスの知事が更迭《こうてつ》され、さほど厳格でない人が知事に就任したので、少し冒険だが、自宅にぼくを引き取ってもかまうまいと父親は考えました。

またもやぼくは、ムラートの娘たちの若々しい情熱の餌じきとなりました。しかも父親がいろいろとそれを奨励したのです。そうした戯れにぼくは白けた気分で、好きになれなかったのですが、それでも女たちはぼくの全然無知だった無数のことを仕込んでくれたから、アストルガス家追放とは、さてはこの修行が目的であったのか、とようやく納得がいきました。

そのころ、ぼくの内部に最悪の不吉な転機が訪れました。ぼくの魂のなかに芽生えた新しい感覚が、古い記憶を呼び覚ましたのです。幼かったころの遊びの数々、失った幸せへの思慕、あなたと一緒に走り回った懐かしいアストルガス家の庭園、あなたの優しさを感じさせてくれた一千もの証《あかし》、そのとりとめのない思い出……あまりにも多くの〈敵〉がいちどきにぼくの脆い理性に殺到し、持て余したぼくは心身ともにがたがたと崩れてしまったのです。

医者は〈緩慢熱〉*fièvre lente* だと言いますが、自身は病気と思えないのに、知覚の乱調から、ぼくは目の前にないもの、全く現実でないものが見える幻覚を繰り返しました。ぼくの狂った想像力に最も頻繁に現れたのはあなたでした。その姿は、今のあなたではなく、ぼくがエスパーニャを去った当時のあなたに近かった。夜中にはっと飛び起きると、闇を貫いて輝き、光りながら、あなたが現れるのでした。外出すると、遠い村の物音、畑のざわめきが、あなたの名を呼ぶように聞こえました。

時には、目前の平原を突っ切ってくるあなたが見えました。そして、目を天に向け、早く苦しみの終わるように神さまにお願いすると、こんどは空中にあなたの似姿が刷り込まれているのを見るのでした。

教会にいれば苦しみが少ないこと、特にお祈りが安らぎを与えることにぼくは気づき、その果てには、来る日も来る日も教会で過ごすようになりました。

悔悛の行で頭髪が白くなった修道士が、ある日、ぼくに話しかけてきました。「わが子よ、この世のものでない巨大な愛がおまえの魂に満ちておる。わしの僧房に来なされ、天国への道を教えて進ぜよう」

蹤《つ》いていくと、その部屋で馬巣織《ばす》り[1]の苦行衣やら何やらの殉教者の用具を目にしたが、ぼくはたいして不気味と思いませんでした。ぼくには別のつらさが待ち受けていました。修道士は『聖者列伝』の数ページを読んでくれ、貸し出しをお願いして持ち帰ると、一晩で全巻を読み終えました。すると、ぼくの頭は新しい考えでいっぱいになり、開かれた天国の門が夢に現れ、天使の姿も見えました。天使はどれも少しずつあなたに似ていました。

折しも、シドニア公爵とあなたの結婚がベラクルスにも伝えられました。信仰生活に入ろう

1　馬の尾や山羊の毛で作るざらざらの粗衣。素肌に直接にまとう。チクチクと痛いだろう。この箇所に原著はフランス語の単語 *cilice* と *haire* の二つを使っている。両者には多少の違いがあるのだろうが、訳語は一つとした。前者は「キリキア産の山羊の毛織物」が原意、後者は英語の *hair* と同系である。「苦行する」という意の成語、***porter la haire et le cilice*** が辞典に載っている。訳語として馬巣織りは正確には不適当かもしれない。これは横糸に「馬の尾毛を用い、洋服の襟芯に」使う（広辞苑）とある。

とは、それ以前からずっと考えていましたが、日夜、この世でのあなたの幸せ、あの世でのあなたの救いのために祈りを捧げるのは嬉しかった。アメリカ大陸の修道院はあまりにも堕落している、修練士の修行にはマドリードの僧院がよい、と薦めたのはぼくの導師でした。

この決心をぼくは父親に告げました。父はぼくの信心を不快の目で見ていたくせに、表向きは反対を口にせず、お袋が間もなく着くのだから、それまで待ってくれ、と泣きつきました。身内はもはや地上にいない、ぼくの家庭は天国だ、とぼくが言うと、父親は何も言いませんでした。

それから、知事に面会に行くと、それは殊勝なことと感じ入って、近々《きんきん》出る船に乗れるように取り計らってくれました。ビルバオに着いて、やはり母と入れ違いになったと知りました。転属依頼書の宛名のマドリードへ向かう途中、ブルゴスまで来たら、あなたが近郊に住んでいるとわかり、世を捨てる前にぜひ一度お目にかかりたくなった。お会いすれば、なおさら心を込めてあなたの救済を祈れると思ったのです。

別荘への道を曲がり、とっつきの中庭に入り、アストルガス時代にお仕えしていた召使を探しました。全部が結婚後も蹤いてきたと知っていたので。顔見知りに行き会ったら、あなたの馬車に乗るところが見られる場所に匿ってもらおうと思ったのです。あなたの姿が一目拝めればそれでいいと、しゃしゃり出る気はありませんでした。

すれ違ったのは知らぬ顔ばかりで、これはまずいな、と気もそぞろでした。だれもいない部屋に踏み込んでいるうちに、知った顔が通ったと思い、慌てて外へ出たら、飛んできた石にもんどり打って倒れた、というわけで……。話を聞いて驚くことばかりでしょうね……。

「正直な話」と公爵夫人はわしに言った。「エルモシトの天使の幻の話を聞くと、ただもう哀れでしたね」

それから、彼女は次のように話を続けた。

それもそうだけれど、エルモシトがアストルガス家の庭園の話をして、子どものころの遊び、過去の思い出を語り、現在のわたくしの幸せ、近い将来への気がかりを口にしたとき、何とはなしに甘美で物悲しい思いに胸が圧《お》され、涙が溢れて止まりませんでした。

エルモシトが椅子を離れて立ち上がりました。わたくしのドレスの裾に口づけする気かと思ったそのとき、両の膝が曲がり、エルモシトの頭がわたくしの頭に落ちかかると、彼の両腕が力いっぱいにわたくしを抱きました。その瞬間でした。抱き合うメンシアと公爵が鏡に映し出されたのです。公爵は怒りに歪む形相をして、とてもあの人と思えないほどだったのです。

わたくしの五感は恐怖に凍りつきました。次に目を上げたとき、鏡にはもうだれも見えません。わたくしはエルモシトの腕をほどき、メンシアの名を呼びました。彼女が来ると、エルモシトの世話を言いつけ、自分は書斎へ戻りました。鏡に見た幻に大きな不安を覚えたわたくしでしたが、聞けば公爵はたしかに不在でした。

翌日、人伝《ひとづて》にエルモシトの様子を聞いてやったときには、もう出たあとと知りました。それから三日後、床に就こうとしているわたくしにメンシアが公爵からの手紙を持ってきました。それはこんな短なものでした。


すべてメンシアの言ふままにされたし。

夫として、裁き手として、右を命ずる。


メンシアのネッカチーフで目隠しされ、左右から腕を取られるのを感じ、この地下室へとわたくしは連れてこられました。

鉄鎖の音が聞こえ、目隠しがはずされると、エルモシトが見えました。あなたが今倚りかかっているその柱に首ごと括《くく》り付けられていたのです。彼は目から光が失せ、顔面蒼白でした。「あなたでしたか」彼は消えかかりそうな声で言った。「ろくに口もきけないのです。水を断たれたため舌が上顎に貼りついて……。この受難の苦しみも長くはないでしょう。もし、天国へ行けたら、きっとあなたのことを話しますよ」

と、あの壁の隙間から銃撃音とともに閃光が走り、彼の片腕を貫きました。彼は声をあげ、言いました。

「神よ！　犯人を赦したまえ」

二発目、同じ銃口が火を吹きました。それからどうなったか、それはわかりません。わたくしが失神したからです。

意識を取り戻したとき、わたくしはうちの女たちに囲まれていました。事情を全く知らないようでしたが、ただ一つ、メンシア出奔の事実を彼女らから聞きました。

次の朝、夫の遣わした侍臣から、公爵は秘密の使命を帯びてフランスへ立ち、帰国は数か月後になる、との伝言があり、それならば、と気持ちを取り直し、あとは天にお任せして娘の世話に専心したのでした。

そろそろ三か月となるころ、ヒロナが戻りました。アメリカから帰国した彼女は、息子が修練士となる予定だったマドリードの僧院へ面会に行ったのに、影も形もないため、ビルバオまで足を延ばし、そこからエルモシトの足跡《そくせき》を追ってブルゴスへと辿り着いたのです。悲嘆に暮れさせるのを恐れて、わたくしは真実のほんの一部しか明かさなかったのですが、結局、すべてを打ち明けることになりました。

しっかり者の彼女の烈しい気性は知ってのとおりです。激怒、憤怒、心臓を引き裂かんばかりの恐ろしい激情が、彼女の心臓を掻きむしりました。わたくし自身もあまりにも不幸でしたから、彼女の嘆きを和らげようもなかったのです。

ある日、ヒロナは自室の配置替えをするうちに、壁掛に隠された秘密の扉を見つけ、下りてみると先は地下室へ通じ、ここの柱まで来たら柱にはまだ血の痕が――。彼女がその足でわたくしの部屋に現れたときは発狂寸前のありさまでした。以後、彼女は自室に閉じこもることが多くなるのですが、わたくしに言わせれば、不吉な地下へ降りては、復讐策を練っていたのではないでしょうか。

その一か月後、公爵の帰着が告げられると、わたくしは冷静に待ち受けました。公爵は何食わぬ様子で平然と部屋へ入り、繰り返し娘を愛撫してから、わたくしを坐らせ、自分も近くに腰をおろしました。

「奥方、そなたとのあいだをどうするかについて、ずいぶんと考えてきたが、何も変えるつもりはない。そなたはわが家にいて、しかるべき尊敬を以て仕えられ、表面上は、わたしのほうからも同様の敬意を受け取るだろう。ただし、それが続くのは、そなたの娘が十六歳となるまでで――」

「娘が十六歳になったら、どうなるのでしょうか」わたくしは公爵に尋ねました。

そのとき、ヒロナがココアを運んできました。毒入りだ、と閃きました。

公爵はかまわず続けて言いました。「この子が十六になったその日に、わたしはこう言うのだ。『娘よ、そなたの顔をつくづく見ていると、ある女性のことを思い出す。今からその女の話を聞かせて上げよう。その人は美しい人であった。その心はいっそう美しいものに見えた。ところが、性根は腐っていた。美徳は見せかけだったのだ。うわべを取り繕ったかいあって、女はエスパーニャで一番の盛大な結婚式を挙げた。ある日、その旦那さまが旅に出て、何週間となく家を空けた。その留守に乗じて、女はさっそくに自分の田舎から貧乏人の男を呼び寄せた。焼けぼっくいに火がついて、ふたりはお互い腕のなかにしっかと抱き合った。わが娘よ、その忌まわしい偽善者の女、よいか、それがそなたの母親なのだよ』。そのうえで、わたしはそなたをわが家から追放してやる。そなたは墓場へ行って泣き崩れるだろう……そなたよりも決してましではなかった母親の墓の前で」

不公正の恨みに硬化していたわたくしの心には、この醜怪な発言さえ胸に応えず、わたくしは娘を抱き上げ、さっさと書斎にこもりました。

いけないことに、わたくしはココアのことを忘れていました。公爵は(のちにわかったのですが)なぜか二日間、飲まず食わずだったので、目の前に出されたカップを取り上げ、最後の一滴まで飲み干しました。

そのあと、彼は居室へ入り、半時間後、医者のサングレ・モレノを呼ぶように言いつけ、余人はだれも部屋に通すなと命じました。

使いの者が行くと、モレノ博士は不在で、解剖のために田舎家へ出かけたと言われ、馬車を飛ばせて駆けつけたら、そこも留守。目ぼしの往診先もほうぼう、回ったそうです。やっと三時間後に博士が見えると、公爵はもう息絶えたあとでした。

サングレ・モレノは丹念に遺体を検《あらた》め、爪を、目を、舌を調べました。何に使うためか小瓶もいくつか持参でした。検屍《けんし》を終えた博士はわたくしの部屋に来て申しました。「奥方さま、公爵の死因は致死量の毒物によるものと断定します。麻酔性樹脂と腐食金属の巧妙な混合物の有する激毒の結果です。わたしとしては血液鑑定は行わず、犯罪の有無は神の裁きに委ねます。公式発表用の診断は卒中により死亡と致しましょう」

続いてきた何人もの専門医もモレノ博士と同じ意見でした。

ヒロナを呼びつけ、モレノの言ったままをわたくしが伝えると、彼女の混乱の様子はすべてを語りました。

「夫を殺したのは、あなたですね。キリスト教徒が、よもやこんな大《だい》それた罪を犯すとは」わたくしが言うと、彼女は答えました。

「クリスチャンですが、同時に、母親です。子どもを殺された親は、狂い猛《た》ける牝獅子《めじし》よりも容赦を知らぬものです」

そうまで言われては言葉に窮し、公爵の身代わりに自分が死ぬ危険もあった、と詰《なじ》ると、ヒロナは言いました。

「鍵穴から覗いていましたよ。奥さまがカップに手をおつけになれば、すぐさま跳び込むつもりで」

やがてカプチン会の修道士らが遺体を引き取りにまいり、大司教の指示書を提示したので、断れませんでした。

いつもは胆《きも》の据わったヒロナでしたが、にわかに臆病となり、遺体の防腐処置の際に毒殺の痕跡が見つかりはしないかと、戦々兢々《せんせんきょうきょう》、今にも狂いだすかと見えました。あなたをうちに匿ったのはヒロナから懇願されてのことです。墓地で大げさな言い方をしたのは、あれはうちの連中をたぶらかすための術策でした。遺体と思って運び込んだのがあなたと知って、もう一度、周りを騙さねばなりませんでした。お庭の礼拝堂の横に葬ったのは、詰め物をしたお人形です。

それだけ予防線を張っても、ヒロナは安心がいかず、アメリカ行きを言いだし、それが決まるまであなたをここに置く気でいます。わたくしは何も怖いことなしです。万一、尋問を受けるなら、洗いざらい本当のことを言うつもりですよ。その覚悟はヒロナにも打ち明けました。公爵の悪辣と残酷に、ほとほとわたくしは愛想を尽かしました。とても一緒に暮らせる相手ではありません。そこで、ひたすら娘に望みをかけてきましたが、行く末に何の気がかりがありましょう。大公爵夫人の肩書なら、二十やそこら集まるほどの子ですもの。どんな名門も喜んで迎えてくれます。

お話しするのは、これくらいです。あなたにすっかり話すことは、ヒロナもよく承知のうえで、生半可《なまはんか》は禁物というのがあの人の意見です。

それにしても、ここの空気の鬱陶《うっとう》しいこと。さあ、外の空気を吸ってせいせいしましょうか。

悲嘆の物語を終えた公爵夫人は、息が詰まる、とこぼしながら、地下墓所を出ていった。彼女がいなくなると、わしは改めて周りを見、いかにも窒息しそうな場所だと実感した。若い殉教者のお墓、彼の縛り付けられた柱、どれも気ふさぎな代物《しろもの》に思えた。テアティノ会の裁きをはらはらと待つ間《ま》ならまんざらではない場所も、そっちの片が付いた今では嫌な気分がし始めた。

二年でも隠すというヒロナの自信は笑わせものだ。女だけにおふたり揃って見張りの心得がまるでない。墓所の出入口には鍵をかけていない。鉄格子があるから大丈夫、到底、越えられるはずがないと思い込んでいるのだ。わしは脱走計画を立てる一方、悔悛の二年間にどうするか、じっくり構想を練っていた。この地下牢で思いついた事柄を説明しよう。

テアティノ会の学校時代、付属教会の正面入口前にたむろして、遊んでいるとしか見えない乞食の子どもたちが、わしには羨ましくてならなかった。あれほど気楽な生き方はない、わしよりよほどましだ、と思われた。事実、こちらは青くなって勉強しているというのに、教師らの満悦顔を拝めることなど絶えてない。ところが、貧乏人のあの子らは、通りを駆け回り、教会入口の大理石の上でトランプ遊びし、賭のやりとりは栗の実で払い、いつも屈託がない。殴り合いに引き分け役はなく、いくら汚れても洗えと言われない。表通りで裸になり、シャツは小川で洗う。あんなに楽しい時間潰しをだれができよう。

牢中のわしは、そういう乞食の餓鬼の幸せを思い返した。悔悛の期間の続くあいだ、最良の生き方はこれに限る、とつくづく思った。教育を受けたから、仲間と違う品のいい言葉遣いから足のつく恐れはたしかにある。しかし、あの連中の物の言い方、物腰だってやすやすと身につくだろう。二年経ったら、元の仲間に舞い戻ればいい。奇妙な決心だが、突きつめれば、わしの置かれた状況では最良の手であった。

よし、決まったぞ。わしはナイフの刃先を鋭くして、鉄の格子の一本を相手に仕事に取りかかった。最初の一本をはずすのに昼夜五日がかりだった。壁石のかけらは丁寧に集め、はずした格子の根元に置き、目立たないようにした。

仕事の完成した日、食事を運んだのはヒロナだった。こんな場所に少年を匿って食わせていると余所《よそ》に洩れるのが心配ではないか、そうわしが訊くと、ヒロナは言った。

「いいえ、そんな危険は全然。あなたの下り口に使った上げ蓋は別棟にあります。あなたがまず運び込まれた建物です。でも、入口は壁で塗り込めさせました……奥さまが悲しい思いをなさるからって。今使うのはわたしの寝室の秘密の入口だけ、壁掛に隠れて見えない戸です」

「造りの頑丈な戸でしょうね、鉄製だとか」わしは訊いた。

「全然ちがいます」ヒロナが答えた。「軽い戸ですよ。でも、人は知らない。それに寝室はいつも鍵がかけてあって万全なの。このお邸には、たぶんほかにも地下室があるはず。嫉妬に狂った殺人がいくつもあったでしょうよ」

そう言いながら、ヒロナは行きかけた。

「どうして急ぐのですか」わしは訊いた。

「公爵夫人が外出なさるので」ヒロナが答えた。「喪に服しての六十日がきょうで終わり、初めてのお散歩ですよ」

そこまで知れば、聞き出したいことはすべて摑めたから、それ以上ヒロナを引き留めなかった。彼女はきょうも墓所のドアに鍵をしなかった。わしは大急ぎで公爵夫人宛にお詫びとお礼を兼ねた書置きを認《したた》め、鉄格子のところに置いた。それから鉄格子をはずして一歩踏み出すと、そこはふたりの貴婦人の地下墓所だった。

暗い通路を抜けた先の戸は閉まっていた。そのとき、馬車の気配と何頭立てかの馬蹄の音が聞こえた。公爵夫人のお出かけだ、ヒロナも付き添う、ならば部屋にはだれもいない。

わしは戸を壊し始めた。戸は半ば腐っていて、苦もなく穴が開き、わしはヒロナの寝室へと潜《くぐ》り入った。寝室はいつも鍵をかけるはず、しばらくはここにいても安全だ。

わしは姿見に映る自分を眺めた。このざまではとても乞食に向かない。わしは手あぶりの火鉢から消し炭を摑み上げ、顔を汚し、次には着ていたシャツや何かに穴や綻びを開け、こうして身を窶《やつ》す用意万端が済むと窓に近づいた。

窓は小さな庭に面していた。主人たちが好んで散策したのは昔のことらしく、今は荒れるに任せてある。わしは窓を開けた。見れば、こちら側に面する窓はここしかない。さほど高くないから、平気で飛び降りられそうだ。だが、用心のために、ヒロナのシーツ類を使うことにした。

庭に降り立つと、古い四阿《あずまや》の柱に縋《すが》って塀の高みによじ登り、あとはひらりと舞い降りれば、そこはもう田園であった。久しぶりの野外の空気が流れ、その空気を胸いっぱいに吸うのも嬉しかったが、それよりもテアティノ会、異端審問所を首尾よく出し抜き、公爵夫人とヒロナの手から逃れたことに有頂天だった。

遠くにブルゴスの街が見はるかせたが、わしは逆方向へ道を取った。そのうちに、さびれた食べ物屋を見つけた。わしは大事に紙に包んであった二十レアル銀貨一枚を取り出し、店の女将《おかみ》に見せて全部、使うんだと言った。向こうは笑いだし、その額の二倍分はあるパンとたまねぎ料理を運んできた。ほかにも多少のお金を持ち合わせていたが、それまで見せるのはやめておき、厩に泊めてもらった。十六歳の少年の健やかな眠りだった。

マドリードに辿り着くまでの道中は、話すほどの出来事もない。着いたのは日暮れ方、わしは勝手知ったダラノサ叔母の家に立ち寄った。叔母の喜びようはご想像に任せるとして、お咎めの身に長居は禁物だ。早々にそこを切り上げて、わしは街を突っ切り、プラドの通りへ出ると、星空のもと、地べたにごろ寝を決め込んだ。

夜明けとともに、わしは通りや広場を隈なくうろつき回り、わしの縄張りとなる稼ぎの場所を物色した。トレド通りを歩いているとき、インキの入った大瓶を抱えた女中と行き会った。アバドロさんで買ったのか、と試しにわしは尋ねてみた。

「いいえ」女は言った。「〈大インキ壺のフェリペ〉[1]さんからよ」綽名で呼ばれるからには、おやじは相変わらず好きなことをやっているのだな、とわしは知った。

そんなことより、問題は稼ぎ場所だ。聖ロック教会[2]の入口に数人いた同じ年ごろの乞食の風体がわしの気に入った。わしは連中に近づいて話しかけ、田舎から来たお上りさんであること、物乞いで暮らすためマドリードに来たこと、レアル貨幣なら多少はあるので、共同の積み立て金庫でもあるなら、喜んで預けたい……と吹聴した。

そもそも振り出しのこれが利いた。連中が言うには、催合《もやい》の金庫ならちゃんとある、この通りの終わる角に立っている焼き栗売りの小母さんが預かっている、と話した。そこへ連れていかれ、教会の入口に戻ると、さっそくタロットゲーム[3]が始まった。

油断は片時も禁物《きんもつ》のこのゲームに夢中になっていると、身なりの立派な男がこちらへ目を向け、比べるようにひとりずつを次々と吟味していた。そのうちに、どうやらわしに白羽の矢が立ったと見え、男はわしを招き寄せ、蹤いてくるように命じた。裏通りへ来て、初めて男は口をきき、依頼の件を話しだした。

「坊や、君のことを選んだにはわけがある。いちばん賢そうな顔をしているから、わたしのこれから頼む用件をきっと果たしてくれると見当をつけたんだ。用事というのはこうなんだよ。よく聞いてくれ。あそこの通りには大勢の女の人が往き来するだろ、みんな似たように黒いビロードのスカートをはいて、レース付きの黒のマンティーリャ[4]を被って顔を隠しているから、

だれがだれやら見分けがつかない。しかし、さいわいなことに、仔細《しさい》に見れば、ビロードもマ

1　親方の父親はセニョル・アバドロだが、インキ製造に凝ってこの通称 *Don Felipe del Tintero Largo* のついた次第は「第十二日」に語られる。この父の住むのがトレド通りである。

2　***San-Roch***　この教会はフィクションと思われる。

3　***tarot, tarok***　イタリア式のトランプ遊びで、二十二枚のタロ ***tarot***〈大アルカナ〉にふつうは五十六枚の〈小アルカナ〉を加えた七十八枚のカードを使う。起源には古代ペルシア説、同エジプト説、ヘブライ説など。十四世紀からイタリアで流行、今は廃れ、ロマ人（ヒターノ）などの占い師専用のようだ。タロ（二十二枚）は中世風な絵入りで、死神、悪魔、逆さ吊りの男など作者ポトツキ伯爵好みの不吉な絵が交じる。何の証拠もないが、伯はこのゲームに凝ったかもしれず、とすれば、第一日が絞首台で始まる本作品の発想の根源にこのゲームがあったとの推理も成り立つ。***tarot*** は英語でもタロと仏語式に読む。ただし、日本語はタロット。英語の ***tarok*** はゲームの呼び名だが、絵札の一枚ずつをいうタロと混用される。なお、〈スペインのタロッキーというカルタは、たしかに〝うんすんかるた〟に近い形式である〉との尾佐竹猛の言を平凡社の大百科事典に引用したのは種村季弘である。タロッキーとはイタリア語の ***tarocchi***（複数）か。種村は同じ「タロット」の項に「世界の隠された秘密を自在に読み解く」という一行を記し、タロとカバラとの共通性も暗示する。秘密を愛するポトツキ伯がこの両方に入れ込むのに不思議はない。なお、本書のポーランド語版（一九六五年、ワルシャワ）の表紙にはタロットの逆さ吊りの男がそっくり描かれている。装幀者ヤヴォロフスキ *Jerzy Jaworowski*。

4　***mantilla***　エスパーニャ独特の成人女性の被りもの。メヒコでも用いる。絹やウールで作り、レース・網目織りの飾りを付ける。教皇の謁見には必須、宗教行事や闘牛場の貴賓席にも欠かせない。ただし、「初めは売春婦が身につけたものらしく、十八世紀まではマドリードの下層の女が使っていたが、十九世紀に一般的になった」（ファン・ソペーニャ）という平凡社大百科事典の記述が正しければ、この作品の描く十八世紀の貴族風俗には向かない。

ンティーリャも、それぞれ少しずつ柄が違う。だからこれと思う人のあとを蹤けることは無理な相談じゃない。

実はわたしにはある若い恋人があるのだが、どうも移り気の質《たち》と睨んだ。浮気女かどうか、突き止めたい。ここに見本を持ってきた。ビロードとレースと二種類ずつ、ふたりの分さ。この見本に合うふたりが通ったら、さっきの教会へ入っていくか、それともその向かいの家に行くか、見届けてほしい。あれはトレドの騎士の家だがね。わたしは、この通りの終わる角の飲み物売りのところで待っているから、結果を知らせてくれ。そら、金貨一枚をやる。あと一枚は無事に使命を果たしたうえだ」

男が話すあいだ、よくよく観察すると、男は恋人というより、見るからにずっと亭主らしく思われた。わしはシドニア公爵の癇癪まぎれの凶行を思った。婚姻の黒い嫌疑の前に愛情をみすみす捨てさせるのは気が進まなかった。それなら、とわしは頭を働かせた。よろしい、頼まれごとは半分だけ実行しよう。つまり、同行ふたりの女人が教会のなかへ消えたら、嫉妬の男に知らせに走る、よそへ行ったら、その逆で、ご婦人のほうに行き危険を予告する……という名案である。

わしは仲間の溜まり場へ駆け戻り、おれにはかまわずゲームを続けろ、と言い残し、彼らの背後に腹這い、ビロードとレースと二種類ずつの見本を脇に置いて待機した。

間もなく、ふたり一組の女たちが次々にやって来た。案の定、見本どおりの一組がついに現れた。ふたりは教会の正面入口から入るふりをしたが、玄関口で足を止め、周囲に目を凝らして尾行の有無を確かめ、それから大通りを息せき切って横切ると、揃って向かい側の建物に呑み込まれた。

そこまで話し終わったとき親方は、配下の者に呼び出されて消えた。

するとベラスケスがまず口を切って言った。「怖くてはらはらする。親方の話はいつもこうだ。シンプルに始まるから、結末はこうだろう、と見越したつもりでいると、あに図らんや、事態は別の方向へ展開する。第一の物語が第二の物語を生み、そこから第三の物語がという具合、エトセトラエトセトラと続く。まるで循環小数だ。割り算して割り切れないとき、答えの数字がどこまでも無限に連なるやつ、あれのことだがね。数学の場合、さまざまな数列を止める法はあるんだが。親方の話したことの総和としてぼくの得たものは、ごちゃまぜで解《ほど》きようがない」

「それにしては」レベッカが言った。「あなた楽しそうに聞いている。たしか、まっすぐマドリードへ向かうはずじゃなかったのかしら。それがまだぐずぐずと」

「二つの理由で引き留められましてね」ベラスケスが答えた。「一つはいくつか重要な計算に手を染めたので、出かける前に片を付けたい。もう一つは、同席していてあなたほど楽しさを感じさせてくれる女性に、これまで一度もお目にかかったことがない。より正確に言えば、会話の喜びが味わえる唯一の女性があなたですね」

「若さま」レベッカが言った。「二番目の理由が一番目になってくれたら嬉しいんだけど」

「数学が先か、あなたが先か」ベラスケスは言った。「その差は僅差です。そんなことを気に病むべきじゃない。ぼくの気に病んでるのは、名前を知らないばっかりに、あなたのことをxとかyとかzとか、代数学の未知数の記号で呼ばざるを得ないことなんだ」

「あたしの名前ですって」ユダヤ女のレベッカが言った。「名前は秘密なの。他人に洩らさなければ教えてあげるけど、若さまの健忘症が心配で」

「心配要らないよ」ベラスケスが言った。「数学の計算ではよく〈代入〉ということをする。ぼくには同一の数値はいつも同一の記号で呼ぶ習慣ができているんだ。いったん、ぼくがこうと呼び方を決めれば、あとはあなたのほうで呼び名を変えたくても、変えられませんからね」

「じゃ、言いましょう」レベッカが言った。「ラウラ・デ・ウセダ *Laura de Uzeda* と呼んでちょうだい」

「では、喜んでそう呼ぼう」ベラスケスが応じた。「ほかにも、美しいラウラ、賢いラウラ、魅力のラウラとかね。あなたの基本的価値の〈指数〉になる呼び名がいい」

ふたりが喋々喃々《ちょうちょうなんなん》するうちに、おれは山賊一味にした四日前の約束を思い出した。われわれの野営地から西へ四百歩のところでおれと落ち合うことになっているのがきょうだ。おれは剣を取り、天幕からある距離を来ると、ピストルの音がした。銃声の起こった森のほうへ歩いていく途中、先日、会った連中が迎え出た。隊長がおれに言った。

「ようこそ、セニョル・カバリェロ。約束は違《たが》えないお方だと見込んでおったよ。それほど剛胆な人物だと信じておる。岩のあいだに細道が見えるね？　あれは地下の洞窟に通じる。一同、首を長くして待っておるぞ。信頼を裏切ることのないように気をつけてくれたまえ」

隊長を残して、通路の暗がりに入ったおれが何歩か行くと、背後に轟音がして、入口は巨大な岩にふさがれた。秘密の仕掛けで動くのだ。岩の隙間から射し込む微光は通路の闇に吸い込まれる。暗さは暗いが足元は安定している、凹凸《おうとつ》もなく、傾斜も緩いせいだ。その点の苦労はないのだが、見える目標もなく、こんな地中を下へと降りるのは、だれだって薄気味悪いはずだ。おれは片手に剣を構え、別の手は前に突き出して危急に備えつつ、たっぷり二時間、ひたすら前進を続けた。

とつぜん、おれは間近に温かい息吹を感じた。甘やかな心地よい抑揚の声がおれの耳元に囁いた。「どんな権利があって、この人間はグノム[1]（ノーム）の支配する王国へ敢えて侵入するのでしょう？」

劣らず甘美な肉声が、その問いに答えた。「宝物を盗もうとの野心でしょうよ」

最初の声が、また言った。「剣さえ捨てれば、もっと近寄れますのにね」

そこで、おれは言った。「美しいグノムの娘たちよ、察するところ、たしかに聞き覚えのあるお声と思うが。剣を捨てることは許されぬが、剣先をば地面に突き立てた。安心して近づくがよい」

二柱の地下の女神はおれを抱擁された。これぞわが従妹たち、と密かな感覚はおれに知らせていたが。にわかに、眩しい光が四方からぱっと照らし、紛れもない彼女たちが目の前に現れた。ふたりに導かれていくと、そこは広い洞窟で絨毯が敷かれ、周りの鉱石は色とりどりのオパールの光を放った。

「いかが」エミナが言った。「わたしたちに再会できて嬉しい？　頭もよければ器量もいいイスラエル人《びと》と近ごろでは一緒にお暮らしとか」

「言わせてもらうと」おれは言った。「レベッカのことは別に何とも思ってやしない。それと違って、君たちとは会うたびに、これが最後かと不安になる。君らのことを悪霊だ、と説得しようとした連中はいるが、ぼくは信じなかった。君らはぼくと同種で色恋のために創られた生きものだ――そう内心の声がぼくに教えた。ほんとうに愛せるのはひとりの女だけと言われるが、それははっきり間違いだ。だって、ぼくは君らふたりが平等に好きでたまらないんだから。君らのあいだにぼくは何の違いも感じない。君らは共同でぼくの胸に君臨しているよ」

「あら」エミナが声をあげた。「そう言わせるのは、アベンセラヘス家の血なのよ。なにしろ、あなたという人は、ふたりの女性を同時に愛せる人なんですもの。だったら、一夫多妻を認める神聖な信仰を受け入れなさい！」

「そうなったら」ジベデが応援した。「チュニスの王位をあなたが継ぐかもしれなくてよ。あの魅惑の国がお目にかけられたらね……バルド[1]とマヌーバの王宮、あちこちの庭園、噴水、豪華な浴室、それから一千人もの若い女奴隷たち。ひとり残らずきれいな女よ、わたしらよりももっと」

「やめにしておこうよ」とおれは言った。「輝く陽光の下にある王国などの話は。ぼくらがいるのは深淵なのだ。地獄からのほうがずっと近いかもしれない。そんな場所でも、ぼくらは逸

1（一八九頁）　*gnome*　地下に住んで宝物を守ると信じられた地の神または妖精。大地の化身として、姿は侏儒《こびと》である。特に十八世紀ヨーロッパ文学で活躍、鉱山や採石場の守護神として祀り上げられもする。グリムの『白雪姫』を経てディズニーのアイディアを育てた。もとはスイスの錬金術師で医学者（一四九三―一五四一）の造語。この人は古めかしくパラケルスス *Paracelsus* と名乗り、ドイツ、フランス、イタリアを遊歴した。彼の『妖精の書』では、グノム（ノーム）は醜い老人のこびとで、金銀の鉱脈のありかを熟知する。日本の事典では無視されるに近いこの人物パラケルススは、英和大辞典にも出てくるが、ポーランドの大百科には肖像入りで扱われ、各地遍歴は医療が目的で〈奇蹟の医者〉と迎えられ、その旅にはポーランドも含まれたと書く。その道の先覚者として、近代博物学、特に医学の発展に重要な役割を果たし、哲学者でもある。生体の三大要素は、水銀、硫黄、塩と指摘し、梅毒の治療に水銀を用いるなど、生体を化学的プロセスとして考えるその理論は十七世紀半ばまで影響を残した。ナチス台頭直前までに十四巻の著作集がライプツィヒで出版されている。ただし、同項目中にはグノム（ノーム）の〈発見者〉についての記述は一行もない。悲しいかな、生前の〈余技〉のみにより大学者が後世に名を残す例は、ひとりポトツキにとどまらない。本名は *Theophrastus Bombastus von Hohenheim*。

1　*Bardo* も *Manouba* もチュニス近郊にあり、代々の総督 *bey* の大邸宅があった。バルドには冬季、マヌーバには夏季に住んだ。

楽を知ることができるのだからね。預言者は選ばれた人々にそういう悦楽を約束しているというじゃないか」

エミナは憧れる風情で微笑し、おれに優しい眼差しを投げた。ジベデがその両腕をおれの首に巻きつけてきた。

第三十日

目を覚ましたとき、傍らにはもう従妹たちはいなかった。不安に駆られて見回しても、目に映るのは薄暗い照明の長い通路ばかり。この道を行けというのだな、と勘を働かせて、おれは急いで身支度し、三十分ほど歩くと螺旋階段に行き着いた。上へ行けば地表、下へ向かえば地底、おれは下りるほうを選び、地底に達した。すると、四つの灯明に照らし出される白大理石の納骨堂とその脇で祈りを唱える年老いたイスラーム修行僧が見えた。

老僧がおれのほうを振り向き、穏やかな声で言った。「ようこそ、セニョル・アルフォンス、ずっと以前からお待ち申したぞ」

ここが名にし負う〈カサル・ゴメレス〉の地下宮だろうか、とおれは尋ねた。

「そのとおりじゃ、高貴なるナザレ人《びと》」修行僧が答えた。「ゴメレス家の秘密はこの納骨堂に秘められておるのだが、その話をする前に、まず軽い食事を差し上げよう。きょうという日は、頭脳も肉体も使い果たすたいへんな日となる」それから皮肉っぽく言い足した。「今はお疲れで、ゆっくり休息したい気分でしょうな」

隣の洞窟に案内されると、小ぎれいに並べられた朝食が見えた。食事を済ませるのを見計らって、よく聞くようにと前置きして老僧は話し始めた。

「セニョル・アルフォンス、ご先祖については、貴殿の美しい従妹たちからきっとお聞き及びと思う。ご先祖が〈カサル・ゴメレス〉の秘密を大切にしてきたその意味についてもじゃ。世の中にこの秘密ほど大切なことはほかにない。と申すのも、われわれの秘密を弁えた人間は、どの国の人々をもすべて服従させたうえで、うまくすれば世界を打って一丸とする王国さえも築きかねないからだ。これを裏から言えば、その強大で危険な力が万一、愚か者の手に握られたが最後、秩序も従順もその男の手で永久に破壊し尽くされる恐れがある。だからこそ、ゴメレスの血統に限り、それも幾多の試練に耐えて不屈不撓《ふくつふとう》の知力胆力を証し立てた者にのみ秘密を明かすというのが、何百年来の一家の掟と定まっておる。しかも、それには伝統の宗教の儀式に則り、厳粛な誓いを立てることが求められる。だが、貴殿の気性を知るわれわれとしては、そこまでは要求すまい。誓言なさるだけでよろしい……これから見聞きすることを絶対に他人に口外しないとな」

とっさにおれは考えた……エスパーニャ国王にお仕えする身として、今からこの洞窟内で目にする事柄が国王陛下の御名を瀆《けが》さない、と知ったうえならともかく、あだやおろそかに誓言できかねると。おれはその心配を口に出した。

「そう考えるのも無理からぬこと」と老人は言った。「国王にお仕えの身ではあろうが、何ぶんここは地下の界隈、国王の権力は、今も昔もここまでには及ばぬ。誓いはあくまでも貴殿に流れる血の義務であり、貴殿が従妹ふたりに与えた約束のつづきと思ってくれればよい」

些か奇妙な論理とは思いはしたが、いちおう納得したおれは老人に言われるままに誓いを立てた。

それを待ちかねたように老師が納骨堂の壁の一つを押しやると、そこに現れたのは、さらに地底の深部へと通ずる階段であった。

「下りていかれよ」彼は言った。「わしがお伴する必要はない。夕方には迎えに行こう」

そこから下りたおれの目にしたものの話を喜んでしたい気持ちはやまやまだが、誓いに背くことだからそれはままならない。

約束どおり老師は夕刻おれを迎えに来た。そこを出て、やって来た別の洞窟で夕食が供された。食卓が置かれた場所は、ゴメレス家一族の家系を示す黄金の樹木の下であった。樹木には二本の大枝が伸び広がっており、イスラーム教徒となったゴメレス一族の枝が生い茂るに任せているのに対して、キリスト教徒のゴメレス一族の枝のほうは見るからに萎《しお》れ、一面に長い棘《とげ》が恐ろしげに生えていた。食事を済ませると、老師が言った。

「二本の枝の違いに驚くには及ばない。預言者ムハンマッドの教えに忠実なゴメレスの人々はご褒美として王冠を頂戴したのだが、キリスト教を奉じた人々は無名に生き、下級のさまざまな役職に甘んずるほかなかった。それらのうち、われわれの秘密を授かった者はいまだかつてひとりとしていない。例外中の例外として貴殿が選ばれたのは、ほかでもないチュニスの姫君姉妹の心を捉えたお人柄ゆえです。ところが、われわれの意図について貴殿の理解はまだまだ足りない。別の大枝、花が咲き、日を追って花盛りを迎える枝のほうへ移りたければ、貴殿は自らの愛を完成したそのうえに、大いなる意図に着手することも可能となるのじゃぞ」

その言葉におれは答えようとしたが、一語も発する間も与えず、老僧は続けた。

「何はともあれ、ゴメレス家一族の富の一部として、またわざわざこの地下の別世界にこられたご足労に対する謝礼として、貴殿に支払うべきものがある。ここにあるのはマドリード随一の富豪銀行家エステバン・モロ振り出しの手形だ。金額はせいぜいが一千レアルと思うが、秘密のペンを用いれば、その額は無限大となり、好きなときにいくらでも貴殿の署名で支払いが受けられる。では、この螺旋階段を上って三千五百段を数えると、天井のごく低いところへ出るから、五百歩ほど這っていけば、〈アル・カサル〉、つまり〈カサル・ゴメレス〉の真ん中へ行き着く。今夜はそこに一泊なさるとよいのだが。明日は山麓に出れば、ヒターノの幕営地が容易に目に入る。親愛なるアルフォンスよ、さらばじゃ。われらの預言者が行く道を照らし、真実の道を示されますよう」

老師はおれを抱擁し、別れの言葉を告げ、おれの背後で扉を閉めた。おれは老師の命にいちいち従うほかなかった。上へ上へと進みながら、おれは何度も立ち止まり、息を整えることになった。ようやく頭上に星空が見えた。おれは崩壊した穹窿《きゅうりゅう》のもとに横たわり、眠り込んだ。

第三十一日

目が覚めて、谷のヒターノたちのキャンプを見やると、慌ただしい動きから天幕を畳んで再び流浪の道へと旅立つ頃合《ころあい》と知れた。おれは彼らに加わるために急いだ。二晩続けての不在に質問があろうかと、おれは覚悟したのだが、そんなこともなく、だれもが出発の準備に忙しげであった。

一同、馬の背に跨《また》がると、カバリストが皆に告げて言った。「確実に約束できるので言うが、きょうというきょうは〈さまよえるユダヤ人〉の話が楽しめますぞ。あの生意気なやつの思い込みと違って、おれの威力はまだまだ衰えていないのさ。そろそろタルダン近くになったころ、やつを呼び出してすぐ引き返せと命令してやった。あの男、渋りやがって、できるだけのろくさ歩いてやがる。うんと急がせようと思えば、おれにはちゃんとその手段がある」

そう言って、彼はポケットから一冊の書物を取り出し、何やら異教の呪文を唱えたとみると、たちどころに彼方の山上にひとりの男の姿が現れた。

「ご覧のとおりです」ウセダが言った。「ぐずのろくでなしめが！　やつをどうあしらうか、手本をお目にかけるとしましょう」

いくら悪くても許してやったら、と妹のレベッカに言われて、兄は軟化するふうであった。だから、〈さまよえるユダヤ人〉がわれわれの近くに到着したとき、カバリストの口からは、おれのわからぬ激しい叱責が二言三言、浴びせられるだけで済んだ。言い終わると、彼はおれの馬の脇にユダヤ人を呼びつけ、前の話のつづきを命じた。不幸な放浪者は抗弁もせず、さっそく語り始めた。

〈さまよえるユダヤ人〉の物語――承前

エルサレムにヘロデ党が組織され、ヘロデこそがメシアであると説かれたことは前に話したとおりだが、その際、ユダヤ人のメシアについての考え方についてはこの次にお聞かせする、とお約束した。そこで、まず申せば、〈メシア〉とはヘブル（ヘブライ）語で〈油を塗られた者〉の意であり、その言葉のギリシア訳が〈クリストス〉となることだ。ヤコブは、かの名高い夢[1]を見たあと、枕に使った石に油を塗り、さらにその場所を〈ベテル〉*Bethel*、すなわち〈神の家〉と名付けた。サンコニアトン[2]を読めば、ノアの二番目の息子ハム[3]は、それに因《ちな》んだ〈ベティレ〉[4]、つまり〈命ある石〉を発明したことが知れる。油で清められた一切には直ちに神の御意《みこころ》が宿る、と当時の人々は信じていた。[5]
ところが、ユダ王国[6]が分裂し、次いで侵攻を受け、近隣の強国の玩具とされたとき、なかん

1　「創世記」に「時に彼［イサクの末子ヤコブ］夢見て梯子の地に立ちて、その天の頂に至れるを見、また神の使者のそれに昇り降りするを見たり」（二八の一二）とあり、（二八の一八―一九）には「ヤコブ朝つとに起き枕としたる石を取り、これを立てて柱となし、油［膏の字が用いてある］をその上に注ぎ、そこの名をベテル、神殿《かみのいえ》と名付けたり」と記される。なお、「旧約」中の用字・用語の一部は読みにくいので、わずかながら書き改めた。以下も同様。

2　***Sanchoniathon***　前十三世紀の（一部には時代不明とも、またトロイ戦争前の伝説的なとも）フェニキアの史家（賢者）。後世のビブロス ***Byblus*** のフィロー・ヘレニウス ***Pilo Herennius***（六四―一四〇）がフェニキア文書をギリシア訳して、その著作が知られた。ただし、（とククルスキは加える）「長らく四世紀のエウセビオス ***Euzebius*** の著にある引用のみが明らかだったが、最近になって、その［ギリシア訳］原著の断片が発見された」と。

3　***Cham***　父親ノアが酒に酔うのをからかったため父から呪いをかけられた。魔術に長じていたとされる。アフリカ人の先祖でもあるという。ポーランド訳はこの名をウラヌスに置き換えている。ウラヌスは大地の女神ガイアの息子で夫でもある。

4　***betyle***　古く信仰の対象とされた。やがて、王に油を塗る風習が生まれ、「メシア」と言えば王を指すようになった。ダビデが「メシア」と口にするときは、自分自身のことで、彼の「詩篇」の二番目を見ればそれがわかる。

5　「詩篇」の第二篇の二には「地のもろもろの王は立ち構え群伯《をさら》はともに議《はか》りエホバとその受膏者とに逆らひていふ」とある。〝受膏者〟はメシアの訳語である。詩篇の百五十篇はすべて前十世紀のイスラエル王ダビデの作とされる。

6　ユダ王国 ***Judah***（前九二二―前五八七、首都はエルサレム）はエジプト、アッシリア両勢力に挟まれ、のちアッシリアに代わった新バビロニアのため滅亡、捕囚の運命に追われた。初代サウル、二代ダビデ、その子ソロモンと発展を遂げた「イスラエル王国」はソロモンの死後に分裂し、その南の部分にできたのが「ユダ王国」である。「イスラエル王国」は前七二二年、アッシリアによって滅ぼされた。

ずく人々が捕囚の悲運をなめたころ、預言者たちは彼らを慰めて、いつの日にかダビデの末裔の王が現れ、バビロニアの傲慢を挫《くじ》き、ユダヤ人を勝利に導くであろう、と諭《さと》した。

そうした預言者らの説く華麗を極める数々の建物は、どれも空想にすぎぬから、一文の経費もかからない。偉大なる王の居所にふさわしい未来の夢のエルサレム建設、ありがたい信仰と人々の目に映るような一切を具《そな》えた架空の神殿造営も預言者らは忘れなかった。ユダヤ人たちは喜んで預言者に耳を傾けたが、何もそこに重きを置いたわけではない。のちのちの子孫の代に初めて現実となる出来事にだれが関心を持てようか。

マケドニア帝国の時代、預言者は忘れられた存在に近かった。外国の抑圧から国を救ったマカベア（[1]ハスモン）王朝代々の王でさえ、メシアと目された者はひとりとてない。「王」を称したその子孫も、預言者によって予告された者として重んじられてはいない。

ところが、老ヘロデ王のもとで状況は一変した。この貴公子の宮廷人らは、四十年にもわたり王のご機嫌を取り結ぶあらゆる佞言《ねいげん》甘語を連ねてきたが、ついにそれも種切れとなったため、預言者の予告したメシアこそは王その人なり、と祀《まつ》り上げるところまで堕《お》ちた。何もかもにうんざりしていたヘロデは（ただし、至上の王権は別で、王位への執着は日に日につのった）、この新説に飛びつき、忠誠心を見分ける打ってつけの方法がこれだと考えた。

そこで王の支持者らによってヘロデ党が組織された。その党主の席に収まったのが、それがしの祖母の末弟に当たるラビ・セデキアという陰険な人物である。ご賢察のとおり、祖父ヒゼキアもその友人デリウスもエルサレム定住の夢は、もはや捨てていた。ふたりは注文で青銅の筐《はこ》を作らせ、そのなかにヒレルの持ち家の売却契約書、三万ダレイコスの証券、それがしの父マルドカイに対するデリウスの譲渡証明書を一まとめにして入れた。筐に封印を済ませると、状況好転の際は別として、この問題はもう考えないと両人のあいだで約束を交わした。

ヘロデ王が没すると、ユダ王国はいちだんと嘆かわしい分割・分裂の餌じきとなった。分派を率いる三十人が先を争ってそれぞれ油を塗らせ、いっせいにメシアを名乗り出たのだ。その後、数年して父マルドカイは隣人の娘と結婚、夫婦のあいだの一粒種としてアウグストゥスの最後の治世[2]の年に生を享《う》けたのがそれがしだ。

祖父はそれがしの割礼[3]に自ら手を下す満足が得たく、かなり盛大な祝宴の準備を命じた。しかし、引きこもりがちの人だ。このお祝いに動き回ったのと、おそらく高齢も手伝って病《やまい》に陥り、二、三週間ほどで泉下の人となった。最期はデリウスの腕に抱かれて息を引き取ったのだが、青銅の筐を大切にして、悪人にたぶらかされぬよう用心してほしいと言い残した。母親は

1　前三三二年のアレクサンドロス大王の死後、パレスチナはセレウコス朝シリア、プトレマイオス朝エジプト、さらにマケドニアの指導者とが競合する地となり、前二世紀にマカベア一族による独立回復まで続いた。

2　アウグストゥスはカエサルの姪の子で、その養子となる。古代ローマ帝国の初代皇帝として、オクタウィアヌスと改名した。在位は前二七年から紀元一四年まで。

3　割礼　生後八日目にこれを受けるのが、ユダヤ人男子の通過儀礼とされる。命名はその後に行われる。

産後の肥立ちが芳《かんば》しからず、祖父に遅れること数か月で他界した。

その当時、ユダヤ人の名前はギリシア風かペルシア風と決まっていた。それがしにはアハスヴェル *Assuerus* の名がついた。一六〇三年、リューベックのアントーン・コルテルス *Anton Colterus*[1] にそれがしが知られたのも、この名前で、それはドゥドゥレウス *Duduleus* の著書に見るとおりだ。それから、法律家テンゼリウス *Tenzelius* の本に出ているように、一七一〇年にケンブリッジでもそのままの名前だった。


「セニョル・アハスヴェル」ベラスケスが言った。「あなたのことを扱ったものには、まだ『欧州舞台』[2] がありますよ」

「そうかもしれませんね」ユダヤ人は言った。「ちかごろ、ずいぶんと名が売れていますからね。カバラ研究の連中がアフリカの奥地までそれがしのことを探し始めて以来ね」

こんどはおれが口を挟み、砂漠の国々にどんな魅力があるのか、と尋ねた。

「魅力ね」ユダヤ人は答えた。「それは人間に会わずに済むことですな。もう一つは、たまに道に迷った旅人とか、現地のカフィール人一家に行き会うとしますね。それがしは子育て中の母ライオンの隠れ場所を知ってるもんだから、何食わぬ顔して、ライオンを餌じきのほうへ連れ出す。目の前でがつがつ食われるのを見るのが楽しみでね」

「それはひどすぎる、性格破綻ですよ」ベラスケスが言った。

「前から見抜いていたさ」と言ったのはカバリストである。「こいつは世界一の悪党なんだ」

「あんたなんか」と放浪の男は言った。「十八世紀の年月を生きたって、こちとらより増《ま》しにはなれないね」

「願わくは、もっと長生きさせてもらって、貴様よりぐっと立派な男になるとも」カバリストが言った。「それより、つまらん余談はよして、話の先を続けたらどうだ」

ユダヤ人はそれ以上は反撥せず、次のように物語を続けた。


デリウス老人は、にわかにふたりの身内を喪《うしな》った悲嘆の父に付き添い、両人の隠遁生活は相変わらずであった。平静を失ったのはラビ・セデキアのほうである。ヘロデ王の死没で頼みの柱を奪われたのだ。今にもわれわれがエルサレムに乗り込んでこないか、彼は始終びくびくも

1　フランス語版の編者によると、〈さまよえるユダヤ人〉に関する〝最新情報〟と謳《うた》う一六一八年、アウグスブルク出版の書籍〈*Neue Zeitung von einem Juden von Jerusalem Ahassverus genant*〉にはコルテルスの名は出ていない。この著者の名は *Chrisostomus Dudulaeus Westphalus* という。また、テンゼリウスは *Wilhelm Ernst Tentzel* が該当すると思われるが、在世は一六五九―一七〇七年であり、作中の一七一〇年は不適とされる。なお、ポーランド訳では〈さまよえるユダヤ人〉の名を上記の書名にあるアハスヴェルに統一している。「第九日」註の情報と多少の食い違いがある。

2　***Theatrum Europaeum*** はフランクフルト・アム・マインで一六二七―一七三八年に通算二十一巻を出した珍事雑報集で、現代風に言うと「デキゴトロジイ」本らしい。創刊した人は ***Johann Philipp Abelin*** といい、一六三五年に死亡するまで初期の巻に執筆している。

のだった。そこで、われわれのことは頭から追い出し、のんびり構えることに肚《はら》を決めた。この目算はうまく運んだ。折からデリウスが失明し、彼と肝胆照らし合う仲の父親は、これまで以上に逼塞《ひっそく》の暮らしに入ったからだ。こうして六年が過ぎた。

ある日、こんな話が聞こえてきた。わが家の近所の家にエルサレムのユダヤ人の買い手が付き、住まうのはどれも人相の悪い人殺しみたいな連中だという。こうなると、父親の外出嫌いがいっそうひどくなった。

そのとき行列の一隊のあいだが何やら騒然となり、〈さまよえるユダヤ人〉の話は中断され、それを潮時に話し手はするりと抜けた。間もなくわれわれは安宿に着いた。食事の支度ができていて、きょうは給仕付きだった。一同が旅の者らしい食欲で食べ終わり、昼寝から起き出したところ、レベッカが親方に向かって言った。

「このあいだのお話は、ふたりの貴婦人がだれも見ていないと見計らって、通りを横切り、トレドの騎士の家に入っていくところで打ち切りでしたね」

ヒターノの親方は、話のつづきを皆が所望と見届けて、次のように話の糸口を取り上げた。

ヒターノの親方の物語――承前

彼女たちがまだ階段にいるところにわしは追いついた。生地《きじ》の見本をふたりに見せ、嫉妬男《やきもち》に頼まれた用事のことを説明したうえで、わしは言った。

「こうなれば、どうしても教会のミサに出席しなくては。そしたらぼくのほうは恋人だって言ったその人のとこへ行ってきます。ぼくの勘では、おふたりのどっちかのご主人だと思うけど。教会にいるのを見れば、尾行に勘づいていないと思って、たぶん、安心して引き揚げるでしょう。あとはどこなりとお好きなところへ行けますよ」

ふたりはこの入れ知恵が気に入ってくれた。わしは飲み物屋の店に行き、ご婦人方はたしかに教会へ入った、と男に告げた。男と一緒にわしは教会へ足を運び、ビロードのスカートもレースも見本の生地に間違いない後ろ姿を指さした。男はそれでも信じられぬふうだったが、ふたりの貴婦人のうちのひとりが振り向き、何げなくベールをちらと掲げるのを確かめると、夫としての満足の表情がたちまち男の顔に浮かんだ。

ミサの会衆に紛れ込むと男はそそくさと教会をあとにした。わしが表通りで追いつくと、男は感謝の言葉とともにもう一枚の金貨をくれた。受け取るのは若干、気まずかったが、それを顔に出すと悟られるとわしは警戒した。男が立ち去るのを見届けておいて、わしはお節介にも女たちを捜しに戻り、騎士の住む家にふたりを送った。いっそう美しい女のほうが、金貨一枚を渡そうとした。

「いけませんよ、セニョラ」わしは言った。「恋人を名乗った男をぼくが裏切ったのは、どうやら本物の旦那だなと見たからです。ぼくは良心の命じることをやっただけですよ。両方からいただくなんて、とてもそんな」

教会の表口に戻ったわしが二枚の金貨を見せびらかすと、仲間は目を丸くした。似たような用事を言いつかるのは珍しくないが、これほどの駄賃は前代未聞なのだった。わしは金貨を握って〈共同金庫〉に駆けつけた。焼き栗売りの小母さんの驚く顔を見たがって、仲間も蹤《つ》いてきた。期待どおり、小母さんはびっくりした。

小母さんは、みんなにほしいだけの焼き栗をあげる、と言い、ソーセージを仕入れ、焼く設備も調えようかしら、と宣言した。旨《うま》い物にありつける希望に皆は大喜びした。だが、わしだけひとり、その仲間入りをせず、もっと腕のいい料理人を見つけなくては、と心に決めた。ポケットを栗で膨らませたわしらは教会の入口に戻り、夕食を済ませると、おのおのマントにくるまり、間もなくすやすやと眠り込んだ。

その翌日、前日の貴婦人のひとりがやって来ると、一通の手紙を預け、騎士に届けてほしいとわしに頼んだ。言われたとおり、わしは召使の男に手紙を手渡してきた。その後、何日かして、わしは騎士本人に引き合わされた。容姿端麗と言うべきか、トレドの騎士は大いにわしのめがねに適《かな》い、一目見てご婦人方が気を動かさずにいられぬわけを容易に悟った。若さも若いが、ふるいつきたくなる美形なのだ。その顔つきは陽気さに溢れているから、笑顔を見せる必要もない。明るさ、楽しさそのものが顔に貼りついている。かてて加えて、いちいちの身ごなしにはえも言われぬ雅《みやび》が漂う。難を言うならば、どことなく女蕩《おんなたら》しというか、軽いというか、そんなものが彼の態度のなかに見え隠れした。このことは女性の誤解を招きかねないと思われる。ただし、もちろんこれは女人方のだれしもが、軽佻浮薄《けいちょうふはく》な浮気男をしっかりと引き留めておく自信を欠くものとすればの話だが。

「わが友よ」騎士が言った。「君の利発さ、心根《こころね》の優しさを見込んで言うのだが、ひとつ、ぼくのところで働く気はないかね」

「それはできません」わしは答えた。「ぼくとて、れっきとした家柄の生まれです。使用人になるなどは、とても。今でこそ乞食をしていますが、貴族の身分を汚《けが》すものとは思えないからです」

「ブラボー」騎士は言った。「いかにもカスティーリャ気質《かたぎ》の発想だ。じゃ、訊くが、何か君のためにして上げられることは？」

「セニョル・カバリエロ」わしが言った。「今の仕事がぼくは好きです。誇り高い仕事だし、それに食べていけるから。でも、食べ物が貧弱です。お宅に伺って使用人と一緒に食事させてもらえるとありがたいですね。デザートを分けてくれたり」

「お安い御用だ」騎士は言った。「女性たちを迎える日は、たいがい使用人に暇を出す。君の誇りを傷つけないようなら、そういう日にテーブルの給仕を務めてもらえるといいんだがね」

「恋人とのお食事の給仕なら」わしは言った。「喜んで引き受けますよ。あなたのお役に立つと思えば、自分としても張り合いがありますから」

そう話がつくと、わしは別れを告げ、トレド通りを歩きだした。

セニョル・アバドロの家はどこか、試みにわしは通りがかりの人に尋ねてみた。答えられる人は全くなかった。続けて、ドン・フェリペ・デル・ティンテロ・ラルゴ〈大インキ壺のフェリペ〉のお宅はご存じでしょうか、と訊くと、即座に向こうのバルコンが指差された。

見上げる彼方のバルコンにはいかにも厳粛な面持《おもも》ちの男がおり、葉巻をくゆらせながらアルバ宮殿の屋根瓦の数を数えているかのように見えた。生得《しょうとく》の容貌という自然の恵みをありがたいと日ごろ感ずるわしなのだが、こうして眺めると、父親にあれほどの厳粛さを恵みながら、息子のわしにはその影が薄すぎることに自然の巧《たく》みを思わざるを得なかった。それぞれに適量を恵んだほうがよかったろうに、と初めは思いもしたが、よくよく思案の末、言うなれば、万事について神の業《わざ》を称賛する心境になった。仲間のもとへ帰ってから、皆で揃って小母さんの焼きソーセージを賞味に出かけた。わしは大いに堪能して、騎士宅でご馳走になったデザートの旨みを忘れたほどであった。

その夕方、いつもの女ふたりが騎士の家に入るのをわしは見かけた。ふたりはかなり長居をした。何か用はないだろうか、と様子を見に行ったわしは、ちょうど出てきたご婦人連と行き合った。わしがきれいなほうの女に向かってあいまいな挨拶の言葉をかけると、その返事に彼女の手にした扇子がわしの頬を軽く叩いた。

その直後である。わしに話しかけてきた青年がいた。堂々のその恰幅《かっぷく》にさらに威厳を加えるのは、マントに刺繍《ぬいとり》された〈マルタ騎士団[1]〉の白十字であった。それ以外の身なりは旅の者を思わせた。トレドの騎士の住まいはどこかと尋ねる青年に、わしは案内を買って出た。玄関の間には召使はだれもいなかった。わしは表の扉を開けて青年とともに入った。

不意の客に騎士は歓声を上げげた。「だれかと思ったら君か……親しいアギラール！　マドリードまで来たか！……マルタじゃ、みんなどうしてる？　修道院長、最高指揮官、それに修練士総監督も？　君を抱擁させてくれたまえ！」

こうした友情の表明に、騎士アギラールは劣らぬ好意を込めて応じたが、同時にその態度はひどく深刻そうに見えた。

客を迎えて夕食を共にする気配と察し、まずわしは従僕の玄関部屋で膳立ての用具の所在を確かめ、それから食事の買い出しへと走った。テーブルが整うと、トレドの騎士は発泡ワインを二本、ソムリエのところで受け取ってこい、とわしに命じた。二本を提げてきたわしは勢い

1　*l'ordre de Malte*　マルタ島を本拠とした騎士団。巡礼の救護、十字軍の戦闘部隊として一一一三年に創設のヨハネ騎士団（三大騎士団の一つ）が、まずキプロス島、のちロードス島に本拠を移してロードス騎士団と改称、一三〇九年に同騎士団は解消して、一五三〇年、マルタに本拠を移してマルタ騎士団となる。医療制度をイスラームに学び、西ヨーロッパ各地に病院を設けた。十五―十六世紀にはオスマン・トルコのイスラーム軍勢と執拗に戦った騎士団は、海軍力で知られた。同島の要塞化を完成して間もない一五七一年、レバントの海戦で活躍、これにより対トルコ戦勝へと導いた。一七九八年、ナポレオンに島を奪われたあと、一八三四年、ローマに本部を復活し、現在では慈善活動に専念する。聖俗の会員は合わせて九千人。

よくポンと栓を飛ばしてみせた。

かれこれするあいだ、友人同士の話はたっぷりと進み、さまざまな思い出話に花が咲いたが、やがて騎士が話を引き取って言った。

「お互いに性格が正反対でいながら、どうしてこれだけ気の合う仲でいられるのか、全くわからんなあ。君は、何と言おうと、いいとこだらけの人間だが、まるで世界一の大悪党だから大好きというのがぼくの気持ちだよ。その証拠にマドリードに来ていまだに何の友達づき合いもない。君はいつだってぼくの唯一の親友さ。正直な話、恋愛関係だと、こう長続きとは絶対にいかないがね」

「女については昔のままの主義に変わりないのかい」アギラールが言った。

「昔どおりの主義かって?」トレドの騎士が言った。「いや、少し変わったかな。以前だと女ができても次から次へとなるべく矢継ぎ早に乗り換えていた。でもね、わかったことは、この方式だと時間の損失が多すぎる。最近は、別のがまだ終わらぬうちに新しい相手を作る。目下、三人目に目をつけた」

「というと」アギラールが言った。「女遊びを諦める気はないわけか」

「その気はぼくにはないが」トレドが言った。「女遊びのほうでぼくを見限るんじゃないかな。マドリードの女性は粘り強いし一途だしね。こっちもたじたじで、その気もないのに真剣にされちまう」

「わからんね、君の言うことは」アギラールが言った。「うちの騎士団は軍隊式だけど、同時に宗教的でもある。ぼくや君の誓言の確かさは修道士とか司祭並みじゃないか」

「かもしれん」トレドが言った。「そこらの女房が夫に向かって貞節を誓う程度ならね」

「そういう女は」アギラールが言った。「あっちの世界で罰を受けないとは思えんが」

「わが友よ」トレドが言った。「ぼくだってキリスト教徒の持つべき信仰はすべて持ち合わせているさ。しかし、信仰にも誤解がつきまとう。いいかい、きょうぼくのところで一時間を過ごして帰った女は、ウスカリス判事の夫人だが、彼女はその罪で永劫にわたって火炙《ひあぶ》りされるべきだと君は言うかい」

「宗教の教えるところでは」アギラールが言った。「贖罪《しょくざい》の道はさまざまある」

「煉獄があると言うんだね」トレドが言った。「煉獄ならぼくも味わったさ。あのイネス・ナバラなる厄介女との色事時代にね。気まぐれで、要求がましくて、嫉妬心が強くて、あんなのは最初で最後だよ。あれ以来、舞台女優からは手を引いた。それはそうと、君、飲みもせず、食いもしないじゃないか。ぼくは一本、空《から》にしたのに、君のグラスはずっといっぱいなままだ。考え事でもあるのかい。どうなんだ。何を考えてる」

「考えていたのは」アギラールが言った。「きょう、ぼくは太陽を見られたっていうことさ」

「何だ、そんなことか」トレドが言った。「太陽ならぼくだって見た」

「もう一つ思ったのは」アギラールが言った。「あしたも太陽が見たいということなんだ」

「見られるさ」トレドが言った。「霧が出ない限りはね」

「そう簡単じゃない」アギラールが言った。「ぼくは死ぬかもしれない、今夜のうちに」

「楽しい食事の席に」トレドが言った。「不向きな話をマルタから持ち込んだものだね」

「哀しいけれど」アギラールが言った。「人は死ぬのさ。死期がいつとは知らぬまま」

「おい、聞けよ」トレドが言った。「そんな調子のいいニュースどこで耳にしたんだい。面白い商売でもやってるどこかの男からか。ときどき夕食に招《よ》んだりする仲の」

「ぜんぜん違う」アギラールが言った。「ぼくの聴聞僧から、けさそう聞かされたんだ」

「わざわざマドリードへ乗り込んで」トレドが言った。「着いたその日に告解かい。じゃ、君、旅行は決闘が目的なんだね」

「そういうわけだ」アギラールが言った。

「そいつはよかった」トレドが言った。「剣を交えるのはぼくも久しぶりだ。介添え人はぼくが引き受けるぞ」

「滅相《めっそう》もない」アギラールが言った。「この世でただひとり、君にだけはやらせたくないんだ」

「これはしたり！」トレドが声を高めた。「すると、また始まったのか、ぼくの兄との仲違《たが》いが」

「そのとおりだ」アギラールが言った。「レルマ公爵に謝罪を要求したが、承諾を断られた。

果たし合いは、今夜、松明《たいまつ》の光のもとでやる。場所は、マンサナレス川のほとり、大橋の真下だ」

「なんたることか！」トレドが悲痛を込めて言った。「今夜、兄か、それとも親友か、どちらかを失わねばならぬとは」

「悪くすれば、両方ともだ」アギラールが言った。「本当の死闘と決めたからね。長剣は使わない、刃物は短剣だ、それと左の手に匕首《あいくち》を握る。知ってのとおり、どちらも残酷無惨な武器だ」

衝撃に打ちのめされたトレドの面《おもて》は、一瞬のうちに蒼ざめ、活気溢れる陽気は見る見る絶望へと落ち込んだ。

「君の悲嘆はわかっていた」アギラールが言った。「だから会いたくなかった。ただ、ぼくのなかに天の声が聞こえ、お命じになったのだよ。あの世の苦しみとはどんなものか、必ず君に教えてやれと」

「ああ！」トレドが言った。「ほっといてくれ、ぼくの改宗のことは！」

「ぼくは一介の兵士にすぎん」アギラールが言った。「教えを説くことはぼくにはできない。しかし、天の声には従うよ」

そのとき、十一時を告げる鐘が鳴り響いた。アギラールは親友を抱き締め、それから言った。

「トレド、聞いてくれ。密かな予感がぼくに告げる、間もなく死ぬんだぞと。ぼくの願いは、ぼくの死が君の救済に役立つことだ。決闘は午前零時に遅らせるつもりでいる。その時刻に耳を澄ましていてほしい。もしも死者から生者に向けて何かのサインで知らせが伝えられるとすれば、あちらの世界から君の親友がきっと知らせを送ってくる。いいかい、零時きっかりに耳を澄ましていてくれたまえ」

言い終えると、アギラールはもう一度、親友トレドを抱擁し、そして立ち去った。

トレドは寝台に身を投げ、落涙することしきりであった。わしは召使部屋へ引き下がり、今夜の結末やいかにと不安の胸を抑えた。

トレドは起き上がると、部屋の時計を見つめ、それから寝台に戻り、また泣き続けた。冥《くら》い夜だった。遠い稲妻の閃光が時折鎧戸《よろいど》の薄板の隙間《すきま》から射し込んだ。近づく雷雨のおどろおどろしさが、われわれの置かれた状況の悲しみに加わった。夜半の鐘が鳴ったそのとき、三度、鎧戸を叩く音がした。

トレドが鎧戸を開けて言った。「死んだのか、君は」

「死んだ」幽界の声が言った。

「煉獄はあるか」トレドが言った。

「ある。そこに今いる」同じ声が答えた。そのあと悲痛な呻《うめ》きが聞こえた。

トレドは崩《くず》おれ、床に額《ぬか》ずいた。やがて彼は立ち上がると、家を出た。わしもあとを追い、ふたりはマンサナレス川へ向かう道を辿《たど》った。だが、大橋まで行き着かぬうちに、松明をかざす数人を交じえた一団の人影が見えた。その一人にトレドは兄を見つけた。

「この先へ行くのはよせ」レルマ公爵が言った。「親友の屍《しかばね》を見たくなければ」

トレドは気を失って倒れた。朋輩に取り巻かれるトレドを残して、わしは教会の正面へと戻る道を取った。そこに着いてからも、わしはさっき耳にした言葉をあれこれと考え始めた。煉獄の存在について常づねわしはパードレ・サヌードから聞かされていた。だから、今さらその話が出てもわしは驚かず、たいした感銘を受けずに済んだ。わしはいつものように安眠した。

翌日、聖ロック教会に来た一番乗りの人、それはトレドの騎士であった。面窶《おもやつ》れした蒼白な顔は、とても本人とは思えなかった。彼は祈り終わると、聴聞僧を呼んだ。

親方の物語がそこまで来たとき、人が来て話は中断した。親方はやむなく立ち去り、一座の者は別れ別れとなった。

第三十二日

早朝に出立《しゅったつ》した一行は、山間《やまあい》の最も奥の谷々へと続く道を辿ったが、一時間も歩いたころ、アハスヴェル、すなわち〈さまよえるユダヤ人〉がひょいと姿を現し、ベラスケスとおれとのあいだに場所を占めると、その物語のつづきを次のように始めた。

〈さまよえるユダヤ人〉の物語──承前

ある日、ひとりのローマ人が案内を乞うのでわが家へ引き入れると、裁判所の書記というその男は、父が国事犯で告発されたと言い、その罪状はエジプトをアラビア側に引き渡そうとしたことであると申し渡した。ローマ人が去ると、デリウスは父に言った。

「親しいマルドカイよ、あなたが正当を申し立てるのは無用のことだ。なぜなら、あなたの潔白はだれもが承知のことだからです。しかも、裁判の費用であなたの財産の半分は失われてしまう。それならいっそ、こちらから自発的にその分を出しておしまいなさい」

デリウスの言うとおりであった。この裁判で父が支払った経費は全財産の半分にもなった。

その翌年、父が朝方、家を出ようとすると、門前に男が倒れ、虫の息となっていた。父は男を家に運ばせ、一命を取りとめようと手当てを尽くした。そこへなだれ込んできたのが数人の官憲を先立てた隣家の住人八人、父がこの男を殺《あや》めるところをこの目で見た、と隣人らは口々に言い立てた。投獄六か月、やっと出獄を許されたときには、財産のあと半分、つまり、残った全部が消えていた。

住居だけはまだ残っていたのだが、帰宅したとたん、うさん臭い隣人の家が燃えだした。夜中のことで、火事場のどさくさに紛れ、隣の連中がわが家に駆け込んだと見ると、目ぼしい品を手当たりしだいにかっさらい、父がまだ足も踏み入れない場所のほうぼうに火をつけて回った。

陽《ひ》が昇るころには、わが家は灰の山と化し、その焼け跡には幼いそれがしを抱きながら不運をかこつ父と、盲目のデリウスとのふたりが佇《たたず》むのが見えた。

店屋が開く時間を待ち、父はそれがしの手を引いて、贔屓《ひいき》のパン屋へ行った。主人は同情してくれたと見え、パンを三つくれた。戻ると、デリウスは留守中に来た男の話をした。彼には顔の見えないその男は、こう言い残したという。

「おお、デリウス！　あんたらの受けた災難が、そのままセデキアの上に降りかかるがいい。やつに雇われた連中のことは大目に見てやってくれ。おれたちはやつに買収され、あんたらを皆殺しにするはずだったが、そこまではようせなんだ。これを取ってくれ、当分の支えに役立てば」男がそう言って渡した財布には金貨五十枚が入っていた。

この思い設けぬ救いの手は父を喜ばせた。父は半焼けの絨毯《じゅうたん》を焼け跡に拡げ、そこに三つのパンを置いてから、毀《こわ》れかけの器に飲み水を汲みに行った。当時、七歳になっていたそれがしは、父親が感じた嬉しい気分も、父と一緒に井戸端へ行ったことも覚えている。

三人が揃って食べ始めて間もなく、それがしと同じくらいの男の子がべそをかきながらやって来て、パンがほしいとねだった。坊やの身の上話はこうだった。

「父ちゃんはローマの兵隊で母ちゃんはシリア人だよ。お産で母ちゃんに死なれたもんだから、同じ部隊の兵隊の奥さんや従軍商人のかみさんが代わる代わるお乳を飲ませてくれた。きっとほかにも何か食べさせてもらえたから、これだけ大きくなれたと思う。遊牧民の征伐に出された父ちゃんは二度と戻らず、一緒に行った兵隊もやられちまった。皆から渡されたパンはきのうで終わった。街なかなら恵んでくれるかと思ったら、どこも門が閉まってた。ここは門もないし、家もないので、断られないで済むと思って」

事あるごとに、ひと言、説教癖のあるデリウスが言った。

「どんな貧乏人でも、人さまのために尽くせない者はない。どんなに強くとも人の助けが必要なのと同じことじゃよ。いいとも、坊や、よく来てくれた。貧しいパンのお相伴《しょうばん》をしな。名前は何だい」

「ヘルマヌスだよ」子どもが言った。

「長生きするんだよ」そうデリウスが応じたのだが、この一種の祝福が予言となった。というのは、それがし並みにこの子は長寿を保ち、今もヴェネツィアに健在で、〈サン・ジェルマンの騎士〉[1]の名で有名人となっている。

1 ***Chevalier de Saint-Germain***（ふつうには伯爵 ***comte***、生年不詳―一七八四）伝説的だが実在した人物。フランスの人名辞典類では ***aventurier***（山師）とされるが、〈冒険児〉の訳語も捨てがたい。〝弟子〟のイタリア人カリオストロとともに十八世紀ヨーロッパをペテンにかけた大山師の双璧である。平凡社大百科事典には、巖谷國士と種村季弘の両雄がそれぞれ見識を披瀝している。こういう執筆者がいてこそ山師も浮かばれる。日本史上にかくも痛快な大山師ありや。この小説が書かれたころは、なお山師ご両人の評判の余塵がくすぶっていたはずである。
　サン・ジェルマン伯。〈出身〉ユダヤ系ポルトガル人、エスパーニャ国王カルロス二世未亡人の一子との説あり。〈業績〉二千年以上も生きたと自称、欧州史の諸事件の回想を語り、錬金術を含めて博学多才、諸言語、美術、音楽に長じ、汽車・汽船の発明を予言したと言われる。不老不死の妙薬を常用し、〈不死の人〉の風説あり。〈交際〉ルイ十五世のもとに出没、愛人ポンパドゥール夫人の信任厚し。ヴォルテールらも言及した。人を煙《けむ》に巻くのが大好きな自由人、伯爵ヤン・ポトツキもこの人物を面白がったからこそ、ここにわざわざ登場させたに違いない。〈評価〉「ペテン師と紙一重の万能知識人でカリオストロと並ぶ十八世紀的トリックスター」（巖谷）。〈逸話〉ククルスキ教授はポーランド語版の註でサン・ジェルマン伯の回想として、キリスト処刑に踏み切ったローマ人、ピラト総督が始終、同家の客となったことを記し、生前のキリストとの親交をひけらかす吹聴《ふいちょう》ぶりを書く。伯いわく。「あの人物とはよくつき合った。世の中、あれほどの善人はいない。ただ少し変人で、軽率すぎるところがあった。そんなことでは、往生際が悪いぞ、と警告しておいたんだが」なお、ヴェネツィア時代にはベラマーレ侯爵の別名で通っていたという。生年は自己宣伝の二千年前のほかに、一七〇七年ころ、一七一〇年ころとも。

「その人ならわたしも知っている」とウセダが言った。「彼はカバラ修験者のなかに何人か知己を持っていてね」

〈さまよえるユダヤ人〉の話は、さらに続いた。

その食事中、地下室の扉は破られなかったか、とデリウスが父に尋ねた。あそこの扉はいつもどおり鍵が下りていたから、火は入らず、地下室の支柱は大丈夫なはず、と父は答えた。「それはよかった」とデリウスは言った。「いただいた財布の金貨二枚で人を雇い、その支柱を頼りに小屋を立てさせればいい。焼け残りの材木にも役立つものがきっとあるし」

言うとおり、梁や板には無傷なのが見つかり、それを組み上げた上に棗椰子《なつめやし》の葉を葺《ふ》き、筵《むしろ》を敷き詰めると、快適な仮小屋となった。アレクサンドリアの土地柄、それ以上の贅沢は無用なのが自然のありがたさ。吹けば飛ぶような見せかけだけの屋根も、清らかな空の下では間に合うし、軽すぎる食事はあそこの風土では健康に最適だ。というわけで、貧乏もあそこだと、こちらほど恐ろしいものではない。穏やかな気候と皆さんの呼ぶこの地方よりも。

小屋の普請《ふしん》中から、デリウスは道ばたで人寄せをした。筵に坐り込んでフェニキアの楽器キタラを奏《かな》でる。そのあとクレオパトラのためにその昔、作曲した自作のアリエッタを彼は歌った。六十歳を超えたとはいえ、その美声は歌好きの足を引き留め、人だかりができた。歌い終わると、デリウスはこんな口上を言った。

「アレクサンドリアの皆さま方！　哀れなデリウスにお恵みくださりませ。クレオパトラ女王の筆頭楽士、アントニウスご贔屓の名手とて、かつては皆さまのお父さま方からお目をかけていただいたデリウスでございます」

口上のあと、ヘルマヌスが素焼きの小鉢を手に一回りすると、見物はめいめい施しを投げ込んだ。

デリウスの演奏付き物乞いは、週に一度だけと彼自身が決めていた。その日が来ると、われもわれもとその場へ押し寄せ、見物の衆が家路につくのは、必ず当方にふんだんな施し物を残したあとであった。お鳥目《ちょうもく》を頂戴できたのは、デリウスの声のお蔭ばかりではなかった。たっぷりの小咄《こばなし》が楽しめる明るく教訓的なその話術にも多くを負っていた。こうして逆境もいくらか耐え凌《しの》ぐことができた。

ところが、不幸の連続にひしがれた父は鬱《ふさ》ぎの病に取り憑かれ、それから一年と経たぬうちに野辺送りされる運命となった。ヘルマヌスとそれがしの幼年ふたりは、もっぱらデリウスの世話に任せ、年老いて嗄《しわが》れたその声のもたらす稼ぎを頼りの毎日であった。その声も咳き込みがひどくなり、すっかりかすれるようになって、次の冬からは収入の道がふさがれた。

折よくと言おうか、ペルシウム[1]在の遠縁のささやかな遺産がそれがしに転がり込んだ。額にして金貨五百枚、もっともこれでも相続として当然な分け前が三分の一に値切られていた。けれどもデリウスは、正義というものは元来、貧乏人向きにできていない、お慈悲で頂戴したのだからありがたく収めなさい、と諭《さと》し、それがしの名前でこれを受け取った。その金を彼は上手に運用してくれたから、子ども時代のそれがしの費用《かかり》は十分に賄《まかな》えた。

それがしの教育もデリウスはおろそかにしなかった。ヘルマヌスについても同様である。ふたりは交互にデリウスの授業を受けた。それがしが勉強の順番に当たらない日には、近所にあるユダヤ人のための小さな塾に通い、ヘルマヌスのほうは自由な日を利して、ケレモン[1]という名のイシス神殿の祭司について学んだ。そのうちに、ヘルマヌスは女神イシスの聖史劇《ミステリア》[2]に出て松明《たいまつ》持ちの役を務めるようになった。ヘルマヌスが聞かせてくれるそんな祭礼の話はそれがしを魅了した。


そこまで話が来たとき、われわれ一行は安宿に着到し、とたんに話し手は姿を消した。

夜になって、一同が顔を合わせたとき、暇そうな親方を見てレベッカが物語のつづきを所望すると、彼はこう話し始めた。

ヒターノの親方の物語——承前

トレドの騎士は良心の痛む罪の数々をよほど重ねてきたものと見え、聴聞僧のもとから一向に出てこなかった。出てきたとき、その顔は涙に濡れ、教会を去るその姿は深い痛悔《つうかい》の念に打ち萎《しお》れていた。門口のところに立つわしを見かけると、彼は蹤《つ》いてこいと言うように合図をした。

夜が明けて間もない早朝のこととて、通りに人けはなかった。騎士は最初に行き会った貸し騾馬《らば》を二頭雇い、われわれは街の郊外へ出た。長すぎる主人の不在に召使たちが心配していな

1 （二二一頁） *Pelusium*　ナイル河口の最東端の町。スエズの町から北百キロメートルにある。古代エジプトの王朝のいくつかの揺籃《ようらん》の地。フランス語で *Peluse*。現在はチネフ *Tineh*。

1 *Cheremon* についてはフランス語、ポーランド語の両版ともストア派に属するギリシア哲学者カイレモーン（生没年不詳）を指すものとしている。この人はエジプトで祭司を務めていたが、紀元四九年ごろ、皇帝ネロの家庭教師となり、のち歴史家・天文学者として名を成した重要な存在らしい。あるいは、ヘルマヌス長じてサン・ジェルマン伯爵自身が自己宣伝用にどこかで祭司の名を持ち出したものか。ククルスキ教授によれば、カイレモーンにはエジプト史について著書があるほか、彗星に関する著作では天体運行に対するエジプト人の信仰について述べ、「星に対する呪いの掛け方、星を強制的に従わせる方法」も解説している。新プラトン派のギリシアの哲学者ヤンブリコス（二七〇頃―三三三年頃）はその著『エジプト人の秘儀について』のなかで「彼（カイレモーン）を権威として触れ、その先学ポルフィリウスの著作 *Lettre à Anebon* に倣う」として、同著「七巻の四および九巻の四」と参照箇所を細かく示すのは、フランス版の編纂者である。ところが、ククルスキ教授は正反対に「ヤンブリコスの著作中ではカイレモーンの学問的見解が駁論された」と述べ、この反論の根拠には「サイスの神殿の鉄板に記されたヒエログリフから錬金術論文集を翻訳したと称する預言者の説を借り」たとしている。

2 聖史劇とは中世末期に流行した神秘劇（例・キリスト受難劇）の訳語だから時代錯誤だが、ククルスキの註には「ミステリアは古代の宗教儀式で精通者のみが参列できた。その目的は参加者に神性と直接に接触させるものであったろう」とある。

いだろうか、と言うと、「言いおいてきたから、待ってはいない」と騎士は答えた。

「セニョル・カバリェロ」わしが言った。「口幅《くちはば》ったいけど言わせてもらいます。ゆうべ聞こえた声の言った中身は、あなたが〈公教要理《カテキズム》〉で学んだことですよね。さっき告解をなさったけれど、きっと罪のお赦しは下りなかったでしょう。慎んで行いを改めればいいのです。ただ、あなたのように自分を苦しめるのは、決していいとは思えません」

「そのことか」騎士は言った。「ひとたび死者の声を耳にした者は、生者のあいだに長くは残れないのだよ」

それを聞いて、この若い主人は間もなく死ぬ気でおり、その考えに執心しているのだ、とわかったから、わしは片時もこの人のそばを離れまいと決心した。

荒れた田舎を横切る人の通うこと稀な小道を行くとカマルドリ修道院の門まで来た。騎士は騾馬曳《ひ》きに払いを済ませてから、門の鐘を鳴らした。現れた修道僧に、騎士は名を名乗り、しばらく隠遁黙想の毎日を過ごしたいが許可を願えるか、と尋ねた。われわれは庭はずれにある庵《いおり》に導かれ、食事の時間になれば合図の鐘が鳴るから食堂《じきどう》へ、ということを僧は手真似で伝えた。われわれの僧房には信仰の書物が並び、それを読むのが騎士の唯一の仕事だった。わしは釣り糸を垂れている修道僧を見つけ、仲間入りし、これだけが楽しみとなった。

カマルドリ会の掟の一つである無言の行は、初日にはさほど不愉快でもなかったのに、三日目となると、わしは我慢がきかなくなった。トレドの騎士のほうは、日に日に憂鬱の色が深まり、ついには完全に沈黙した。

　僧院入りして八日目、聖ロック教会の門口《かどぐち》にいた仲間のひとりがやって来た。貸し騾馬に乗っているわれわれを見かけ、あとでそのおやじに会って尋ねたのでこの場所がわかった、と彼は話した。わしが脱落したせいで一部の仲間は寂しがって脱け、自分はカディスの卸売り商人のところに雇われた、と彼は言った。その商人はマドリード滞在中に事故のため手足を折って臥し、人手がほしかったのだと話した。

　わしはカマルドリ修道院にはこれ以上、耐えられないと訴え、数日だけでいいから騎士の世話を代わりに見てくれればありがたい、と話した。すると彼は、そうしてもかまわないが、雇ってくれた卸商人に迷惑をかけるし、教会の門口でこの仕事をもらった関係上、勝手をすると仲間の顔を潰すことになる、と言った。

　どうしても、その卸商人のところで代役を務めさせろ、とわしは言い張った。わしは仲間うちで羽振りを利かせていたから、相手も反対はできかねた。わしはそいつを連れて、騎士のところへ行き、大事な用ができたので数日、マドリードに行かなければならないが、留守中はこの子をわしと思って使ってくれ、と事情を話した。騎士は口には出さず、臨時の交替に文句はないと手振りで言った。

　マドリードに着き、仲間に教えられた宿屋を訪ねると、怪我人は聖ロック通りに住む有名な医者のところへ移されたあとだった。その場所はすぐに見つかった。仲間のチキートの代わりに来たアバリートと名を告げ、一所懸命に務めます、とわしは言った。

代役はそれで承諾されたのだが、すぐに睡眠を取るようにわしは言われた。数日間、徹夜で怪我人の付き添いをしてもらうから、という話なのだ。一眠りしたあと、その夜、不寝番に立つために出頭すると、わしは怪我人に引き合わされた。彼は寝台の上にひどく窮屈な姿勢で横になり、左の手先を除いて手足が動かせなかった。商人とは言い条、彼は若く面白そうな人物で、骨折した傷が痛むほかは、とても怪我人といえないふうだった。痛みを忘れさせようと、わしはできる限り寛《くつろ》げる話で気を紛らせてあげた。それがうまく行って、とうとう彼は次のように身の上話を聞かせてくれた。

ロペス・ソワレスの物語

ぼくはカディス[1]随一の金満家と言われるガスパル・ソワレスの独り息子だ。生来、謹厳実直な父がぼくに求めたのは、おまえはもっぱら銭《ぜに》勘定だけをやれ、ということだった。カディスの一流の名家の子弟がしたい放題の遊びの類には父の意向で手出しも許されなかった。万事、父のご機嫌を損なうまいと、ぼくは見せ物に足を向けることをはばかったし、日曜日ともなれば、一日の大半、商都という商都を巻き込む数々の娯楽からも遠ざかっていた。

そうはいっても、精神にとって気晴らしは欠かせない。そこでぼくは、それを求めて、小説と呼ばれる楽しいながら危ない書物に熱中した。あれこれ読み漁《あさ》るうち、ぼくのなかで恋心が大いに羽を広げた。ところが、外出はめったにしないし、わが家に女性が現れなかったりで、胸のもやもやを晴らす機会には恵まれずにいた。

たまたま宮廷へ出かける商用が父にでき、これはマドリードを息子に見せるよい機会だ、と思いついた父は、ぼくを呼びつけ、代参を務めさせたいがどうだ、と持ちかけてきた。マドリード出張と聞いて、反対するどころではなかった。だいいち、日頃の勘定場の格子やら、埃《ほこり》くさい倉庫やらから抜け出て、自由な息がつけるだけでも、飛び上がらんばかりの気持ちだった。人任せで旅の準備がすっかり整ったころ、父の事務室に呼び出され、長々と聞かされた教訓は次のようなものだった。

「息子よ、これからおまえの出かける地方は、カディスとは大違い、われわれ卸業の大商人が

1　*Cádiz*　大西洋に面する商・軍港。ナポレオン軍の侵攻に抗するゲリラ戦と独立戦争（一八〇八―一四）が全土で戦われるなか、非占領下だったこの地で召集の国民議会により、一二年、主権在民などを骨子とするエスパーニャ最初の「カディス憲法」が制定された。カディスと書くとき、この民主憲法に対する作者の思い入れが感じられる。元はフェニキア人が前十世紀にひらいたヨーロッパ最古の街の一つで古名の *Gadir* は「壁に囲まれたところ」の意。大型船の投錨に適し、アメリカ植民地との交易を通じて十八世紀半ば最も繁栄した。その当時、同地の「商人の豪奢はロンドンをはるかにしのいだ」と歴史事典にある。国内で最初のブルジョアジーが育ち、自由の気風に溢れる新興階級として貴族階級と対立するのは、この街であったと想像される。コロンブスはここからアメリカへと向かい、ナポレオンの侵略を食い止めた無敵艦隊の出撃もこの港からであった。フランス語の辞書には、〈サージに似た厚手の織物〉の意味でこの地名に因む *cadis* という単語がある。

第一等の役目を果たすところではない。大商人たる者は決してその体面を傷つけないよう、つねに品行を慎み、品位を保ち、人に後ろ指を指されるようなことがあってはならん。この体面こそが、祖国の繁栄、王国の実力に寄与するものだからだ。そこで三つの戒《いまし》めをおまえに授けておく。必ず忠実に守ってほしい。万が一、これに背くようなことがあれば、わしの大目玉を食らうと覚悟するがよい。

第一に、貴族と話をすることを避けるようおまえに命ずる。貴族はわれわれに声をかけ、何やら口をきくことで、われわれに名誉を与えてやったと思い込む。そういう誤解に陥らせてはいけない。何となれば、われわれの栄光は、彼らがわれわれに口を挟むこととは無関係に、完全に自立しているものだからだ。

第二に、おまえの名を呼ばせるときには、短くソワレスとするように命ずる。決してドン・ロペス・ソワレスと呼ばせてはならぬ。大商人の栄光にとって貴族の称号は何のプラスとはならない。その栄光の存するのは、幅広い取引、賢明な経営のほかにない。

第三に、剣を抜くことを固く禁ずる。しきたりに沿って、一振りの剣の携行は許す。しかし、大商人の名誉とは、正確な契約履行にある、と肝《きも》に銘じてほしい。剣法などという危険な技の指南は一度なりと受けてはならない。

繰り返しておくが、以上の三点のいずれを犯そうとも、わしの大目玉を食らうと思うことだ。もう一つ、ぜひとも守ってほしい第四のことがある。これを破れば、わしの大目玉だけでは済まない。呪いを覚悟しなさい。わしばかりか、加えて、わしの父親、それに、わが家の財産をまず築いてくれたわしの祖父、合わせてこの三人の呪いを招く。よいか、その重大な戒めとは、宮廷付の銀行家モロ兄弟の一族を相手に、直接にも間接にもいかなる関わりも持ってはならない、ということだ。

モロ兄弟といえば、評判に違《たが》わぬ清廉潔白の人ではある。なのにつき合うなと言い渡されて、さぞおまえも面食らうだろう。しかし、わが家が抱くモロ一族への恨みを知れば、その驚きもすぐ消える。それにはわが商会の由来について話さねばならない。

ソワレス家の由緒

知ってのとおり、商会の創立者はおまえの曾祖父イニゴ・ソワレスだ。この人は若いころ、船乗りとして大海を股にかけていたが、ボリビアはポトシ[1]の鉱山会社の大株主となり、この金でカディスに商会を起こした。

親方がここまで話したとき、ベラスケスが手帳を取り出して、何やら書き始めた。それに気づいて親方が言った。「若さま、面白い計算でもなさるおつもりかな。話が聞こえては気が散るでしょう」

1 *Potosi* 海抜四千メートルを超えるアンデス山中の都市。銀、錫、鉛などの鉱山で知られる。

「とんでもない」ベラスケスが答えた。「面白く聞いていますよ。この先、イニゴ・ソワレスさんが、アメリカ大陸でだれとかに会うと、その人から別の人の話を聞かされる、別のその人がまた話をする、そんな運びなのでしょう。わかりやすくするために、ぼくはある〈関係式〉を編み出しました。〈再帰数列〉に似たものですがね。〈再帰〉とは初項に戻るのでこの名がある。いや、どうも。どうぞ、話をお続けください」

　商会の創設を思い立ったイニゴ・ソワレスはエスパーニャの主だった大商人たちに近づきを求めた。当時の金融界の大物がモロ一族だ。そのモロ家宛にイニゴ・ソワレスは前もって、今後、提携をお願いしたい旨の通知を挨拶《あいさつ》とともに送った。承諾書が届き、イニゴは商売の手始めにアントウェルペンへと赴き、取引口座の開設など各種の手続きを滞りなく済ませ、さてマドリードに戻り、その口座から手形を振り出した。その為替手形がそのまま支払い拒絶の証書付で舞い戻ってきたから、イニゴは大いに激怒した。次便でモロからイニゴ宛に届いた書信には平身低頭、詫びの文面が連ねてあった。ロドリゲス・モロが大臣と会見のためサン・イルデフォンソ[1]に滞在して留守であったこと、アントウェルペンからの通告書が遅延したこと、さらに、会計の番頭が機転を利かさず規程どおりに処理してしまったこと、この失態についてはいかようにも弁償の用意のあること。だが、イニゴの体面が汚された事実に変わりはない。こうして、イニゴ・ソワレスはモロ家との取引を断った。モロとは一切の関係を持ってはならぬ……これが息子への遺言だった。

わしの父、ルイス・ソワレスは長らくこの遺志を守っていたが、商館の倒産が引き続いた大破産の当時、やむなく父はモロ家に対して、俗に言う、助けを求める仕儀となった。まさしくこれが後悔の元となった。

ポトシの鉱山会社の大株主だったことは、さっき話したが、このお蔭で多量の銀塊が当商会の手に入るので、支払いはこの銀塊で決済するのがわが家の慣わしだった。このために、商会では銀百リーヴルが入る頑丈な木箱のケースを使っていた。金額に直せば、これは二千七百五十ピアストル強だ。いくつか見かけたことがあるだろうが、鉄板で補強してあり、わが家の商標のある鉛の封印をしたものだった。ケースには番号が付いていて、それがインドに渡り、またヨーロッパに戻り、こんどはアメリカへ行ったりするが、ケースを開けようなどとはだれも思わず、決済には大喜びで受け取られた。マドリードでもこのケースはよく知られていたのだ。

ところが、あるとき、だれかがモロ商会に支払いがあって、わが家のケース四個を持ち込んだ。すると、会計の番頭がどうしたと思う。なんと四つとも開けさせたばかりではない、中身の銀まで検《あらた》めさせたのだ。この侮辱の極致を知らせる便りがカディスに届くと、父親は地団駄

1　*San Ildefonso*　ヴェルサイユ宮殿を模して、一七二一―二三年にフェリペ五世がセゴビア近郊のここに宮殿ラ・グランハ *La Granja* を造営、お気に入りの場所となった。なぜか日本で出ている観光案内書に記載がない。

を踏んで悔しがった。

実を言えば、ロドリゲスの跡継ぎアントニオからの信書が次便で着いた。くだくだしい詫び状だった。裁判があってバリャドリードに出頭せねばならなかった、帰宅のうえで番頭の不始末を知り、恥じ入っている、当人は外国人でエスパーニャの慣例を弁《わきま》えなかった、と書かれていた。

父親はこの謝罪文に満足せず、モロ家との取引を断ち、モロ相手に一切の関わりを持ってはならぬ……と瀕死の床でわしに言い遺《のこ》した。

わしは長いこと父の命に従い、すべては順調であった。ところが、ある事情からモロ家との結びつきができた。父親の最期の教訓を忘れたというより、必ずしも肝に銘じていなかったせいだ。その結果がどう出たか、これから話そう。

王宮御用達《ごようたし》の件でマドリードへ行かざるを得なくなったとき、あちらでわしはリバルデスという男と知り合った。卸商はもう引退して、ほうぼうに相当な投資をし、それからの上がりで暮らしている身分であった。この人とわしは性分のうえでしっくりいった。かなり打ち解けた間柄となってから知ったのだが、リバルデスはその当時のモロ家当主サンチョ・モロの母方の伯父に当たった。そうと知った以上、すぐにも絶交すべきだったが、それもできず、却ってずるずると繋がりが深まった。

ある日、リバルデスがわしに言った。フィリピナス諸島との交易で業績を伸ばしていると見受けるが、ついては、百万ピアストルほど共同出資させてもらえないだろうか、という話だ。モロ兄弟の伯父なのだから、投資ならそちらにするのが当然だろう、とわしは答えた。

「そうはいかない」とリバルデスが言った。「身内と共同事業を持つのは好かない」とどのつまり、リバルデスは、彼の出資の結果として、わしがモロ家と何らかの関わりを持つことにはならない、と手もなくわしを説得した。カディスに戻ったわしは、毎年、フィリピナスへ出していた二隻の船をもう一隻増《ま》したが、それっきりでこの関係云々の件は念頭から消えていた。

翌くる年、哀れやリバルデスは他界した。すると、サンチョ・モロから書信が届き、伯父の出資金百万について、わしに返却を求めてきた。出資の条件、出資者の権利その他に関して詳細を説明してやるべきだったかもしれないが、呪われた一家との関わりを持ちたくない一心で、さっぱりと百万を送金した。

出帆から二年が経ち、わしの船が帰港したとき、投下資本は三倍に膨れ上がって戻った。だから、故人のリバルデスに渡るべき額はあと二百万となる。そこで、わしは直ちに手紙を書き、モロ家に送金する二百万が手元にある旨を知らせた。

向こうからの返事には、出資の資本金百万については二年前、受領済みであり、新たな返金に関しては当方としては関知しない、これ以上、本件に触れてほしくない、とあった。

わかるだろうが、こういう高飛車なことをさらり言われて腹が立たないわしではない。なにしろ、二百万はそちらに差し上げるから、取って置けと言わんばかりの口ぶりなのだから。カディスの同業者の数人にわしから打診してみたところ、それはモロ側の言い分が正しい、元の出資金は返却済みなのだから、わしの稼いだ利益に対する請求権はモロ側には毛頭ない、と口を揃えた。

気が収まらないわしは、正式な書類を持ち出して、リバルデスの現金は実際に船団に積み込まれていたこと、船団が万一、沈没の場合、わしは載せた百万の請求権を有したであろうことを証明しよう、とそこまで考えた。もっとも、そういうわしも、モロ家の名には重みがあるので、たといわしから卸業者による紛争調停を要求しようとも、判定がわしに不利と出ることも目に見えないではなかった。

わしは代言人にも相談した。彼に言わせると、モロ側は死亡した伯父の許可なく勝手にその投資金の引き揚げを行使したものであり、わしのほうでは当該伯父本人の意思に基づき、資本を交易のために充当したものであるからして、当該資本は今なお現にわしの手元に存在し、モロ側が受領した百万はその資本金とは全く無関係の別物である、という。セビリャの法廷にモロ側を訴え出ればよろしかろう、と代言人に勧められ、そのとおりにしたのだが、六年がかりの訴訟に一万ピアストルの費用がかかった。それだけやっても、結局、わしの敗訴に落着、肝腎の二百万ピアストルは当方に押しつけられたままだ。

初め、わしはこの二百万で何か慈善事業財団のようなものの設立をと考えたが、その場合、ひょっとして呪われたモロ一族のだれかれがこの財団の恩恵を受けることになりはしないか、その点が気がかりとなった。こうして、いまだにこの金の始末がつかず、思案投げ首でいるありさまなのだ。

当分のあいだ、うちの貸し借り帳では、少なくも二百万を下らぬ金額が常に借り方に計上されるのだ。息子よ、わしがモロ家との関わりをおまえに禁ずる動機は、このように十分にある、そのことがわかってもらえただろうね。

ここまで親方が話し終えたとき、彼を呼び出しに来る者が現れ、一同はそれぞれの場所へと散っていった。

第三十三日

その朝、行進を始めて間もなく、〈さまよえるユダヤ人〉が一行に加わり、こんな言葉でその物語を続けた。

〈さまよえるユダヤ人〉の物語——承前

かくて、われわれふたりは、デリウスに見守られて（と言いたいが、盲目の身だからそうは言えず）、むしろ彼の慎重さに導かれ、彼の良き忠告に助けられながら、次第に成長していった。あれ以来、世紀の流れ去ること十八回を重ねたが、かの幼少年の時代こそは、わが長い生涯のうち思い出すも楽しい唯一の年月である。

それがしはデリウスを己《おのれ》の父親のように愛し、わが友ヘルマヌスとは心底より睦《むつ》み合った。ところで、このヘルマヌスとは始終、論争を交わす間柄でもあった。そのテーマは決まっていて、いつも宗教のことなのだ。シナゴーグで教え込まれる非寛容な精神に染まっていたそれがしは、ヘルマヌスを相手にこう言って息巻いたものだ。

「君らの偶像には目が付いているけれど、何も見てやしない。耳も付いてるが、聞こえやしない。細工師の手で作られた偶像には、二十日鼠《はつかねずみ》が巣を作る」

ヘルマヌスの返す答えは、だれも偶像を神様と思って見てはいない、君にはエジプトの宗教がまるっきりわかってないんだ、といつも判で捺《お》したように決まっていた。

何度も同じ返答を聞くうちに、それがしは好奇心をそそられた。祭司のケレモンにお願いして手ずから彼の宗教のことを講じてもらえないだろうか、とヘルマヌスにそれがしから頼み込んだ。ただし、シナゴーグにばれては破門ものだから、こっそり教わるほかない。

ヘルマヌスはケレモンに覚えめでたかったので、願いは聞き届けられ、その次の晩から、それがしはイシスの神殿に近い植え込みに通うようになった。ヘルマヌスからの紹介が済むと、ケレモンは自分の傍《かたわ》らにそれがしを坐らせたあと、指を組み、瞑想し、それから次のような祈りを朗誦した。それは低エジプト地方の俗語で、それがしにも完全に理解できた。

エジプト風の祈禱

万物の父なる、おお、神よ
聖なる神よ、汝《なれ》は汝のものすべてに現れたまう
汝は詞《ことば》によりてすべてを作りし聖者
汝は自然がその姿なる聖者なり

汝は自然が創りいだせし聖者ならず
汝はなべての力よりいと強き聖者なり
汝はなべての建築よりいと高き聖者なり
汝はなべての称賛よりいと優る聖者なり
受け給え、わが心と詞の感謝の生贄《いけにえ》を
汝は詞に言い尽くせず、沈黙は汝《な》が福音なり
汝は真の知に背く誤りを消し給えり

われを肯《うべな》い、われに力を与え給え
無知にある者たち、汝を知る者たちを
(それゆえにわが兄弟、わが子たる人々を)
この感謝に加わらせ給え

われは汝を信ず、高らかに懺悔《ざんげ》す
われは己を生活にまで、光にまで高め
汝《な》が聖性に参加せんと欲す
その願いをわれに鼓吹するは汝なり

祈りが終わると、ケレモンはそれがしに顔を向けて言った。

「わが子よ、等しくあなたらもわれわれも知るように、この世界をお創りになられたのは単一の神であり、それは言葉によってであった。今、聞かせたばかりの祈りは、〈三倍大いなる神《トート》〉、ギリシア語で〈ヘルメス・トリスメギトス〉[1]と呼ばれた人物の著書とされる『ポイマンドレス』中のありがたいお言葉だ。われわれの祭礼の行列といえば、必ずこの方の著作を捧げ持ってお運びする。今から二千年前に生きていたこの哲学者の書き遺したとされる書物は、現在、巻物《まきもの》にして二万六千巻がわれわれのところにある。しかしながら、われわれの祭司はその写本を作ることを許されていない。そのせいで、祭司らがめいめい勝手なことを書き加えた可能性はある。

ところで、トートの書物は晦渋《かいじゅう》難解、微妙繊細な形而上学に満ち満ちておる。そのため千差万別な解釈が施されてきた。だから、わしは最も広く受け入れられておる教義《ドグマ》、カルデア人《びと》の教義にかなり近いものだけを教えることに甘んじよう。

世の中の一切の例に洩れず、さまざまな宗教もまた、緩慢なる外力に屈するものであり、この力は絶えずそれらの形、それらの本質を変えさせる傾きがある。その結果、数世紀を経たのちには、存在するのは一つの宗教となり、未来永劫に不変と人の考えるそれが、ついには意見を異にする他の人々の信仰に寄与するに至る。こうなると、寓意《アレゴリー》はもはや真意に浸透せず、ドグマは半分しか信じられないものとなる。

そういうわけで、古代の宗教をあなたに教えるとはわしには保証しかねる。今でもその儀式を見ようと思えば、テーベのオシマンディアス[1]の浅浮き彫りのなかに見ることができるのだが。ともかく、わしの師匠たちから教わったまま[2]、わしが弟子どもに教えるままの講釈を繰り返すまでのことだ。

まず初めに言っておきたいのは、ゆめ図像や象徴に囚われず、そこに隠された万物の精神を捉えるよう専念すること、これじゃ。例えば、地の塵《ちり》といえば、それはすべて物質的なるものを表象する。一枚の蓮の葉に座し、地の塵に塗れずに泳ぐ神は、物質に触れることなく、物質の上に安らう思考を表象する。あなたがたの立法者が、神の魂は水の上を舞い上がれりと言うとき、象徴が用いられている。モーセはオン[3]の街、つまりヘリオポリスの神官に育てられたと主張されるが、あなたたちの儀式は事実、われわれの儀式と多くの類似を有しておる。あなたたちと同様に、われわれも神官の家柄があり、預言者たち、割礼の慣わし、豚への嫌悪などなど、共通点がたくさんにある」

ケレモンの授業がそこまで来たとき、イシス教の侍者が音を鳴らし、真夜中を告げた。われわれの師匠は、あれは勤行のために神殿へ呼ぶ合図だと言い、明日の夕刻に再び来るようにとわれわれに言い渡した。

1（二三九頁）　***Hermes Trismegistus***　神の強大と知恵を巡る対話から成る『ポイマンドレス ***Poimandres***』を初巻とする神聖な書物の著者とされる古代エジプトの哲学者（霊的存在か）。このギリシア名（〈三大力のヘルメス〉の意）の由来については「第三十五日」の冒頭で説明があり、「神性は三つの力より成る。神と詞と霊となり」との教理を打ち出した。この名はエジプト名の直訳で、古代エジプトの月神 ***Tehuti*** または ***Djehuti***（ギリシア語表記では ***Thoth*** ないし ***Thot***）がギリシア神話のヘルメスと置き換えてある。

　トートは頭部が鴇《とき》または狒々《ひひ》で、しばしば月を頭上に戴き、あとは人間の姿をしている。ヘルメスと置き換えられたのは役割の類似による。トートの項に「神々の書記役で数字・文字の発明者、学問・知恵・技術・藝術・魔法の神。ギリシアの ***Hermes*** に当たる」と説明する研究社『大英和辞典』に挿し絵がある。「神秘的・難解・晦渋な」を意味するフランス語 ***hermetique*** などのヨーロッパ語の語源は、まさしくこの著作に発するほど原典はわかりにくいものらしい。

　Corpus Hermeticum の名で呼ばれるようになった著作の集大成は紀元三〇〇年ごろ、エジプトの神官によって完成した。その第一巻『ポイマンドレス』のラテン訳は十五世紀、イタリア・ルネサンスの哲学者 ***Marsiglio Ficino***（一四三三—四九）が手稿から行い、ギリシア訳は遅れて一五五四年に出版された。全著作は四十二書に分かれ、巻物にして二万（ヤンブリコスの説）とも三万六千五百二十五（マネトン、三世紀のエジプトの神官の説）とも言われる。

　内容は異なる時代の考え方を反映し、エジプトと限らず地域的にもギリシア（新プラトン学派）、イラン、カルデア（天文学）の要素が見られる。これらの「文献にはキリスト教的モチーフは皆無である」とククルスキ教授は述べている。

1　***Osymandyas***　第十九王朝三代目のラメセス二世（在位前一二九〇頃—一二四頃）を指す。ギリシアの歴史家らがこう呼んだ。ヒッタイトの南進を阻止し、帝国を再興した英主。ヌビアのアブシンベル神殿、王の葬祭殿ラメセウムなどの巨大建築物、それらに残るファラオの征軍を描く浅浮き彫り等により特に有名である。

「そろそろ宿営地が近いですね」〈さまよえるユダヤ人〉が言った。「それがしの話もあしたとしましょう」

放浪の男が遠ざかると、おれは彼の話の内容を振り返ってみた。すると、そこにはわれわれの宗教原理を弱めようとする意図と、おれの改宗を願う連中の試みに張り合おうとする魂胆が見透かせると思われた。その点に関して、おれは名誉が命ずるところをよく弁えていたから、どんな攻勢を掛けられようとも、相手の思う壺になるなどはあり得ないことであった。

やがて宿営地に着いた。ふだんと変わらぬ食事が終わり、別段、することもないヒターノの親方は物語の続篇を話しだした。

ヒターノの親方の物語――承前

一家の物語を一通り聞かせたあと、ソワレス青年は眠たげな様子に見受けられた。恢復《かいふく》には睡眠が一番である。わしは話のつづきは明日また、ときっかけを作った。熟睡した彼は、次の晩が来ても眠れずにいた。物語の再開をわしが誘うと、彼はこう話し始めた。

ロペス・ソワレスの物語――承前

ゆうべ話した父の戒めは、貴族とつき合わない、ドンの称号を使わない、剣を用いない、何よりも、モロ家と関わりを持たない――という四つだった。ぼくが小説を耽読したことも話した。ぼくは禁物の四項目を頭に刻み込んだうえで、カディスの書店を回り、その種の読み物を手に入れた。せめて旅の合間《あいま》、無限の喜びを自分に約束したかったのだ。

　ぼくはいよいよ三本マストの帆船上の人となり海へと乗り出した。灼《や》けて埃っぽく味気ないわれわれの島を去るのは、ある満足感なしではおかなかった。それに反してアンダルシア地方の花咲き乱れる川岸にぼくは魅せられた。河口からグアダルキビール川を遡《さかのぼ》った船をぼくが降り立ったのはセビリャの街だ。騾馬曳きを見つけるためのわずかな滞在だった。ふつうの椅

2（二四〇頁）　ククルスキ教授によると、「第三十三および三十四日」で説かれるケレモンの教えは、実はヤンブリコスの著作 ***De mysteris Aegyptiorum*** に依拠しており、新プラトニズムの影響が濃い。ヤンブリコスの師匠ティルのポルフィリウス ***Porphyrius of Tyr***（二三三―三〇三頃）は新プラトン学派の開祖プロティヌス ***Plotynus***（二〇四―二七〇）の弟子である。新プラトン学派の人々はギリシア哲学とオリエントの信仰とを結びつけることを模索した。師匠ポルフィリウスの業績としてエジプト王「アネボン宛の書簡 ***Lettreá***」がある。書簡自体は紛失し、他の著作者の引用の形でいくつかの断章が残った。ところが、書簡に対する返書とされる長大な論文の全文が残存する。筆者は神官アバモンと名乗る（王に代わって返書の筆を執ったものか）。この返書については当時から偽作説が流され、偽作者はヤンブリコスその人と疑われた。返書の内容は後世に ***De mysteris Aegyptiorum*** で知られる。訳者は前掲の ***Marsiglio Ficino*** である。キリスト教の隆盛以前に始まり、その後も絶えなかったエジプト研究の長い歴史を感じさせる逸話として興味深い。

3（二四〇頁）　***On***　現在のカイロ（現地名アル・カーヒラ ***Al-Qahira***、勝利者の意）の古名。ここが太陽神（さまざまな名で呼ばれた）信仰の中心地であったため、古代ギリシアではこの都市を〈太陽の街〉の意で ***Heliopolis*** と名づけた。***On*** が同様の意味を持つかどうかは不明だが、今では同市内の区名となっている。

子と違い、乗り心地の悪くない箱馬車《カローサ》持ちの男が現れたので、それに決め、カディスで買い入れた小説本を積んだ車はマドリードへ向けて出発した。

コルドバまでのあいだ突っ切っていく田園の美しさ、そこを過ぎてシエラ・モレナ山中の絵のような風景、ラマンチャの牧歌的な風俗――目にするものすべてが好きな読み物の効用を高めた。ぼくの心はしきりに女性を慕い、ぼくはその心を昂揚した繊細な感情で養い育てた。マドリードに着くころには、だれひとり当てもないのに、もはや恋に夢中の若者であった。

首都では〈マルタの十字架〉に宿を取った。正午だったから、宿ではさっそく昼食のテーブルを部屋に調えた。そのあと、宿泊の部屋が決まった旅行者のだれもがするように、ぼくは身の回りの品など荷物の配置に取りかかった。

そうするうちに、ぼくは鍵穴の向こうに人の気配を耳にし、だれかがそこにいると見た。ぼくは歩いていき、いくらか乱暴にドアを開けた。手応えがあって、人にぶつけたな、と思ったとおり、ドアの陰に見えたのは相当な身なりをした男で、擦りむけた鼻先をハンカチで押さえていた。

「セニョル・ドン・ロペス」と未知の男が言った。「有名なガスパル・ソワレスの令息ご到来と帳場で知りまして、ご挨拶にまかり越したようなわけで」

「セニョル」とぼくは言った。「単にわたしの部屋においでになりたかったのだとしたら、戸を開けたとたんに、おでこに瘤《こぶ》を作るはずです。それが、お見受けすると、鼻先を擦りむいておいでだ。してみると、鍵穴に目をくっつけていらしたのですね」

「ブラボー！」未知の男は言った。「さすがのご炯眼《けいがん》。仰るとおり、お知り合いになりたい一心から、どんなお方か事前にご様子が知りたくて。拝見しておりますと、お部屋をお歩きの足運び、品物をご整理のお手ぶり、いかにも上品と感服致しておりました」

そう言うなり、初対面の男は、こちらがどうぞとも言わぬ先に、つかつかと部屋に通り、口上を続けるのであった。

「セニョル・ドン・ロペス、お見それなわしの拙者は、旧《ビエヤ》カスティーリャ地方の名門、ブスケロス家の押しも押されもせぬ後裔です。ほかにレオン出身のブスケロス家があるが、それと混同なさらぬよう。拙者の名はドン・ロック・ブスケロス。ただし、この先はひたすら貴殿にお仕えする者として知られたく存じます」

そう言われて、ぼくは父の禁令を忘れずこう言った。

「セニョル・ドン・ロック。ガスパル・ソワレスの息子として言うならば、旅立ちを前に父から禁じられたことがある。その一つは決してドンの敬称で人さまに呼ばれるのを許してはならぬこと。そのうえに、いかなる貴族とも交際はならぬと諭《さと》されました。したがって、せっかくのありがたいお申し出を受けるわけにはまいらぬ身とご了承願いたい」

すると、ブスケロスは尊大不遜な態度となってぼくに言った。

「セニョル・ドン・ロペス。貴殿のお言葉は迷惑千万に存ずる。いまわの際《きわ》にわが父の垂れた教えに、世に聞こえた大商人に対しては必ず〈ドン〉の敬称を使え、常によろしく大商人との交際を心がけよ、とあったからです。されば、貴殿がお父上の命に従わざるを得なければ、拙者は父の遺言に背かざるを得ない、そこで貴殿が拙者を避ければ避けるほど、拙者はしつこく貴殿に寄り添わねばなりません」

この理屈にぼくはうろたえた。相手は色を作《な》しているのに、こちらは剣を抜くことを父に禁じられている。喧嘩口論はあくまで避けねばならぬ。

ところで、ドン・ロックは、ぼくがテーブルの上に載せておいた数枚の大金貨に先ほどから目を留めていた。一枚がオランダの八ドゥカット[1]に相当する金貨である。

「セニョル・ドン・ロペス」と彼は言った。「実はこの手の金貨のコレクションをしていましてね。さっきからちらちら眺めると、手に入らずにいたのが、そこにあるのです。ご存じでしような、コレクターのマニアぶりは。交換は楽しいですよ。というより、賭みたいなものでしょうか。鋳造の初年度からのものを蒐《あつ》めたのですが、そこにある金貨の二枚がちょうど欠けているので」

渡りに舟とばかり、言われた二枚をぼくはドン・ロックに提供した。そうすれば、すぐに引き揚げると思ったからだ。ところが、向こうの思わくは違った。

ブスケロスは、またもや尊大な調子に戻って言った。「セニョル・ドン・ロペス。われわれ両人が一つの皿を分け合って、そのうえ同じスプーン、フォークを交互にやりとりするのでは不便このうえもない。もう一人前を揃えてもらうのは、いかがかな」

ブスケロスはそのとおりに言いつけ、やがて給仕にかしずかれてふたりの食事が始まった。告白すれば、招かれざる客の持ちかける話題はけっこう楽しく、ぼくは父の命に背く忸怩《じくじ》たる思いも消えて、食卓を共にする喜びを存分に味わった。

午餐を済ませると、ブスケロスはすぐさま立ち去った。ぼくは昼日中の暑熱が過ぎるのを見送ったあと、やおらプラドへと乗り込んだ。名所の美しさが満喫できるだろう。が、それよりも、もっとこの目で確かめたかったのは、レティーロ庭園[2]である。この庭をひとり侘《わ》びしく散策する場面は、ぼくらの読み耽る小説作品では馴染《なじ》みのものだ。そこへ行けば、このぼくにもロマンティックな男女の出会いが待ち受けているかもしれない、なんとなくそんな予感さえした。

端麗な公園の光景は、えも言われぬほどにぼくを魅了した。ぼくはしばしのあいだ感嘆に身を任せていた。そういうぼくを恍惚から引き戻したのは、ほんの二歩先の草の茂みに何やらきらりと光る物を目に留めたからだ。拾い上げてみると、それは金の鎖の先に吊したロケットだ

1　重さ三・五グラムの金貨。

2　十六世紀、フェリペ二世の時代に国王の休養場所として造られた庭園で離宮も設けられた。プラド美術館が近くにある。レティーロ公園として一般に公開されるのは一七六四年。***Buen Retiro***（良き引退所）とポトツキが記しているのは、十八世紀初頭の呼び方か。非公開の当時でも上流の人士に限り自由に入園できたのであろう。

った。表の小さな肖像画は世にも稀な美青年で、蓋を開けると一束の毛髪が金の平紐で巻かれ、そこに「すべてを君に捧ぐ、愛するイネスへ」と刻まれていた。ぼくはこの逸品をポケットに収め、散策を続けた。

一回りして元の場所に戻ると、そこにふたりの女性がおり、そのうちの目を奪う美しさの乙女が、失せ物を求めるように、憂わしげな面持ちで地面を捜していた。あのペンダントを捜しているのだと勘づいたぼくは恭《うやうや》しく彼女に歩み寄って言った。

「セニョラ。お尋ねの品はたぶんわたしが見つけたものかと存じます。ただし、念には念を入れよで、それがどんな品物か説明して、あなたの所有品であるとの証拠をいただかなくては、手放すわけにはまいりません」

「セニョル」未知の美女が答えた。「金鎖に吊した肖像画付のロケットですの。これがその片割れですの」

「しかし」ぼくが言った。「何か文字が書かれていませんか」

「ありますわ」そう言う乙女の面《おもて》にわずかな紅が差した。「それを見ればわたくしの名がわかりますし、それに肖像画の原画はわたくしの家にございます。こう申しても、まだ返していただけませんか」

「セニョラ」ぼくは言った。「この幸せな男性がどういう資格であなたのものなのか、それを教えてくださいませんね」

「セニョル」未知の乙女が言った。「あなたの気配りにお応えするのが義務であるとしても、好奇心まで満たすべきでしょうか。何の権利があって、そのようなご質問をなさるのでしょうか」

「好奇心と仰るが」ぼくは言った。「正しくは関心と呼ばれてしかるべきです。質問する権利については、遺失物の返還に際しては、妥当な謝礼を受け取るのが慣わしである、とこう申し上げましょう。今の質問のお答えによっては、おそらくわたしは最も不幸な男となりかねません」

未知の美人はきっとした表情を見せて言った。

「初対面にしてはずいぶんと先走った物の言い方をなさるのですね。再会を期する言い方としては、それがいつも確実な方法とは限りません。でも、そのご質問に応じましょう。肖像画の原画、それは……」

その折も折、隣の小道から思い設けず現れたのがブスケロスだった。彼は騎士の体面よろしくこちらへ歩み寄ると、こう言った。

「おめでとう存じます、セニョラ。お近づきのこちらのお方は、カディス随一の大商人のご子息でして」

最悪の怒りの色が女性の面貌に見る見る露《あらわ》となった。

「失礼な」彼女が言った。「見知らぬ人から臆面もなく口をきかれるわたくしではございません」それから、ぼくのほうを向いて彼女は言った。「セニョル。さぁ、ペンダントをお返しください」

次に、乙女は自家用の豪華な箱馬車《カローサ》に乗り込み、われわれの目前から消えた。

だれやらが親方を迎えに来て、話のつづきは明日にしようと言い残し、親方は去った。すると、美しいユダヤ娘――今ではレベッカではなく、ラウラと皆から呼ばれている――がベラスケスに向かって言った。

「どう思いますか、若さま。このソワレス青年の昂揚した感情のことを。あなたって、恋愛と一般に呼ばれるものについて考えてみたことがありますか」

「セニョラ」ベラスケスが答えた。「ぼくの体系は自然全体を包含するわけで、だから、自然が人の心に植えつけた感情も当然、この体系に含まれる。いちいちの情緒の掘り下げ、定義づけをぼくはやった。恋愛感情に関する限り、特に大成功でしたね。なにしろ、恋愛を代数学的に表す可能性が発見できたからです。つまり、代数で扱うすべての問題がこのうえない明解な解答を与えてくれる。

やってみせましょうか。まず、〈愛〉は一個の肯定的な価値だとして、これにはプラス記号が付く。それと逆の〈憎〉にはマイナス記号、さらに〈無関心〉は、感情が無ですから、ゼロとなる。いいですね？　先へ進めますよ。愛に愛を乗じます、ということは、恋愛を愛する、恋愛を愛することを愛する、などですが、そこから得られる数値は常にプラス、肯定的な価値です。プラスをいくら重ねてもプラスに変化はない。次に憎を取ります。憎悪に憎悪心を持つ、これすなわち、恋愛感情イコール肯定的な量となる。マイナスにマイナスを乗ずればプラスですからね。

次はこれとは逆のケースです。憎悪に向ける憎悪心を憎悪する。つまり、憎の三乗ならどうでしょうか。これは恋愛と正反対の感情、すなわち否定的な価値となる。マイナスの三乗ですから。

愛かける憎、または憎かける愛の解は共に常に否定的、すなわちマイナスとなる。プラスかけるマイナス、マイナスかけるプラスとなるわけですから。事実、人が愛を憎む場合も、憎を愛する場合も、その人は恋愛に対して正反対の感情を抱いていることになる。

ラウラさん、この推論に何か異議がありますか」

「ぜんぜん」ラウラが答えた。「これを納得しない女の人はあり得ないと思います」

「それはぼくの計算外だな」ベラスケスが言った。「そう素直に納得されると、ぼくの体系のつづきが女の人には摑めなくなる。体系というのは、ぼくの命題から派生する副次的な命題のことだけれど。推論を先に進めれば、こうなるんですよ。

愛と憎とは絶対的なプラス、マイナスの数値である。ゆえに、〈憎〉と表記する代わりに〈マイナス愛〉と書き得る。この〈マイナス愛〉を無関心と混同しないでくださいね。無関心は本質的にゼロですから。

　では、こんどは恋人たちの行動の検証です。一組の男女が愛し合い、憎み合い、それから互いに抱いていた憎しみの感情を排すると、以前にも増して愛が深まる、ところがやがて否定的な要因がそれら一切の感情を究極的に憎しみに変える。プラス、マイナスの感情がここで交互に働いていることは無視できません。あげく、その男のほうが恋人を刺殺したと聞こえてくる。愛の所行か憎しみの業《わざ》か、どちらとも決めかねて人は当惑する。ちょうど代数で、x、しかも√に奇数の指数が付いたものにぶつかったようなものです。

　これを言い換えると、恋愛がしばしば一種の嫌悪感、否定的な小数値（記号化すればマイナスB）からスタートすることは周知のとおりです。この嫌悪感に生じる揺れをマイナスCで表す。すると、この両数値の積である肯定的価値、すなわちマイナスBかけるマイナスCイコールプラスBCが恋愛感情となります」

　ここでラウラが口を挟んで言った。「若さまの説を約《つづ》めれば、恋愛とは（x－a）n乗の展開、ただし、aはxより小である、というのが最良の数学的表記となりますね」

「ラウラさん」ベラスケスが言った。「ぼくの考えをみごとに読み取りましたね。そのとおりですとも。サー・アイザック・ニュートンの二項定理は、計算式におけると限らず、人間感情の研究にも指標たるべきものです」

　それっきり一同は別れた。このとき以降、ベラスケスの心情に美しいユダヤ娘が刻みつけた強烈な印象は傍目《はため》にも目立つようになった。ベラスケスもまたおれ同様にゴメレス一族のひとりであるからには、この愛らしい女性を通じて彼をイスラーム教に改宗させるのが狙いなのだ、とおれは疑わなかった。そしておれの推量の正しさはこれから先の物語で明らかとなる。

第三十四日

早朝からわれわれは馬上の人となった。そんなに早い出発はあり得ないと見くびっていたため〈さまよえるユダヤ人〉は遙かに遅れた。待ちかねたところに、ようやく現れた彼は、おれの傍らに近づくと、話の先を語りだした。

〈さまよえるユダヤ人〉の物語——承前

「神がほかの一切より上におわします、とのわれわれの信仰は、いかなる象徴にも妨げられなかった」と翌日の夜、ケレモンはわれわれに説いた。「〈トート〉の書もこの点に関して明確である。彼はこう記している」

唯一なるこの神はその単一の隔絶のなかで不動である。知恵でさえ神と合一できない、まして残余のものにはなおさら。

神はその父そのもの、その息子そのもの、そして神のひとりきりの父親である。神は善であり、神はなべての思想、なべての一次的存在の源である。

唯一なるこの神は神自身について解き明かす、なぜなら彼は彼自身に自足しているからである。神は原理、神々の神、単一性のモナド、エッセンスの始まりである。知恵以前に存したがゆえに、神は存在の父と呼ばれる。


「それゆえに」ケレモンは続けた。「最高のものである人間の思想さえ神性の上に置くことはできない。しかしながら、人間は考えた……神の属性の一部、神の人間に対する関係なら神格化できると。その目的はその数だけの神、というより神聖な徳目を作るためである」


こうして、われらは神意をエメフ ***Emeph*** と呼び、それが詞《ことば》に表されるとき、それをトート ***Thot***（確信）あるいはオルメト ***Ormeth***（解釈）と呼ぶ。

神意が真実を秘めながら地上に降り、繁殖の力を行使するとき、それはアムン ***Amun*** と呼ばれる。

神意がそこに芸術の助けを加えるとき、それはプター ***Putah*** ないしウルカヌス ***Vulcanus*** と呼ばれる。

神意の表れがさらに卓越して慈悲深いとき、それはオシリス ***Osiris*** と呼ばれる。[1]

われらは神を単一なるものと見る、されども、神がわれらとのあいだに持ちたまう慈悲の結びつきの量りしれぬ大きさゆえに、われらは神を無数の存在なりと冒瀆なしに見なすことができる。なぜなら、神は誠に無数に増大し、われらの目に触れ得る質においても果てしなく多様だからである。

魔について言うならば、われらのひとりびとりには、善と悪との二つの魔が住むとわれらは考える。神人の霊魂は魔性に近く、その霊魂は霊魂の序列の一等のものである。

「その性質から喩えるなら、神々は霊気に、神人と魔とは空気に、通常の霊魂は地上的なるものに準《なぞら》え得る。われらが全世界空間を満たす光に喩えるもの、それは神の摂理である。古代伝説はさらに神の命令、また序列のより高いその他の能天使（ギリシアかぶれのユダヤ人が支配者ないし大天使などと呼ぶ）の命令の伝達を使命とする天使に類し、または告知能力のある強者の存在についてわれらに語る。

われらのうち祭司の命を受けた者らは、神々、魔、天使、神人、霊魂の実在を動かす権能ありと考えがちである。しかし、それらの降霊術を行うとなれば、彼らは宇宙の秩序を些か乱さざるを得ない。

神々が地上へ降り立つとき、太陽ないし月は人間たちの視界から姿を隠す。

大天使は天使を取り巻く光よりもいっそう眩《まばゆ》い光に包まれる。神人の霊魂は天使の霊魂より輝きの光は弱いが、闇の効果によって極めて薄暗い並みの人間の霊魂よりもその輝きは強い。

黄道宮の貴公子たちは荘厳な姿で表される。これらの相異《あいこと》なる存在の出現には、無数の特有な事情が伴っており、それらの事情は個々別々を見分けるのに役立つ。例えば、悪魔は彼らに常につきまとう悪しき影響によって識別できる。

神を象《かたど》る偶像について言えば、もしも特定の天の相のもとにおいて、ある種の降神術の儀式とともにそれらが造られるなら、人はそれらの偶像に神の精髄の若干の部分を降下させることが可能となる。しかし、これは神を真に知るためには無価値の欺《あざむ》きの業であるため、われらは余《よ》が名誉にもその一員である祭司より遙かに階層の低い祭司にこの技を委ねる。

われらの祭司のひとりが神々の名を呼ぶとき、彼はある形で神々の精髄に参加する。それによって彼は人間であることをやめないが、神性はある限度まで彼に浸透する。彼はある形で神と合一する。彼がその状態にあるとき、彼は獣的で地上的な魔に命ずること、彼らが取り憑いた肉体から出させることが容易となる。

時あって、われら祭司は石、植物、動物の材料を交ぜて神性を受くべき混合物を作ることがある。しかし、祭司と彼の神を結ぶ真の繋がりは祈りである。

おまえたちにそのわけを説明したこのような儀式および教義は、われらとしてはオシマンデ

1（二五五頁） フランス語版編纂者ラドリザニによれば、このあたりの引用はいずれもヤンブリコスの著作の翻訳とされる十五世紀の ***De mysteriis Aegyptiorum*** の自由訳である。それぞれ同書八巻の二、三および六と説明がある。もっとも、このあたり全体が同書の思想に従っていることは、ククルスキ教授が「第三十三日」の註で述べるとおりである。

イアス、ラメセス二世の治世下に生きたトートすなわち三代目ヘルメスに帰属するものだとしない。それらの真の創始者は、われらの意見によれば、預言者ビティス *Bytis* である。彼は二千年前に生き、初代ヘルメス[1]の見解を説いて聞かせたお方じゃ。だが、先にも申したとおり、時は加わり、時代は移り変わった。だから、古代の宗教が混じりものなしにわれらに達したとわしは考えない。

とどのつまり、何もかも言ってしまうなら、われらの祭司は時折神々に向かって脅迫の言辞を吐きおる。犠牲を捧げる際に彼らはこのように言うのじゃ。

もしも神々がわが願いをかなえてくださらないならば、われはイシスの神がひた隠しに秘め給うものを暴くでありましょう。われは深淵の秘密の数々を明かし、オシリス[2]の大箱を打ち破り、その手足をばらまくでありましょう。

わしはこの種の方式を容認できないと言明しておく。カルデア人は完全にこれを廃止しておるほどじゃ」

祭司ケレモンの講義がそこまできたとき、侍者が時を知らせた。

「宿が近いことゆえ、それがしの話のつづきはまた明日《みょうにち》ということで」

〈さまよえるユダヤ人〉は遠ざかった。すると、ベラスケスが口を開き、新しいことは何一つ教わらなかった、どれもヤンブリコスの本に書いてあることばかり、と不平をこぼし、続けてこう言った。

「あの本は身を入れて読みましたね。どうしてもぼくに理解できなかったのは、ポルフィリウスのエジプト王アネボン宛の書簡を本物と受け取った批評家たちが、祭司アバモンの書いた返書をポルフィリウスの創作[3]としか見なかったのはなぜか、です。ぼくに言わせれば、ポルフィリウスは彼の作品にアバモンの返書の内容を盛り、ついでにギリシアの哲学者たちやカルデア

1 前に登場した三代目ヘルメスと矛盾するようだが、ここのテキストにはそれぞれ ***troisième Mercure*** および ***premier Mercure*** と書かれており、そのとおり訳した。ポーランド語版では「(古代) エジプト人は、神知の人格化を〝第一のトート〟、同じ知恵の地上における化身を〝第三のトート〟として区別した」との註が施されている。

2 ***Osiris*** 古代エジプトの主神のひとり。冥界の神で、死と復活を司る。イシスの夫で同時に兄。ククルスキ教授は、プルタルコスの著『イシスとオシリスについて』から次の挿話をここに引いている。オシリスには嵐と闇を司る弟セトがあった。嫉妬深いセトは計略で兄オシリスを大きな箱に入れ、沸騰した鉛を注《そそ》ぎ込み、ナイル川に投じた。イシスが夫の屍を見つけると、セトは死体を八つ裂きにしてエジプト全土にそれをばらまいたという。セトは砂漠・不毛・暴力の化身とされ、これがギリシア神話に取り入れられテュフォーン ***Typhon*** となる。

3 ポルフィリウスが ***De mysteriis Aegyptiorum*** の原著者ではあり得ない、アバモンの論文はポルフィリウスの見解を論駁するものだから、とククルスキは註記する。ヤンブリコスの著作説も疑問視され、その弟子のだれかによるとされる、と付記している。

人たちに対する見解を加えたと思えますがね」

「ともあれ」とウセダが言った。「あのユダヤ人は、アネボンのこともアバモンのことも、純然たる真実しか言わなかったよ」

われわれは野営地に着いた。軽い食事のあと、手持ち無沙汰な親方は次のように物語のつづきを語り始めた。

ヒターノの親方の物語——承前

公園での出会いの様子を話し終えたソワレス青年は眠くてたまらぬふうに見えた。健康を取り戻すには眠りが必要だ。わしは彼の気の向くままにさせてあげた。翌晩、彼が聞かせてくれた話はこうである。

ロペス・ソワレスの物語——承前

ブエン・レティーロをあとにしたとき、ぼくは初めて会った美女への恋ごころとブスケロスに対する怒りとで胸が割れそうだった。翌日は日曜日だったので、あちこち教会から教会を駆け巡れば、憧れの人に巡り会えると考えた。三つの教会を回ったが、無駄足であった。しかし、四つ目の教会でうまく彼女を見つけた。

彼女のほうでもぼくを忘れていなかった。ミサが終わり、出口へと向かう途中、ぼくの脇を通りかけた彼女は、わざとすれすれ近くまで寄って、こう言った。「あの肖像は兄の顔です」手短なその答えの嬉しさに、ぼくがその場に釘付けになっている暇に、彼女はもう先へと歩み去っていた。気を遣ってぼくを安心させようとした、それだけで関心の芽生えの証《あかし》に違いなかった。

宿舎へ戻ると、ぼくは食事を部屋に運ばせた。ブスケロスが乗り込んでこなければよいが、それが気がかりだった。ところが、彼はスープとともに現れた。

「セニョル・ドン・ロペス」彼は言った。「二十件もの招待を断って伺いました。昨日《さくじつ》も申したとおり、全面的に貴殿にお仕えする拙者ですので」

ぼくは内心、嫌みの一つも言ってやりたかったのだが、剣を抜くなという父の訓戒を思い、喧嘩を売るのは差し控えた。

ブスケロスはもうひとり分の食器を言いつけてから、椅子に着き、得意満面でぼくに言った。「セニョル・ドン・ロペス。きのうも一つお役目を果たしたじゃございませんか。拙者は何げないふうにして、こちらは大商人のご子息だとあの娘さんに知らせた。ひどくご立腹のふりをしたが、あれはお金に目は眩《くら》みません、と女の見栄から見せつけたまで。本気にしないことですよ、セニョル・ドン・ロペス。貴殿は若いし、センスはあるし、ハンサムだ。ただし、貴殿の場合、いざ女に惚れられると、どうしても黄金がからみだす。

拙者の場合には、そんな心配は無用だ。惚れられるということは、拙者という人間が惚れられるということで、利害に目の眩むような恋は絶対に覚えがない」

ブスケロスはくどいほどそんなご託を並べた末、食事が済むと、さっさと引き揚げた。その夕方、ぼくはブエン・レティーロへと出かけた。行ってもあの女性には会えまいとの予感がしたのだが。そのとおり、彼女は現れなかった。その代わり、やって来たのがブスケロスで、その晩じゅうぼくは彼につきまとわれた。

翌日も彼は昼食に顔を出した。帰りしなに、またブエン・レティーロで会いましょう、と言うので、きょうは行かないつもりだとぼくは断った。その言葉を真に受けていないぞ、と見抜いたぼくは、日が沈むとブエン・レティーロへ行く途中にあるお店に張り込んだ。しばらくすると、案の定、ブスケロスが通っていくのが見えた。ブエン・レティーロに行ってもぼくが見つからないため、こんどはすごすごと戻ってくる彼を見かけた。それを見極めたうえで、ぼくは公園へ入っていき、何度かぐるっと一周するうちに、やっとあの素姓《すじょう》不詳の美人が入ってきた。ぼくは恭しく彼女に近づいた。それを嫌がる様子は彼女になかった。教会で言ってくれたことに感謝を述べるべきかどうか、ぼくは迷っていた。

その当惑から救ってくれたのは彼女のほうだった。彼女は笑顔を向けながら言った。

「失せ物の発見者は妥当な謝礼を受ける権利がある、だから見つけた肖像画の人物とわたくしとの間柄を知りたい、とそうあなたは仰いました。その間柄はもうご存じでいらっしゃる。そこであなたはもう何も聞き出せない、もう一つわたくしの持ち物を見つければ別ですけれどね。そのときは、権利上、きっと新たな謝礼をお求めでしょうよ。

それはそうとして、ご一緒に散歩するところをあまり見られてはいけません。ごきげんよう《アディオス》、この先、何か仰りたいことがあれば、いつでもどうぞ。決して禁じはしませんから」

そう言うと、身許《みもと》不明の女《ひと》は優雅なお辞儀をし、ぼくは深々とした一礼を以てこれに応えた。ぼくはそれと平行する近くの並木道へと歩みを運んだが、今来たばかりの並木道のほうを振り返らずにはいられなかった。そのあと庭園を何周かした彼女は箱馬車《カローサ》に乗るとき、ぼくに向かって最後の一瞥《いちべつ》を投げた。ぼくはその目に好意を読み取る思いがした。

翌朝、同じ感情に捉えられ、その気持ちのいよいよつのるのを覚えたぼくは、彼女に宛てて手紙を書く権利が美しいイネス嬢から与えられるようになる日も遠くないと思えた。ところが、ぼくは恋文など一度も書いたことがなかったから、文体を摑むためにも、練習するのがよかろうと考えた。ぼくはペンを執り上げ、こんな文面を綴った。

ロペス・ソワレスよりイネス宛

臆する感情に応じ、震への止まらぬぼくの手は、これらの文字を書き綴ることを許しません。いつたい、文字が何を表現できるでせうか。燃える恋ごころの命ずるままに、ひとは何が書けませうか。ペンは恋ごころの言ふとほりにはなりません。

この紙の上にぼくの思ひのたけを連ねたいと願ふのですが、思ひのはうが逃げていきます。思ひはブエン・レティーロの茂みに迷ひ込み、あなたの足跡が残る砂の上に立ちどまり、そこから離れられずにゐるのです。王さまたちのあの庭園は、ぼくにさう見えるほど、現実にもあのやうに美しいのでせうか。違ふ。それはさうだ、この魅力はぼくの目のなかにあるのだから。それをそこに持ち込んだのはあなたです。ぼくが一歩を進めるごとに目に映る美しさを、ぼく以外の人たちが見るとすれば、あれらの場所はただ人に溢れてゐるはずです。

あの庭園では、芝生は鮮やかに青く、ジャスミンの花は一心に芳香を放ち、あなたの通り過ぎた木立《こだち》は、あなたに恋ひ焦がれる影に嫉妬して、昼なかの灼ける陽光に懸命に逆らつてゐます。あなたはそこを通つたにすぎません。けれども、あなたが根をおろすこの心臓《ハート》のなかで、あなたは何をなさるのでせうか。

書き終わって読み直したぼくには、あれこれと大げさな言い回しが目についた。直接に渡す、郵便で出す、どちらも論外だった。それでも、嬉しい幻想が捨てがたく、ぼくは手紙に封をして、そこに宛名を「美しきイネスへ」と認《したた》めてから、抽出しに投げ入れた。

すると、ぼくは外出したくなった。マドリードの角々を通り、〈白獅子館《レオン・ブランコ》〉と看板を掛けた旅館を見かけると、食事はここにしようと思いついた。呪われたブスケロスの邪魔が省けるではないか。食事を済ませて、ぼくは宿舎に帰った。

部屋の抽出しを開けてみて驚いた。ぼくの恋文が消えていたのだ。召使に尋ねてみると、ブスケロスのほかにはだれも来なかったという。してみれば、犯人は彼と決まった。いったいどうする気なのか、ぼくはひどく不安になった。

夕方、ぼくは真っ直ぐにブエン・レティーロには行かず、前日、待ち伏せした同じ店で張り込みをした。時を置かず、イネスの豪華な箱馬車《カローサ》が通ったと見ると、その後ろから手にした封筒をかざしながら駆けていくブスケロスの姿があった。大仰に身振りと叫びを繰り返す彼に気づいて馬車が止まると、しかるべき人の手に封筒は手渡された。ブエン・レティーロへと走りだす馬車とは別の道をブスケロスは歩きだした。

この一場のシーンの結末がどうつくのか、ぼくは判断に苦しんだ。思い悩みつつ、ぼくはゆっくりと公園に向かった。お伴の女を連れた美貌のイネスは熊四手《くましで》の生垣《いけがき》を背にするベンチにかけていた。

彼女の手招きに近づくと、ぼくはそこに席を勧められた。それから彼女が言った。

「セニョル。あなたの釈明を伺わねばなりません。第一に、どうしてこんなばかげたことをお書きになったのか。第二に、あんな無鉄砲な、ご存じのように、わたくしの大嫌いな男に、なぜこんなことを頼んだりなさったのか」

「セニョラ」ぼくは言った。「書いたのは、たしかにわたしです。でも、まさかあなたに届けるつもりはなかったのです。ただ楽しみに書いてみて、そのまま抽出しに突っ込んだのを、あの厚顔無恥のブスケロスが盗み出したまでです。マドリードに着いて以来、あの男には手を焼くばかりで」

イネスは笑いだし、許して上げましょうね、という風情でぼくの手紙を再読した。それから彼女は言った。「お名前はドン・ロペス・ソワレスと仰るのね。それなら、あのカディスの大商人で資産家のお身内？」

ぼくは息子だと答えた。

そのあと、関係のない話になり、イネスは馬車へと戻る道についた。馬車に乗る前に、彼女は言った。「浮わついた文句をわたくしが手元に持つわけにはまいりません。お返しします。ただし、なくさないように。いつの日にか、お戻し願うことがあるかもしれませんから」手紙を渡すとき、イネスはぼくの手を握り締めた。

それまで、ぼくは女の人に手を握られたことがなかった。もっとも、小説のなかではそんな場面に出会っていた。だが、本で読むだけでは、それがもたらす快さの実感は窺い知るべくもなかった。感情表現の手段としてこれほど人を恍惚とさせるものはない、とぼくは感じた。こうして、ぼくは世界一の幸せな男として旅宿に帰った。

その翌日、またもやブスケロスを昼食に迎える光栄を得た。「うまくやりましたよ」彼は言った。「手紙は宛先に届きました。ご機嫌麗しく拝するのは、そのせいですな」

ぼくはいろいろとお蔭を蒙《こうむ》ったことを彼に認める仕儀と相成った。

日暮れ時、ぼくはまたブエン・レティーロへ出かけた。入園するなり、五十歩ほど先を行くイネスが見えた。いつものお伴の女は連れず、遠くから下僕《しもべ》が蹤《つ》いていた。彼女は振り返り、知らぬ顔で歩みを進め、手にした扇子を落とした。拾い上げて届けると、彼女は淑《しと》やかにそれを受け取り、それから言った。

「落とし物を届けてくれた方には正当な返礼をするお約束でしたね。そこのベンチにかけて、大事な取引の用談をしましょうか」

彼女は前日、われわれの坐ったベンチにぼくを導いて言った。

「どうでしょう、前の落とし物のお礼には、あの肖像は兄のものだと申し上げましたけれど、こんどは何をお尋ねになりまして」

「あぁ、セニョラ」ぼくは答えた。「あなたはどなたで、お名前は何と仰るのか、後見の方はどなたか、それをお聞かせ願えませんか」

「申しましょう」イネスが言った。「あなたほどの資産ならわたくしの目が眩むとお思いでしょうね。それは思い違いです。お父上に劣らぬ富豪、銀行家のモロの娘がわたくしと申せば、おわかりだと存じます」

「おぉ、神さま！」ぼくは叫んだ。「空耳じゃないのですか、セニョラ。わたしは世界一の不幸な男です。あなたのことを思うだけで、わたしは父や祖父、それに曽祖父の呪いまで受ける。

曽祖父のイニゴ・ソワレスは船乗り稼業のあと、カディスに商会を興した先祖です。もはや、わたしには死ぬしか道がない！」

その瞬間、ブスケロスの頭がベンチの背中の熊四手の生垣から突き出し、イネスとぼくのあいだに挟まれたその顔が言った。「本気にしちゃいけません、セニョラ。ひとを困らせようとすると、決まってこの手を使う男なんですから。わたしとつき合わない口実に貴族との交際は父親に禁じられている、と言いだした。こんどは、元船乗り、カディスの商会創設者イニゴ・ソワレスの怒りを買うのを怖がっている。落胆することはないんだ。大金持ちの令息なんていう連中は、いつも簡単には誘惑に負けないけれど、そのうち何とかなるものです」

イネスは激怒の表情で席を立ち、馬車のほうへと歩きだした。

話が盛り上がったところに、邪魔が入り、親方はこの晩はそれっきり姿を見せなかった。

第三十五日

驢馬や馬を連ねた隊列は、さらにアルプハラスの山中深くさまようべく乗り込んでいった。一時間もしたころ、放浪のユダヤ人が現れ出た。彼はベラスケスとおれに挟まれた定位置に着くと、歩きながら次のように物語り始めた。

〈さまよえるユダヤ人〉の物語――承前

その次の晩、祭司ケレモンはいつもの温顔でわれわれを迎え入れてこう話した。

「きのうは扱う材料が多すぎ、普遍的なドグマについて話す余裕もなかった。われらのあいだで受け入れられているこのドグマは、流行の先鞭を付けたプラトンのせいで、ギリシア人のあいだではなおさら隆盛じゃ。わしが言わんとするのは、詞《ことば》、つまり神の英知《えいち》への信仰のことだ。われらは、それを名づけてマンデルともメートとも、ときにはトート（確信の意味だが）とも言う。

もう一つのドグマについても言わねばならぬ。同じトートの名でも、トートにはお三方が在《ましま》す。そのなかでも〈三大力のトート〉、ギリシア語では〈ヘルメス・トリスメギトス〉と呼ばれるお方によって、もう一つのドグマが編み出された。それは神性の成り立ちには三つの大いなる力が働いておる、というものじゃ。その三つとは、まず[1]神ご自身（これには父という名が奉《たてまつ》られた）、そして詞、それから霊。以上がわれらのドグマである。

戒律について言うならば、これらもまた純の純たるもの、われら祭司にとってはなおさらだ。徳行、斎戒、祈禱、われらの生活はこれらから成る。

　われらが厳守する菜食の生活律により、われらの血脈に流れる血は容易に発火しない、従って、われらは情念の克服においてさほど苦痛を覚えない。アピス[2]の祭司らは女性の取引を厳重に禁じておる。

　これが今日《こんにち》のわれらが宗教のありようじゃ。いくつかの重要な点でそれは古代宗教とかけ離れたところがある。なかんずく、輪廻転生については、七百年前、ピタゴラス[3]がわれらの国を訪れた当時には広く信じられたものだが、今日では信ずる人はわずかとなった。エジプトの古代宗教では、いわゆる〈規制者〉たる惑星の神々についてしばしば言及するが、今ではその方面の事柄は星占い師に委ねられておる。前にも言ったが、宗教もまたこの世の一切と同様に移り変わるものじゃ。

　あとはわれらの神秘なる聖人たちの話しか残っていない。それについて肝腎な弁えのすべてを申しておこう。まず初めに、たとい君らが入信を許されたにせよ、われらの神話についてより多く知ることにはならぬということ、これを弁えておくがよい。ヘロドトスの歴史書を披《ひら》いてみよ。彼は入信して、どのページにもそのことを自慢しておる。だが、ギリシアの神々の起源についての研究を見ると、彼の知見は俗人の域を脱していない。

彼のいわゆる〈聖話〉にしても歴史とは何の関わりもない。これこそ *turpi loquens*（猥談）とローマの人々が呼んだものにほかならない。入信者ひとりびとりには、品位の通念に衝撃を与えそうな物語が聞かされた。エレウシス[4]では歓待したバウボー[5]の物語、フリュギア[6]で

1 これらのドグマについては、いずれも『ポイマンドレス』（「人々の牧人」）に記載されている（クルスキ）。

2 *Apis* 初めメンフィスの地方的な神であったが、ヘレニズム時代にはエジプト全体の主神となった。牡牛の姿をしている。アピスの神官らの生活についてはプルタルコスのイシスとオシリスに関する前掲書に記述されている。

3 *Pytagoras* 前六世紀のギリシアの哲学者。ピュタゴラスの表記のほうが元に近い。日本ではもっぱら「ピタゴラスの定理」の数学者として有名だが、三十歳前後から三十年間、密儀伝授を求めて各地を遍歴し、その足跡はエジプト、ペルシア、中央アジア、ガリア（ケルト人居住地域）、インドと遍《あまね》く及び、博学多識。南イタリアのクロトンに落ち着き、「ピタゴラス教団」を開き、信徒を集めて、南イタリアの覇権を握った。このため世俗権力との確執の激化したのが九十歳のころ、のち追放先で死んだ。エジプトの信仰と同じく輪廻転生を説くが、それからの解脱を重んじ、「生は魂の死にほかならず、その死から復活し、神性を回復するのが人生の目的だ」とした。同時に万物の原理は数にあると説き、後世の思想史・科学史に決定的な影響を遺した。

4 *Eleusis* アテナイの北西海岸にあり、アッティカ地方の秘教の中心地。豊饒の女神デーメテールを祀る神殿があった。

はディオニュソス[1]の淫行についてなどというように。

エジプトにおいては、この猥雑とは物質の本質そのものがいかほど卑劣かを示す象徴であるとわれらは信じており、それ以上は関知しない。著名な執政官《コンスル》でキケロ[2]という名の男が、最近、神々の本性について一冊の著書をものした。この男はイタリアの宗教がどこのものを採り入れたかは不明であると告白しておる。ところが、この人物は卜占《ぼくせん》官なので、ローマの宗教のすべての秘儀に通じていた。秘儀に入門できた人々の書き物はどれも無知だらけで、このことからも入門だけではわれらの宗教の起源について、より物知りになれるというわけにまいらぬことが証明される。実際にその起源は大昔に遡る。オシマンディアスの浅浮き彫りにはオシリスの行列が描かれている。アピス信仰とかムネビス[3]信仰とかがエジプトに持ち込まれたのは、バッコスによってだが、それは三千年以上もの昔となる。

秘儀伝授は宗教の起源についても、神々の歴史についても、なんら光をもたらさない。象徴の意味についてもそうだ。とはいえ、密儀の確立が人類にとって、たいして有益でなかったとは言えない。何か重大な過ちで自責の念に駆られる人間、あるいは殺人で手を汚した人間は、祭司の前に出て、秘儀を受け、罪の告白をし、そのあと洗礼によって浄《きよ》められる。そういう救済の方法のできる以前には、多くの人々が祭壇に近づくことを許されないまま、社会から放逐されて、悪党の仲間入りするほかなかった。

ミトラ[4]の秘儀においては、入門に当たってパンと葡萄酒を捧げる。これを聖体の秘蹟と呼ぶ。

罪人《つみびと》は神と和解し、新たな生活を再開する、それはこれまでの生活に比べ、より清純なものと

5 （二七一頁） ***Baubo*** デーメテールをエレウシスで迎えた一家の妻。放浪の女神にスープをすすめたが、食べないので、裾をめくって尻を見せると連れの小児イアッコスが笑い、女神もそれにつられて笑いだし、機嫌を直してスープを食べた。また、その際、淫らな物語を韻文で聞かせたのが、短長格 ***iambe*** の由来だとされる。これはバウボーにはイアンベー ***Iambe*** の別名があったからである。本来は原始的で野卑な女性性器の神であったらしい。

6 （二七一頁） ***Phrygia*** 小アジア北西部の古名。前三世紀ごろ、豊饒の女神キュベレー ***Kybele*** 信仰が流行。これがギリシア・ローマ世界の乱交的お祭りの先駆と言われる。フリュギア人は前十二世紀、この地に定住し、同八世紀末、伝説的なミダス王のもとで最盛期（首都はゴルディオン）を迎えたが、同七世紀にはキンメリア人に従属して独立を失い、のち次々にリュディア、ペルシア、マケドニア、シリア、ケルト系ガラティア人、ローマなどの支配下に置かれた。

1 ***Dionysos*** 小アジア起源の豊饒神とみられ、その信仰は狂乱の儀式を伴い、特に女性の熱狂的な崇拝を集めた。バッコス ***Bakchos*** とも呼ばれ、いわゆるバッカスのこと。ギリシアに入ると、葡萄の栽培につれて酒神となった。狂乱の女たちはバッカイ ***Bakchai*** などと称され、イタリアではその祭りはさらに放恣となった。この女神はエジプトのイシスと同一視された。

2 ***Cicero*** 哲学者キケロ（前一〇六—前四三）が執政官に選出されるのは前六四年だから、元コンスルが正しい。神に関する哲学論『事物の本性について』***De natura deorum*** の発表は、その十九年後の前四五年である。それより早く、前五三年には、「卜占官」***augur*** に任ぜられた。これは鳥の鳴き声・飛び方などから吉凶を占う官職。このほか、獣類の臓腑、天体の現象も占いの根拠に用いた。

3 ***Mnevis*** 黒牛ムネビスがアピスの父親としてヘリオポリスで崇められた、と書いたのはプルタルコスであり、これらの信仰をエジプトにもたらしたのがバッコスだとの説もプルタルコスの著書に則る。

4 ***Mitra*** 古代ペルシアの太陽神。西暦一—二世紀のギリシア・ローマ世界に広まった。

なるのじゃ」

ここでおれのほうから口を挟み、聖体の秘蹟とはキリスト教独自のもののはずだが、と言った。

すると、ベラスケスがおれに向かって言った。「失礼だけど、今の話は、ぼくの読んだ殉教者、聖ユスティヌス[1]の本そのままですよ。もっとも、こうしてキリスト教徒がやるはずのことを前もって真似したのは悪魔の仕業だと断っているがね。いいから話の先を続けてください、セニョル」

ユダヤ人はさらに次のように談義を続けた。

「秘儀には」とケレモンは続けた。「すべての宗教に共通の儀式がある。ひとりの神が死ぬ、神が埋葬される、数日間にわたり人々が嘆き悲しむ、次に神が復活する[2]、そして人々は喜びに満ちる。この象徴は太陽だという人もあるが、一般には大地に蒔かれた種子のことだと解される。

若いイスラエル人《びと》よ、以上でわれらのドグマと祭儀についてわしの話せることは殆ど言い尽くした。ユダヤ教の預言者たちはわれらのことを偶像崇拝者だとしきりに非難を繰り返した。だが、おまえにもわかるように、それは違う。しかし、はっきり言っておく。おまえらの宗教もわれらの宗教も世界の諸人《もろびと》に満足してもらえるものではなくなり始めた。周囲を見回せば、不安と新しいものへの意欲とが至るところに満ちておる。

パレスティナでは人々が群れを成して砂漠へと押しかけていく。ヨルダン川の水で洗礼を施すあの新しい預言者の説法を聞くためにじゃ。ここエジプトではテラペウタイ[3]苦行者、つまり祈禱治療師ら、ペルシアの信仰とわれらの信仰を混ぜ合わせる魔術師もいれば、例の若いアポロニウス[4]は金髪をなびかせ、町から町を遍歴して、ピタゴラスの再来を気取っておるし、手品遣いが女神イシスの祭司と偽る。こうして古い宗教は捨てられ、神殿は荒れ果て、祭壇に香が

1　***Justinos***（一〇〇頃―一六三または一六七）　パレスティナ生まれの殉教者。当時の諸学派を遍歴したのち、キリスト教に入信、『第一・第二弁証論（アポロギア）』で教論を展開、キリスト教に対する無神論、国家に対する不忠などの非難はソクラテスを死に追いやったと同じ悪霊のそそのかしによると述べた。また『ユダヤ人トリュフォーンとの対話』では神についての知が真理としての哲学であることは、神が啓示し、預言者により告知されたと述べ、ギリシア哲学に対するキリスト教の優位、旧約と新約の連続性を主張した。マルクス・アウレリウス帝治下に殉教。

2　オシリスもディオニュソスも、またオリエントのアティスも、すべて復活を果たしている、とクルスキは註する。キリストには前例がいくつもあったわけだ。

3　***therapeutes***　一世紀にアレクサンドリアに近いマレオティス湖畔に定住したユダヤ人の苦行者の集団。この集団に触れた唯一の記述はアレクサンドリアのユダヤ人哲学者フィローンの著『観想的生活について』にある。なお、当時のエジプトにおけるユダヤ人口は約七十万、一説には百万と言われる。

4　上巻二〇七頁註3参照

薫《た》かれることはもはやない」

話がそこまで進んだとき、〈さまよえるユダヤ人〉は今晩の野営地が近いと見て取り、谷間へと消え失せた。

おれはベラスケス公爵の若さまにこっそり質問した。

「どうでしょう。今の話をどう考えるか、聞かせてくれませんか。この内容には耳を汚《けが》すような、われわれの信仰の立場に逆らうようなものが少なからずある気がしますがね」

「セニョル・アルフォンス」ベラスケスが答えた。「そういう敬虔な心構えのあなたは、物を考えるすべての人に称賛されるに違いない。でも、ぼくの信仰心は、敢えて言うなら、あなたよりもっと啓《ひら》けている。かといって生気や純粋という点で劣りはしない。その証拠がもう何度も自慢したぼくの体系ですよ。なにしろ、これは神の摂理とか知恵とかを巡る一連の考察そのものなのですから。セニョル・アルフォンス、ぼくは聞いても平気です、あなたもくよくよする必要はない」その返事におれの良心の不安はさっぱりと消えた。

同じ日の晩、暇に任せてヒターノの親方は、その物語を次のように続けた。

ヒターノの親方の物語――承前

ブエン・レティーロの庭園でイネスの出自を知って絶望した話を終えると、若きソワレスはいかにも眠たげに見えた。恢復には休息が一番と思い、わしはそっとしておいてやった。翌晩、付き添いのため上がったわしに彼が物語ったのは次のようなものであった。

ロペス・ソワレスの物語——承前

イネスへの恋慕でぼくの胸はいっぱいであったが、同時に、ブスケロスに向けた憤懣《ふんまん》もまた胸中にやる方なくわだかまった。そうと知ってか知らずにか、相も変わらぬしつこさで、彼はその翌日にも昼のスープの運び込まれる時刻にぼくのところに現れた。最初の食欲が満たされると、彼は言った。

「セニョル・ドン・ロペス、貴殿の年齢では、結婚に気の乗らない気持ちは拙者も理解できます。早婚は常に愚の骨頂だから。しかし、断るに事欠いて、令嬢に向かって曾祖父の悶着を持ち出したのは、いかにも奇妙なやり方だ。拙者が中に立って取りなして上げたからよかったものの」

「セニョル・ドン・ロック」ぼくが応じた。「いろいろ尽くしてくれたから、もう一つお願いしたい。今夜、ブエン・レティーロには行かないでほしい。イネスは現れないだろうし、もし現れても、わたしには口をきくまいと思う。それでもやはり、きのう彼女に会った同じベンチにわたしは行く、存分にわが身の不幸を嘆き悲しむために」

ドン・ロックは気色《けしき》ばんだ顔つきで言った。

「セニョル・ドン・ロペス、どこか気にさわる言い方ですね。拙者の献身を快く思わないとでも仰りたいのか、と受け取りますぞ。ひとりで不幸を嘆きたいというなら、邪魔は致しますまい。しかし、イネスが来ないとは限らない。もし現れたら、貴殿の不用意の埋め合わせをだれがつけますか。セニョル・ドン・ロペス、献身という立場上、そればかりは拙者、貴殿に従いかねる」

ドン・ロックは午餐が済むと、早々に引き揚げた。暑気の収まるのを待って、ぼくはブエン・レティーロへと向かう道を辿った。ただし、いつもの店に身を隠すのを忘れなかった。やがてブスケロスが通りかかり、ブエン・レティーロに行ったと見ると、ぼくの姿がないため、その足で立ち戻り、プラドのほうへ向かうらしかった。それを見届けてから店を抜けたぼくは、喜びも悲しみもあれほどに味わった同じ場所を次々に訪ねた。ぼくは前日坐ったベンチに腰をおろし、心ゆくまで涙を流した。

不意にだれかに背中を叩かれるのを感じた。ブスケロスだな、と思ったぼくは怒りを込めて振り向いた。だが、そこにはイネスが慈悲に溢れる微笑をぼくに向けていた。彼女はぼくの横に腰をおろし、お伴の女に少し離れているよう命じ、長々とこんな話をした。

「親しいソワレス、きのうはなぜあなたが祖父や曾祖父の話を持ち出したのか、その理由が呑み込めなかったのでひどく苛立ちました。でも、その事情については聞きました。百年来、お宅がうちとは関わりをお持ちたがりでないことはわかりました。どんな悶着があったのか、そこまでは知りませんが、それ自体はたいしたことではないとか。

あなたのほうに障碍《しょうがい》があるというなら、わたくしのほうも同じです。

父はずっと以前からわたくしを支配しようとし、父の意に反した身の振り方をしないかと心配しています。外出はなるべく控えろ、プラドあたりで顔を売るな、芝居などには行くな、とこうなんですから。それでも、新鮮な空気を吸わせるのは絶対に必要だからと、女中頭を付けての散歩だけは許してくれる。ここらの散歩道なら人けが少ないから安心だと。

わたくしには将来の夫が決められていて、ナポリの貴族、サンタ・マウラ公爵という方です。この方が是非にと望むのは、わたくしの財産ほしさ、ご自分の資産の立て直しが狙いだと思いますけれど。もともとわたくし、この人は気に染まず、あなたを知ってからはなおさらです。父はひどく頑固な性格ですが、父の末の妹のセニョラ・アバロスという名の叔母の言うことならば、動かないでもありません。叔母はわたくしに優しくて、ナポリ貴族の候補者には大反対なのです。あなたのことを叔母に打ち明けたら、会わせてほしいと言われました。うちの馬車のあるところまでご一緒しましょう。セニョラ・アバロスの従者をお庭の入口に待たせてありますから、その男に案内させてください」

愛するイネスのこの話は、ぼくの胸を歓喜で満たし、ぼくは無数の甘い希望に酔った。イネスを送って彼女の馬車まで行き、それからぼくはセニョラ・アバロス宅へと向かった。ぼくはこの叔母のめがねに適った。

このあと、連日、同じ時刻にぼくはこの庭園に出かけたのだが、そのつど彼女の姪、つまりイネスがそこにきていた。

ぼくの幸せは六日間だけ続いた。七日目、ぼくはサンタ・マウラ公爵の到着を知らされた。少しも悲観することはないとセニョラ・アバロスは言い、そのうえ、女中のひとりからこっそりと渡されたのが次のようなイネスの手紙であった。

イネス・モロからロペス・ソワレス宛

わたくしの運命づけられている嫌な男がマドリードに到着し、わが家はその使用人に溢れてゐます。わたくしは母家《おもや》のアウグスティヌス小路に面したお部屋へと移る許可が出ました。あまり高くない窓ですから短い時間ならお話しできます。わたくしたちの幸せに関することで重要な話があります。暗くなるころにお出でください。

この連絡を受け取ったのが午後の五時、夏に太陽の沈むのは九時になる。その四時間をどう過ごせばいいのか、落ち着けないぼくは、ブエン・レティーロへ出かけることにした。そこならば、いつもの景色が甘美な夢想にぼくを浸し、時の長さを忘れさせてくれる。何度目かの一巡が済むころ、ブスケロスの入ってくるのが見えた。とっさにぼくは身近の節くれ立った樫の木によじ登ろうとした。だが、うまくは行かない。地面に降り立ったぼくは、近くのベンチに腰を据えて敵を待った。来るなら来いの構えである。

　ドン・ロックは親しそうにぼくに近寄り、いつもの自信たっぷりな様子でぼくに言った。

「いかがかな、セニョル・ドン・ロペス。さすがモロ家の令嬢です。今にきっと彼女の力で貴殿の曾祖父イニゴ・ソワレスのほうが折れて出ますよ。船員から身を起こし、カディスに商会を開いた大物でもね……。ご返事が聞こえませんが、セニョル・ドン・ロペス。しょうがない、黙っておいでなら、ここにかけさせていただいて、拙者の昔語りでもお聞かせしますか。奇妙なことが多いが、貴殿のご参考にはなると思いますよ」

　うるさい男が割り込んできたが、しかたない、日の暮れるまで我慢してやるか、ぼくはそう諦め、ブスケロスの思う放題に任せると、彼はこう切り出した。

ドン・ロック・ブスケロスの物語

　拙者はドン・ブラス・ブスケロスの独り息子です。父親というのは別のブスケロスの末弟の末息子《すえむすこ》だが、この別のブスケロス自身、いちばんの末の分家の末っ子だった。

　父は三十年間、国王にお仕えする名誉を得て、ある歩兵連隊の旗手を務めたが、いくら根気よくご奉公しても少尉の位にさえ昇進できぬと見極めをつけ、軍務から退官すると、田舎町のアラスエロスに住まいを定め、そこで結婚した。その相手というのが貴族の令嬢で、教会の有力者だった伯父から終生年金六百ピアストルを受け取る身分だった。ふたりのあいだの一粒種が拙者だが、両親《ふたおや》の揃う暮らしは長くなく、まだ八つの年に父親は亡くなった。

そのために、拙者の世話はもっぱら母親任せとなるが、それほど気を砕いてくれたわけではない。子どもには運動が健康の元と信じていたのか、朝から日暮れ時まで、町の通りを駆け回るのを放任して、拙者が何をしていようと母はとんと気にかけないのだった。よその家《うち》の同じ年ごろの子どもらは、勝手に外出する自由がなかったから、こちらが相手の家《いえ》に行くことになる。両親たちは拙者の訪問に慣れてくると、あとはもう平気で、別段、気を払わない。こういう次第で、時間にかまわず、拙者は町じゅうの家々にお出入り自由の身とはなった。

生まれついての観察好きの性向が手伝って、拙者はそれぞれの家庭内で何が起こっているか、好奇の目を光らせた。家に戻ると、内偵の結果をそのつど母親に報告する。母は面白がって話に耳を傾けてくれた。そんな折、母から授かった入れ知恵が今も役立ち、他人のお節介焼きに立ち回り、自分のためよりは人さまのために尽くすというこの幸福な才能も、母のお蔭と打ち明けねばならない。

ほんの一時期だが、他人に尽くそうとして、とんだ思い違いをしたこともある。わが家で起こったことを近所じゅうに知らせ歩く、そうすれば、母がさぞ喜ぶと思ったのだ。ふだんは訪問客もなく、顔合わせの機会もない母親に何か特別なことがあれば、その知らせは拙者から町全体に報告された。だが、この種の公開は母の気に召すところとはならず、きびしい折檻《せっかん》の末、情報というものは外から内へと流すもので、内から外へ向けては沈黙を守るのだ、といやというほど教え込まれた。

そんなあげく、気づいたのは、どこの家でも拙者に隠し立てをするようになったことだ。これは拙者を刺戟した。好奇の耳目に抗して障碍まで設けられるに及んでいっそう奮起し、部屋という部屋の内部にまで視線を浸透させる無数の手立ての発明工夫に拙者は取りかかった。

わが策動を有利に導いたのは、造りがやわな家屋の構造である。天井といっても何枚かの板が組み合わされたものにすぎない。夜間、屋根裏に忍び込み、天井板に錐《きり》で穴を開けておく。こうして遠からず、拙者は某々家の秘密の全貌をわがものにできた。拙者はそれを母親に伝え、母はアラスエロスの住民に言いふらす、というより、だれかひとりを捕《つか》まえて耳打ちすれば、それだけで十分なのだった。

母の情報源は拙者に違いない、と人々は嗅《か》ぎ取ったから、恨み骨髄、拙者への風当たりは日に日に強まる。どの家も拙者の前に扉を閉ざした。それでも、明かり取りの窓は開きっぱなしだ。天井裏に貼り付けば、同郷人のついぞ知らぬ間に、拙者はそのど真ん中にいられる。そこにいるばかりではない、泊めてもらっていた、彼らの意向に反してその家に住まってさえいた……家鼠そっくりに。鼠といえば、拙者は鼠そっくりに戸棚荒らしまでやってのけ、食い物を手に入れた。

そういう拙者が十八の年を迎えたとき、そろそろ仕事に就く年ごろじゃないかと母親に言われた。拙者の志望は前から固まっていた。法律家である。この商売なら人さまの家庭の内情を知り、そのごたごたに立ち入るチャンスがごまんとある、というわけだった。そこで大学で法律を専攻することに決まり、拙者はサラマンカ[1]へと出発した。生まれた土地しか知らぬ拙者にとって大違いな大都会の偉容、わが好奇心を刺戟する領域の遙かな広がり！　同時に数々の新たな障碍！　住居は数階建ての建物のなかにあり、夜間は厳重に閉ざされている。そのくせ、拙者の興奮をいやがうえにも掻き立てようと、二階、三階の住人は、外気を採り入れるため、夜も窓を明け放したままである。

拙者は一見して悟った……独力では如何《いかん》ともしがたい、拙者の企てに賛成の同志を募る要ありと。よって、わが輩は法学の講義に通う傍ら、わが学友の性格観察に専念した。軽率な勧誘には心しなければならぬ。かくて適格と認められる四名が見つかると、この連中をお伴に連れ、夜な夜な町の徘徊を開始した。行く先々で多少の物議を醸さないではなかったが。

仲間の予備教育がほぼ徹底したと見届けたうえで、拙者は言い渡した。

「同志の諸君、この街の住民が夜じゅう窓を開放する大胆不敵ぶりは称賛に値するではないか。なんたることぞ！　彼らはわれらの頭上、わずか二十尺余の高みにあるとの理由からして、学生を挑発する権利ありと思い上がるのか。彼らの睡眠はわれらに対する侮辱であり、彼らの安穏はすなわちわれらを不安に突き落とす。彼らの家庭において何が行われておるか、まずはそれを突き止め、しかるのち、われらの実力のほどを彼らに見せつける決意を固めた」

拍手喝采であった。だが、結論はこの先である。拙者はより明快に真意を説明した。

「諸君」拙者は同志たちに言った。「われらが必要とするのは長さ十五尺前後の軽量の梯子《はしご》一脚のみである。三人がかりでこれを軽々と運び、怪しまれぬよう各自マントに体を包み、一列に歩くと見せかける。そのためにはなるべく薄暗い通りを選び、壁沿いに梯子を抱えれば理想的である。いざ梯子の使用に当たっては、観察目標の窓に梯子を立てかけ、一名がその部屋の高みに達したのち、残余の者は一定の距離に位置して、よろしく全員の安全を見張る。路上の高みで行われつつある行為に関して得られた情報に応じて、次の行動計画の検討・実施に移るものとする」

この企画は承認され、拙者は軽くて丈夫な梯子を発注した。注文の品が出来上がるや、われわれはさっそく利用に着手した。拙者が白羽の矢を立てたのは、かなり立派な建物で、狙いの窓もさほど高くなかった。立てかけた梯子をよじ登った拙者は、内部からはこちらの目の上しか見えない高さに位置を占めた。

満月が室内を照らしていた。それでも、初めのうちは何も見えなかった。目が慣れると、べ

1　*Salamanqua*　同市の大学は一二一八年の創立で、ローマ教皇に公認されたのが一二五五年。ボローニャ、ローマに次いで古い。案内書によれば、「当時、世界の最高水準にあったイスラーム文化に最も近い町として、ヨーロッパ各地から大勢の学者たちが集まり「多くの学者や文学者が輩出し、十六世紀の後半、スペイン文化の黄金世紀を築いた」（昭文社版『スペインの旅』）。現在もエスパーニャ最高水準の学府と言われる。ピカレスク小説の傑作『ラサリーリョ・デ・トルメス』（作者不詳）の主人公の生地。カスティーリャ地方の主要都市である。首都のマドリード大学創設は二十世紀初め。

ッドに寝た男が血走った目でじっとこちらを窺《うかが》っていた。男は恐怖で口もきけないふうに見えた。やがて言葉が出るようになると、彼は言った。「恐ろしい血塗《ちまみ》れのその顔、おれにつきまとうのはやめろ、不本意な殺人のことでおれを責めないでくれ」

ドン・ロックの話が佳境にさしかかったそのとき、太陽がだいぶ低くなったように思えたぼくは、時計を持ち合わさなかったため、何時になったかと彼に尋ねた。

単純なこの質問にブスケロスは大いに気色ばむ様子と見えた。

「セニョル・ドン・ロペス・ソワレス」と彼はかなり不機嫌に言った。「いいですか、ここにれっきとした紳士がいて、名誉と感じつつ身の上話を聞かせ、せっかくこれから佳境というそのときに、今何時と茶々を入れるとします。これではエスパーニャ語でいう*pesado*、つまり退屈だと口にするにも等しいと思わざるを得ませんね。そんな疑いのかかる話じゃない、そう思って物語を続けます」

恐ろしい血塗れの顔と呼ばれた以上、拙者はここぞとばかりに物凄い形相を精一杯、作って見せた。どうにもたまらず、男はがばとベッドから身を起こし、あたふたと寝室の外へと飛び出した。ところが褥中《じょくちゅう》にあったのは男ひとりではなかった。うら若い女が目を覚まし、掛けた夜具からむっちりした二本の腕《かいな》を出し、拙者の頭に気づくと起き上がり、夫の出ていったドアに鍵をかけてから、お入りと手招きした。

　拙者の梯子はいくらか短すぎた。建物の装飾部分を足掛りにして、ようやく拙者は部屋へ飛び込んだ。待ち人来たると胸躍らせた奥方は近くに見て人違いと気づき、こちらもそうと悟った。だが、彼女は拙者をかけさせておいて、自分はショールを羽織り、数歩離れて椅子に坐ると言った。

「セニョル、実は身内の者が何やら家庭の事情のことで相談に来る予定になっていたんです。彼が窓から入ってくれれば、それなりに十分な理由があると思いませんか。でも、あなたの場合、セニョル、存じ上げない方ですし、訪問の時間でもないこんな時間に、どうしてお見えになったのかしら」

「セニョラ」と拙者は正直に答えた。「訪問が目的ではなくて、部屋のなかの様子を探りに、窓の高さまで首を出すつもりでした」そのあと、拙者は若い夫人を相手に自分の趣味について、少年時代の冒険について、覗き五人組編成のいきさつについて、包み隠さず話した。

　夫人は目を丸くして聞いていたが、やがて言った。

「セニョル、そういう話を伺うと、尊敬してしまいます。いちいちごもっともですわ。人さまのところで何が起こっているか、それを知るほど愉快なことはございませんもの。わたくしもあなたと同じ考えをずっと持ってきましたのよ。でも、今夜はお引き留めできません。またお目にかかりましょうね」

「セニョラ」と拙者は言った。「あなたがお目覚めになるに先立ち、ご主人はこの顔を見て、恐ろしい首と取り違え、不本意な殺人を責めにきたと思い込んでおいででした。どうしてでしょう、ご説明いただけますか」

「無理もないことです」夫人は言った。「あしたの夕方五時に公園にいらしてください。わたくしは連れの女友達と一緒にいますから。今夜のところはこれで、アディオス」

夫人は鄭重《ていちょう》に窓際まで送ってくれた。拙者は梯子を下り、仲間に合流すると、一部始終を話して聞かせた。翌日、拙者が公園に行ったのは五時きっかりだった。

ブスケロスの話がそこまで進んだとき、斜陽の気配に驚いてぼくはじりじりしながら言った。

「セニョル・ドン・ロック、申し訳ないが、実は極めて重要な一件で失礼しなければなりません。よろしければ、この次、午餐にお見えになった機会にぜひともつづきを伺うことにして……」

ブスケロスは険しい顔つきになって言った。

「セニョル・ドン・ロペス・ソワレス、わかります、貴殿は拙者を怒らせたいのですね。それならそうと、あけすけに仰ればいいでしょう。厚かましいおしゃべり野郎、退屈なやつだと……。しかし、そうではない、セニョル・ドン・ロペス、そんな考えをなさる貴殿とは思えません。ですから、話を続けます」

公園に行くと、前の晩の奥方が連れの友人と一緒に来ていた。背が高くなかなかの美形で年のころも似たような女性である。揃って同じベンチに並んだ夫人は、自分のことを拙者によく知ってほしいと、彼女の半生の物語を次のように切り出した。

フラスケータ・サレルノの物語

わたくしは、さる勇猛な軍人の末娘に生まれました。父はその功績により、没後も給金の全額が未亡人年金として母に支給されたほどの将校です。サラマンカ出身でしたから、父に先立たれると母は娘ふたり共ども、この街に引きこもりました。姉はドロテア、わたくしの名は当時、フラスケータでした。母の持ち家はひどく辺鄙《へんぴ》な界隈にあり、修理や模様替えをさせて、母娘《おやこ》はそこに落ち着いたのですが、暮らしのつましさは、わが家のみすぼらしい外見に似つかわしいものでした。母は芝居や闘牛の見物はおろか、散歩に出て公衆の目に曝《さら》されることもわたくしどもに禁じ、自身、訪問にも出ず、お客さまを迎えもしませんでした。何の気晴らしもないわたくしとしては、殆ど一日、窓辺から外を眺めるしかありませんでした。

生来、洗練とか礼儀とかに惹かれる気質でしたから、身なりの上品な人がわが家の前を通ると、その方を目で送るばかりか、ここにいる娘があなたに感心していますよ、という目つきで見たものです。ところが、通行人はそんなわたくしの目つきに殆ど無感覚です。でも、挨拶してくれる人、称賛の視線を投げる人もあり、なかには、わたくしの姿見たさに家の前を行きつ戻りつする人もありました。

こういうわたくしの遊びに気づくと、母は言ったものです。「フラスケータ、フラスケータ！　何をしてるの？　姉さんのように慎み深くまじめになさい。お嫁に行けなくなるからね」

母の見通し違いでした。姉はいまだに独り身なのに、わたくしは、結婚してもう一年ですもの。

そこは寂しい通りなので、女心を捉えるほど恰好のよい男はめったに通りません。一つだけ有利な条件がありました。というのは、窓のすぐ近くに一本の大木が枝を伸ばし、その下に石造りのベンチが置かれていたことです。そこにかければ、怪しまれたり気づかれたりせずに存分にこちらの顔を眺められるからです。

ある日、それまでに見たどなたをも上回る好男子が、そのベンチにかけ、ポケットから本を取り出して読み始めました。ところが、わたくしのことが目に映ったが最後、そのお方はそれっきり読書をやめて、じっと見上げたままなのです。青年は次の日も次の日もずっとやって来ました。

そのうちあるとき、青年は何かを捜すふうにわたくしの窓に近づき、声をかけてきました。

「セニョリタ。何か落とされませんでしたか」

いいえ、とわたくしは答えました。

「それは残念です」と青年は言いました。「例えば、そのお首にさげた小さな十字架を落としたのなら、ぼくが拾って家《うち》に持ち帰ったでしょうに。あなたの物を何かしら持てば、ここのベンチへ来るその他大勢と違い、ぼくに限ってはあなたも心を動かさないわけではないのだという幻想が抱ける。あなたがぼくの心臓に与えた衝撃はそれだけの価値がたぶんあると思いますが」

そのとき母が部屋に入ってきたので、わたくしは返事もできず、その代わり、うまく胸の十字架をはずして、落としてあげたのです。

その夕方、美しいお仕着せの従僕を伴ったふたりの貴婦人が来たと見ると、ふたりはベンチに坐り、マンティーリャを脱ぎました。それからひとりが一枚の紙を取り出し、なかから小さな十字架をつまみ上げ、いくらかおどけた目でわたくしのほうを見上げました。わたくしが上げた愛情の初めての徴《しるし》をこの女性にみすみすくれてやったのだ、とわたくしは思い込み、その夜は一晩じゅう眠れませんでした。

翌日、恨めしいあの男がまたもベンチにかけ、見ていると意外や意外、前夜の貴婦人そっくりに、一枚の紙を取り出し、そこに包んだ小さな十字架をつまみ出し、うっとりとそれに口づけしたではありませんか。

その日の夕刻、前夜と同じお仕着せの従僕がふたり現れ、テーブルを運んでくると、そこにナイフやフォーク類を並べ、立ち去ったかと思うと、こんどはアイスクリーム[1]、ココア、オレンジの飲料、ビスケットといった品々を持って戻ってきました。用意が調ってから現れたのは前日の貴婦人ふたりでした。ふたりはベンチに腰をおろし、従僕にかしずかれて食べ始めました。

　窓辺に立つことを絶えてしない母と姉も、戸外のグラスやら小瓶の響き合う音に落ち着かぬふうでした。貴婦人のひとりが母たちのそんな様子に気づき、椅子さえ運ばせてくださるならどうぞ、と誘いました。

　母は大乗り気で、通りに椅子を運ばせ、わたくしたちはちょっとしたものを羽織ったりして親切な貴婦人に加わりました。そばへ寄って見ると、それはあの青年によく似た人でした。きっと妹さんなのだろうとわたくしは思い、この人がお兄さんからわたくしの話を聞かされ、十字架を譲り受け、きのうはそのわたくしを見に来たのだと見当をつけました。

　そのうちスプーンが足りないとわかって、姉が取りに入り、次にはナプキンが不足して、わたくしが取りに戻るよう母から言いつけられると、貴婦人がサインを送るので、わたくしじゃ見つけられないから、と返事をし、母が立っていきました。母がいなくなると、わたくしは貴婦人に尋ねました。「セニョラ、よく似たお兄さまがいらっしゃいまして?」

「いいえ、セニョラ」と彼女が答えました。「その兄というのはこのぼく自身です。でも、お聞きください。兄のひとりはサン・ルガルという公爵で、ぼく自身も、遺産相続者である令嬢に婿入りするため、間もなくアルコス公爵となるはずですが、その花嫁がどうにも我慢できかねる女なのです。かといって話を断れば、わが家はぼくの見たくもない恐ろしい騒ぎを覚悟せねばならない。好みに適う結婚ができない以上、ぼくはそのアルコス嬢を上回る愛らしいだれかを胸に秘めようと決心した。

あなたの面目を潰すようなことを言うつもりは毛頭ありません。しかし、セニョラ、あなたはこのままエスパーニャにおいでだろうし、ぼくも国を出ません。だったら、きっと偶然に会えるはずだ。もし駄目なら、ぼくが必ず再会の機会を作り出してみせる。

じきに母上が戻ってこられます。さあ、これを取ってください、一つ石のダイヤモンドの指輪です。かなり高価なものですが、ぼくの生まれについて言ったことがはったりでない証拠にこれを選びました。あなたのことを忘れないぼくの思い出のよすがに受けてほしいのです」

1　十六世紀イタリアの発明。日本語にもなりかかっているジェラート *gelato* はメディチ家の娘、カトリーヌがアンリ二世に嫁いだ一五三三年、随行したコックによりフランスへ伝わった。百年あまりも王宮の秘伝とされ、一六六〇年、パリで初めての店ができると旋風を起こし、七六年、同業者組合が結成された。シャーベット状からクリーム状へと改良されたのは、十七―十八世紀にかけてである。アメリカで世界最初の製造・卸販売の始まった一八五一年の九年後の万延元年には、幕府遣米使節が〈美味に驚倒〉したことを書き留めている。国産の発祥は明治二（一八六九）年の横浜で、在住外国人向けに売られたが、一般への普及はなお三十年を要した（平凡社大百科事典より）。なお、街頭販売の流行がロシアにもたらされたのは三〇年代だったが、訪米した商業人民委員ミコヤンの機転であったと言われる。

徹底的な禁欲を旨とする母親に育てられたわたくしは、この贈り物を辞退するのが面目と知りすぎるほど知っていたくせに、何か心に決めることがあってか、今となってはそれも思い出せないのですが、思い切って指輪を受けました。間もなく母がナプキンを、姉がスプーンを持って戻りました。一緒に来ていた未知の貴婦人はその宵じゅうにこやかな態度で、食事の席はお互いに気持ちよいものでした。

ところが、それっきり青年は窓の下に現れることがなかったのです。たぶん、アルコス家の令嬢との挙式に出かけたためでしょう。

次の日曜日、指輪のことは早晩、うちの者に見つかってしまう、と考えたわたくしは苦心の一策を案じました。教会にいるあいだに、足元に落ちているのを見つけたふりをして、それを母に見せたのです。きっとガラス玉の偽物《にせもの》よ、それでもいいからポケットにしまっておいたら、と母は言いました。

近所の宝石商に指輪を見せると、八千ピアストルとの鑑定でした。たいそうな価値と聞いて母はぼうっとなり、それじゃパドヴァのサン・アントニオさまに寄進するのがいちばんよい、と言いだしました。わが家の守り神なのです。けれども、これを売れば娘ふたり分の持参金になるのだし、と思い直したりもしました。

「ごめんなさい、お母さま」とわたくしは母に言いました。「ねえ、まず指輪の拾い物を世間に公表すべきじゃないかしら。価値までは知らせずにね。本当の持ち主が現れたら、お返しするのよ。でも持ち主が出てこなかったら、その場合、姉にも、パドヴァのサン・アントニオさまにも何の権利もなし。わたくしが見つけたのですもの、文句なしにわたくしのものよ」

　母は二の句が継げませんでした。価値は秘めたまま、サラマンカじゅうに指輪の拾得物を公示したけれど、おわかりのように、だれも現れるはずがありません。

　かくも貴重な贈り物の主となった青年の印象は、わたくしの心に焼きついていましたが、一週間が過ぎても窓の下に現れません。それでも習慣の恐ろしさで、わたくしは以前のように窓辺に立ち、殆ど一日じゅう通りを眺める毎日でした。

　若い公爵がわたくしを見に来ていたベンチには、今では太った男の人ががんばっていて、それは落ち着いた穏やかな気質の人に見えました。窓際のわたくしに気づいても、この人にはこちらの存在が不愉快らしく、くるりと背を向けるのですが、こちらを見ていないときでさえ、向こうはやはり気詰まりと見え、不安げな様子で時々振り向きます。やがて男は何やら怒ったような目つきをしながら立ち去るのでした。そのくせ、翌くる日もやって来て、似たような場面を繰り返す。こうして、来ては帰り、帰っては来ることを繰り返し、二月《ふたつき》が過ぎるころ、男はわたくしに結婚を申し込んだのです。

　あれほどの方はめったに見つかるものではない、と母は言い、承諾するようわたくしに命じました。わたくしはそれに従い、名前もフラスケータ・サレルノからフランシスカ・コルナデス[1]と変えました。それ以来、住んでいるのが、ゆうべあなたと会ったあの家です。

ドン・コルナデスの新妻となったわたくしは、彼を幸せにすることしか眼中にありませんでした。それは予期以上に成功し、三か月が経つころには、夫の幸福そうな様子は期待を上回り、悪いことには、妻を完全に幸福にしたと思い込んでしまったのです。そういう満足の体《てい》は夫の外貌にはひどく似つかわしくないどころか、わたくしには不愉快でもあり、いらいらの原因となりました。幸い、彼の幸福感は長続きしませんでした。

ある日、外出したとたんにコルナデスの目に留まったのが、紙を手に困り果てている様子の少年でした。気の毒に思ったコルナデスが声をかけて、ふと見ると、少年の手元にあるのは一通の封書で表書きには〈熱愛するフラスケータへ〉とあったのです。コルナデスは顔を顰《しか》め、その面相の凄さに走り使いの少年が怖《お》じけて逃げ出したほどです。部屋に戻ったコルナデスがその貴重な文書を披《ひら》くと、それはこんな文面でした。

ぼくほどの富と価値と名前とがありながら、あなたに知られないといふことがよもやあり得るのでせうか。あなたが多少ともぼくに気を向けてくださるためには、ぼくは何でもするし、何でも差し出すし、何でも試みる用意があります。ぼくのために力になつてあげると言つてくれた連中はきつとぼくを騙したのだ。あなたから何の反応もないのは、そのせゐに違ひない。しかし、ぼくにも大胆不敵な意地があります。情熱の迸《ほとばし》るところ、ぼくを引き留める何ものもない。生まれたばかりのこの情熱に歯止めは利きません。ぼくの唯一の恐れ、それはあなたに知られないことです。

ペニャ・フロル侯爵

この恋文を一読したその瞬間、コルナデスの幸福感は儚《はかな》く消えました。彼は落ち着きを失い、疑心暗鬼となって、わたくしの外出を絶対に許さない夫になったのです。外出はある隣人の女性が付き添うときに限られました。それは信心深さの見本として夫の信頼を得ている女性です。

そんなコルナデスも、自分の内心の痛みについて、わたくしには敢えて一言も口にしませんでした。ペニャ・フロル侯爵とのあいだがどこまで行っているのか、まして、侯爵の恋情をわたくしが知っているかどうか、それさえ、夫にはわからなかったから無理もありません。

そうするうちにも、さまざまな事件が夫の不安をつのらせました。あるときは、庭の塀に立てかけた梯子が見つかり、別のときには、怪しい男が家に潜んでいたし、そのうえ、セレナーデの聞こえてくる夕べがいよいよ頻《しき》りとなる。嫉妬に狂う男たちは、セレナーデを蛇蝎《だかつ》のように憎むものです。

あげくの果て、ペニャ・フロル侯爵の蛮勇は際限知らずのものとなって、ある日、敬神の念

1 （二九五頁） 大方の版にはコルナデスの名で登場するが、ポトツキ生前に出た作品『アバドロ（エスパーニャ物語）』には *Cabronez* とある。「妻を寝取られた男」*cabron* のもじり。コルナダは「角のひと突き」の意だが、*cornudo* は *cabron* と同意語である。滑稽な命名のどちらも気に入って、作者としては捨てがたく迷っているのが微笑を誘う。

厚い隣人の付き添いでプラドへと出かけ、夜遅く、人けの殆ど消えた大通りのはずれまで来たとき、不意に現れた侯爵がつかつかと近づくと、わたくしへの思いのたけを正式に表明して、わたくしを連れ出すか、それとも死ぬかの覚悟だとまで言い出し、力ずくで手を引っ張る始末でした。わたくしと連れとふたり揃って大声を出さねば、あの男が思いあまって何をしでかしたかはわかりません。

わたくしたちは血相を変えて家に駆け戻りました。信心深い隣人はわたくしの夫に訴え、もう二度とお宅の奥さんとの外出はお断りだ、妻に尊敬されないこんな夫しか持たぬ奥さんにせめて男兄弟のひとりもあれば頼りになったろうに気の毒なことだ、宗教はたしかに仕返しを禁じてはいる、さりとてこんな優しく貞節な妻の名誉を守るためもっと断乎たるべき配慮がほしい、ペニャ・フロル侯爵にしてもここまでつけ上がっているのはドン・コルナデスの意気地のなさを知ってのことに違いない……とさんざんな文句を並べ立てたのです。

次の晩、帰宅途中の夫がふだんから割によく使う細道を通ると、道の行く手がふたりの男にふさがれていて、折しもひとりがとてつもなく長い剣を構えて壁に向かって挑みかかり、脇のもうひとりが、こうはやすのを耳にしたのです。

「ブラボー、セニョル・ドン・ラミレ。その調子でペニャ・フロル侯爵に躍りかかれば、世の亭主、兄弟らの迷惑もたちまちに解決だ」

恨み重なるペニャ・フロル侯爵の名を聞くとコルナデスは、はっとして暗い横町に身を隠しました。

「親しい友よ」と長剣の男が応じます。「ペニャ・フロル侯爵の色事に決着をつけるのはおれさまなら朝飯前。ただし、やつを血祭りに上げるつもりはない、その代わり、二度とこっちへは立ち戻れなくさせてやる。拙者ラミレ・カラマンサの名がエスパーニャ第一の剣の名手として世に聞こえるのも伊達《だて》ではないのさ。難儀は決闘のあと始末。せめて百ドゥブロン[1]の有り金が手元に転がっていたらば、当分の島住まいで済むのだが」

ふたりはそんな調子でしばし立ち話をしたあと、やおら引き揚げようとする。すかさず物陰から飛び出したわたくしの夫は、両人に近づいて話しかけました。

「殿方《セニョレス》、拙者もまたペニャ・フロル侯爵の大迷惑を蒙っておる亭主のひとり。侯爵を亡き者にしようとのお話なら、こんなふうに割り込む気は毛頭ない。ただし、懲《こ》らしめてやろうと伺ったのでまかり出ました。島へ高飛びのためのその金子《きんす》百ドゥブロンは拙者が立派に用立てましょう。ここでお待ちあれ。さっそく持参に及ぼう」

約束どおり、夫はうちから持って出た百ドゥブロンを剛《ごう》の者カラマンサに手渡しました。

翌晩、夜半過ぎにわが家の戸を叩く音がし、いかにもその筋の人らしい叩き方でした。出てみると、ふたりの捕吏《ほり》を連れた与力《よりき》がいて、夫に申しました。

「セニョル、夜分に伺い、申し訳ない。これも貴殿を慮《おもんぱか》っての手心だ。こちらに立ち回って、

1 *dublon* ドゥカット（金三・五グラム）の二倍の価値を持つ貨幣単位。別名ゼッキーノ。

そのお蔭で貴殿に迷惑のかかるのも、ご近所を騒がせるのも、われらの本意ではない。実はきょうの昼間、ペニャ・フロル侯爵が殺害された。ついては貴殿の関わりが疑われておる。下手人のひとりが現場に落としたという手紙に、百ドゥブロンを受け取った相手として貴殿の名が書かれ、殺人教唆および犯人逃亡幇助《ほうじょ》の容疑がかかっている」

夫は落ち着き払って次のように答え、その動じない態度はわたくしにも思いがけないほどでした。

「拙者はペニャ・フロル侯爵とやらに全く面識がない。きのう名前も存ぜぬふたりの男から昨年、拙者がマドリードで振り出した為替手形を示され、その金額を支払い申したのは事実だが。お望みなら、その手形をお目にかけよう」

男は懐中から手紙を取り出して言った。「これがその手紙だ。『われらはサント・ドミンゴ[1]へ出発仕《つかまつ》り候が、手許《てもと》には善良なるコルナデス殿の金子百ドゥブロンこれ有り』とな」

「それこそ、拙者が用立てた百ドゥブロンだ」夫が言った。「これは〈一覧払い〉の手形でしたから、当方としては支払いの先延ばしもできねば、所持人の姓名を尋ねる権利もなかった次第」

「拙者は犯罪係の所属なので」と男は言った。「商務の取り締まりは権限外である。アディオス、セニョル・コルナデス、お邪魔申した」

繰り返しますが、応対する夫の沈着ぶりは意外でした。でも、もともと自分の利害とか体面にかけては、天才的なところを見せる人です。

　この騒ぎがすっかり収まったころ、実際にペニャ・フロル侯爵殺しに加担したかどうか、コルナデスに尋ねたことがあります。初めは白《しら》を切っていた夫も、殺害ではなく懲らしめが目的で殺し屋カラマンサに百ドゥブロンを渡したと白状し、実はこうして不本意ながら人殺しに手を貸したことで良心にさいなまれ、取りあえずサンチアゴ・デ・コンポステラへ巡礼に出かけ、それでも足りなければ、もっと遠くへ足を延ばすつもりだ、と申しました。

　この告白が言うなれば、異様で不思議な出来事の前ぶれでした。夜な夜な夫は身の毛もよだつ幽霊を見ては、重苦しく良心の呵責が増します。殆どいつも百ドゥブロンの件の繰り返しで、時には闇のなかから「百ドゥブロンを返してやるぞ」という声が聞こえたり、あるときは、金貨を勘定する音が響いたりもする。

　下女までがそんな悪夢に引き込まれて、ある晩、部屋の片隅にドゥブロン貨でいっぱいの大鉢を見つけたと、わたくしどもに持ってくると、なかは枯れ葉ばかり。そんなこともありました。

　その翌晩、薄暗い月明かりの部屋を通る夫の目に映ったのが盥《たらい》に置かれた男の首でした。夫は仰天して部屋を飛び出し、わたくしにわけを話すので、見に行くと、鬘《かつら》用の木製の頭《かしら》が髭剃り盆にたまたま載せてあるだけでした。安心させるのは癪《しゃく》だし、むしろ怖がらせておくに限る

1　*Santo Domingo*　現在のドミニカ共和国の首都。コロンブスの父の名ドメニコに由来する。

とさえ思い、わたくしはわざと悲鳴をあげ、まあ恐ろしい、血塗れの首が……と言ってやりました。その後はうちじゅうの使用人まで、生首に怯《おび》え上がる事件が起こり、夫はそれを気に病み、発狂せんばかりでした。

言わずもがなのことですが、現れた幽霊というのはどれもこれもわたくしが仕掛けたものばかり、だいいちペニャ・フロル侯爵なる伊達男も作り上げた存在で、コルナデスを不安に駆り立て、その幸福感をぶち壊すための工夫でした。取り調べのお役人、下手人たち、すべてアルコス公爵の部下でない者はありません。結婚式が終わるとすぐに、サラマンカへと送り出されてきた仲間なのです。

ゆうべ、わたくしは夫をうんと怖い目に遭わせてやる計画でした。寝室を飛び出したが最後、夫は祈禱台のある書斎にこもりっきりになってしまうことを信じて疑わなかったからです。あとは寝室のドアに錠をかけ、公爵がこっそり窓から忍び込む手筈でした。夫が梯子を見つけたり、公爵に出くわす心配は皆無です。なにしろ、家じゅうどこもかしこも鍵を下ろすのは毎夜のことで、その鍵はわたくしの枕の下に置く慣わしですからね。そこへ思いもかけず、あなたの頭が窓から突き出され、夫はそれを百ドゥブロンの恨みを晴らしにきたペニャ・フロル侯爵と思い込んだのでした。

締め括《くく》りに申さねばなりません。わたくしの夫が全面的な信頼を置いた信心の模範のあの隣人、その方こそは、ほかならぬアルコス公爵その人なのです。ほら、今、目の前にいるこちらの女装の方がそうです。いかがです、よくお似合いでしょ。わたくしは今はまだ妻の貞節を守っています。でも、愛するアルコスを遠ざける決心はつきかねています、操《みさお》を保つ自信が揺らいでいるのです。できるものなら、アルコス公爵と寄り添いたいと念じているわたくしですの。

フラスケータが話し終わると、公爵が初めて拙者に口をきいて言った。

「セニョル・ブスケロス、貴殿に秘密を打ち明けたのはほかでもない、お願いがあるからです。コルナデスの旅立ちについては、単なる巡礼の旅に終わらせたくない、どこかの修道院で悔悛の生活に入ってほしいものと考える。そのためには、貴殿と四人の学生仲間の加勢がぜひとも必要となる。拙者の企てを説明しましょう」

ブスケロスがそこまで話したとき、ぼくは太陽がまさに沈もうとするのに気づき、魅惑のイネスとの約束を思って慄然《りつぜん》とした。ぼくは話を遮り、アルコス公爵の企《たくら》みの話はあしたにしてほしいと頼んだ。ところが、ブスケロスがいつもの不遜な態度で応じたため、猛然と怒りを発し、ぼくは大見得《おおみえ》を切ってどやしつけた。「無礼者。たった今貴様との腐れ縁を断ち切るか、さもなくば貴様も剣を抜くかだ。さあ覚悟しろ」

柄《つか》に手をかけることさえ父から禁じられていたぼくは、抜き放った自身の剣に些《いささ》かたじろいだ。ぼくが剣先をくるくると回転させると、相手は驚く様子だったが、何やら目くらましの手を使い、あっと言う間に敵の切っ先がぼくの腕を刺し、次には肩を傷つけた。握り締めた剣がぼくの手から落ち、たちまちにしてぼくは血の朱《あけ》に染まった。だが、それよりも絶望的なのは、待ち合わせをみすみす逃し、愛するイネスの伝えようとした内容をもはや知るべくもないという一事であった。

物語がここまで達したとき、親方は呼ばれて退座した。そのあとでベラスケスがこうぼやいた。

「親方の物語は次から次に話がもつれ合うと相場が決まっている。フラスケータ・サレルノが身の上を語る相手はブスケロス、そのブスケロスは、その話をロペス・ソワレスに聞かせ、またそいつが親方に同じ話をする。こんどは美しいイネスがどうなったか、ぜひとも親方に聞きたいものだな。ただし、またもや横合いから話に邪魔を入れたりしたら、喧嘩を吹っかけてくれるぞ。それこそ、ソワレスがブスケロスに癇癪玉《かんしやくだま》を破裂させたように。でも、もったいない、あの百ドゥブロンはだれがせしめたろう。それはそうと、親方は今夜、もう戻りそうもないね」

そのとおり親方は姿を現さなかったから、めいめい寝《しん》に就くこととなった。

第三十六日

朝、一行が再び道を辿り始めると、間もなく〈さまよえるユダヤ人〉はわれわれに合流して、彼の談義の続篇を語り始めた。

〈さまよえるユダヤ人〉の物語——承前

師匠ケレモンの講義は、それがしの話して聞かせた抜粋のようなものでは到底及びもつかぬほど遙かに宏遠壮大なものだった。師の講義の全般的な結論を言えば、一つにはビティスという名の預言者が、その論文のなかで神と天使たちの存在を立証したこと、また一つにはトートという名の別の預言者が、極めて難解ながらそれだけ高尚と見える形而上学の考え方を展開させていること、ここに尽きる。

この神学において、〈父〉と呼ばれる〈神〉は沈黙によってのみ称賛された。しかしながら、その神がいかにそれ自身に対して自足しているかを表現したい場合、「神は自らの父にして、自らの子なり[1]」と人は言った。人はまた神をこの息子との関係のもとに考究して、神を〈神の理性〉あるいは〈トート〉と呼んだ。トートとはエジプトの言葉で「確信」を意味する。究極として、人は自然のなかに〈精神《こころ》〉と〈物質《もの》〉を見て取ったので、その精神を〈神〉の流出[1]と人は考え、以前にも言ったように、地の塵に漂えるものとしてそれを表象《ひょうしょう》した。この形而上学の発案者が〈三大力のヘルメス〉と呼ばれる。エジプトに十八年間を過ごしたプラトンは、言葉の教義をギリシア人にもたらし、その功によりギリシアの人々から〈聖哲〉と奉られた。

ケレモンは以上のすべてが全体として古代エジプト宗教の精神に必ずしも存在しなかった、と主張し、その宗教も、また宗教なるもの全体も変化を遂げる、と説いた。この点に関する彼の見解はアレクサンドリアのシナゴーグに到来した意見によって間もなく正当化された。

それがしはエジプト神学を学んだ唯一のユダヤ人ではなく、これに興味を抱いた人々はほかにもあった。なかんずく、エジプトの文献全般を支配し、おそらくその淵源が古代文字《ヒエログリフ》の古代文書《もんじょ》のなかに、また〈象徴に執着すべからず、それが秘める隠された意味に注目すべし〉というエジプトの掟にもあるあの謎めく精神に人々は誘惑を感じたのだ。

アレクサンドリアの導師《ラビ》たちもまた解くべき謎の数々を持ちたいと望んだ。

彼らは、モーセの五書には事実の物語、現実の歴史が提示されているとはいえ、半面、その叙述に神の技が込められており、歴史的意味とは切り離して、それらは寓意的な隠れた意味を包含している、との想定を喜んだ。この隠れた意味を解きほぐすに際して若干のわれらの学者が示した緻密さは、その時代において大いなる名声を博した。しかしながら、ありとあるラビのうち、フィローン[2]ほどに傑出したラビはなかった。

長年月にわたるプラトン研究の成果として、フィローンは形而上学の闇に巣くう偽《いつわ》りの思想を払拭した。シナゴーグのプラトンという異名を得た所以《ゆえん》である。フィローンの最初の研究書は世界の創造、なかでも七という数の特性を扱っている。この著作のなかで〈神〉は〈父〉と呼ばれるが、これは〈聖書《バイブル》〉の様式に沿わず、完全にエジプト神学の流儀に適うものである。

1 （三〇五頁） この引用はヤンブリコス著『エジプトの神秘』より（ラドリザニ）。

1 「万物が唯一者たる神から自然に生まれ出た」とする新プラトン学派の用いた語。

2 ***Philon*** （前二〇か二五—後四五か五〇） アレクサンドリアのフィローンとして知られ、ユダヤ的伝統とギリシア的教養に立つ哲学者。プラトンの学説をユダヤ思想に移植した。『世界創造について』*De creatione mundi*、『夢について』*De somnis*『アブラハムについて』*De Abrahamo* などの著がある。地元のユダヤ社会を代表して第三代ローマ皇帝カリグラ（正式にはガイウス、在位三七—四一）に使節として赴き、ユダヤ人迫害について「ガイウスに遣いして」*De legatione ad Gaium* を書いた（したがって、〈クラウディウス皇帝〉とあるのは作者の誤り）。平石善司によれば、フィローンは離散（ディアスポラ）のユダヤ人にとって切実な問題である「聖書（旧約）の文化的背景であるギリシア思想との調和を図り、かつユダヤ思想の優位を保つ」ための思索と論考に携わった。また神と世界を媒介するものとしてロゴスの観点を導入し、神の考えた〈英知の世界〉と、摂理によってそれへと導く〈神の力〉とを指示した。このロゴス論は初期キリスト神学の形成に強い影響を及ぼす（『平凡社大百科事典』）。なお、ここに言われる「神の三重の姿」がのちの三位一体論（神と聖霊とキリストとの一体説）と結びつくものかどうかは不明。

この書き物にはまた蛇とは情欲の寓意《アレゴリー》であり、女が男の肋骨からできたとの説も同じく寓意的であると書かれている。

同じくフィローンは夢についても著作を遺した。そのなかで神は二つの神殿を持つ、と彼は述べた。神殿の一つはこの世界であって、その神殿にいる大祭司とは神の言葉である。もう一つの神殿、それが理性を具える霊魂であり、人間とはそこの大祭司にほかならない。

アブラハムに関する著作のなかで、フィローンはまたもやエジプトの流儀に則《のっと》り、次のように述べている。

「存在するもの」とわれらの文字が呼ぶその方とは、一切の父なる者である。その人〈大いなる存在〉は最古の、かつ最も内在的なふたりの天使を左右に従える。すなわち〈創造の天使〉および〈支配の天使〉であり、その一方が〈神〉、他方が〈主〉と呼ばれる。こうして常にふたりの天使を伴う〈大いなる存在〉は、あるいは単一の、ないしは三重の姿を取って現れる。単一の姿となるのは、完全に浄《きよ》められた霊魂が、一の数に隣接する対《つい》さえも含む一切の数に超然とし、霊魂がついに抽象的・崇高・単純な像にまで到達するときであり、いまだ完全には大いなる神秘に触れない霊魂に対しては、別の姿、すなわち三重の姿で出現する。

視界の果て、理性の果てまでもプラトン化したフィローンは、のちに、ローマ皇帝クラウデイウスへ使節として差し向けられたのと同一の人物である。フィローンは、アレクサンドリアにおいて広く尊敬を集め、その文体の美しさ並びに当時の人士の新奇へ寄せる愛好とによって、彼の見解は、ギリシア化したユダヤ人の殆どすべてに迎えられた。やがて、この人々はいわば名前だけのユダヤ人となった。彼らにとってモーセ五書は彼らが好みのままに寓話や神秘を描き出す一種の画布でしかなくなった。ただし、それらはとりわけ神の三重の姿の神話である。

その当時、エッセネ派[1]の人々は早くも彼らの奇妙な教派を形成していた。彼らは妻を持たず、財産は共有された。どこを見ても新しい宗教ばかりであった。ユダヤ教とマギ教[2]の混合、サバ教[3]とプラトニズムの混合、そしていたるところで占星術……こうした古代宗教がほうぼうから流れ込んでいた。

1 *Essene* 前二世紀半ば—後一世紀末、パレスティナにあったユダヤ教の一派。サドカイ派、パリサイ派と並び、三大教派を成す。長上への絶対服従・禁欲・独身・モーセ律法を厳守し、秘教的だった。エッセネとは〈敬虔な者〉、〈癒す者〉ないし〈実践者〉の意とされる。会衆は四千人を数え、フィローン、ヨセフス、大プリニウスらの報告では、修道院に似た共同生活を行い、加入には三年間のテスト期間が置かれた。厳格の度合は硬軟の両用に分かれ、後者では結婚が許されたようである。固有の暦を持ち、祈禱、律法の学習、共同の食事、農耕作業、沐浴などの整然たる日課に従った。一九四七年、その存在が明らかとなった「死海文書」出土の死海のほとりクムランの地には三百人に近いエッセネ派が居住したと推定され、この人々と初期キリスト教との信仰の類似と相違が今も研究者を沸かせているが、ククルスキは「エッセネ派と初期キリスト教との類似を指摘する学者もある」とする。

〈さまよえるユダヤ人〉がここまで語ったとき、宿営地は目と鼻の先に近づき、不幸せな放浪者は一行を後目《しりめ》に山中へと消えた。この夕方、ヒターノの親方アバドロは退屈しのぎに、その物語のつづきを次のように話し始めた。

ヒターノの親方の物語——承前

ブスケロスとの決闘の一件を語り終えると、若いソワレスは眠たげに見え、おれはその場をそっと立ち去った。翌日、物語のつづきを所望したおれに切り出した彼の話がこうだ。

ロペス・ソワレスの物語——承前

ぼくの腕に刺し傷を負わせたブスケロスは、その場でぼくに向かい、お蔭を以て貴殿への拙者の献身を改めて証立《あかし》てする機会に恵まれ歓喜に堪えぬ、とほざきおった。彼はさっそくぼくのシャツを引き裂いて腕を縛り上げ、マントを着せて、外科医へと連れていった。ぼくは傷の手当てが済むと、馬車を呼ばせて宿舎へ戻った。

ブスケロスは控えの間にベッド一台を運び込ませた。当人を厄介払いするつもりがこうして裏目の不首尾に終わったぼくはすっかりめげてしまい、もはや抵抗する気力が失せた。手負いの例に洩れず、翌日、ぼくは発熱し、ブスケロスは嬉々として世話を焼いた。ぼくのそばを一向に離れようとしないのは、その後の三日ほども同様であった。四日目、ぼくは片腕に吊り繃《ほう》帯《たい》をして外出できるようになった。

五日目の昼食後、イネス嬢の叔母セニョラ・アバロスの家の者が、ぼく宛の手紙を届けに来ると、ブスケロスはすぐさまそれを奪い取るようにして読み上げた。次はその文面である。

イネス・モロよりロペス・ソワレス宛

親愛なるソワレス。決闘の末、腕にお怪我なさつたことを知りました。心配申し上げてをります。ところで、もう一押しの努力を思い立つたので、お知らせします。わが家においでいただき、父がぜひともあなたとお会ひする機会を作りたいのです。なかなかの冒険です。でも、叔母アバロスが親身に相談に乗つてくれます。本状持参の使ひの者にお任せください。あすではもう時間切れとなるでせう。

2 （三〇九頁） ***Magi*** マグともいい、マジックの語源。古代メディア、同ペルシアのゾロアスター（拝火）教聖職者の氏族。イエス降誕を予知し、生後に黄金と乳香と没薬を贈り物に参拝した〈東方の三博士〉もマギであった（「マタイによる福音」第二章が伝える「三王来朝」ないし「マギの礼拝」）。ギリシアの伝承では「神秘な宗教知識の所有者」と見なされ、占星術者の意でもある。原語は「マギズム」***magisme*** とあり、拝火教のこと。

3 （三〇九頁） ***sabéisme***（仏）、***Sabaism***（英） 古代オリエント（アラビア、メソポタミア）で星を尊崇した宗教。拝星教。

「セニョル・ドン・ロペス」うんざり男のブスケロスがしゃしゃり出て言った。「ご覧のとおり、貴殿は拙者なしでは済まぬ身。一計を案ずべき画策とあらば、拙者の出番と決まった。一肌脱ごう。日ごろ、拙者を友人に持つ幸せを痛感の貴殿とお見受けしてきたが、その真価を発揮するには今を措《お》いてない。

いやはや、全くの話、貴殿がもう少し先まで拙者の話を聞いてくれたら、拙者がアルコス公爵のためにどんな手を打ったか、わが手並みを見てもらえたものを。乱暴に中断させられ、まことに無念。しかも、いや、もうこぼし話はやめますよ。拙者の一撃で貴殿への奉仕の機会がこうして巡ってきたのだから。こんどこそ、お願いしておきます、セニョル・ドン・ロペス、いざ実行のそのときまで口出しはしないでいただきたい。質問一つ、文句一つです。いいですか、これは絶対です。引き受けたからには、拙者にお任せなさい」

そう言い終わると、ブスケロスはモロ嬢信任の男と別室に消えた。長く続いた相談のあと、ひとり戻ったブスケロスの手には一片の紙が握られていた。アウグスティヌス小路の見取り図である。

「これがサント・ドミンゴ広場へ出る道の終わりですが」ブスケロスは言った。「さっきの男がここに立つ、彼の保証するもうふたりの部下も一緒にです。拙者は反対の端《はし》に選《え》り抜きの仲間ひとりと控える。むろん、貴殿の身方ですよ、ドン・ロペス。いや、違った、ここには一組の男女を配置する。精鋭が立つのはこの裏の門口の辺りで、イネス嬢の許嫁《いいなずけ》、貴殿の恋敵《こいがたき》サンタ・マウラ公爵の部下どもの前に立ちはだかる」

そういう手筈を聞かされた以上、ぼくのほうから二、三の質問をし、いったいその間《かん》ぼくの仕事は何か承知しておく権利があると思えたのだが、ブスケロスは高飛車にぼくを遮り、こう言った。

「質問は無用、セニョル・ドン・ロペス、ほんの一言も。それが条件ですからね。お忘れになっても、拙者は覚えてますよ」

そのあと、ブスケロスは慌ただしく部屋を出たり入ったりした。夕刻になっても同様だった。隣家の照明があかあかと灯るかと思えば、表通りに怪しげな人影が見え、まだ行動開始の合図は下りない。報告にブスケロスが戻ってくることもあり、時には代わって腹心を差し向けた。ようやくブスケロスが迎えに現れ、ぼくはいやいや従った。ぼくの心臓は高まった。父の命に背く……そのことで気が咎《とが》めた。だが、あらゆる感情を恋ごころが圧倒し去った。

アウグスティヌス小路にさしかかると、ブスケロスは精鋭の配置をぼくに示し、彼らに合い言葉を教えて回った。

「だれかが通りかかったら」と彼はぼくに言った。「拙者の友人同士が取っ組み合いの喧嘩中と見せかける。通行人は別の道へ行こうと引っ返す。そこでこんどは」彼は続けた。「これ、この梯子です。貴殿にはこれに登ってもらう。ご覧のように、しっかり石材で支えて固定してありますよ。合図を見計らって、拙者が手を叩いたら、この梯子を登る」

ところが、あれほど慎重に打ち合わせをしておきながら、ブスケロスが肝腎の窓を門違《かどちが》いしていようとは？　すべてはやつの迂闊《うかつ》のせいだが、その結末はこうなのだ。

ぼくは右腕を吊っていたが、合図が下るや、片手でするするっとみごとに梯子を登った。登り詰めたところで、打ち合わせでは鎧戸が細めに開けてあるはずなのに、約束と違う。思いあまって左手でノックはしたが、瞬間、梯子を摑んだ手が空き、両足だけが頼りだ。そのとたん、中の男が乱暴に開け、鎧戸がどすんとぼくにぶつかった。あおりを食らい、バランスを失ったぼくは梯子の高みから下の石材めがけて真っ逆さま。傷した腕が二か所で骨折、梯子段にかけたほうの片脚も折れ、もう片方は関節がはずれた。そのうえに襟首から腰にかけて全身、擦り傷と打撲傷だらけ。鎧戸を開けた男は、どうやらぼくに死んでほしかったと見え、大声でぼくに叫んだ。「死んだのか」

とどめを刺される危険を感じて、ぼくは返事した……死んだ、と。

続けて男がどなった。「煉獄はあるか」

痛みに喘《あえ》ぎながら、たしかにある、ぼくもそこにいる、と答えてやると、そのままぼくは気を失ったと見える。

ここでソワレスに割り込み、それは急な雷雨のあった晩か、とわしは尋ねた。

「雷雨の晩だ」彼は言った。「稲光と雷と。たぶん、あのせいだな、ブスケロスが家を間違えたのは」

「あぁ、やはり」わしは大声を出した。「間違いない、それは煉獄の霊魂だ！　あの哀れなアギラールだ！　気の毒なセニョル・ドン・ロペス！　梯子をかけたその家はトレドの騎士の家だったのです。あの晩、われわれは決闘で殺された騎士アギラールの霊魂を待ち受けていた。鎧戸を叩く音で、てっきりあの世の者と思い込み、煉獄のことを尋ねたのですよ」

ロペス・ソワレスはわしの言うことなど聞いていなかった。長時間の話に疲れきって、彼はぐっすりと眠り込んでいた。

夜が明るみかけていた。病人の付き添い係の召使を揺り起こしてから、通りへと飛び出したわしは、賃貸しの驢馬を借り、カマルドリ修道院へと急いだ。

トレドの騎士は聖像の前に額ずいていた。わしもその横に額ずき、高声の会話は厳禁ゆえ、耳元に口を寄せて、ソワレスの一件を話して聞かせた。彼は別段、驚くふうもなかった。その代わり、騎士はわしのほうに顔を向け、やはり耳元で言った。

「アバドロ、君はどう思う。判事ウスカリスの奥方は今もぼくに惚れているかな、ぼくに操を立てているだろうか」

「ブラボー！」わしは言った。「でも静かに。善良な隠者の人たちの邪魔になります。いつものようにお祈りを続けてください。きょうで静修期間は終わりですと知らせに行ってきますから」

修道院長はわれわれが浮き世に戻ると知っても、騎士の信心の厚さに褒め言葉を惜しまなかった。

修道院を出たそのとたんに、騎士は以前の陽気さを取り戻した。わしがブスケロスの話をすると、その男なら知っている、アルコスに取り入っている貴族だが、マドリードじゅうの嫌われ者だと口を添えた。

話がそこまで来たとき、親方は呼び出され、その夜はもう姿を見せなかった。

第三十七日

この日は一日休養に当てられた。朝食はいつになく豊富で調理が行き届いていた。だれも欠けず全員が揃った。美しいユダヤ娘は化粧も衣裳も多少、入念であった。といっても、それは表面的にすぎない。彼女の意図が若さまの気を惹くためであったとすれば、彼が惹かれているのは、彼女の顔ではなかった。彼はよその女性にはない格別なものを彼女のなかに見ていた。それは思慮深さであり、また科学的探求によって形成された精神のあり方である。

以前からレベッカは若さまの宗教観を知りたいと思い続けてきた。一つにはキリスト信仰に対する決定的な嫌悪感から、そして半面、われわれをイスラームの教えに誘い込もうとする陰謀への加担からなのだ。そこで、半ば真剣とも半ば冗談ともどっちつかずの調子で、若さまに向かい、彼女のほうからこう持ちかけた……キリストの教えには彼を当惑させるような〈等式〉がありはしないのか、と。

信仰と聞いて、ベラスケスはひどく気難しい表情をしたが、冗談交じりの質問と感じ取ると、ふと不満げな様子になり、しばらく考え込んでから次のように話し始めた。

ベラスケスの宗教観

あなたがどう話を持っていきたいのか、ぼくには見えている。あなたはぼくの数学に疑問を投げかける、だからぼくも数学で答えよう。無限大を表示したいとき、ぼくは数字の8を横にした∞を書き、これを1で割る。分数で言えば分母が1で分子が∞だ。無限小[1]を表すには1を∞で割る。分母が∞で分子は1だ。しかし、こういう計算用の記号では、ぼくの考えは表現できない。無限大とは恒星ごと天空を無限倍にすることだし、無限小とは原子の極最小なものの無限な細分のことだ。と言い直しても、これでは無限の略図にすぎない。つまり、ぼくには無限が理解できない。

そこで、理解もできず、表現できず、単に無限大、無限小と表示するにすぎないとすれば、そういうぼくに〈同時に無限に大きく、無限に知恵を持ち、無限に善良で、かつ一切の無限の創造者〉が、どうして表現できようか。すると、ここに〈教会〉がぼくの数学の助けに馳せつける。[2] 1のなかに、それを壊すことなく3が存在する、そんな表現を提供してくる。ぼくの概念を通過するものにぼくが抵抗できますか。ぼくは従う以外にない。

神への不信へと導くのは科学ではなく、むしろ無知です。無知な人は日常、目に触れるという理由から、そのものを理解していると考える。

自然学者は謎のただなかを歩み、常に理解しようと努めるのだが、半分までしか理解していない。理解しないものを真と信ずることを彼は学ぶ、これが信仰への確実な一歩だ。ニュートンもライプニッツ[3]も真のキリスト者であり、神学者でさえあった。ふたりは共に数の神秘を認めつつも、その神秘が理解できなかった。

もしも、ふたりがわれわれカトリックの〈教会〉に生まれていたならば、彼らは同じように思慮を超絶するもう一つの神秘を認めただろう。それは人間とその創造者とのあいだの緊密な結合の可能性のことだ。この可能性の問題は、どのような直接的与件も提供しない。提供するのはいわば未知のものばかりだから。しかし、この問題は物質という外見をまとう他の知性と人間のあいだの完全な断絶をわれわれに指示することにより一つの手がかりを差し出す。なぜとならば、もし人間が地球上にあって真にその種の唯一のもの[4]であるなら、また、もしわれわ

1 無限大と無限小は、現代数学では別の表示を使うようである。

2 啓蒙時代の筆頭、英国の哲学者ジョン・ロック（一六三二—一七〇四）は理神論（自然宗教）*deism* の立場からその著作『キリスト教の合理性』（九五）で理神論と天啓宗教の妥協を試み、天啓は人知を確認させるうえで人間にとって価値があり、人知が独自では発見できないか、ないし苦心惨憺の末に到達する真理の認識を許す、と説いた（ククルスキ）。〈天啓宗教〉とはユダヤ教、キリスト教、イスラーム教の三宗教を指す。理神論は「宗教と理性の調停を図る合理的神学」と説明され、〈自然宗教〉と呼ばれる場合もある。絶対主義下のヨーロッパで偏狭・不寛容の打破に闘ったヴォルテールらの思想的支えとなったのが理神論である。

3 両人ともプロテスタント。前者は青年時に神学を学び、後者はカトリックとプロテスタント両教会の合同計画に二十年間も携わった（ククルスキ）。

れが全動物界との完全な断絶を確信するなら、その場合、神と合一できるのは人間のみである、との見方を比較的に少ない反撥感とともにわれわれは受け入れるはずだから。

以上を前置きとして、次に動物の知恵について考察しよう。動物は欲求し、記憶し、企み、ためらい、決定する。動物は思考するが、自らの思考を思考しない。この能力はいちだんと高尚な知力に属する。「われは思考する存在なり」などと動物は決して言わない。この種の抽象化は動物の能力には極めて乏《とぼ》しい。数の観念を持つ動物がいないのはそのためだ。実は数が抽象化の最も初歩的なものなのだが。

鵲《かささぎ》は、近くに人間がひとり隠れていると疑うあいだ巣を離れない。そこで鵲の知恵の程度を測ることになり、猟師が隠れ場に潜んだ。その数は五人。ひとり、またひとりとそこを出たが、鵲が巣から出たのは五人目の出たのを見届けたあとだった。猟師の数を六人、七人と増やしてみたら、鵲は勘定ができなくなり、いつも五人目が出ると巣を離れた。そこで鵲の数えられるのは五までだ、と一部の者は考えた。それは違う。鵲には五人の男たちの集団的なイメージがあるだけで、人数を勘定したわけではない。勘定とは、物の数を抽象化する働きなのだ。大道芸人がスペードやらクラブやらトランプカードに出てくる数だけ小馬《ポニー》に脚をトントンと鳴らさせる芸がある。あれは飼い主が合図し、それに応じてトンとやったり、やめたりするので、馬に計数観念があるわけではない。単純なこの抽象化の欠如が動物の知恵の限界である。

たしかに、動物の知恵は時に人知に近い。[1] 犬は即座に一家の主人を、その友人を、そしてよそ者を識別する。身内を愛し、よそ者を嫌う。人相の悪い人間を憎む。犬は動揺し、興奮し、恐れ、願望する。禁じられたことをやって、その場を人に見つかると恥じもする。大プリニウス[2]の記述によれば、ダンスを仕込まれた象たちが、ある夜、月明かりのもとに集まり、ダンスの総稽古をするのが見られたという。

動物の知恵がわれわれを驚かせるのは、個々の特例に限られる。彼らは命令を実行する。害を回避するのと同様に、禁止事項を避ける。しかし、彼らは善に関する一般概念とあれこれの事柄に関する特定概念とを切り離せずにきた。したがって、動物は己の行動を分類できない。

4（三一九頁）これはデカルト（一五九六―一六五〇）哲学に特徴的な見解。霊魂と肉体という二元論に立ち、動物は霊魂のない肉体であるとし、霊魂を持つ存在はひとり人間あるのみと主張した（ククルスキ）。

1　動物は意識を有しないとしたデカルト説に反対したのがヴォルテールで、彼は人知と動物の知恵の差は程度と量的なものであり、質的ではないとして、人間の霊魂を超自然なものだとの信仰至上主義 *fideism* の主張を攻撃した（ククルスキ）。

2　***Gaius Secundus Plinius Maior***（紀元二四―七九）古代ローマの博物誌家。ポンペイを全滅させたヴェスヴィオ火山の爆発時、救援に急行して噴煙に巻かれて死亡。当時、艦隊司令長官。大著『博物誌』（全三十七巻）がある。ローマ最高の知性として、ルネサンス時代にも尊重された。象のエピソードは同書第八巻の六にあるが、同様の報告が二十余年後代のプルタルコスによる『動物の感覚について』の十二章にも記述され、ベラスケスの論議は後者に依拠する、とククルスキは書く。同教授によると、この著作の狙いは、動物に知恵はないとするストア学派への反論であり、人間と動物の知恵の差は質ではなく、洗練の度合による、と説かれた。

その行動を善か悪かに分ける能力がない。この抽象化の難しさは、計数という抽象化を上回る。それ以上も、それ以下も、彼らには不可能である。

良心は部分的には人間の造作物である。なぜなら、一国で悪とされるものが他国では善となるからである。[1] しかし、一般的に、良心は抽象化がなんらかの指示を付《ふ》したもの、すなわち善か悪かについて警告する。動物はかかる抽象化の能力を欠く。ゆえに彼らには良心がなく、良心の声に従うことがない。だから、彼らには褒賞も刑罰も受ける資質がない。われわれが彼らを罰するのは、自分の実利のためであり、彼らのためではない。

という次第で、一つの球体の上にその種の唯一のものとして人類は存在し、ある全体図に取り込まれないものは地球上には皆無だ。人間だけが己の思考を知り、ある質を抽象化し一般化することができる。こうして、ひとり人間のみが功徳《くどく》も罪障も受け入れ得る。なぜなら、抽象化と一般化と、そして善悪の区分けとが人間に良心なるものを形成してきたからだ。

しからば、人間がすべての他の動物から画然と隔てる数々の資質を持つのは何故《なにゆえ》であろうか。この場合、類推は次のように広言するようにわれらを導く。すなわち、この世の万事に明確なる目的ありとすれば、良心もまた無為に人間に与えらるべくもないと。ここでようやく、推論はわれらを導き、自然宗教へと到達する。もしも自然宗教が天啓宗教と目的を等しくしないとすれば、つまり、その目的が〈最後の審判〉でないとすれば、自然宗教は吾人を奈辺《なへん》へと導くものなりや(これを数学の例で言うと、積が相等しいとき、その因数同士に大きな違いはないわけだ）。

ところが、自然宗教が拠って立つ物の考え方は、危険な道具であり、それを用いる者は容易に傷を負いかねない。これまでに、いかほどの美徳が自然宗教の考え方により攻撃を浴びたか。いかほどの罪が正当化されたか。永遠の摂理は道徳倫理を詭弁学者《ソフィスト》の思いのままに委ねたか。断じて否である。幼年時代の習慣、親子愛、心の欲求などに根ざす信仰は、理性の支えに比べ、より確かな人間の支えとなる。

獣類とわれらを隔てるはずの良心自体を疑う者が現れ、懐疑論者たち[2]はそれを玩具として弄《もてあそ》ぼうと望んだ。彼らは、この世に存する、物質をまとう無数の霊的存在と、人間とのあいだにはなんらの差異もない、と吹聴した。だが、彼らが何と言おうとも、人間は自らのうちに良心の存在を感じる。[3]聖別の際の言葉に、「神、この祭壇に降りたまいて、汝と一体となる」と司祭は言う。そのとき、人間は自分が獣界に属さないと感じ、自らのなかへ踏み入り、そこに良心の存在を認める。

しかし、あなたは言うだろう、自然宗教もまた天啓宗教と同じ目的を目指すと証明しても意

1　人知は天性の道徳観念を持たない、とはロック哲学から来る（ククルスキ）。
2　前節のソフィストと同様に十八世紀フランスの唯物論者を指す（ククルスキ）。ラ・メトリー、ドルバックら。
3　ロックは理神論の立場から宗教の心理的根拠を力説した（ククルスキ）。

味がないと。あなたがキリスト者であるなら、天啓宗教を信じ、この宗教を確立した奇蹟を信じねばならないと。いや、ちょっと待ってほしい。その前に、天啓宗教と自然宗教との違いを確かめておこう。

神学者によれば、キリスト教信仰の創造者は神である。この考えは哲学者も同様である。なぜなら、世にあるものはすべて神の許しなしに現れないから、と哲学者は考える。そして、神学者の拠りどころは奇蹟である。ところが、奇蹟は哲学者のお気に召さない。[1]奇蹟が自然の一般法則に違反するからだ。哲学者は、自然学者[2]でもあるので、聖なる教えの創造者である神は、その確立に際して、自然と道徳との一般法則に違反せず、[3]もっぱら人間的な手段を選ぼうとしたはずだ、との考えに傾く。

ここまでは両者の違いはまだしも軽微なものだが、自然学者はさらに微妙な差違を言い立て、神学者を問いつめる。

「実際に奇蹟を目《ま》の当たりにした人々なら、信ずる苦労は全く無用だった。信仰の功徳は十八世紀も遅れて生まれたあなたたちのためにある。もしも、信仰が功徳ならば、あなた方の信仰は、実際に奇蹟があったにせよ、あるいは聖書に伝えられただけにせよ、どちらの場合も、等しく試練を経たものだ。もし試練が不変ならば、功徳もまた不変である」

神学者は守勢の立場を捨てて自然学者に反論する。

「しかし、そういうあなたたちも自然の法則という啓示をどこから受けたのか。奇蹟とは例外的な事例ではなく、むしろ、あなた方に未知の現象が起こったのでないかどうか、どうしてわかるのか。あなた方には自然の法則がわかっていない。光学の法則に新たに加わった可視光線は、衝突し合わず四方八方に拡散できる、なのに、鏡に当たると弾性ある物体のように跳ね返る、それはなぜか。同様に音響も擦れ違い、木霊《こだま》となって反響する。両方とも一つの様態と思えながらも、可視光線は物体のようでもある。ところが、あなたたちは、そのことを知らない。実のところ、あなたたちは何も知らないのだ」

追いつめられた自然学者は、何も知らないと自認する。それでも、引き退《さが》らずに言う。

「わたしは奇蹟を定義づける立場にないし、奇蹟を否定する考えから遠い者だが、そのわたし

1 イギリス自由思想の先駆で、ヴォルテールやフランス唯物論者の哲学に影響したジョン・トーランド（一六七〇―一七二二）は、キリスト教中の理性に反する事柄（奇蹟）は、ユダヤ教の伝統ないし後世の追加の反映だと主張した（ククルスキ）。

2 ***physicien***（仏）の語は古代ギリシア以来、長らく「自然学者」の意に用いられた。アリストテレスの著 ***"Physika"*** は〈自然学〉である。ここでもその意味に解した。「物理学者」として通用するのは英国で ***physicist*** の新用語が使われた一八四〇年以降とされる。村上陽一郎によれば、「ニュートンの体系でさえ今日の物理学の性格とはおよそ異なった神秘的な要素を色濃くもっていた」（平凡社世界大百科事典）。日本語では幕末の窮理学、格物学、理科、理学に始まり、一八七二―八一年にかけて「物理学」の名が定着する。

3 ヴォルテールの見解では〝奇蹟の受け入れによりキリスト者は神の怒りを買う。なぜなら、神は無限に賢い存在であるのに、自ら自然の一般法則を定めておきながら、それを奇蹟によって破るのは、法則の不完全を強調することになる〟からである（ククルスキ）。

に言わせるなら、〈われわれの教義もわれわれの秘儀も共にそれに先立つ諸宗教にすでに存在した〉とする〈教会〉の父祖たちの証言を神学者であるあなたとしては却下する権利がない。つまり、それらは天啓によって古代宗教に入ったわけではないのだから、あなたもわたしの意見に歩み寄って、奇蹟に頼らず[1]とも同じ教義は定着できたはずと認めるべきだ。キリスト信仰の根源についてわたしの意見を包みなく言うなら、次のようになる。

　古代人の神殿は血に塗れ、古代人の神々は恥知らずな姦通者であった。しかし、なかにはより洗練された方針を持ち、醜悪の度合いの少ない捧げ物をする信者のグループがいくつか生まれた。哲学者らは神性を〈テオス〉と名づけ、ユピテルともサテュロスとも特定しなかった。

　そのころ、ローマは武力によって世界を傘下に収め、彼らの悪徳に世界を隷従させた。ひとりの神性を帯びた師がパレスティナに出現した。彼は人々に対する愛、富める者への侮蔑、侮辱に対する赦し、天に在《ましま》す父の意志への忍従を説いた。

　彼の生きているあいだ、ふつうの人たちが彼に従った。その死後、彼らは一つに結束した。より頭脳の優れた人々が新しい教団に向くものを異教の儀式のなかに求めた。やがて、教会の父祖たちは説教台に立ち、それまで聞かれなかった、より説得力ある雄弁を聞かせた。このようにして、キリストの教えは、外見上、人間的な手段を通じ[2]、異教徒たちの宗教、ユダヤ人たちの宗教にある純粋なものによって形づくられた。

　天からの試みが達成されるのは、常にこのようにしてである。たしかに世界の〈創造者〉は燃える火の文字で《聖なる掟》を星空に大書することもできたろうが、そうはしなかった。創造者は古代の秘儀のなかに、より完全な宗教の儀式を隠し込めたのだ。あたかも、どんぐりの実のなかに巨大な森を秘めるように。いつの日にかわれわれの遠い子孫に日蔭を差し伸べてくれる森を。われわれ自身にしても、それとは知らず、因果のさなかに生きている。結果が後世を驚かすような。だから、われわれは〈神〉に摂理の名を与える。そうでなければ、権力としか呼びようがなかったろう」

以上が自然学者の述べたキリスト教の源泉を巡る論議であった。これは到底、神学者の気に入るものではない。だが、彼はこれと論争する勇気を持たない。論敵の見解のなかに正当で偉大な発想を看得したからだ。誤りもあるが、大目に見てやってもよいと彼は考える。

無限に近づくが決して交わることのない、数学でいう〈漸近線〉に似て、哲学者と神学者の意見は、互いに交わることのないまま、与えられたいかなる距離よりも短くすれすれに接近する。すなわち、その違いは所与のどんな差違よりも、また所与の目に見えるどんな量よりも小さくなる。ぼくの目に認められない小差、それはぼくの同胞やぼくの〈教会〉の信条と対立する。

1　これは奇蹟の必要性を拒否するトーランドのラディカルな見解に同調するもの。一般に理神論者（ロック、ヴォルテール）は奇蹟の必要性を、少なくとも特定の分野においては容認した（ククルスキ）。

2　ヴォルテールも同様の考えから「キリスト教の進歩の動機は人間的起因であった」と述べた（ククルスキ）。

る信条披瀝[1]の権利をぼくに与えるだろうか。彼らが表明し、彼らの道徳の基盤となった信条のただなかに、ぼくの疑問をばらまく権利を？　否、そんな権利はぼくにない。だから、ぼくは心と霊に従う。ニュートンもライプニッツもキリスト者であり、神学者でさえあった。ライプニッツは旧教と新教両教会の統合に努力さえした。両偉人の名と並ぶべくもないぼくは、天地創造についての著書で神学を研究する……〈創造主〉を崇《あが》める新たな動機を発見するために。

話し終わったベラスケスは、帽子を脱いで瞑想の様《さま》となり、苦行者であったなら人が法悦と解しかねないような夢想のなかに落ちた。

レベッカは多少、拍子抜けしたふうに見えた。われわれの宗教心を弱めて、イスラームに改宗させようとする連中にとって、数学者ベラスケスもこのおれも手強い相手なのだ、とおれは理解した。

1　自然宗教と天啓宗教との協調を考えた理神派は、一切の宗派や信条に対する寛容を求めた。ベラスケスがここで要求している寛容は……カトリック教徒に対するものである（ククルスキ）。

第三十八日

丸一日の休養が効いて、旅を再開した一行はいつになく元気を取り戻していた。〈さまよえるユダヤ人〉は前日いっぱい姿を見せなかった。というのも、一瞬たりとも同一の場所に踏みとどまれない彼は、こちらの移動中にしか話ができないからなのだ。だから、われわれが行進を始めてものの十町も行かぬころ現れた彼は、ベラスケスとおれとのあいだの定位置を占めると、こんな言葉で切り出した。

〈さまよえるユダヤ人〉の物語――承前

年老いたデリウスは、死期が間もないと悟ると、それがしとヘルマヌスを枕元に呼ばせ、地下室へ行ってドアの脇を掘れば青銅の小筐《こばこ》が出てくるから、それを運んでくるようにと言いつけた。言われたとおり、筐が見つかり、われわれはそれをデリウスの部屋へ持ち込んだ。デリウスは胸元から鍵を取り出し、その筐を開けてからわれわれに言った。

「ここに署名捺印された羊皮紙がある。一通はエルサレム第一の美しい家の所有をわしの愛する息子に保証する。もう一通は額面三万ダレイコスの証券で今後、長年にわたり利子が下りるものだ……」

それからデリウスは祖父ヒゼキアと大叔父セデキアの話を残らず語り、最後にそれがしにこう言い聞かせた。「あの非道で貪欲な男セデキアがいまだに達者で生きておるというのは、後悔に苦しめられて命を落とすこともなかった証拠じゃ。わしが亡き者となったら、わが子たちよ、さっそく君らはエルサレムに行くがよい。ただし、頼りとなる保護者を見つけぬ限り、君らが来たと知られてはならぬ。それよりも、セデキアの死を待つほうが得策かもしれない、高齢から見てその時期は近くに迫っていようから。そのあいだ、君らが暮らすには五百ダレイコスで十分に足りる。その金なら、決してわしを離れぬこの枕のなかに縫い込んである。

君らへの助言は一つ、公明正大な生活を送れというに尽きる。そうすれば、人生の黄昏時《たそがれどき》に良心の安穏という悔いなき境地がお返しに来る。このわしは、これまで生きてきたように死にたい。つまり、歌いながら死にたい、これが世に言う〈白鳥の歌〉じゃ。ホメーロスはわし同様に盲目じゃったが、アポロンの讃歌[1]を作った。わし同様に目では拝めようのない太陽にホメーロスは讃歌を捧げたのじゃ。昔、その讃歌にわしの付けた曲がある。ホメーロスはびっくりするだろう。お終いまで歌い通せるかどうか怪しいが」

デリウスは歌いだした。歌いだしの「挨拶を、幸せなレートよ」の歌詞が、「デロスの島よ、汝《なれ》の岸辺にわが息子を住まわさんとするならば」にまで来ると、デリウスの声は細々と弱まり、それがしの肩に倚りかかって彼は息絶えた。われわれは老いたる友の死を久しく悼《いた》み泣いた。

しかるのち、パレスティナへ向けて旅立ったわれわれは、アレクサンドリアを出てから十二日目、エルサレム入りした。安全を慮って、それがしはアンティパスに、ヘルマヌスはグラフィラスと変名した。初めわれわれは市門を潜《くぐ》らず、街はずれの食べ物屋に宿を取った。セデキアの住所は知らされていたので、案内を頼むと、すぐにわかった。どこかの王子の宮殿を思わせるエルサレムきっての豪邸だからである。われわれはセデキア邸の真向かいに借家住まいする靴直しの貧弱な一室を借りた。それがしは、めったに外出しなかったが、ヘルマヌスのほうは街じゅうを駆け回り、せっせと調査に専念した。

数日後、飛び込んできた彼が知らせた。

「友よ、いい発見だぞ。キドロン川の急流が溢れて、セデキアの家の裏に大きな池ができた。ジャスミンの木の下を揺籃《ゆりかご》代わりに、老人は夜ごとそのそばで過ごす。もう、そこに出てきている。君にとっての迫害者の様子を見せてやろう」

1 引用は「アポロン讃歌」の第一章の一四行と五一行である（ラドリザニ）。これらの讃歌は現在ではホメーロスの作と認められていない。古代ギリシアでは宗教的な儀式の際、ホメーロスの叙事詩の朗読に先立って歌われ、このため誤解が生じた。ホメーロスより遅い前七五〇—前五〇〇頃の作。讃歌の内容は祭りの儀式を捧げるそれぞれの神の物語と結びつけられた。なかでも、アポロンの讃歌が最も知られる（ククルスキ）。太陽神アポロンはゼウスとレート ***Leto*** ないし ***Latona***（ラテン名）の子で、アルテミスと双子の兄弟としてデーロス島の生まれとされる。デーロス島はキュクラデス群島中央の最小の島。

ヘルマヌスに蹤《つ》いて流れの岸まで行くと、美しい庭を前にして寝込んだ老人が見えた。それがしは腰をおろし、つくづくと老人の寝姿を見やった。デリウスの寝顔と比べてなんという違いであろう！　悪夢に脅やかされて、安眠できずにいるこの老人は、時折、全身を震わせた。「ああ、デリウス」それがしは思わず叫んだ。「よくぞ君は教えてくれたよ、罪のない人生を送れと」

ヘルマヌスも同じことを口にした。

そちらのほうに気を取られていたわれわれだったが、その場で次に目に映った物影が、そんな観察も感想も立ちどころに消し去った。それは十六、七と見える少女で、目を見張るほどの美しさのうえに、豪華な衣裳がいちだんとその魅力を引き立たせていた。襟元と足首を飾るのは真珠玉の数々、それに小さな宝石の粒を鏤《ちりば》めた幾筋ものチェーンであった。身にまとう物としては、亜麻の長衣ばかりだが、そこには黄金の刺繍《ぬいとり》が施されていた。

ヘルマヌスが声をあげた。「あれこそアフロディテその人だ」そう聞くまでもなく、それがしは思わず知らず地面に平伏《ひれふ》した。うら若き美女はわれわれに気づき、少し恥じらうかに見えたが、やがて気を取り直し、孔雀の羽の団扇《うちわ》を手にすると、老人の眠りを長引かせようとその顔に涼風を送り続けた。

ヘルマヌスはわざわざそのために持ってきた書物を披《ひら》いて読むふりをし、それがしは読み上げるのを聞くふりをした。だが、実際には庭の気配に細心の注意を向けていた。

老人が目を覚ました。彼が少女に質《ただ》した二、三の質問から、老人は視力がひどく弱まり、われわれのいる場所も見えないのだと知れた。これはわれわれを歓喜させた。始終、偵察に来ようと話し合っていたからだ。美少女に取り縋《すが》ってセデキアが去ると、われわれも部屋へ戻った。戻ってもほかにすることがないわれわれが家主の靴直しのところへ行き、そのおしゃべりから聞き出せたのは、息子たちは残らずセデキアに先立ち、孫娘のひとりが財産を継ぐこと、例の若い娘の名はサラといい、祖父のかわいがりようは並々ではない、ということであった。

部屋に戻ると、ヘルマヌスが言った。

「親しい友よ、思いついたんだが、大叔父との一件を即座に解決する手がある。あの孫娘と結婚することだ。しかし、よほど慎重に運ばないと、成功は難しかろうなあ」

この名案は大いに気に入った。その夜、われわれはこの問題について遅くまで話し合い、それがしの夢にまでそれが現れた。

翌くる日、それがしはまた川辺に出かけた。それからも毎日、足を運んだ。孫娘がひとりでいることもあり、老人といることもあった。こちらから口をきくことはなかったが、向こうでは会いたい一心から通い詰めてくると察しはついたはずだ。

〈さまよえるユダヤ人〉の話がそこまできたとき、われわれは宿営地に着き、薄倖のさすらい人《びと》は山中へと姿を消した。

レベッカは若さまを再び宗教論に引き戻さないように用心していたが、それでも彼のいわゆる体系とは何であるのか、聞きたくてたまらず、折を見計らってその話を持ち出した。

「公爵《セニョル・ドウケ》さま、あなたの身の上話には、あなたの体系とやらの説明が欠かせないんじゃないですか。体系発想の要素となった事柄とか」

「セニョラ」ベラスケスが言った。「体系の話をするには、たぶんぼくはだいぶ先行しすぎていると思いますよ。体系という言葉じゃいろんな概念の全体が包含しきれないし、われわれはまだまだ概念自体をつかみきっていないのでね」

それでもベラスケスは、レベッカの頼みに応じて、次のように彼の〈体系論〉を展開した。

ベラスケスの体系談義

セニョラ、われわれは皆が皆、何かの里程標に触れては、道の行く先々を読み取る盲人なのですよ。だからといって、市街の全図がほしいとわれわれに要求すべきではない。しかし、お望みである以上、ぼくの体系とあなたが呼ぶものについて説明しましょう。ぼくに言わせれば、むしろ、これはぼくの物の見方、とこう呼びたいところだが。

さて、われわれの目が捉えるもの一切、山々の麓《ふもと》に広がるこの果てもない地平線、われわれの五感が受け入れる自然界全体、これを分けると、非生物と生物の二つに分けられる。第一のグループと第二のグループの違いは生体器官の有無によるが、双方共にそれを構成する要素に変わりはない。だから、セニョラ、あなたの構成要素はこうして腰かけている岩のなかにもあれば、岩に生える草にも含まれる。実際、あなたの骨にはカルシウムが、肉には珪質土が、胆汁にはアルカリが、血液には鉄分が、涙には塩分がある。あなたの脂質はある可燃性のものと空気中のなんらかの要素との結合物だ。あなたの体を反射炉に入れれば、あなたはガラスの小瓶になってしまう。しかも、何か金属性のカルシウムをそこに加えれば、あなたは実にきれいな望遠レンズになり代わることもできる。

「公爵さま《セニョル・ドウケ》」レベッカが言った。「吹き出したくなりそうなお話ね。でも、どうぞその先を」
公爵は、美しいユダヤ娘に、自分でも気づかず、取り入るようなお世辞を言ったのだと思った。彼は優雅な手つきで帽子を脱ぎ、それを再び被り直してから、話を続けた。

われわれの見るところでは、生命のない物質の諸要素には、有機組織へ、そうでなければ、少なくとも結合へ向かおうとする自発的な傾向がある。諸要素は一体化し、分離して、他の要素と結合する。この動きは有機化のためと判断されるのだが、諸要素はそれ自体では有機化しない。つまり、生物発生の源となる〈芽〉がなくては、諸要素は生命という結果をもたらすあの特殊な結合へと移行できないのだ。
磁性流動体[1]と同様に、生命の認知は、その働きを通じてするほかない。生命の第一の働きは、有機的肉体中において、腐敗と名づけられる内部発酵を停止することだ。この腐敗は、生体器官を付与された肉体が生命によって放棄された瞬間に開始される。

生命はおそらく長期間にわたって液体中に秘められていた……卵のなかとか、あるいは固体中に……穀粒のなかなどで。そして、周囲の環境が有利となるに伴って発達を遂げる。

生命は肉体のすべての部分へと広まった。体液にさえ、血管から流出すれば腐敗するような血液にまでも。

生命は胃壁にもあり、消化液の働きを保証し、この消化液は胃に送り込まれる死んだ肉体の溶解に当たる。

生命は肉体から切り離された手足のなかでもある程度は存続する。[1]

さらに生命は繁殖という特性を具えている。それが生殖の神秘と名づけるものであり、自然界の一切と同様に魔訶不思議な現象である。

有機生命体は二つに大別される。一方は燃焼（呼吸）に際して常態のアルカリ物質[2]（水酸化物）を排出し、他方は揮発性アルカリ（アンモニア）を出す。前者が植物、後者が動物である。

動物のなかには、ある種の植物より遙かに劣る構造を持つものがある。海上に浮遊する原生動物がそうだし、羊の脳髄に寄生する包虫もそうだ。

それより高等な有機組織を有するものでも、いわゆる〈意志〉が確然と認められないものがある。珊瑚《さんご》類は胃腔を開いて餌とする微小生物を飲み込むのだが、この運動が組織自体の働きとは考えられない……夜間には閉ざし、日中は太陽を追う花の運動とは違って。

イソギンチャクがその触手を伸ばし、胃腔を開くとき、イソギンチャクに働く一種の意志は、新生児の意志にかなり近いと解し得る。生まれたばかりの赤子は、まだ考えることなしに意志を持つ。新生児における意志は思考に先行するものであり、欲求ないし苦痛の直接の結果が意志なのだ。

長く萎縮を迫られてきた肉体の部分は、伸び広がることを欲し、そのことをわれわれに欲求せしめる。胃はしばしば医師の処方した食餌療法を拒絶する。食べたいと思い続けてきた料理を前にすれば唾液腺が膨張する。口蓋も同様だ。こうなると理性の出番はなくなる。

長いあいだ、食事も水分も断たれ、手足を縮めてきたうえに、久しい独身生活を送った男を

1 （三三五頁） 英語の ***fluid*** （液体）に相当する単語が用いられているが、ククルスキはここに「昔の理学で考えられた仮説上の揮発性物質であり、これが電気および磁気の実質とされた」と註する。

1 フランスの唯物論者ラ・メトリー ***La Mettrie, Julien Offroy de*** （一七〇九―五一）は動物の死後にも特定の部分が震えるとのテーゼを実証した。また著書『人間機械論』***L'Homme-Machine*** のなかで生命の要素は生体の個々の部分にあり、精神（意識）にはないと主張した（ククルスキ）。ラ・メトリーはフランス近衛連隊の軍医在職中の四五年、唯物的立場の『魂の自然史』を著して失職、四八年の『人間機械論』では、人間と動物との差別をしたデカルトの機械的自然観の不徹底を衝いた。同年以後、プロイセンのフリードリヒ大王のもとに亡命、優遇を受けた。

2 アルカリについて、ククルスキの註は「一八〇七年に至るまで元素の一つと見なされていた」と記す。

想像してほしい。いったん、禁の解けたその暁《あかつき》には、男の肉体のいくつもの部分がいっせいに気負い立ち、いちどきに異なった事柄を欲望するように彼を唆《そそのか》すことは目に見えている。欲望と直結した意志が、同じように成長を遂げたイソギンチャクにも、人間の新生児にも見られることは、すでに述べたが、これは高級な意志の初歩的な要素であって、その後、生体の成長につれてこれが発達を遂げる。新生児の意志は思考に先行するとも言ったが、この期間は極めて短いと思われる。その思考もまたそれなりの各種の要素を抱え込んでいる。だが、それはまた別の話となる。

ベラスケス流の考え方を披瀝してきた話はそこで中断が余儀なくされた。レベッカは聞いていて楽しかったから、講義のつづきをあしたお願いする、と若さまにねだった。その点、おれも同感であった。

第三十九日

再び旅途についたわれわれは、時を置かず流浪のユダヤ人の合流を迎え、話の続篇を彼は次のように切り出した。

〈さまよえるユダヤ人〉の物語――承前

それがしが美少女サラにかまけているころ、そのほうに無関心なヘルマヌスは、ヨスエという先生の説法を聞くために何日かを送った。その後、イエスの名で有名となった人である。ギリシア語のイエズスがヘブル（ヘブライ）語のイェホシュアと同じ名前であることは、「七十人訳聖書」[1]で見るとおりだ。

1　アレクサンドリアのプトレマイオス二世が、紀元前二八三年、ユダヤ人学者七十ないし七十二人を集め、ヘブル語およびアラム語から訳させたとされる最古のギリシア語訳の聖書（旧約）。実際上は「前三世紀に始まり前一世紀までに、アレクサンドリア、パレスティナで徐々に翻訳・改訂されたものの集成」と定義される。学者はセプトゥアギンタとも呼称する。ローマ数字で *LXX* と記す略号がある。

ヘルマヌスは先生に蹤《つ》き従ってガリレアの地まで行きたがったが、それがしの助けになるかもと考えて、エルサレムに踏みとどまってくれた。

ある夕べ、ベールを脱いだサラがそれを香木の枝に掛けようとしたとたん、軽やかな薄布が一陣の風に飛ばされ、ひらひらとキドロンの流れに舞い落ちた。それがしはとっさに急流の波間へ跳び込み、ベールを掴み上げると、テラスの上に垂れ下がる小枝にそれを掛けてやった。サラは襟元の鎖をはずし、こちらへ投げてよこした。それに接吻したあと、それがしは泳いで急流を元の岸へ戻った。

その水音に老セデキアが目を覚まし、何ごとかと尋ねた老人にサラはわけを話した。立ち上がったセデキアは、自分が手すりの近くにいると錯覚して歩きだしたが、実は足元は岩で、その先には灌木《かんぼく》があるため手すりを設けていない。足を滑らせた老人を灌木が支えきれず、セデキアは流れに落ちた。それがしは、またも即座に跳び込み、老人を助けて岸へ上げた。ほんの一瞬の出来事であった。

意識を取り戻したセデキアは、自分を抱いているそれがしを見ると、これが命の恩人と悟った。老人に尋ねられるまま、それがしはアレクサンドリアのユダヤ人で名前をアンティパスというと偽り、親も財産もなく、一旗《ひとはた》揚げる決心でエルサレムに来た、と絵空事の事情を打ち明けた。

「わしが親代わりを務めてやろう」とセデキアが言い出した。「うちに身を寄せるがいい」申し出を受け入れたそれがしは、ヘルマヌスのことはおくびにも出さずにおいた。彼は別段困ることもなく、靴直しの家に寝起きした。

こうしてわが大敵の家に落ち着くと、日一日とこの男がまんざらでもない人物に見えてきた。万が一、正体がばれて、自分の財産の大部分の相続権を持つ親族と知れば、それがしを殺しかねない大叔父セデキアではあったが。一方、サラはサラで日一日とそれがしへの好意を深めていた。

当今のオリエントもそうだが、両替人はこの当時のエルサレムでは盛業中であった。今、カイロとかバグダードとかへ行けば、モスクの入口には地べたに腰をおろした男たちを見かける。男どもはめいめい膝に小型のテーブル様のものを載せている。テーブルの一隅には溝が掘られ、勘定済みの硬貨がそこから転がり込む仕掛けとなっている。両替人の傍らには金や銀を入れた布袋《ぬのぶくろ》が置いてあり、客が差し出すさまざまな貨幣に応じて、金銀を取り出す。今日《こんにち》では、こういう両替人たちのことをサラフ ***saraf*** と呼ぶが、昔、福音を信ずる連中は ***trapesitos*** と呼んだものだ。今言った小型テーブルの梯形《トラペーズ》の形のせいだ。

エルサレムの両替人の殆ど全員を取り仕切っているのがセデキアだった。親分はローマ人の徴税請負人やら関税の役人やらと通じ合って、どの貨幣の価格を吊り上げるか、勝手気ままにできる。それがしは間もなく、大叔父の信用を博するための最も確実な手段は、両替のエキスパートとなること、いちいちのお金の値上がり値下がりに目配りを怠らないことだ、と悟った。こうして二か月も経つころには、相談役並みのそれがしなしに両替取引は成り立たないほどとなった。

折しも、皇帝ティベリウス[1]がローマ帝国全域の貨幣の改鋳を指令したとの噂を小耳に挟んだ。今後、銀貨はどれも通用しなくなり、集めた旧貨は塊りに戻し、そっくり皇室の宝物庫に収納されるという。

このニュースはそれがしの作りごとではなかった。それならば、噂を広げるのはこちらの自由だ、と思いついた。両替人たちのあいだでこの知らせが大恐慌をきたしたことはご想像に任せる。さすがのセデキアでさえ、どう対策を練ればよいか、肚を決めかねていた。

オリエントはどこでもモスクの出入口に両替商がたむろしていると言ったばかりだが、エルサレムでの商売場所は神殿のなかと決まっていた。神殿は巨大な建物だから、両替人が片隅に固まっているぐらいでは、少しも神事やお祈りの妨げになりはしない。

ところが、噂が立って以来の数日、そんな連中は影も見せない。みんなが戦々兢々《せんせんきょうきょう》、浮き足立っていた。セデキアはと言えば、それがしの意見を聞こうとしない。その代わり、こちらの目の色を読み取ろうとしている様子だ。

銀貨の信用が十分に落ち込んだと見計らうと、それがしのほうから腹案を大叔父に持ちかけた。セデキアは真剣に耳を傾けたが、おいそれと決心がつかず、茫然とするやに見えた。やがて、彼は言った。

「親しいアンティパスよ、地下室にわしの黄金が二百万セステルス分[2]ある。おまえの目論見が大当たりしたら、サラと結婚できると思ってよいぞ」

そう聞くと、美しいサラがわがものとなる希望に加え、ユダヤ人の心を常に誘惑してやまぬ黄金の光景に心を奪われ、それがしはしばし恍惚としていた。だが、我に返ると街へ飛び出し、またもや銀貨低落をふれ回った。ヘルマヌスまでがせっせと応援に努めた。説得の効あって、大商人の幾人かは、銀貨での販売を拒否するところまできた。ついにはエルサレムじゅうの住民が銀貨を受け取ると、虫けらを摑んだように嫌な顔をするほどになった。そんな風潮の広がりを見届けたうえで、われわれは計画実行に取りかかった。

その当日がやって来た。わが家の黄金は蓋付きのブロンズの甕《かめ》に小分けして神殿に運び込ませた。銀貨払いの支払いがあるため、セデキアが二十万セステルスの銀貨を買い集めることになった、銀二十五オンスに対して金一オンスの割合だよ……これがふれ込みの文句だった。セデキアにして見れば、まる儲けである。

ところが、売る側では、これはお得とわれがちに押し寄せたから、持ってきた黄金の半分が

1　皇帝の在位は紀元一四―三七年。
2　*sesterce*（仏）古代ローマの銀貨。紀元前三世紀以降に通用した。アス *as* 貨の二・五倍、デナリウス *denarius* 貨の四分の一に相当する。

たちまち両替された。店の担ぎ屋たちは次々に銀貨を運び出し、その総額はざっと二十五万か三十万だろうと言われた。万事、驚嘆の滑り出し、セデキアの財産が二倍に膨れ上がること確実の勢いとなったが、そこへひとりのパリサイ人《びと》が現れて言うには……。

突然、そこで話を打ち切ったユダヤ人は、ウセダに顔を向けて言った。

「あんたよりも強力なカバリストから声がかかって、どうしても行かねばならない」

「そうかね」とカバリストが言った。「神殿での喧嘩の話をしたくないんだな。ぶん殴られる目に遭った話も」

「レバノン山のご老人[1]のお呼びなんだよ」と言い捨てて、ユダヤ人はわれわれの視界から消えた。

正直な話、おれは腹も立たず、戻ってきてほしいとも思わなかった。おれの睨むところ、この男は歴史にこそ詳しいが、身の上話にかこつけて、いかがわしいことを言いまくる陰険なやつだ、と密かに軽蔑していたせいだ。

宿場に落ち着いてから、レベッカは若さまに体系についての講釈のつづきをせがんだ。彼はしばらく思案していたが、次のように話を切り出した。

ベラスケスの体系談義——承前

きのうは、意志の基本的要素の発見とは何か、さらに意志が思考に先行する例などを話し、では思考の要素とは何かと疑問を提出した。

古代の最も深遠な学者のひとりは、形而上学探求において進むべき道を示した。その後、彼の発見にさらに付け加えようとする思想家が出たが、ぼくの見解では、この人を超える者はない。

そのアリストテレスの遙か以前から、ギリシア語の〈イデア〉とは〈イメージ〉を意味し、〈イドル〉も同族だ。[2]アリストテレスはこのそれぞれを検討し、結局、〈イメージ〉が大本《おおもと》だと考えた。言い換えれば、感覚に残された印象、ということになる。最も独創的な天才すらも何一つ新しいものを生み出せないのは、このためである。

1 ***mont Liban*** シリアとレバノン国境に二条の山脈が走る。これがレバノン山脈だが、レバノン山なる山はない。北部には有名なレバノン杉の名残りが見られる。二〇〇〇メートルを超す連山中の最高峰アッサウダーは三〇八九メートル。

2 イデア ***idea*** を語源的に見れば、動詞〈見る〉イデイン ***idein*** に発し、〈姿〉・〈形〉・〈眉目〉の意である。プラトン哲学のエイドス ***eidos*** も同根同義。アリストテレスの著『形而上学』では、イデアはエイドスという普遍的なものとして捉えられ、個物に内在するとされた。師プラトンの否定である。師によれば、イデアは個々を超えた恒常不変の完全な存在だとされた。中世、イデアは「神の精神の内容」と堕した。イデアが英語の ***idea***（観念）、ドイツ語の ***Idee***（理念）となるには、近世哲学を待たねばならない。〈イドル〉と訳したのは現代のアイドルと同じ ***idole***（仏）、***idol***（英）のこと。元のギリシア語は ***eidolon*** であり、これも ***eidos*** の派生語。

神話の作者たちは、男の首から上を馬体に嵌《は》め込み、女体の下半身に魚のしっぽを生やし、キュクロープスを一つ目玉にし、ブリアレオスには無数の腕を付けてやるなどしたが、[1]何一つ作り出せなかった。それは人間の手に余ることなのだ。こうして、アリストテレス以来、「五感に存在せざりしものは、思考に存在せず」[2]と考えられてきた。

だが、われわれの時代に至って、さらに優れた哲学者ら[3]が輩出した。彼らは言う。「五感の仲介なくして精神の発達はあり得ないのは確かである。しかし、ひとたび精神の機能が発達を遂げれば、精神は五感に存在しなかった物にまで考えを及ぼす。すなわち、空間、永遠、数学的真実などである」と。

はっきり言えば、この新説はぼくの好みでない。ぼくに言わせると、抽象化とは減法にほかならない。抽象のためには引き算が必要だ。例えば、仮にぼくの部屋にあるすべて、空気まで含めて全部を取り除くとする、すると純粋な空間が得られる。時間の持続から始めと終わりを取り除く、すると永遠が得られる。知的な存在から肉体を取り除く、すると天使という観念が得られる。仮に線からその太さを取り除き、それぞれの長さとそれが形作る平面形のみを考えれば、エウクリデス（ユークリッド）の公理が得られる。人間から片目を取り除き、人間の身長を大幅に引き伸ばせば、キュクロープスが得られる。これらはどれも五感を通して受け取ったイメージだ。[4]もしも新しい博士たちが、引き算に還元できないような単一の抽象化をぼくに提供するなら、ぼくは彼らに弟子入りを宣言してもよい。それまでは、ぼくは老アリストテレスに肩入れする気だ。

イデア（イメージ）という言葉は、われわれの視覚に及ぼす印象に関わるものとは限らない。音響はわれわれの鼓膜を打ち、聴覚に属するイデアを与える。レモンの果実はわれわれの歯にしみ、酸味のイデアをわれわれに与える。

しかしながら、ご存じのように、五感には、実物の有無と無関係に、同じ状態を感ずる働き

1　馬身に男の首はケンタウロス、女体に魚尾は人魚《セイレーン》。キュクロープスは片目だけの巨人族。ブリアレオス（またの名アイガイオーン）は百本の腕と五十の首を持ち、ゼウスに反抗してエトナ山に縛りつけられた。いずれもギリシア神話。

2　出典はラテン語の諺だが、フランス文は必ずしも原典に忠実でない。***Nihil est in intellectu, quod prius non fuerit in sensu.*** はアリストテレスの名言とされる。定訳を知らぬまま訳した。言い換えれば、「知能活動の対象となるには、それに先だって感覚で捕捉されたものに限る」とか「感覚を通じて知能へ」という趣旨か。ククルスキによれば、これがロックの経験主義哲学の根拠となり、人間の知識一切はすべて経験に発するとした。人間には本来的にイデアが具わるとする説への反駁である。

3　ククルスキはここで〈近代哲学の父〉とされるデカルトの名だけを挙げ、「彼は習得されたイデア（外部からきたもの）と論理的に構築されたイデア（習得されたものの助けを借りて）と別に生得のイデア（例えば神のイデア）があるとした」と解説する。デカルトは数学者でもあった。

4　この部分にククルスキは、ロックの経験論に影響されたフランスの哲学者コンディヤック ***Etienne Bonnot de Condillac***（一七一五―八〇）の名を引き、感覚論の立場から彼がロックの〈内的経験〉の考えを否定したと註記する。教授によれば、ロックは知識の源泉の感覚的認識と別にこの内的経験を主張したという。「感覚論」***sensualisme*** とは一切の認識は感覚的知覚に由来するとした経験論の一種である。

がある。レモンを噛む、そう思うだけで、唾液が流れ、酸っぱい味が口に湧く。オーケストラが鳴りやんだのちも、演奏の響きは長いこと耳に鳴る。生理学の現状では、睡眠とは何か、十分な説明はまだない、だから夢も解明されない。それでも次のことは言える。すなわち、夢のあいだわれわれの器官は、意志とは独立に運動して、かつて五感が印象を受けたと同じ状況を取り戻す、言葉を換えれば、思い描かれたイデアどおりの状況に、である。

そこで、生理学の探求がより進むに先立って、イデアとは理論上、脳に刻まれた印象の謂《い》いであり、器官は、意志・無意志にかかわらず、対象物の不在のなかでもこの印象を再現できる……とこう考えるのが有利であろう。この場合、対象物を念ずるだけでは、その印象が稀薄にとどまる点に留意されたい。ところが、熱病の際には、夢に現れる印象は初体験にも等しい強烈さで迫る。

以上に述べた一連の定義およびそこから引き出した結論は、呑み込みにくかろうが、この先では若干の考察を試み、この題材に新たな光を投じてみよう。

動物に例を取る。その機構上、人間に近く、多かれ少なかれ人間に似た知恵を有する動物は、必ず脳の働きを持つ。他方、植物と大差のない動物には脳の働きは認められない。植物にも性質は異なるが一種の運動はある。海洋動物のなかには、植物並みに移動の必要を持たず、動かないものがいる。かと思うと、意志に発する運動とは見えない単一の（人間の肺臓のような）運動しかしない海洋動物もある。動物のなかには欲求もし、発想もするような組織度の高いのもあるが、抽象化の能力は人間に限られる。

ただし[*]、抽象化といっても、万人に等しく具わる機能ではない。五感の一、二を欠けば、抽象化能力はそれだけ低下する。言語機能を欠く点で動物に似なくもない聾啞者の場合、抽象化の把握には多くの困難がある。指が話題でないときに、五本ないし十本の指を示せば、彼らは数の概念を感得する。祈り、額ずく人々を見れば、見えざる存在の意味を悟るのだ。盲人の場合はまだ楽と思われる。言語が知能の重要な道具だから、抽象化は全面的に受け入れられる。まして盲人は気の散ることがなく、集中できる。したがって、理解は早い。

しかし、目も見えず耳も聞こえずに生まれてきた子どもはどうなのだろうか。抽象化の能力はおそらく持てまい。味覚・嗅覚・触覚からそれなりの抽象観念は持つことになるだろうし、それらを夢にも見よう。してはならぬことで罰を受ければ、記憶力は健全なのだから、それを

＊訳者特記　以下、身体障害者についての（後半では人種また職業に関する）記述には、現代から見て差別的見解とも聞こえる発言が散見される。農奴制・奴隷制がなお欧米の一部に厳存した十九世紀初頭の著であり、当時の科学・社会・倫理の水準に沿うのは致し方ない。訳文で露骨な表現をやや和らげた部分もある。読者の寛恕を請う。全盲の塙保己一（一七四六―一八二一）、盲聾啞の三重苦を負うアメリカ人ヘレン・ケラー女史（一八八〇―一九六八）の例は当時の世界に知られていない。ヒューマニスト、ポトツキには障害者、辺境民族、農民に対する同情心こそあれ、差別助長を目的としたものではないと訳者は弁明したい。現に結論で作者は「知的能力は質的に同一」と述べている。なお、ワルシャワの盲啞学校の開設は一八一七年、ポトツキの死後、二年である。また中世以来、ヨーロッパ諸国を追われたユダヤ人を迎え入れた例外的な国がポーランドである。

控えもしよう。だが、悪という抽象概念は、はたして根づくのだろうか。良心が生まれないとすれば、功徳や罪障もわかるまい。ならば、万一、殺人を犯そうとも、法によって罰することはできない。[1]

イヌイット族ないしホッテントット族と文明人との距離は、以上に比べてより少ないとはいえ、まだまだ大きい。この差違の原因は何か。五感の一つが欠けているためではない。観念の量の違い、数学で言う組合わせの数の大小による。

全地球を旅人の目で見た人、また史上の出来事の一切を目の当《ま》たりにした人、その人が抱く無限なイメージは、農民の頭にあるものと比較にならない。そして、この人間が自分の持つ観念を組合わせ、それらを比較・対照するならば、彼こそは深遠な知恵と精神を持つに至る、と言える。常づね、観念の組合わせを習慣としていた学者なるゆえに、ニュートンは、無数の観念の寄せ集めのなかから、落下するりんごと軌道を巡る月との関係を発見したのだ。

そこで結論づけるなら、精神の差違[2]はイメージの数量とそれらを結びつける自在な能力に存する。敢えて言えば、それはイメージの数量とそれらを結びつける自在な能力に比例する。以下、この点を詳述するので、もうしばらく傾聴をお願いする。

動物中には意志も概念も持ち合わせない下等なものがある。彼らの運動はおじぎ草の動きと同様に反射的なものだ。しかしながら、淡水に住む腔腸動物は触手を伸ばして糸蚯蚓《いとみみず》の類を食べるが、その際、好みに合うほうのものを体内に取り込んで、嫌いなものは吐き出してしまう。

この場合、好悪の判断力もあれば、意志も働いていると考えられる。最初の意志は八本の触手を伸ばすように働く欲求である。思うに、微小動物を飲み込むことを繰り返すうちに二、三の概念が芽生えたに違いない。一部を吐き出し、好きなものだけを摂取するというのは選択の意志があるからで、そのような意志が生まれるには、その背後に一つと限らずいくつかの概念が作用していると判断できる。

この理屈を誕生直後の人間に当てはめて見よう。知られるとおり、赤ちゃんの最初の意志は欲求に直結している。母親の乳房に口を持っていくのがそれだ。だが、母乳を味わったとたんに、子どもにはある一つの概念ができる。さらに子どもの五感にまた別の印象が生まれ、それが二つめの概念を作り、逐次に第三、第四の概念が構成される。

このようにして、概念とは数え立てることができる。だが、すでに見たように、諸概念は組合わせ可能なものでもある。ぼくはこの組合わせを集合と考え、順列とは見ない。だからＡＢ

1　「五感がなければ、概念なく、感覚的印象が少なければ、概念も少ない」と考えたのは、唯物論に立つ『人間機械論』の著者、フランスの医師・哲学者のラ・メトリー（前出）である。彼は認識とは感覚的印象に発するとして、その実例に……聾者が長年、教会に親しみながらも、宗教的理解のなかったことを聴力の回復後に告白した、〈未開人〉はなんらの知性も持たない……などの極論を並べている（ククルスキによる）。

2　精神活動は空想力に通じ、最大の空想力を持つ人が知能的に最も優秀だ、とはラ・メトリーの説である（ククルスキ）。

もBAも同じ組合わせと見なす。

そこで、AB二文字の組合わせは一通りに限る。

ABCの三字の組合わせは、まず二字ずつの組合わせが三通り、三字ずつの組合わせが一通りで、3＋1＝4、従って合計四通り。

ABCDの四字だと、二字ずつの組合わせが六通り、三字ずつが四通り、四字の組合わせは1、6＋4＋1＝11で合計十一通り。組合わせを表にすれば、

1	4	11	26	57	120	247	502	1013	2036
2	3	4	5	6	7	8	9	10	11

こういう表ができる。これでも分かるとおり、概念がわずか一つ加わるだけで、組合わせの数は倍加し、概念5個の組み合わせと概念10個の組合わせの比は26対1013、したがって1対69となる。これを見ても、概念1個の増加が組合わせをいかに増大させるかは一目瞭然だ。ぼくはこの計算によって人間の精神能力の番付表を作る気は毛頭ない。組合わせの定式を示したまでだ。繰り返せば、精神の差はイメージの数量とそれらを結びつける自在な能力に比例する。

さて、こうした精神能力の優劣を段階別に示すことも可能である。最高位をニュートンが占

め、その数値を一億で表せば、アルプス山中の農民の数値は十万となる。この優劣両者の間《かん》に〈比例中項〉が無数に並び、そのなかにあなたたちもいれば、ぼくもいる。

優劣表の上位の者には

一　ニュートンの発見にさらに発見を加える能力
二　ニュートンの発見を理解する能力
三　ニュートンの発見を部分的に把握する能力
四　卓越した組合わせを行う能力

が、この順序で見られる。

逆に下位のあたりには、農民の持つ十万さえ下回る数値一万六千、一万一千、五千と数値が下がり、どんじりに概念数四、組合わせ十一とか、概念数三、組合わせ四の最低グループがくる。概念数四、組合わせ十一の幼児は、むろん抽象力はゼロだが、十万の数値に達するまでの中間には、抽象能力を具えるための概念数、およびその組合わせを持つ者があるわけだ。

この段階に動物は到底及ばないし、聾盲の幼児も駄目である。幼児にとってはイメージ不足が、動物にとっては組合わせの欠如がその邪魔立てとなるからである。

1　組合わせの数式は　$C(n)=2^n-(n+1)$で表される。ただし「26対1013、したがって1対69となる」は明らかにベラスケスの計算違い。

抽象化の最も単純なものは、おそらく数量と思われる。これは対象物とその数量とを切り離す操作である。これができない幼児は、まだ抽象化ができていない。幼児が引き算に直面するのはその所有物の減少を通じてである。これも一種の抽象化に違いない。幼児は少しずつそこへ到達する。そして、一回目の抽象化を乗り越えてしまえば、その後は概念の組合わせと獲得とを重ねながら、抽象化を繰り返していく。

知的能力の低い者から高い者に至るこの系列は、常に同じ種類の同じジャンルないし価値の次元から成り立っており、イメージの数および組合わせの法則に支配される。これらの構成要素は不変である。

異なる序列に分かれるとはいえ、知的能力それ自体は質的に同一であると見なすことが可能であり、その意味では、いかに複雑な計算でも結局は一種の足し算と引き算と見てよいのと似ている。事実、すべての数学概論は、それが完全なものである限り、最も単純なものから始めて最も困難な抽象化へと次第に上り詰める抽象化の梯子にほかならない。

この比喩に加えてベラスケスは何やら別の敷衍《ふえん》を施したが、レベッカはそれを大いに多とするように見えた。そして、ふたりは互いに相手の長所を確信しつつ別れたのである。

第四十日

早朝に目覚めたおれは朝の涼気を楽しもうと天幕を出た。ベラスケスと気取り屋のレベッカも同じ目的で起き出してきた。

われわれは連れ立って街道を目指した。旅人が通りかかるかどうか、様子を見たかったのだ。両側を岩で挟まれた道まで来て、われわれはようやく腰をおろすことにした。

ほどなく、一隊のキャラバンが谷道にさしかかった。通るのはわれわれの腰かける岩から五十歩ほど下りた道である。キャラバンが近づくにつれて、われわれの驚嘆は昂《たか》まった。行進の先頭に立つのはアメリカ・インディオの四人だった。身にまとうのは丈の長いシャツ一枚だがレースで飾られている。男たちは頭には麦藁帽を被り、飾りにつけた色鮮やかな羽毛が高々と揺れて、一様に銃身の長い鉄砲で武装していた。

その後ろからは、ビクーニャ[1]の一群れが一頭ずつ背に猿を乗せてやって来る。あとに続く年輩の上流紳士ふたりは、アンダルシア産の美しい馬に跨り、翻《ひるがえ》る青いビロードのマントには

〈カラトラバ十字〉[1]の刺繍があった。続いてはシナ風の轎《かご》で、モルッカ諸島[2]の島民八人が担《かつ》ぎ手を務めている。そこには贅を尽くしたエスパーニャ風の服装の妙齢の貴婦人が納まり、乗り降りの世話をする青年がひとりかしずいていた。

その後ろの輿《こし》に寝そべる若い女は失神したものと見え、騾馬に乗った司祭が彼女に聖水を振りかけるのは、悪魔祓《ばら》いのためと見受けられた。最後の長い列は、黒檀《こくたん》のように真っ黒いのから茶の肌の男までとりどりで、白人はひとりもいなかった。一団が通り過ぎるまで、これがどういう仲間なのか、尋ねる気も起こさなかったのだが、最後尾の男が去ると、レベッカが言った。

「ほんとは、正体を尋ねるべきだったわ」

そう耳にした折も折、一行から後れて取り残された男の姿が見えた。おれは勇を鼓して岩の急坂を駆け下り、落伍した男のあとを追った。

おれに気づくと、男は度肝を抜かれてへたへたと跪き、怯えながら震え声で言った。

「盗賊さま、哀れと思し召して命ばかりはお助けを。金山の真ん中に生まれ、一かけらの土地さえ持たぬ地主の身でございます」

こっちは泥棒じゃない、たった今、ここを通った立派な方々のお名前を知りたいだけ、とおれは安心させてやった。

「そうと知ったら」と言いながら、男は体面を取り戻して立ち上がった。「お答えします。よろしければ、そこの突き出した岩に上がりましょう。谷間を抜ける隊列全体を見るには一番ですから。

まず、奇妙な装《なり》で先頭を行くのは、クスコとキトの町の山男たち、あの美しいビクーニャの世話係です。ビクーニャは、わたしの主人からエスパーニャおよび西インドを統《す》べる国王陛下への献上品でして。

黒人はみな奴隷、そう、わたしの主人の奴隷でした。エスパーニャの大地にはもはや異教もなく奴隷もいない。この聖なる土地を踏んだそのときから、黒人は、あなたやわたしと同じ、自由の身となったのです。

右に見える年輩の紳士、あの方はペニャ・ベレス伯爵、有名な副王で第一級の大公と同姓で

1 （三五五頁） *bicuña* アンデス山中の特産動物。ラクダ科に属し、ラマに似る。姿が愛らしい。ビクーナとも。コンドルとともにアンデスの象徴として愛された。高級な織物の材料となる毛のため十六世紀来、乱獲された。

1 *Calatrava* モーロ（ムーア）人と戦うため一一五八年に開設された騎士修道会。緑十字のカラトラバ勲章はエスパーニャで最も栄誉あるものの一つとされ、綬には百合の刺繡があった。

2 *Moluccas* ニューギニアとスラウェシのあいだに散在する群島。香料の島として古くから知られ、大航海の目標とされた。ポルトガルが進出した十六世紀初め以来、エスパーニャ、イギリス、オランダ（一六二三年以降）とたらい回しにされた。物語の当時、エスパーニャはまだ一部の利権を保っていたものか。今、香料貿易は衰退し、アンボン、ハルマヘラなど島の名がわずかに記憶されるにすぎない。

すが、実の甥に当たります。

もうひとり年輩の紳士がドン・アロンソ、トレス・ロベリャス侯爵といって、トレス侯爵の子息に生まれ、ロベリャス家の遺産相続人となられた人。伯爵と侯爵、このふたりのご老人は若いころからたいへんに親しい間柄だが、近々いっそう緊密な関係になります。ペニャ・ベレスの息子とトレス・ロベリャスの独り娘とが夫婦になるのでね。

ここからも似合いのふたりが見えますよ。あの軽快な馬に乗ったのが花婿で、金色の轎《かご》に揺られていくのが許嫁、あの珍しい乗り物は、亡くなった副王のペニャ・ベレス大公が、その昔、ボルネオの王さまから贈られた品物なのです。

最後に、輿に寝る若い女、司祭が悪魔祓いしているあの女は、わたしも正体を知りません。実は、おとついの朝、街道から遠くない場所に絞首台を見かけたので、つい好奇心から寄り道したら、どうでしょう、あの女人が処刑の男ふたりのあいだに倒れていたのです。

あまりの驚きにわたしは皆を呼びました。わたしが仕えるペニャ・ベレス伯爵は、女人に息があるのを見ると、宿へ運ばせ、病人の世話のため、きのうは一日、宿で過ごすことにしたのです。実際、その価値はありました。非の打ちどころのない美人ですから。きょうは思い切って輿に寝かせましたが、いまだに気を失ったきりで。

輿に蹤《つ》いてあとから行くのがドン・アルバル・マーサ・ゴルド、伯爵のコック長、というより給仕頭です。その横がケーキ作りのレマドと砂糖菓子が専門のレチョ」

「いやはや、セニョル」おれは言った。「望外に詳しく教えていただきましたよ」

「最後となりましたが」男は言った。「一行の殿《しんがり》を務め、ご説明申し上げる栄誉をいただいたわたくしは、ペルーの紳士、ドン・ゴンサルベ・デ・ヒエロ・サングレと申し、ピサロ家[1]とアルマグロ家[2]の血筋を引く者、武勇にかけては引けを取りません」

武勇の自慢と先ほどの助命嘆願との落差が苦笑を誘ったが、素直にこの高名なペルー人に謝辞を述べると、おれは同行の仲間のところへ戻り、新情報を知らせた。揃って宿営地に帰ったわれわれはヒターノの親方にご注進して、少年ロンセトの成長した姿も見たし、親方が副王の前で代役をこなした若きエルビーレ[3]の娘なる人も見かけてきた、と話して聞かせた。

われわれの報告に顔色も変えず、それでも目を輝かせながら、親方が事情を話したのは、一行のアメリカ引き揚げの計画はもう久しいこと、先月、カディス着岸でそれがようやくかなっ

1　*Francisco de Pizzaro*（一四七五?―一五四一）エスパーニャのコンキスタドール（征服者）で、ペルー奪取に勲功を挙げた。インカ帝国を滅ぼすに用いた兵士は二百と言われる。その兄弟たち、ゴンサレス、エルナンド、フアンも有名。前出のクスコ、キトはペルーの地名。
2　*Diego de Almagro*（一四七五―一五三八）は、ピサロの盟友として共に戦った。チリ占領の武勲で知られる。その息子、同名のディエゴはF・ピサロを暗殺し、斬首された。
3　ロンセトとエルビーレの物語は「第十五日」から「第十八日」、および「第二十日」に語られた。だが、通り過ぎた一行のうち、さて、どれがロンセトで、だれがエルビーレの娘なのか。年輩の紳士、ドン・アロンソこそは、少年時の呼び名をロンセトといった人物であり、いま輎に揺られるその娘とは彼と妻エルビーレのあいだの独り娘である。

たこと、先週、カディスを出発して、一行はグアダルキビール河畔に二泊したのだが、たまたまそこがゾト兄弟の絞首台の近くであったから遺体に挟まれて倒れている女を発見したこと……などであった。

それから彼は付け加えた。「わしの見るところ、その女というのは、ゴメレス家とは何の関わりもあるまい。わしの全く知らん女じゃ」

「何ですって」意外な返事におれは大声で言った。「ゴメレス家とは無関係なのに、絞首台に寝ていたなんて。では、悪魔の仕業《しわざ》というのは間違いないと？」

「かもしれない」親方が言った。

「どうでしょう」レベッカが言った。「あの人たちを何日かここに引き留めるという考えは」

「わしもそう考えたさ」親方が答えた。「昼食で油断している隙に、連中のビクーニャを半分だけ盗み出させるとしよう」

第四十一日

ビクーニャを半分、盗み出す！　旅の一行を引き留めるにしても、そんなやり方は乱暴すぎるのではないか。その気持ちをおれが口にしようとしたとき、親方はもう席を立ち、幕舎を畳め、と指示をくだした。その声の響きから、今さら何を言おうと無駄なのだ、とおれは見て取った。

移動といっても、今回はわずかな距離で鉄砲の射程の数倍を超えず、その場所は岩山に大きく罅《ひび》割れがあるのを見れば、地震の痕跡と思われた。そこで昼の食事を皆で済ましてから、一同は銘々のテントへと散った。

夕方近く、おれは親方の天幕のなかからただならぬ争いの声を聞きつけて行ってみると、意外にもそこには朝、顔を合わせたピサロ兄弟の末裔の姿があった。二名の召使を連れたペルーの名士は、盗み出されたビクーニャを返せ、と高飛車な態度で言いつのっているところであった。親方は我慢強く相手の言うに任せている。そのためにセニョル・ヒエロ・サングレはつけ上がって強気に出、いよいよ声も荒く泥棒、盗賊などとあらん限りの暴言を惜しまない。

折を見て親方が一声《いっせい》、鋭く口笛を鳴らした。武装に身を固めたヒターノスがぽつりぽつりと天幕に詰めかけ、その数が増すにつれ、武勇を誇るペルー紳士の高圧的な調子は次第に低まり、やがてその声は震えかすれ、ついに話が聞き取れなくなった。

相手が小さくなったのを見ると、親方はにこやかに手を差し出し、こう言った。

「失礼しました、ペルーの勇士。この連中の出現はわしの本意ではありません。さぞお腹立ちでしょう。お戻りのうえは、トレス・ロベリャス侯爵にこうお尋ねください。ダラノサ奥方のことを覚えておいでかと。その奥方の甥というのが全くの親切心からメヒコ副王の妃になりかけた……なんと、それも、のちのロベリャス侯爵夫人になり代わってですぞ。もしお忘れでなければ、どうぞ手前どものところへお出ましくださらぬかと」

成行きに肝を潰した一幕が、めでたい幕切れに終わり、ドン・ゴンサルベ・デ・ヒエロ・サングレは、胸を撫で下ろしつつ、しかと伝言を通じると確約した。

ペルー人が辞去したあと、親方はおれに言った。

「トレス・ロベリャス侯爵が昔、ロンセトと呼ばれたころは、ロマンティックな恋物語に夢中じゃった。やっこさんの気に入りそうな舞台で迎えてやらねばなるまい」

われわれは岩山に空いた大きな亀裂に潜り込んだ。なかはぎっしりと生い茂る灌木が影を作っている。するととつぜん、それまで見たこともない一風変《いっぷう》わった光景におれは目を見張った。そこには真っ青な湖が暗く水を湛えて広がり、あくまでも澄みきった湖水は深淵の底まで見透かせた。湖面の周りには切り立った岩が取り巻き、それを遮ってところどころに延びる砂浜は草木の花々で微笑むかのようだ。花は植えたものだが、惜しむらくはシンメトリーを欠く。

岩が波に洗われる箇所には、どこも小道が掘られ、一方の岸から別の岸への繋がりを作っている。点々とある洞窟に湖の水が吸い込まれていた。カリュプソー[1]の洞窟のように装飾された洞窟は一つずつがゆっくりと寛《くつろ》げる場所で、涼を取るにも水泳ぎをするにも適していた。森閑《しんかん》とした辺りの静けさは、ここが長い年月、殆どだれにも知られることのなかった仙境の証である。

「この場所は」と親方が感慨深げに言った。「わしの小さな帝国の一つの州だ。わしは何年かここで過ごしたことがある。たぶん、いちばん幸せな時代をな。それはともかく、そろそろふたりの客が来るころだ。どこか適当なところを見つけて、そこで待つことにしよう」

美しさでは随一の洞窟を選んで入ると、レベッカが兄と連れ立ってきて合流した。やがてふたりの老紳士の来るのが見えた。

「あり得ることでしょうか」とひとりが言った。「少年時代にあれほど世話になった人に、これから長い年月を経てここで再会できるとは？　一度トレドの騎士のところにいるあなたに便

1　***Kalypso***　オーギュギアという島で巨大な茸を棲《すみか》として召使のニンフたちと暮らしていたというギリシア神話の女性。ホメーロスの『オデュッセウス』の第五歌には主人公がここに流れ着き、不死身とさせるから結婚をと女神にせがまれて七年を島で送った、と書かれている。

りをしたっきり。その後、何度となくあなたの消息を尋ねたが、いつも無駄。結局、満足できる返事はないままでしたね」

「無理もない」親方が言った。「放浪流転の繰り返し、いろんなことをやってきたから、わしの掴まるわけがない。まあ、こうしてお互い会えた以上は、どうかこちらに数日はぜひとも逗《とう》留《りゅう》してください。ゆるりと休養すれば、旅の疲れもきっと癒せますよ」

「それにしても」侯爵が言った。「実に魅力的なところですな」

「有名なのですよ」親方が応じた。「アラビア人の支配下では、アフリト・ハマミの名で呼ばれました。〈悪魔の風呂〉という意味ですがね。今では、それがラ・フリータ（ガラスの材料となる混合物の意）と変わった。ところが、シエラ・モレナの住民は恐れて近寄らない。ここでは奇怪なことが起きると、夜ごと噂の種にしてますが、それは迷信だと打ち消す気もありません。ですから、随員の大半には、わしらの幕舎《ばくしゃ》のほうに滞在して、この谷は立ち入り禁止にお願いします」

「年来の友よ」侯爵が言った。「うちの娘と未来の婿だけは、例外としてもらえますか」

ヒターノの親方は深々と礼をしてから、若いふたりを迎えに行くよう命じた。召使はなるべく小《こ》人数《にんずう》にして、と彼は念を押した。

親方が客人を案内して渓谷巡りをする時間、やって来たベラスケスは、驚いた様子で周囲を見回していたが、やがて石を拾い上げ、ためつすがめつしたあとに言った。

「この石ならどんなガラス工場でも溶かせますよ、何も特別なものを足さなくてもね。この場所は古い火山の噴火口の跡に間違いない。火山錐《かざんすい》の傾斜度から深さが測定できるし、それがわかると、爆発の強度も算出可能です。一考の価値ある問題ですね」

ベラスケスはしばし考え込み、ポケットから手帳を取り出して何やら書き入れてから言った。

「ぼくの父は火山について一家言がありましてね。父によると、火山口の爆発力は蒸気や黒色火薬に優る極めて強力なものだという。父の結論では、今に揮発性物質《フリュイド》の正体が突き止められたら、自然現象の大部分の説明がつくようになるはずだとか」

「というと」レベッカが言った。「この湖は火山の爆発でできたの？」

「そうです、セニョラ」ベラスケスが答えた。「石は火山礫《れき》だし、湖の形からいってもそうだね。対岸の見え方から概算すれば、水面の直径は三百トワーズ[1]、火山錐の内壁の傾斜はほぼ七十度、火口の深さは四百十三トワーズあるとして、計算すると、容積は九、七三一、〇八三立方トワーズとなる。これだけの岩石を噴き飛ばす力は、どのように蓄積するにせよ、人間の支配する力ではとても足りない」

レベッカはこの発言に何か言おうとしたが、ちょうどそのとき、侯爵の一行が戻ってきた。こんな会話はだれもが興味の持てるものではない。親方はベラスケスの立体幾何学の説明を打ち切ろうと、侯爵に向かって言った。

1　*toises*　一・九四九メートルに相当する昔のフランスの単位。六ピエ *pieds* が一トワーズとなる。容積の数字はラドリザニ教授が計算し直した正確なものを採った。

「セニョル、わしの知る昔のあなたは、愛情一本槍で生きていた。ご自身さえ恋の神クピドーのような美少年だった。あなたとエルビーレがついに結ばれた次第も、さぞや甘美な恋物語を地で行くものだったに相違ない。苦しみを知らず、人生の香りに酔う幸運な身の上ですよ」

「そうも言い切れない」侯爵が言った。「愛情がわたしの時間の大きすぎるほどの部分を占めたのは確かだが、半面、誠実な人間としての義務の一つも蔑《ないがし》ろにはしなかった。恥ずかしげもなく告白すれば、それがわたしの弱みだ。なにしろここはロマネスクな話をするには打ってつけの場所。よければ、わたしの身の上話をお聞かせしましょうか」

そう聞くと、周りじゅうから拍手が起こり、話し手はこう語りだした。

トレス・ロベリャス侯爵の物語

あなたがテアティノ修道会の学校にいたころ、わたしたちの住んだ家があなたのダラノサ叔母の家の近くだったのは、あなたもご存じだ。うちの母親はときどきエルビーレに面会に出かけるくせに、わたしを連れていくことはしなかった。口実上、未来の尼を目的とする修道院生活の身では、面会人が同じ年ごろの男じゃ不向きなせいだ。

離れ離れの憂さにさいなまれるふたりにとって、心の慰みは文通しかなく、母が渋々ながらも文使《ふみづか》いの役を買ってくれた。母に言わせると、従兄妹《いとこ》結婚に関するローマ教皇庁の許可証の入手は容易でなく、規則に従えば、ふたりのあいだの文通はその入手後にしか許されないというのだ。そういう遠慮はあるものの、母は手紙を届けては返事を持ち帰った。

エルビーレの財産はといえば、だれにも手をつけさせないよう大切に守った。彼女が尼僧になったが最後、全財産はロベリャスの傍系の者たちの手に渡る運命だった。

あなたのダラノサ叔母はテアティノ会にいる自分の伯父のことを、よく練れて分別の行き届く人だから、結婚許可の問題で相談してみればと母に話した。母は跳び上がるほど喜び、何度もお礼を言った。母がさっそくサンテス司祭に手紙を出すと、たいへん重大な問題なので返事は書けないからと、ご自身がわざわざブルゴスまで来てくれた。それも教皇大使の顧問をお連れになってだ。交渉を進めるには秘密が大切と、この顧問は仮の名を名乗った。

エルビーレの修練期間《ノヴィシャト》は、あと六か月の延長が決まった。その六か月を終え、神の〈召《ヴォカ》命《シオン》〉が完全に消滅したら（尼僧志願から自由となって）、エルビーレは高貴な身分の居住者という資格を与えられ、修道院の女性たちが介添《かいぞ》えに付き、院外に建てた家で暮らすような形にするとも決まった。

実際にその家に住んだのはわたしの母親で、エルビーレの後見を任された法律専門家たちも同居した。わたしはといえば、付き添いの家庭教師とローマへ乗り込み、あとから相談役の人が来てくれる手筈ができていたのだが、これは実現しなかった。結婚許可を申請するには、わたしが年少すぎるという理由からだった。こうして、ローマ行きまでにはあと二年を要した。

あの二年間！　わたしは修道院の面会室で毎日エルビーレと会い、家にいる時間はせっせと彼女宛の便りを書くか、そうでなければ恋物語を耽読した。それが手紙を書くうえで、大いに助けとなった。エルビーレにも同じ作品を読ませていて、彼女から来る返事はわたしと同じ調子で書かれていた。ふたりの文通には自分たちのことは殆どなく、お互いの表現は借り物でこそあったが、愛情だけは本物、と言って言いすぎとしても、少なくとも心は通い合っていた。ふたりをいつも隔てる鉄格子という越えがたい障壁がわれわれの欲情を苛立たせ、血は青春の興奮に燃えた。すでに胸中を支配してきた混乱と相俟《あいま》って、五感の混乱がわたしたちを圧倒した。

出発の日が来た。別れの瞬間は残酷だった。ふたりの悲痛は手の施しようもなく、むしろ狂乱に似た。引き裂かれるエルビーレの今後の日々を人々は気遣った。わたし自身の悲しみもそれに劣らぬほどだったが、なんとか耐えられたし、まして旅先で気の紛れるのが慰めとなった。それについては家庭教師に負うところが大きい。彼は学校の埃から抜け出してきた先生ぶったタイプではなく退役の士官だったし、何年か王宮勤めの経験もあった。彼はディエゴ・サンテスといって、同じ苗字を持つテアティノ修道会員の近い身内だった。世故に長《た》けていると同時に鋭い洞察力も具えた彼は、迂遠《うえん》な手段を用いてまでわたしの精神を正道に立ち返らせようと努めた。それほどわたしの精神には偽善の悪習が根づいていた。

われわれはローマに着いた。初仕事はローマ教皇庁法務院判事を務めるリカルディ猊下《げいか》への表敬訪問であった。この人物は当時、ローマで幅を利かせていたイエズス会の神父中でも特に信望を集めていた大物である。じかに見る猊下は悠揚迫らぬ風貌と堂々たる恰幅の人で、胸に吊した十字架に鏤《ちりば》めた巨大なダイヤモンドが燦然と光を放ち、いっそうの威厳を感じさせた。

リカルディは、用件についてはよく承知していると言い、秘密厳守が肝要であるから、滞在中は社交界で目立たぬよう振舞うべきだと、われわれに諭した。

「とはいえ、わたしのもとへは頻繁に足を運ぶのが得策だ」とリカルディは付け加えた。「そうすると、それだけ当方の扱う一件が注目されるが、他方、よそではあなた方を見かけないとわかれば、世を避ける控えめな態度がきっと好感を呼ぶ。わたしのほうでは、枢機卿団にこの件を打診してみよう」

リカルディのこの助言にわれわれは従った。わたしは昼のあいだはローマじゅうの骨董屋を見て回り、夜はバルベリーニ広場に近い法務院判事のお宅を訪れた。

客人の接待を切り回すのはパドゥリ侯爵夫人であった。この人は未亡人でほかに近親の身寄りがないため、リカルディ邸に身を寄せていた。もっとも、人の噂では、ほんとうのところは何一つ判然としない。リカルディの出身地はジェノヴァであり、パドゥリ侯爵なる人物は外国勤務中に死去したという事情のせいである。

年若い未亡人はこの邸を居心地のよい場とするためのすべてを兼備していた。気配りが行き届き、だれにも愛想がよい、それなのに、慎みと品位を忘れない女性である。そんななかでも、わたしの感じ取った気配では、彼女はわたしへの特別な好意というか憎からぬ気持ちを、傍《はた》の人には気づかれぬ表情の動きで、ちらちらと覗かせた。そんな女ごころをどんな恋物語にも横溢するあの密かな恋慕の情と見抜くと、わたしは片思いに終わる侯爵夫人に哀れを感じた。とはいっても、わたしはパドゥリ侯爵夫人との会話を求めなかったわけではない。そのたびにわたしは進んで話題を好きなテーマに持っていかせた。

恋愛のこと、愛し方のさまざま、愛情と熱情や変わらぬ気持ちと貞節の違いについてなど。しかし、イタリアの美女と差し向かいでそうした深刻な話をしながらも、わたしはエルビーレに対して不貞を犯そうとは夢にも思わなかったし、ブルゴス宛の手紙は以前と少しも変わらぬ燃え上がるような内容であった。

ある日、わたしは家庭教師を連れずに邸へ行った。リカルディは不在で、庭に散歩に出たわたしが、そこにしつらえた洞窟に足を踏み入れると、パドゥリ侯爵夫人が深い夢想に耽っているのに出くわした。彼女は足音ではっと気づいたらしかった。わたしの出現に虚を衝《つ》かれた彼女の表情は、夢の対象はこのわたしではないのかと殆ど疑わせた。その様子は何かの危険に驚いて逃げ出そうとするような慌てふためくふうにさえ見えた。

それでも、気を取り直すと彼女はわたしをかけさせ、イタリアでよく使われる質問をわたしにぶつけた。「けさは散歩なさいましたの？《レイ・ア・ジラート・クエスタ・マッティナ》」

散歩大通り《コルソ》を歩いてきたら、大勢美人を見かけたが、レパリ侯爵夫人がピカ一だった、とわたしは答えた。

「負けない美女をご存じなくて?」彼女が訊いた。

「申し訳ないけれど」とわたしは答えた。「遙かにきれいな人をエスパーニャで知っています」

この返事にパドゥリ侯爵夫人は傷ついたように見えた。彼女は再び夢想に落ち、美しいまぶたを下げ、悲哀の眼差しをじっと地面に向けた。わたしは彼女の気を紛らせようと、いつもの愛情の話題を持ち出してみた。

すると、彼女はわたしのほうに物憂げな目を上げて言った。

「よく愛情のことを美しく描写なさるけれど、そんな経験がおありなの」

「ええ、ありますとも」わたしは答えた。「実際には千倍も生々しく、千倍も優しい感情ですが。わたしが終始一貫、思いを捧げるその人こそ絶世の美女なのです」

その言葉を聞くや否や、侯爵夫人の面《おもて》が見る見る蒼白に変わった。彼女は地面に崩おれ、死んだように動かなかった。そんな状態の異性を見たことのないわたしは、茫然と手を束《つか》ねていた。運よく見かけたのは、庭歩きに出てきたふたりの小間使だった。わたしはふたりに駆け寄り、女主人の介抱を頼んだ。

庭をあとにしたわたしは、今、起きたばかりの出来事を振り返り、殊に恋愛の魔力について思い、人々の心に入り込んだ恋愛の火花がいかに荒れ狂うかを考えた。わたしはパドゥリ侯爵夫人に哀れを覚え、同時に、彼女を不幸にした自分を責めた。それでも、エルビーレへの操を破ることは思いも寄らなかった。世間のどんな女性、いや、たとい侯爵夫人と引き換えにしても。

翌日、リカルディ邸を訪れると、意外や客人は謝絶であった。侯爵夫人が病気になったのだ。次の日になると、彼女の重病の話でローマじゅうが持ち切りだった。その病気の原因は自分なのだ、とわたしは後悔に苦しんだ。

発病から五日目、わたしの宿にマントで顔を覆い隠した若い女が訪れた。彼女が言った。

「外国のお方さま《シニョル・フォレスティエロ》、ある瀕死の女の人があなたにお目にかかりたいと仰って。どうぞ、一緒にいらしてくださいませ」

きっとパドゥリ侯爵夫人に違いないとは思ったが、死を前にした女性の願いを無にしてはなるまいとわたしは心に決めた。通りの角に馬車が待っていた。わたしが乗り込んだあとから顔を覆った小娘も乗ってきた。車を止めたのは邸の庭にある裏口で、そこを入ったあと、暗い並木の道が続き、それが切れると廊下だった。ひどく暗い部屋をいくつも通り、ようやくパドゥリ侯爵夫人の寝室に来た。

ベッドに寝たまま、彼女は雪のように白い手を差し伸べ、涙ぐんだ目でわたしを見回し、震える声で二言三言ものを言ったが、初めの一語から聞き取りかねた。

わたしは彼女の顔を見つめた。その青白さがいかにも美しく思えた。心内の痛苦がその面をひきつらせてはいたが、口元には天使の笑い《えま》が漂っていた。ほんの数日前まであれほど健康で華やいでいたその同じ女性が、きょうはもう墓場へと去ろうとする。

してみれば、この花を盛りのうちに切り取った男、これほどの美しさを断崖に突き落とした卑劣漢はこのわたしではないか。そう思うと、わたしの心臓は氷塊のように縮まり、言いようのない悔恨の念がわたしを襲った。わたしは何か数語で彼女の命が救えはしないか、と思い、彼女の前に跪き、その手を自分の唇に近づけた。

それは燃えるように熱い手だった。熱のせいだとわたしには思われた。目を上げると、病人は全身の半ば以上、露わな裸だった。それまで、女人といえば顔と手としか知らなかったわたしである。

わたしの視線はとまどい、膝ががくがくした。

侯爵夫人は頭をわたしの首にもたせかけた。彼女の巻き毛がわたしの顔に広がった。説明のつかない感情に押されて、あなたを愛しているとわたしは彼女に囁いた。

どうしてエルビーレを忘れたのか、わたしは知らない。心のなかでは片時も彼女を思わぬときはなかったというのに。半面、パドゥリ侯爵夫人の死はわたしには許せなかった。たしかに、生まれてからこれほどの魅惑的な女にわたしは会ったことがなかった。

わたしはエルビーレを裏切った……どうしてそうなったのか、自身も知らずに。

「愛の女神さま！」イタリア女が言った。「あなたの奇蹟がいただけた。わたしの愛した人がわたしに命を戻してくれたのね！」

純情無垢な気持ちで、わたしは官能の最も甘美な探求へといち早く移った。侯爵夫人の全快の希望に膨らむ心から、自分でも何を口走ったか、わたしは覚えがない。自らの全感情の力への誇りがわたしを満たした。一つの愛の告白が次の告白を生み、わたしは問われもせずに答え、答えを待たずに問うた。見るからに、侯爵夫人は体力を取り返しつつあった。

こうして四時間もの時が過ぎた。召使の娘がお別れの時間です、と告げに来たのはそのときだった。馬車へと戻るわたしは足がもつれ、娘の腕を借りねばならなかった。娘はマントの下から夫人と同じ燃える目でわたしを見詰め、にっこりと笑った。女主人の恢復をわたしに感謝する目だとわたしは確信した。成功の幸せを込めて、わたしは心から彼女の手を握り締めた。

別れ際、娘はわたしを抱き締めてから、こう言った。

「次はあたしの番ね」

車に乗るなり、快楽の思いとたちまちに入れ替わり、胸を引き裂くような悔恨が来た。「エルビーレ」わたしは叫んだ。「エルビーレ、ぼくは君を裏切った！　エルビーレ、ぼくはもう君に値しない！　エルビーレ、エルビーレ、エルビーレ！」

要するに、こんな場合、だれもが口にするすべてを言い尽くし、二度と侯爵夫人のところへ顔出しはしないと誓いつつ、わたしは帰宅した。

デ・トレス侯爵の話がそこまで来たとき、ヒターノたちが親方を連れ出しにやって来た。幼《おさな》馴《な》染《じ》みの物語にいたく興を惹かれていたので、つづきはあしたまたと、親方は侯爵に頼んだ。

ヤン・ポトツキ年譜

◆ヤン自身に関わる記述は、主としてドミニック・トリエール教授著『ポトツキ』（一九九一年、パリ）掲載の年譜に依拠し、必要事項については、適宜、加筆した。なお、＊の洋数字は末尾に添えた著作（文学関係を除く）の原題一覧の番号を指す。――訳者

一七六一年　三月八日、ヤン、名家ポトツキ伯爵家の長男として誕生。父ユーゼフ、母アンナ・テレサ（オソリンスキ家令嬢）。生地ピクフ *Pików* はヴィニツァに近いボフ *Boh* 川沿いにある。翌年、次男セヴェリンが生まれ、妹アンナ・マリアは六歳年下。
山東京傳生まれる（宝暦十一年）、翌六二年にはルソー『エミール』『社会契約論』

一七七二年（十一歳）　第一次ポーランド分割の結果、ヤン一家の領地があるポドレ *Podole* 地方はオーストリア支配下に組み入れとなる（のち一九一八―三九年にはポーランド領タルノポル県、現在はウクライナ領）。
上田秋成『雨月物語』は一七六八年―七六年（明和五年―安永五年）

一七七四年（十三歳）ヤン、中等教育を受けるため、弟セヴェリン（のちペテルブルグ大学教授）とともにスイスのローザンヌの塾へ送られる。期間は三年間。
ヨハン・ヴォルフガング・フォン・ゲーテ『若きウェルテルの悩み』

一七七八年（十七歳）ヤンとセヴェリンはウィーンへ移り、工兵士官学校に進学する。ヤンの少尉任官は三年後。在校中、士官候補生としてマルタ島の騒乱鎮圧のため、派兵の軍隊に加わるが上陸に至らず、地中海の島々およびアフリカ大陸を遠望する。

一七七九年（十八歳）クロアチアのカルニオラ *Carniola* を踏査。この地方はサヴァ川の上流域にあり、洞窟や地下の湖水で知られる。

一七八〇〜八二年（十九―二十一歳）「マルタ騎士団」の修練士 *novice* として、巡礼の海上保護に従事。その間、エスパーニャやチュニスに滞在した。チュニジアではガルベス湾のジエルバ *Djerba* 島も訪れた。
フリードリヒ・フォン・シラー『群盗』（八一）、ピエール・ショデルロ・ド・ラクロ『危険な関係』（八二）

一七八三年（二十二歳）　ハンガリーで研究調査旅行を実施。（これまでに軍務を退いたと思われる）。
ゴットホルト・エフライム・レッシング『賢者ナータン』初演

一七八四年（二十三歳）　四月、黒海を横断してトルコのイスタンブルを訪れ、数週間、滞在。のちアレクサンドリアへ向け船出、八月下旬から一か月余、エジプトを訪問する。十一月、ヴェネツィア到着。
ボーマルシェ『フィガロの結婚』初演

一七八五年（二十四歳）　ポーランドに帰着、ルボミルスキ家令嬢、ユリア・ルボミルスカ（十七歳）と結婚。夫婦のあいだには八六年に長男アルフレド、八七年に次男アルトゥルが生まれた。
英紙「タイムズ」創刊。京傳『江戸生艶気樺焼』（天明五年）

一七八六年（二十五歳）　イタリアに研究調査旅行。

一七八七年（二十六歳）六月、夫妻でベルギーの温泉地《スパ》に過ごす。九月、ヤン、革命騒然のオランダ視察へ。帰途、英国へ回った模様（英蘭両国は植民地支配に絡んで八〇―八四年、海戦を展開、蘭は英に東インドを譲った。また、義勇軍を組織した〈愛国党〉はこの年、プロイセン軍の介入で多数の亡命者を出すが、フランス革命で盛り返し、民主的な〈バタヴィア共和国〉一七九五―一八〇六をつくった）。八四年の旅の成果として『トルコ・エジプト紀行』＊1を上梓（紀行の内容は大部分が旅先の書簡から成るが、そこには政治的見解が披瀝されるのが常であり、いわゆる紀行に止まらない）。

一七八八年（二十七歳）年初、パリを訪問、その後、ウィーンへ向かい、四月、ワルシャワへ。この年の秋から九二年五月まで活動する「四年議会」に先行する〈独立と改革〉の機運に同調してヤンはリベラリストとして政治運動に挺身して行く。政治パンフレットを書き、全国を遊説。ポズナン選出の国会議員に選出される。自宅に〈自由印刷所〉*Imprimerie libre* を設け、〈国会週報〉*Journal hebdomadaire de la Diete* を発刊（十一月九日付から九二年六月六日付まで中断なし）。同紙掲載の筆名によるヤンの文章は二十三篇が確認されるほか、無署名の執筆が数多い。ワルシャワ社交界はこの年、忽然として民族服コントゥシュに着替えた若きヤンに目を見張る。
ベルナンダン・ド・サン＝ピエール『ポールとヴィルジニー』、アメリカ合衆国憲法発効。

一七八九年（二十八歳）　公共のための読書室を首都に設け、啓蒙に力を致す。年末、ベルリンを訪問、フリードリヒ・ヴィルヘルム二世および皇弟ハインリヒに迎えられる。『トルコ・エジプト紀行』を再版の際、これに『オランダ紀行』＊2を加える。『世界史試論ならびにサルマチア史研究』＊3第一巻を発表（二、三巻は翌年、四巻は九二年刊）。

七月十四日、フランス革命が火蓋を切る。アメリカ合衆国政府の初代大統領にワシントン就任。ウイリアム・ブレイク『無垢の歌』

一七九〇年（二十九歳）　五月三日、フランスの発明家ブランシャールと水素気球に同乗して約一時間、ワルシャワ上空を飛び、大反響を引き起こす（この日付は当時ハンブルク発行の新聞 ***Gazette de Hambourg no.89*** の記述に基づく。別に前年五月十六日説もある。なお、ブランシャールは八九―九〇年にかけてワルシャワに滞在した）。〈国会週報〉に頻繁に執筆。夏、諷刺の小冊子『自由に関するアフォリズム論』***Essay d'aphorismes sur la Liberté*** を〈自由印刷所〉から出す。十月三十日、ポーランドを去ってフランスに住み、ジャコバン派と交流する。

アレクサンドル・ラジーシチェフ『ペテルブルグからモスクワへの旅』、京傳『傾城買四十八手』（寛政二年）

一七九一年（三十歳）　マドリードに赴き、のち七―八月、モロッコへ旅行。いったんカディスに戻り、そこからリスボンを経て、英国へ旅行。十一月、パリへ帰着。

ポーランド国会は民主的ないわゆる「五月三日憲法」を採択、フランス革命の波及を恐れる分割参加の列強の不安が深まる。カザノヴァ『回顧録』（九一、執筆開始）、京傳『青楼昼之世界錦之裏』（寛政三年）

一七九二年（三十一歳）　ポーランドに帰国。政治活動を再開し、〈国会週報〉で論陣を張る。五月十八日、ロシア軍が国境を侵す。新憲法反対の少数勢力（タルゴヴィツァ派）の裏切りに応じたもので、陰謀の主魁のひとりはヤンの従兄スタニスワフ・フェリックス（またはシュチェンスヌイ）・ポトツキ伯（一七五二―一八〇五）。ヤンはグロドノ *Grodno* で防衛軍に加わる。戦況、優勢のさなか、七月二十四日、国王スタニスワフ・アウグストが逆にタルゴヴィツァ派に加入し、降伏を命じて幕切れとなり、ヤンが夢を託した「四年議会」の成果は殆ど破棄され、翌年の第二次分割に道をひらく。戦火が熄み、ワルシャワに戻ったヤンはワンツウトにある義母ルボミルスカの邸館にこもり、滑稽劇『パラード集』*Recueil de Parades* 一幕劇六篇の執筆・上演に熱中した（同書の出版は翌年）。『モロッコ帝国紀行』＊4と『ハフェズの旅』＊5を合本で出す。

フランス、王政廃止。アダム・ラクスマン、蝦夷地に光太夫を届ける（寛政四年）。

一七九三年（三十二歳）　歴史研究に復帰し、『スラヴ諸民族史のための年代記、回想録、研究書』＊6を出版。国会（開催地グロドノ）はロシア軍の圧迫下に第二次分割、憲法廃棄などの採択を迫られる。〈敵軍の導入を恥じ〉て、主魁スタニスワフ・フェリックス・ポトツキ伯、ハンブルクへ去る。

ルイ十六世、処刑。ジャコバン派、独裁を握る。

一七九四年（三十三歳）　韻文劇『アンダルシアのボヘミアンたち』*Les Bohémiens d'Andalousie*（一幕十一景）をプロイセンの皇弟ハインリヒのため書き下ろす（初演は翌年四月二十日、ラインスベルク）。八月、ユリア夫人、クラクフで病死。その間、調査研究のためヤンはニーダーザクセンを旅行中。

三―九月、反ロシアの蜂起「コシチューシコ蜂起」が失敗に終わり、将軍コシチューシコ負傷、逮捕。

一七九五年（三十四歳）　前年の研究が実り、『古代スラブないしヴェネディ族研究のためのニーダーザクセン各地の旅』＊7をハンブルクで公刊。

第三次分割によりポーランド共和国は最終的に滅亡。自主独立の回復は百二十三年後となる。ゲーテ『ヴィルヘルム・マイスターの修業時代』(九五―九六)

一七九六年(三十五歳) 著書『スキタイ、サルマチアおよびスラヴ族に関する歴史・地理断章』(全三巻)＊8をブラウンシュヴァイク(ニーダーザクセン)で公刊。のちウィーンへ赴き、論文『黒海新周航研究報告』＊9を同地で上梓(これは『タウルス、カフカス、スキタイ分布諸民族の古代史研究』＊10を含む)。年末、ワルシャワへ戻る。

一七九七年(三十六歳) 四月、ロシア皇帝パーヴェル一世の戴冠式に列席のあと、五月に出発、六月、アストラハン(カスピ海のヴォルガ河口に近い町)に出る。八月九日から十一月十日まで転々とカフカスの旅を続け、名勝の地ピャチゴルスクに近いゲオルギエフスクで一冬を過ごす。この年の後半、『サラゴサ手稿』*Manuscrit trouvé à Saragosse* に着手する(ワルシャワ文書館を探査したラドリザニ教授のフランス語版〈編集メモ〉に基づく。トリエール教授は起筆の時期を九八年とする)。マルキ・ド・サド『悪徳の栄え』(一七九七―一八〇一)

一七九八年(三十七歳) 春四月、旅を起こし、アゾフ海の海岸に至り、やがて故郷ポドレに向かう。この間の旅日記『アストラハンおよびカフカスの草原の旅』＊11は没後の一八二九年に公刊。
詩人アダム・ベルナルト・ミツキエヴィチ生まれる。廃王スタニスワフ・アウグスト、二月、露都で死去。

一七九九年（三十八歳）　ユリア夫人との死別より五年、コンスタンツィア（一七八一―一八五二）と結婚（新妻は二十歳年下）。ふたりのあいだにアンジェイ・ベルナルド（〇二）、娘イレーナ（〇四）、テレサ（〇五）が生まれた。新たに義父となったのは、ヤンと政見を異にした先述の従兄スタニスワフ・フェリックス（またはシュチェンスヌイ）・ポトツキ伯である（*Félix* の本名を用いるのはフランスの著作家に限られ、ポーランドではなぜかこれを使わず、*felix*〈幸せな〉の訳語*Szczęsny*を慣用）。第二次分割後、政界を引退した義父は、九四年、蜂起軍により国賊として死刑の宣告を受けるが、政治を捨てて領地トゥルチン*Tulczyn*（キエフとオデッサのあいだ）に隠退、自ら〈ロシア人〉と公言し、女帝エカテリーナ二世の〈臣民〉を称して、心ある人士の嗤いと怒りを買った。
ロシアの詩人アレクサンドル・プーシュキン誕生。

一八〇〇年（三十九歳）　ドニエストル川沿岸一帯の考古学的調査に従事。

一八〇二年（四十一歳）ポドレをあとに一家を伴い、サンクト・ペテルブルグに上京、『ロシア諸民族の原始の歴史』＊12を出版（二年間の空白はこの著述のためか）。皇帝アレクサンドル一世の〈私設顧問〉*conseiller privé* に任命される。ウクライナの故郷へ戻る。
フランソワ＝ルネ・ド・シャトーブリアン『ルネ』、同『アタラ』は〇一年、十返舎一九『東海道中膝栗毛』〇二―一四（享和二年―文化十一年）

一八〇三年（四十二歳）年頭、父ユーゼフの死去の知らせを受け、母および家族連れでウィーンへ急行し、九月まで滞在。終わってイタリアを訪れ、フィレンツェで『マネトン第二巻中の諸王朝』＊13を出版（マネトンは前三世紀のエジプトの神官で著書に『エジプト史』三巻）。南イタリアへと回る家族を残し、金策のため再びウィーンへ。

一八〇四年（四十三歳）ロシア帝国の取るべき対オリエント政策、なかんずくアジア専門の外交官・学者の養成機関の設置に関して外務大臣に進言する。一月二十八日に新任の外相はポーランドの公爵アダム・イエジー・チャルトリスキ *Adam Jerzy Czartoryski*（一七七〇―一八六一）、ヤンにとっては最初の妻ユリアの従兄に当たる。外相在職中にヤンから届いた私信ないし文書は十一通が知られ、うち二通に日本の名が出る。このアレクサンドル一世の重臣は後年、反ロシア運動の大物となるという皮肉な成り行きを遂げる。家計逼迫、金策のため、急遽、ヴェネツィア経由でウィーンへ（手元の不如意は慢性的であった、とトリエール教授は指摘する）。再びペテルブルグに戻り、『ヘルソン統治古代史』＊14と『第一デカメロン』（『サラゴサ手稿』の初めの十日間）を刊行。清国訪問を控え、終年、これらの出版準備に忙殺された。十二月、外務省アジア局勤務を皇帝に願い出て、同二十六日允許。〈ナポレオン法典〉公布。ニコライ・レザノフ、長崎に来たり、通商を求め、拒否される。

一八〇五年（四十四歳）　清国派遣のロシア大使に科学担当の主席随員として同行（この清国訪問はヤンの多年の提唱が働いたとみられる）。六月初旬に首都を立ち、旅先のペルムから八月九日、チャルトリスキに書簡を送り、シベリアにとり中国通商の重要性を説く。九月、イルクーツク着。年末ぎりぎりに清国入りする旅行に先立ち、『サラゴサ手稿』の続篇『第二デカメロン』のほか、学術書三点、『マネトン一、二巻の年代学』＊15、『ポドレ統治古代史』＊16、『ヴォーウィン統治古代史』＊17に加え『ヨーロッパ・ロシア考古学地図』＊18を相次いで首都で出版。旅先でも新著の執筆を続ける。スタニスワフ・フェリックス（またはシュチェンスヌイ）・ポトツキ伯、領地トゥルチン（ウクライナ）で死去。晩年、三度目の結婚をし、そのソフィア夫人の名を冠した庭園づくりに熱中したことなどをヤンは故人の略伝（一一年執筆）に記し、公的にも私的にも義父との対立・決裂はなかったと思われる

（トレール教授はヤンには義父からの借財があったはずと暗示している）。

一八〇六年（四十五歳）　外交儀礼上の揉めごとから、ウルガ（ウランバートル）で足止めを食った大使一行は北京入りを果たさぬまま帰途に就く。モンゴル滞在中の一月末、ペテルブルグ科学アカデミー会員に任命の報を受ける。この人事には同地の大学の有力メンバーであるチャルトリスキ、実弟セヴェリンの後ろ盾もあった。ヤンは七月、ペテルブルグ帰着。皇帝に宛てた親書（十月四日付）で対中国交易の重要性などを詳細に説く。外交誌〈アジア・システム〉*Système Asiatique*（廃刊は〇七年）に取り組む。

十二月十五日、ナポレオン・ボナパルト、フランス軍占領下のワルシャワ入り。この年から翌年にかけて、樺太・択捉島などでロシア軍人による番所襲撃の不祥事が起こる（文化三年―同四年）。

一八〇七年（四十六歳）　年初、欧州向けの国策外交専門誌〈北方ジャーナル〉*Journal du Nord* の創刊に当たり編集長を委嘱される。アジアよりヨーロッパ情勢の分析に目を転じさせようとするブドベルグの意向による。ブドベルグは六月末に辞任したチャルトリスキの後任として外相に昇進。同誌に数回にわたり論文を載せ、対トルコ政策の重視を主張するもブドベルグの同意を得られず、また編集への介入も絶えず、さらにティルジット和約（仏・プロイセン・ロシア間の和平条約。プロイセン領に〈ワルシャワ公国〉の設定、ダンツィヒの自由都市化を定めた）後の国際情勢を容認できない心情もあって十一月、ヤンは〈北方ジャーナル〉主幹を辞任。なお、この仕事は無報酬であったため、家族を故郷に帰し、別居に追い込まれた。年末、アジア・オリエント通として必ずしも志を得ぬまま、政界を退き、ポドレに向かう。十年間の外交活動の置き土産として、ヤンの政治文書一〇八点がこんにちに残されたのは貴重。

一八〇八年（四十七歳）　三月十九日付の弟セヴェリン宛の手紙に「ぼくは大仕事に励んでいる。大作品を完成して、この世でのぼくの通過の足跡を残したいからだ」と書き、続けて「それとアジア事情におけるぼくの存在も残したい」とも述べた。四月、二度目の妻コンスタンツィア夫人と離別。五月、ウクライナで三年前に開校されたポーランド人のための教育機関、クシェミエニェツ・リツェウム *Liceum Krzemienieckie* を訪れる（十年制。のちに多くの文学者を輩出、名門校に成長した。当時はヴォウィン・ギムナジウム）。〈ワルシャワ科学の友協会〉*Towarzystwo przyjaciół Nauk w Warszawie*（TPN、一八〇〇年設立）の会員に選出される。研究書『いわゆる古年代記の名で知られるエジプトの断章の批判的検証』＊19をペテルブルグで出版。

ゲーテ『ファウスト』（第一部）、翌〇九年—一三年（文化六年—同十年）式亭三馬『浮世風呂』

一八一〇年（四十九歳）ペテルブルグに上京、『オリンピアド以前の時代の年代区分の諸原則』＊20を出版。夏をリトワニアのビアウィストク（現ポーランド領）に過ごしたのち、ポドレに戻る。
ウォルター・スコット『湖上の麗人』

一八一一年（五十歳）三月、ビアウィストクおよびヴィルノ（リトワニア）に行き、夏にポドレへ帰着。
ロシアの海軍士官ゴロヴニン（のち中将）ら幕府に召し取られる。抑留二年。一六年（文化十三年）に名著『日本幽囚記』を出版。

一八一三年（五十二歳）『サラゴサ手稿』のうち〈ヒターノの親方〉アバドロの語りを中心にまとめた『アバドロ、エスパーニャ物語』*Avadoro, histoire espagnole* をパリで、また『年代学の諸原理』＊21（第一部）をクシェミエニェツで出版。
前年、ナポレオン、モスクワ遠征に失敗、従軍のポーランド人数万も戦死。

一八一四年（五十三歳）前年に引き続き『サラゴサ手稿』の簡略版『アルフォンス・バン・ウォルデンの生涯の十日間』*Dix journées de la vie d'Alphonse van Worden* をパリで上梓。

『年代学の諸原理』（第二部、第三部）の出版準備を進めるが、ヴィルノの検閲当局と悶着を生じる。七月三日、長男アルフレド、結婚。夫人はユーゼフ・クレメンス・チャルトリスキ公爵令嬢、ジョゼフィナ。

ウィーン会議開催。フランス、王政復古。曲亭馬琴『南総里見八犬傳』一四年から四二年（文化十一年―天保十三年）まで二十八年かけて刊行。

一八一五年（五十四歳）『年代学の諸原理』（第四―六部）の出版に漕ぎ着ける。著述「アジア領ロシアに関する考察」＊22を完成する（原稿は行方不明）。この年、『サラゴサ手稿』全編が書き上がる。十二月二十三日、領地ウワドゥフカ *Uladówka* の自宅でピストル自殺。

ナポレオン、セント・ヘレナへ。杉田玄白『蘭学事始』完成。翌年、京傳没（文化十三年）。

◎ ヤン・ポトツキ著作一覧（文学作品を除く）

1 *Voyage en Turquie et en Égypte*
2 *Voyage en Hollande*
3 *Essay sur l'Histoire Universelle & Recherches sur celle de la Sarmatie*
4 *Voyage dans l'empire de Maroc*
5 *Voyage de Hafez*
6 *Chroniques, Mémoires et Recherches pour servir à l'histoire de tous les peuples slaves*
7 *Voyage dans quelques parties de la Basse-Saxe pour la recherche des antiquités slaves ou vendes*
8 *Fragments historiques et géographiques sur la Scythie, la Sarmatie et les slaves*
9 *Mémoire sur un nouveau péryple du Pont-Euxin*
10 *Mémoire sur la plus ancienne histoire des peuples du Taurus, du Caucase et de la Scythie*
11 *Voyage dans les steppes d'Astrakhan et du Caucase*
12 *Histoire primitive des peuples de la Russie*
13 *Chronologie des deux premiers livres de Manethon*
14 *Histoire ancienne du gouvernement de Cherson*

15 *Chronologie des deux premiers Livres de Manethon*
16 *Histoire ancienne du gouvernement de Podolie*
17 *Histoire ancienne du gouvernement de Wolhynie*
18 *Atlas archéologique de la Russie européenne*
19 *l'Examen critique du fragment égyptien, connu sous le nom d'Ancienne Chronique*
20 *Principes de chronologie pour les temps antérieurs aux Olympiades*
21 *Principes de chronologie*
22 *Considérations sur la Russie asiatique*

＊作品中、表現に穏当を欠くと思われる部分があるが、時代性、訳者が故人となられていること等を鑑み、原文のままとした。

——編集部

創元ライブラリ

サラゴサ手稿 中

二〇二四年六月二十八日 初版

著 者◆ヤン・ポトツキ

訳 者◆工藤幸雄

発行所◆㈱東京創元社

代表者 渋谷健太郎

郵便番号 一六二―〇八一四

東京都新宿区新小川町一ノ五

電話 〇三・三二六八・八二三一 営業部

〇三・三二六八・八二〇四 編集部

URL https://www.tsogen.co.jp

DTP・フォレスト

印刷・暁印刷 製本・本間製本

ISBN978-4-488-07060-1 C0197

CIVILIZATIONS * LAURENT BINET

アカデミー・フランセーズ小説大賞受賞作

文明交錯

ローラン・ビネ　橘明美 訳

インカ帝国がスペインにあっけなく征服されてしまったのは、彼らが鉄、銃、馬、そして病原菌に対する免疫をもっていなかったからと言われている。しかし、もしもインカの人々がそれらをもっていたとして、インカ帝国がスペインを征服していたとしたら……ヨーロッパは、世界はどう変わっていただろうか？『HHhH――プラハ、1942年』と『言語の七番目の機能』で、世界中の読書人を驚倒させた著者が贈る、驚愕の歴史改変小説！

▶今読むべき小説を一冊選ぶならこれだ。――NPR
▶驚くべき面白さ……歴史をくつがえす途轍もない物語。――「ガーディアン」
▶これまでのところ、本書が彼の最高傑作だ。――「ザ・テレグラフ」
▶卓越したストーリーテラーによる、歴史改変の大胆でスリリングな試み。――「フィナンシャル・タイムズ」

四六判上製

CLOUD * ERIC MCCORMACK

マコーマック文学の集大成

雲

エリック・マコーマック　柴田元幸訳

出張先のメキシコで、突然の雨を逃れて入った古書店。そこで見つけた一冊の書物には19世紀に、スコットランドのある村で起きた、謎の雲にまつわる奇怪な出来事が記されていた。驚いたことに、かつて若かった私は、その村を訪れたことがあり、そこで出会った女性との愛と、その後の彼女の裏切りが、重く苦しい記憶となっていたのだった。書物を読み、自らの魂の奥底に辿り着き、自らの亡霊にめぐり会う。ひとは他者にとって、自分自身にとって、いかに謎に満ちた存在であることか……。

▶マコーマックの『雲』は書物が我々を連れていってくれる場所についての書物だ。　——アンドルー・パイパー

▶マコーマックは、目を輝かせて自らの見聞を話してくれる、老水夫のような語り手だ。

——ザ・グローブ・アンド・メイル

四六判上製